静山社ペガサス文庫

ハリー・ポッターと不死鳥《ふしちょう》の騎士団《きしだん》〈5-3〉

J.K.ローリング 作　松岡佑子 訳

ハリー・ポッターと不死鳥《ふしちょう》の騎士団《きしだん》5-3　もくじ

『ハリー・ポッターと不死鳥《ふしちょう》の騎士団《きしだん》5-3―人物紹介《じんぶつしょうかい》』

ハリー・ポッター
ホグワーツ魔法魔術学校《まほうまじゅつがっこう》の五年生《ねんせい》。緑《みどり》の目《め》に黒《くろ》い髪《かみ》、額《ひたい》には稲妻形《いなずまがた》の傷《きず》。幼《おさな》いころに両親《りょうしん》を亡《な》くし、マグル(人間《にんげん》)界《かい》で育《そだ》ったので、十一歳《さい》になるまで自分《じぶん》が魔法使《まほうつか》いであることを知《し》らなかった

ルビウス・ハグリッド
ハリーたちの友人《ゆうじん》でもありやさしく不器用《ぶきよう》な半巨人《はんきょじん》だが、今学期《こんがっき》のはじめから姿《すがた》が見《み》えなかった

マダム・マクシーム（オリンペ）
ボーバトン魔法《まほう》アカデミーの校長先生《こうちょうせんせい》。ハグリッドに負《ま》けず巨大《きょだい》な美女《びじょ》

グラブリー-プランク
ハグリッドにかわり「魔法生物飼育学《まほうせいぶつしいくがく》」を教《おし》えていた老魔女《ろうまじょ》

コーネリウス・ファッジ
魔法大臣《まほうだいじん》。ヴォルデモートの復活《ふっかつ》を認《みと》めず、ダンブルドアに警戒心《けいかいしん》をいだく

ドローレス・アンブリッジ
魔法省《まほうしょう》からやってきた新任教師《しんにんきょうし》。権力《けんりょく》を盾《たて》にホグワーツ高等尋問官《こうとうじんもんかん》に就任《しゅうにん》した

ルーナ・ラブグッド（おかしなルーニー）
幻《まぼろし》の魔法生物《まほうせいぶつ》の存在《そんざい》を信《しん》じる、風変《ふうが》わりな少女《しょうじょ》。父親《ちちおや》は雑誌《ざっし》『ザ・クィブラー』の編集長《へんしゅうちょう》

チョウ・チャン
レイブンクローのシーカー。先学期《せんがっき》にヴォルデモートに殺《ころ》されたセドリックの恋人《こいびと》だった

フィニアス・ナイジェラス・ブラック
シリウスのおじいさんのおじいさん（高祖父《こうそふ》）。すでに亡《な》くなっているが元《もと》ホグワーツの校長《こうちょう》で、校長室《こうちょうしつ》とグリモールド・プレイスのブラックの館《やかた》にある自身《じしん》の肖像画《しょうぞうが》の額《がく》の間《あいだ》を移動《いどう》できる

アーサーとモリー・ウィーズリー
ロンの父親《ちちおや》と母親《ははおや》。アーサーはマグルの製品《せいひん》に興味津々《きょうみしんしん》。モリーは時《とき》に厳《きび》しくも優《やさ》しい母親《ははおや》

ワームテール
闇《やみ》の帝王《ていおう》のしもべ。またの名《な》をピーター・ペティグリュー

ヴォルデモート（例《れい》のあの人《ひと》）
闇《やみ》の帝王《ていおう》。ハリーにかけた呪《のろ》いがはね返《かえ》り、死《し》のふちをさまよっていたが、ついに復活《ふっかつ》をとげた

To Neil, Jessica and David,
who make my world magical

私の世界に魔法をかけてくれた、
夫のニール、子供たちのジェシカとデイビッドに

Original Title: HARRY POTTER AND THE ORDER OF THE PHOENIX

First published in Great Britain in 2003
by Bloomsbury Publishing Plc, 50 Bedford Square, London WC1B 3DP

Japanese edition first published in 2004

This book is published in Japan by arrangement with
the author through The Blair Partnership

第《だい》20章《しょう》　ハグリッドの物語《ものがたり》

ハリーは男子寮《だんしりょう》の階段《かいだん》を全速力《ぜんそくりょく》でかけ上《あ》がり、トランクから「透明《とうめい》マント」と「忍《しの》びの地図《ちず》」を取《と》ってきた。超《ちょう》スピードだったので、ハーマイオニーがスカーフと手袋《てぶくろ》を着《つ》け、お手製《てせい》のデコボコしたしもべ妖精帽子《ようせいぼうし》をかぶって、急《いそ》いで女子寮《じょしりょう》から飛《と》び出《だ》してくる五分前《ふんまえ》には、ハリーもロンもとっくに出《で》かける準備《じゅんび》ができていた。

「だって、外《そと》は寒《さむ》いわよ！」

ロンが遅《おそ》いぞとばかりに舌打《したう》ちしたので、ハーマイオニーが言《い》い訳《わけ》した。

三人《にん》は肖像画《しょうぞうが》の穴《あな》をはい出《だ》し、急《いそ》いで透明《とうめい》マントにくるまった。――ロンはかがまないと両足《りょうあし》が見《み》えるほど、背《せ》がぐんと伸《の》びていた――それから、ときどき立《た》ち止《ど》まっては、フィルチやミセス・ノリスがいないかどうか地図《ちず》でたしかめ、ゆっくり、慎重《しんちょう》にいくつもの階段《かいだん》を下《お》りた。運《うん》のいいことに、「ほとんど首無《くびな》しニック」以外《いがい》は誰《だれ》も見《み》かけなかった。ニックはするする動《うご》きながら、何《なん》とはなしに鼻歌《はなうた》を歌《うた》っていたが、何《なん》だか「♪ウィーズリーこそわが王者《おうじゃ》」に似《に》た節《ふし》なのがいやだった。三人《にん》は玄関《げんかん》ホールを忍《しの》び足《あし》で横切《よこぎ》り、静《しず》まり返《かえ》った雪《ゆき》の校庭《こうてい》に出《で》た。行《ゆ》く手《て》に四角《しかく》い金色《きんいろ》の小《ちい》さな灯《あか》りと、小屋《こや》の煙突《えんとつ》からくるくる立《た》ち昇《のぼ》る煙《けむり》が見《み》え、ハリーは心《こころ》が躍《おど》った。ハリーが足《あし》を速《はや》めると、あとの二人《ふたり》は押《お》し合《あ》いへし合《あ》いぶつかり合《あ》いながらあとに続《つづ》いた。だんだん深《ふか》くなる雪《ゆき》を、夢中《むちゅう》でザクザク踏《ふ》みしめながら、三人《にん》はやっと小屋《こや》の戸口《とぐち》に立《た》った。ハリーが拳《こぶし》で木《き》の戸《と》を三度《ど》たたくと、中《なか》で犬《いぬ》が狂《くる》ったようにほえはじめた。

「ハグリッド。僕《ぼく》たちだよ！」ハリーが鍵穴《かぎあな》から呼《よ》んだ。

「よう、来《き》たか！」どら声《ごえ》がした。

三人《にん》はマントの下《した》で、互《たが》いにニッコリした。ハグリッドの声《こえ》の調子《ちょうし》で、喜《よろこ》んでいるのがわかった。

「帰《かえ》ってからまだ三秒《びょう》とたってねえのに……ファング、どけ、どけ……どけっちゅうに、このバカタレ……」

かんぬきがはずされ、扉《とびら》がギーッと開《あ》き、ハグリッドの頭《あたま》がすきまから現《あらわ》れた。

ハーマイオニーが悲鳴《ひめい》を上《あ》げた。

「おい、おい、静《しず》かにせんかい！」ハグリッドが三人《にん》の頭越《あたまご》しにあたりをぎょろぎょろ見回《みまわ》しながら、あわてて言《い》った。「例《れい》のマントの下《した》か？　よっしゃ、入《はい》れ、入《はい》れ！」

狭《せま》い戸口《とぐち》を三人《にん》でぎゅうぎゅう通《とお》り抜《ぬ》け、ハグリッドの小屋《こや》に入《はい》ると、三人《にん》は透明《とうめい》マントを脱《ぬ》ぎ捨《す》て、ハグリッドに姿《すがた》を見《み》せた。

「ごめんなさい！」ハーマイオニーがあえぐように言《い》った。「私《わたし》、ただ――まあ、ハグリッド！」

「何《なん》でもねえ。何《なん》でもねえったら！」

ハグリッドはあわててそう言《い》うと、戸《と》を閉《し》め、急《いそ》いでカーテンを全部《ぜんぶ》閉《し》めた。しかし、ハーマイオニーは驚愕《きょうがく》してハグリッドを見《み》つめ続《つづ》けた。

ハグリッドの髪《かみ》はべっとりと血《ち》で固《かた》まり、顔《かお》は紫色《むらさきいろ》やどす黒《ぐろ》い傷《きず》だらけで、腫《は》れ上《あ》がった左《ひだり》目《め》が細《ほそ》い筋《すじ》のように見《み》える。顔《かお》も手《て》も切《き》り傷《きず》だらけで、まだ血《ち》が出《で》ている所《ところ》もある。そろりそろりと歩《ある》く様子《ようす》から、ハリーはろっ骨《こつ》が折《お》れているのではないかと思《おも》った。たしかに、今《いま》、旅《たび》から帰《かえ》ったばかりらしい。分厚《ぶあつ》い黒《くろ》の旅行用《りょこうよう》マントが椅子《いす》の背《せ》にかけてあり、小《ちい》さな子供《こども》なら数人運《すうにんはこ》べそうな背負袋《せおいぶくろ》が戸《と》のそばに立《た》てかけてあった。ハグリッド自身《じしん》は、普通《ふつう》の人《ひと》の二倍《ばい》はある体《からだ》で、足《あし》を引《ひ》きずりながら暖炉《だんろ》に近《ちか》づき、銅《どう》のやかんを火《ひ》にかけていた。

「いったい何《なに》があったの？」ハリーが問《と》い詰《つ》めた。ファングは三人《にん》の周《まわ》りを跳《は》ねまわり、顔《かお》をなめようとしていた。

「言《い》ったろうが、**何《なん》でもねえ**」ハグリッドが断固《だんこ》として言《い》い張《は》った。「茶《ちゃ》、飲《の》むか？」

「何《なん》でもないはずないよ」ロンが言《い》った。「ひどい状態《じょうたい》だぜ！」

「言《い》っとるだろうが、ああ、大丈夫《だいじょうぶ》だ」ハグリッドは上体《じょうたい》を起《お》こし、三人《にん》のほうを見《み》て笑《わら》いかけたが、顔《かお》をしかめた。「いやはや、おまえさんたちにまた会《あ》えてうれしいぞ——夏休《なつやす》みは、楽《たの》しかったか？　え？」

「ハグリッド、襲《おそ》われたんだろう！」ロンが言《い》った。

「何度《なんど》も言《い》わせるな。何《なん》でもねえったら！」ハグリッドが頑《がん》として言《い》った。

「僕《ぼく》たち三人《にん》のうち誰《だれ》かが、ひき肉状態《にくじょうたい》の顔《かお》で現《あらわ》れたら、それでも何《なん》でもないって言《い》うかい？」

ロンが突《つ》っ込《こ》んだ。

「マダム・ポンフリーの所《ところ》に行《い》くべきだわ、ハグリッド」ハーマイオニーが心配《しんぱい》そうに言《い》った。

「ひどい切《き》り傷《きず》もあるみたいよ」

「自分《じぶん》で処置《しょち》しとる。ええか？」ハグリッドが抑《おさ》えつけるように言《い》った。

ハグリッドは小屋《こや》の真《ま》ん中《なか》にある巨大《きょだい》な木《き》のテーブルまで歩《ある》いていき、置《お》いてあった布巾《ふきん》をぐいと引《ひ》いた。その下《した》から、車《くるま》のタイヤより少《すこ》し大《おお》きめの、血《ち》の滴《したた》る緑《みどり》がかった生肉《なまにく》が現《あらわ》れた。

「まさか、ハグリッド、それ、食《た》べるつもりじゃないよね？」ロンはよく見《み》ようと体《からだ》を乗《の》り出《だ》した。「毒《どく》があるみたいに見《み》える」

「それでええんだ。ドラゴンの肉《にく》だからな」ハグリッドが言《い》った。「それに、食《く》うために手《て》に入《い》れたわけじゃねえ」

ハグリッドは生肉《なまにく》をつまみ上《あ》げ、顔《かお》の左半分《ひだりはんぶん》にビタッと貼《は》りつけた。緑色《みどりいろ》がかった血《ち》があごひげに滴《したた》り落《お》ち、ハグリッドは気持《きも》ちよさそうにウーッとうめいた。

「楽《らく》になったわい。こいつぁ、ずきずきに効《き》く」

「それじゃ、何《なに》があったのか、話《はな》してくれる？」ハリーが聞《き》いた。

「できねえ、ハリー、極秘《ごくひ》だ。もらしたらクビになっちまう」

「ハグリッド、巨人《きょじん》に襲《おそ》われたの？」ハーマイオニーが静《しず》かに聞《き》いた。

ドラゴンの生肉《なまにく》がハグリッドの指《ゆび》からずれ落《お》ち、ぐちゃぐちゃとハグリッドの胸《むね》をすべり落《お》ちた。

「巨人《きょじん》？」

ハグリッドは生肉《なまにく》がベルトの所《ところ》まで落《お》ちる前《まえ》につかまえ、また顔《かお》にビタッと貼《は》りつけた。

「誰《だれ》が巨人《きょじん》なんぞと言《い》った？　おまえさん、誰《だれ》と話《はな》をしたんだ？　誰《だれ》が言《い》った？　俺《おれ》が何《なに》したと――誰《だれ》が俺《おれ》のその――何《なん》だ？」

「私《わたし》たち、そう思《おも》っただけよ」ハーマイオニーが謝《あやま》るように言《い》った。

「ほう、そう思《おも》っただけだと？」

ハグリッドは、生肉《なまにく》で隠《かく》されていないほうの目《め》で、ハーマイオニーを厳《きび》しく見《み》すえた。

「何《なん》ていうか……見《み》え見《み》えだし」ロンが言《い》うと、ハリーもうなずいた。

ハグリッドは三人《にん》をじろりとにらむと、フンと鼻《はな》を鳴《な》らし、生肉《なまにく》をテーブルの上《うえ》に放《ほう》り投《な》げ、ピーピー鳴《な》っているやかんのほうにのっしのっしと歩《ある》いていった。

「おまえさんらみてえな小童《こわっぱ》は初《はじ》めてだ。必要以上《ひつよういじょう》に知《し》り過《す》ぎとる」

ハグリッドは、バケツ形《がた》マグカップ三個《こ》に煮立《にた》った湯《ゆ》をバシャバシャ注《そそ》ぎながら、ブツクサ言《い》った。

「ほめとるわけじゃあねえぞ。知《し》りたがり屋《や》、とも言《い》うな。おせっかいとも」

しかし、ハグリッドのひげがヒクヒク笑《わら》っていた。

「それじゃ、巨人《きょじん》を探《さが》していたんだね？」ハリーはテーブルに着《つ》きながらニヤッと笑《わら》った。

ハグリッドは紅茶《こうちゃ》をそれぞれの前《まえ》に置《お》き、腰《こし》を下《お》ろして、また生肉《なまにく》を取《と》り上《あ》げるとビタッと顔《かお》に戻《もど》した。

「しょうがねえ」ハグリッドがぶすっと言《い》った。「そうだ」

「見《み》つけたの？」ハーマイオニーが声《こえ》をひそめた。

「まあ、正直言《しょうじきい》って、連中《れんちゅう》を見《み》つけるのはそう難《むずか》しくはねえ」ハグリッドが言《い》った。「でっけえからな」

「どこにいるの？」ロンが聞《き》いた。

「山《やま》だ」ハグリッドは答《こた》えにならない答《こた》えをした。

「だったら、どうしてマグルに出《で》――？」

「出《で》くわしとる」ハグリッドが暗《くら》い声《こえ》を出《だ》した。「ただ、そいつらが死《し》ぬと、山《やま》での遭難事故《そうなんじこ》っちゅうことになるわけだ」

ハグリッドは生肉《なまにく》をずらして、傷《きず》の一番《いちばん》ひどい所《ところ》に当《あ》てた。

「ねえ、ハグリッド。何《なに》をしていたのか、話《はな》してくれよ！」ロンが言《い》った。「巨人《きょじん》に襲《おそ》われた話《はなし》を聞《き》かせてよ。そしたらハリーが、吸魂鬼《きゅうこんき》に襲《おそ》われた話《はなし》をしてくれるよ」

ハグリッドは飲《の》みかけの紅茶《こうちゃ》にむせ、生肉《なまにく》を取《と》り落《お》とした。ハグリッドがしゃべろうとして咳《せ》き込《こ》むやら、生肉《なまにく》がペチャッと軽《かる》い音《おと》を立《た》てて床《ゆか》に落《お》ちるやらで、大量《たいりょう》のつばと紅茶《こうちゃ》とドラゴンの血《ち》がテーブルに飛《と》び散《ち》った。

「何《なん》だって？　吸魂鬼《きゅうこんき》に襲《おそ》われた？」ハグリッドがうなった。

「知《し》らなかったの？」ハーマイオニーが目《め》を丸《まる》くした。

「ここを出《で》てから起《お》こったことは、何《なん》も知《し》らん。秘密《ひみつ》の使命《しめい》だったんだぞ。ふくろうがどこまでもついて来《く》るようじゃ困《こま》るだろうが――吸魂鬼《きゅうこんき》のやつが！　冗談《じょうだん》だろうが？」

「ほんとうなんだ。リトル・ウィンジングに現《あらわ》れて、僕《ぼく》といとこを襲《おそ》ったんだ。それから魔法《まほう》省《しょう》が僕《ぼく》を退学《たいがく》にして――」

「なにぃ？」

「――それから尋問《じんもん》に呼《よ》び出《だ》されてとか、いろいろ。だけど、最初《さいしょ》に巨人《きょじん》の話《はなし》をしてよ」

「退学《たいがく》になった？」

「ハグリッドがこの夏《なつ》のことを話《はな》してくれたら、僕《ぼく》のことも話《はな》すよ」

ハグリッドは開《あ》いているほうの目《め》でハリーをぎろりと見《み》た。ハリーは、一途《いちず》に思《おも》いつめた顔《かお》でまっすぐその目《め》を見返《みかえ》した。

「しかたがねえ」観念《かんねん》したような声《こえ》でハグリッドが言《い》った。

ハグリッドはかがんで、ドラゴンの生肉《なまにく》をファングの口《くち》からぐいともぎ取《と》った。

「まあ、ハグリッド。だめよ。不潔《ふけつ》じゃな――」ハーマイオニーが言《い》いかけたときには、ハグリッドはもう腫《は》れた目《め》に生肉《なまにく》をべたりと貼《は》りつけていた。

元気《げんき》づけに紅茶《こうちゃ》をもう一口《ひとくち》ガブリと飲《の》み、ハグリッドが話《はな》しだした。

「さて、俺《おれ》たちは、学期《がっき》が終《お》わるとすぐ出発《しゅっぱつ》した――」

「それじゃ、マダム・マクシームが一緒《いっしょ》だったのね？」ハーマイオニーが口《くち》を挟《はさ》んだ。

「ああ、そうだ」

ハグリッドの顔《かお》に――ひげと緑《みどり》の生肉《なまにく》に覆《おお》われていない部分《ぶぶん》はわずかだったが――やわらいだ表情《ひょうじょう》が浮《う》かんだ。

「そうだ。二人《ふたり》だけだ。言《い》っとくが、ええか、あの女《ひと》は、どんな厳《きび》しい条件《じょうけん》も物《もの》ともせんかった。オリンペはな。ほれ、あの女《ひと》は身《み》なりのええ、きれいな女《ひと》だし、俺《おれ》たちがどんな所《ところ》に行《い》くのかを考《かんが》えると、『野《の》に伏《ふ》し、岩《いわ》を枕《まくら》にする』のはどんなもんかと、俺《おれ》はいぶかっとった。ところが、あの女《ひと》は、ただの一度《いちど》も弱音《よわね》を吐《は》かんかった」

「行《ゆ》き先《さき》はわかっていたの？」ハリーが聞《き》いた。「巨人《きょじん》がどこにいるか知《し》っていたの？」

「いや、ダンブルドアが知《し》っていなさった。で、俺《おれ》たちに教《おし》えてくれた」ハグリッドが言《い》った。

「巨人《きょじん》って、隠《かく》れてるの？」ロンが聞《き》いた。「秘密《ひみつ》なの？　居場所《いばしょ》は？」

「そうでもねえ」ハグリッドがもじゃもじゃ頭《あたま》を振《ふ》った。「たいていの魔法使《まほうつか》いは、連中《れんちゅう》が遠《とお》くに離《はな》れてさえいりゃあ、どこにいるかなんて気《き》にしねえだけだ。ただ、連中《れんちゅう》のいる場所《ばしょ》は簡単《かんたん》には行《い》けねえとこだ。少《すく》なくともヒトにとってはな。そこで、ダンブルドアに教《おし》えてもらう必要《ひつよう》があった。一か月《げつ》かかったぞ。そこに着《つ》くまでに――」

「一か月《げつ》？」

ロンはそんなにばかげた時間《じかん》がかかる旅《たび》なんて、聞《き》いたことがないという声《こえ》を出《だ》した。

「だって――移動キー《ポートキー》とか何《なん》か使《つか》えばよかったんじゃないの？」

ハグリッドは隠《かく》れていないほうの目《め》を細《ほそ》め、妙《みょう》な表情《ひょうじょう》を浮《う》かべてロンを見《み》た。ほとんど哀《あわ》れんでいるような目《め》だった。

「俺《おれ》たちは見張《みは》られているんだ、ロン」ハグリッドがぶっきらぼうに言《い》った。

「どういう意味《いみ》？」

「おまえさんにはわかってねえ」ハグリッドが言《い》った。「魔法省《まほうしょう》はダンブルドアを見張《みは》っとる。それに、魔法省《まほうしょう》が、あの方《かた》と組《く》んでるとみなした者《もの》全部《ぜんぶ》をだ。そんで――」

「そのことは知《し》ってるよ」話《はなし》の先《さき》が聞《き》きたくてうずうずし、ハリーが急《いそ》いで言《い》った。「魔法省《まほうしょう》がダンブルドアを見張《みは》ってることは、僕《ぼく》たち知《し》ってるよ――」

「それで、そこに行《い》くのに魔法《まほう》が使《つか》えなかったんだね？」ロンが雷《かみなり》に打《う》たれたような顔《かお》をした。

「マグルみたいに行動《こうどう》しなきゃならなかったの？　ずーっと？」

「いいや、ずーっとっちゅうわけではねえ」ハグリッドは言《い》いたくなさそうだった。「ただ、気《き》をつけにゃあならんかった。何《なん》せ、オリンペと俺《おれ》はちいっと目立《めだ》つし――」

ロンは鼻《はな》から息《いき》を吸《す》うのか吐《は》くのか決《き》めかねたような押《お》し殺《ころ》した音《おと》を出《だ》した。そしてあわてて紅茶《こうちゃ》をゴクリと飲《の》んだ。

「――そんで、俺《おれ》たちは追跡《ついせき》されやすい。俺《おれ》たちは一緒《いっしょ》に休暇《きゅうか》を過《す》ごすふりをした。で、フランスに行《い》った。魔法省《まほうしょう》の誰《だれ》かにつけられとるのはわかっとったんで、オリンペの学校《がっこう》のあたりを目指《めざ》しているように見《み》せかけた。ゆっくり行《い》かにゃならんかった。何《なん》せ俺《おれ》は魔法《まほう》を使《つか》っちゃいけねえことになっとるし、魔法省《まほうしょう》は俺《おれ》たちを捕《つか》まえる口実《こうじつ》を探《さが》していたからな。だが、つけてるやつを、ディー・ジョンのあたりで何《なん》とかまいた――」

「わぁぁぁー、ディジョン？」ハーマイオニーが興奮《こうふん》した。「バケーションで行《い》ったことがあるわ。それじゃ、あれ見《み》た――？」

ロンの顔《かお》を見《み》て、ハーマイオニーがだまった。

「そのあとは、俺《おれ》たちも少《すこ》しは魔法《まほう》を使《つか》った。そんで、なかなかいい旅《たび》だった。ポーランドの国境《こっきょう》で、狂《くる》ったトロール二匹《ひき》に出《で》っくわしたな。それからミンスクのパブで、俺《おれ》は吸血鬼《きゅうけつき》とちょいと言《い》い争《あらそ》いをしたが、それ以外《いがい》は、まったくすいすいだった」

「で、その場所《ばしょ》に到着《とうちゃく》して、そんで、連中《れんちゅう》の姿《すがた》を探《さが》して山《やま》ん中《なか》を歩《ある》き回《まわ》った」

「連中《れんちゅう》の近《ちか》くに着《つ》いてからは、魔法《まほう》は一時《いちじ》お預《あず》けにした。一つには、連中《れんちゅう》は魔法使《まほうつか》いが嫌《きら》いなんで、あんまり早《はや》くから下手《へた》に刺激《しげき》するのはよくねえからな。もう一つには、ダンブルドアが、『例《れい》のあの人《ひと》』もきっと巨人《きょじん》を探《さが》していると、俺《おれ》たちに警告《けいこく》しなすったからだ。もうすでに巨人《きょじん》に使者《ししゃ》を送《おく》っている可能性《かのうせい》が高《たか》いと言《い》いなすった。巨人《きょじん》の近《ちか》くに行《い》ったら、死喰《しく》い人《びと》がどこかにいるかもしれんから、俺《おれ》たちのほうに注意《ちゅうい》を引《ひ》かねえよう、くれぐれも気《き》をつけろとおっしゃった」

ハグリッドは話《はなし》を止《と》め、ぐいっと一息《ひといき》紅茶《こうちゃ》を飲《の》んだ。

「先《さき》を話《はな》して！」ハリーがせき立《た》てた。

「見《み》つけた」ハグリッドがズバッと言《い》った。「ある夜《よる》、尾根《おね》を越《こ》えたら、そこにいた。俺《おれ》たちの真下《ました》に広《ひろ》がって。下《した》のほうにちっこいたき火《び》がいくつもあって、そんで、おっきな影《かげ》だ……『山《やま》が動《うご》く』のを見《み》ているみてえだった」

「どのくらい大《おお》きいの？」ロンが声《こえ》をひそめて聞《き》いた。

「六メートルぐれえ」ハグリッドがこともなげに言《い》った。「おっきいやつは七、八メートルあったかもしれん」

「何人《なんにん》ぐらいいたの？」ハリーが聞《き》いた。

「ざっと七十から八十ってとこだな」ハグリッドが答《こた》えた。

「それだけ？」ハーマイオニーが聞《き》いた。

「ん」ハグリッドが悲《かな》しそうに言《い》った。「八十人《にん》が生《い》き残《のこ》っとった。一時期《いちじき》はたくさんいた。世《せ》界中《かいじゅう》から何百《なんびゃく》ちゅう種族《しゅぞく》が集《あつ》まったにちげぇねえ。だが、何年《なんねん》もの間《あいだ》に死《し》に絶《た》えていった。もちろん、魔法使《まほうつか》いが殺《ころ》したのも少《すこ》しはある。けんど、たいがいはお互《たが》いに殺《ころ》し合《あ》ったのよ。今《いま》ではもっと急速《きゅうそく》に絶滅《ぜつめつ》しかかっとる。あいつらは、あんなふうに固《かた》まって暮《く》らすようにはできてねえ。ダンブルドアは、俺《おれ》たちに責任《せきにん》があるって言《い》いなさる。俺《おれ》たち魔法使《まほうつか》いのせいで、あいつらは俺《おれ》たちからずっと離《はな》れたとこにいって暮《く》らさにゃならんようになった。そうなりゃ、自衛手段《じえいしゅだん》で、お互《たが》いに固《かた》まって暮《く》らすしかねえ」

「それで」ハリーが言《い》った。「巨人《きょじん》を見《み》つけて、それから？」

「ああ、俺《おれ》たちは朝《あさ》まで待《ま》った。暗《くら》いところで連中《れんちゅう》に忍《しの》び寄《よ》るなんてまねは、俺《おれ》たちの身《み》の安全《あんぜん》のためにもしたくなかったからな」ハグリッドが言《い》った。「朝《あさ》の三時《じ》ごろ、あいつらは座《すわ》ったまんまの場所《ばしょ》で眠《ねむ》り込《こ》んだ。俺《おれ》たちは眠《ねむ》るどころじゃねえ。何《なん》せ誰《だれ》かが目《め》を覚《さ》まして俺《おれ》たちの居場《いば》所《しょ》を見《み》つけたりしねえように気《き》をつけにゃならんかったし、それにすげえいびきでなあ。そのせいで朝方《あさがた》になだれが起《お》こったわ」

「とにかく、明《あか》るくなるとすぐ、俺《おれ》たちは連中《れんちゅう》に会《あ》いに下《お》りていった」

「素手《すで》で？」ロンが恐《おそ》れと尊敬《そんけい》の混《ま》じった声《こえ》を上《あ》げた。「巨人《きょじん》の居住地《きょじゅうち》のど真《ま》ん中《なか》に、歩《ある》いていったの？」

「ダンブルドアがやり方《かた》を教《おし》えてくださった」ハグリッドが言《い》った。「ガーグに貢《みつ》ぎ物《もの》を持《も》っていけ、尊敬《そんけい》の気持《きも》ちを表《あらわ》せ、そういうこった」

「貢《みつ》ぎ物《もの》を、誰《だれ》に持《も》っていくだって？」ハリーが聞《き》いた。

「ああ、ガーグだ――頭《かしら》って意味《いみ》だ」

「誰《だれ》が頭《かしら》なのか、どうやってわかるの？」ロンが聞《き》いた。

ハグリッドがおもしろそうに鼻《はな》を鳴《な》らした。

「わけはねえ。一番《いちばん》でっけえ、一番醜《いちばんみにく》い、一番《いちばん》なまけ者《もの》だったな。みんなが食《く》いもんを持《も》ってくるのを、ただ座《すわ》って待《ま》っとった。死《し》んだ山羊《やぎ》とか、そんなもんを。カーカスって名《な》だ。身《み》の丈《たけ》七、八メートルってとこだった。そんで、雄《おす》の象《ぞう》二頭分《とうぶん》の体重《たいじゅう》だな。サイの皮《かわ》みてえな皮膚《ひふ》で」

「なのに、その頭《かしら》の所《ところ》まで、のこのこ参上《さんじょう》したの？」ハーマイオニーが息《いき》をはずませた。

「うー……参上《さんじょう》ちゅうか、下《くだ》っていったんだがな。頭《かしら》は谷底《たにぞこ》に寝転《ねころ》んでいたんだ。やつらは、四つの高《たけ》え山《やま》の間《あいだ》の深《ふか》くへこんだとこの、湖《みずうみ》のそばにいた。そんで、カーカスは湖《みずうみ》のすぐそばに寝《ね》そべって、自分《じぶん》と女房《にょうぼう》に食《く》いもんを持《も》ってこいとほえていた。俺《おれ》はオリンペと山《やま》を下《くだ》っていった――」

「だけど、ハグリッドたちを見《み》つけたとき、やつらは殺《ころ》そうとしなかったの？」ロンが信《しん》じられないという声《こえ》で聞《き》いた。

「何人《なんにん》かはそう考《かんが》えたにちげぇねえ」ハグリッドが肩《かた》をすくめた。「しかし、俺《おれ》たちは、ダンブルドアに言《い》われたとおりにやった。つまりだな、貢《みつ》ぎ物《もの》を高々《たかだか》と持《も》ち上《あ》げて、ガーグだけをしっかり見《み》て、ほかの連中《れんちゅう》は無視《むし》すること。俺《おれ》たちはそのとおりにやった。そしたら、ほかの連中《れんちゅう》はおとなしくなって、俺《おれ》たちが通《とお》るのを見《み》とった。そんで、俺《おれ》たちはまっすぐカーカスの足元《あしもと》まで行《い》っておじぎして、その前《まえ》に貢《みつ》ぎ物《もの》を置《お》いた」

「巨人《きょじん》には何《なに》をやるものなの？」ロンが熱《ねっ》っぽく聞《き》いた。「食《た》べ物《もの》？」

「うんにゃ。やつは食《く》いもんは充分手《じゅうぶんて》に入《はい》る」ハグリッドが言《い》った。「頭《かしら》に魔法《まほう》を持《も》っていったんだ。巨人《きょじん》は魔法《まほう》が好《す》きだ。ただ、俺《おれ》たちが連中《れんちゅう》に不利《ふり》な魔法《まほう》を使《つか》うのが気《き》に食《く》わねえだけよ。とにかく、最初《さいしょ》の日《ひ》は、頭《かしら》に『グブレイシアンの火《ひ》の枝《えだ》』を贈《おく》った」

ハーマイオニーは「うわーっ！」と小《ちい》さく声《こえ》を上《あ》げたが、ハリーとロンはちんぷんかんぷんだと顔《かお》をしかめた。

「何《なん》の枝《えだ》――?」

「永遠《えいえん》の火《ひ》よ」ハーマイオニーがいらいらと言《い》った。「二人《ふたり》とももう知《し》ってるはずなのに。フリットウィック先生《せんせい》が授業《じゅぎょう》で少《すく》なくとも二回《かい》はおっしゃったわ!」

「あー、とにかくだ」

ロンが何《なに》か言《い》い返《かえ》そうとするのをさえぎり、ハグリッドが急《いそ》いで言《い》った。

「ダンブルドアが小枝《こえだ》に魔法《まほう》をかけて、永遠《えいえん》に燃《も》え続《つづ》けるようにしたんだが、こいつぁ、並《なみ》の魔《ま》法使《ほうつか》いができるこっちゃねえ。そんで、俺《おれ》は、カーカスの足元《あしもと》の雪《ゆき》ン中《なか》にそいつを置《お》いて、こう言《い》った。『巨人《きょじん》の頭《かしら》に、アルバス・ダンブルドアからの贈《おく》り物《もの》でございます。ダンブルドアがくれぐれもよろしくとのことです』」

「それで、カーカスは何《なん》て言《い》ったの?」ハリーが熱《ねっ》ぽく聞《き》いた。

「なんも」ハグリッドが答《こた》えた。「英語《えいご》がしゃべれねえ」

「そんな!」

「それはどうでもよかった」ハグリッドは動《どう》じなかった。「ダンブルドアはそういうことがあるかもしれんと警告《けいこく》していなさった。カーカスは、俺《おれ》たちの言葉《ことば》がしゃべれる巨人《きょじん》を二、三人《にん》、大《おお》声《ごえ》で呼《よ》ぶぐれえのことはできたんで、そいつらが通訳《つうやく》した」

「それで、カーカスは貢《みつ》ぎ物《もの》が気《き》に入《い》ったの？」ロンが聞《き》いた。

「おう、そりゃもう。そいつが何《なん》だかわかったときにゃ、大騒《おおさわ》ぎだったわ」ハグリッドはドラゴンの生肉《なまにく》を裏返《うらがえ》し、腫《は》れ上《あ》がった目《め》に冷《つめ》たい面《めん》を押《お》し当《あ》てた。「喜《よろこ》んだのなんの。そこで俺《おれ》は言《い》った。『アルバス・ダンブルドアがガーグにお願《ねが》い申《もう》します。明日《あす》また贈《おく》り物《もの》を持《も》って参上《さんじょう》したとき、使《つか》いの者《もの》と話《はなし》をしてやってくだされ』」

「どうしてその日《ひ》に話《はな》せなかったの？」ハーマイオニーが聞《き》いた。

「ダンブルドアは、俺《おれ》たちがとにかくゆっくり事《こと》を運《はこ》ぶのをお望《のぞ》みだった」ハグリッドが答《こた》えた。

「連中《れんちゅう》に、俺《おれ》たちが約束《やくそく》を守《まも》るっちゅうことを見《み》せるわけだ。**俺《おれ》たちは明日《あす》また贈《おく》り物《もの》を持《も》って戻《もど》ってきます**ってな。で、俺《おれ》たちはまた贈《おく》り物《もの》を持《も》って戻《もど》る――いい印象《いんしょう》を与《あた》えるわけだ、な？　そんで、連中《れんちゅう》が最初《さいしょ》のもんを試《ため》してみる時間《じかん》を与《あた》える。で、そいつがちゃんとしたもんだってわかる。で、もっと欲《ほ》しいと夢中《むちゅう》にさせる。とにかく、カーカスみてえな巨人《きょじん》はな――あんまり一《いち》度《ど》にいっぱい情報《じょうほう》をやってみろ、面倒《めんどう》だっちゅうんで、こっちが整理《せいり》されっちまう。そんで、俺《おれ》たちはおじぎして引《ひ》き下《さ》がり、その夜《よる》を過《す》ごす手《て》ごろな洞窟《どうくつ》を見《み》つけて、そんで次《つぎ》の朝《あさ》戻《もど》っていったところ、カーカスがもう座《すわ》って、うずうずして待《ま》っとったわ」

「それで、カーカスと話《はな》したの？」

「おう、そうだ。まず、立派《りっぱ》な戦闘用《せんとうよう》の兜《かぶと》を贈《おく》った——小鬼《ゴブリン》の作《つく》ったやつで、ほれ、絶対壊《ぜったいこわ》れねえ——で、俺《おれ》たちも座《すわ》って、そんで、話《はな》した」

「カーカスは何《なん》と言《い》ったの？」

「あんまりなんも」ハグリッドが言《い》った。「だいたいが聞《き》いてたな。だが、いい感《かん》じだった。カーカスはダンブルドアのことを聞《き》いたことがあってな。ダンブルドアがイギリスで最後《さいご》の生き残《のこ》りの巨人《きょじん》を殺《ころ》すことに反対《はんたい》したっちゅうことを聞《き》いてたんで、ダンブルドアが何《なに》を言《い》いたいのか、かなり興味《きょうみ》を持《も》ったみてえだった。それに、ほかにも数人《すうにん》、特《とく》に少《すこ》し英語《えいご》がわかる連中《れんちゅう》もな。そいつらも周《まわ》りに集《あつ》まって耳《みみ》を傾《かたむ》けた。その日《ひ》、帰《かえ》るころには、俺《おれ》たちは希望《きぼう》を持《も》った。明日《あす》また贈《おく》り物《もの》を持《も》ってくるからと約束《やくそく》した」

「ところが、その晩《ばん》、なんもかもだめになった」

「どういうこと？」ロンが急《せ》き込《こ》んだ。

「まあ、さっき言《い》ったように、連中《れんちゅう》は一緒《いっしょ》に暮《く》らすようにはできてねえ。巨人《きょじん》てやつは」ハグリッドは悲《かな》しそうに言《い》った。

「あんなに大《おお》きな集団《しゅうだん》ではな。どうしてもがまんできねえんだな。数週間《すうしゅうかん》ごとにお互《たが》いに半殺《はんごろ》しの目《め》にあわせる。男《おとこ》は男《おとこ》で、女《おんな》は女《おんな》で戦《たたか》うし、昔《むかし》の種族《しゅぞく》の残党《ざんとう》がお互《たが》いに戦《たたか》うし、そこまでいかねでも、それ食《く》いもんだ、やれ一番《いちばん》いい火《ひ》だ、寝《ね》る場所《ばしょ》だって、小競《こぜ》り合《あ》いだ。自分《じぶん》たちが絶滅《ぜつめつ》しかかっているっちゅうのに。お互《たが》いに殺《ころ》し合《あ》うのはやめるかと思《おも》えば……」

ハグリッドは深《ふか》いため息《いき》をついた。

「その晩《ばん》、戦《たたか》いが起《お》きた。俺《おれ》たちは洞穴《ほらあな》の入口《いりぐち》から谷間《たにま》を見下《みお》ろして、そいつを見《み》た。何時間《なんじかん》も続《つづ》いた。その騒《さわ》ぎときたら、ひでえもんだった。そんで、太陽《たいよう》が昇《のぼ》ったときにゃ、雪《ゆき》が真《ま》っ赤《か》で、やつの頭《あたま》が湖《みずうみ》の底《そこ》に沈《しず》んでいたわ」

「誰《だれ》の頭《あたま》が？」ハーマイオニーが息《いき》をのんだ。

「カーカスの」ハグリッドが重苦《おもくる》しく言《い》った。「新《あたら》しいガーグがいた。ゴルゴマスだ」

ハグリッドがフーッとため息《いき》をついた。

「いや、最初《さいしょ》のガーグと友好的《ゆうこうてき》に接触《せっしょく》して二日後《ふつかご》に、頭《かしら》が新《あたら》しくなるたぁ思《おも》わなんだ。そんで、どうもゴルゴマスは俺《おれ》たちの言《い》うことに興味《きょうみ》がねえような予感《よかん》がした。そんでも、やってみなけりゃなんねえ」

「そいつの所《ところ》に話《はな》しにいったの？」ロンがまさかという顔《かお》をした。「仲間《なかま》の巨人《きょじん》の首《くび》を引《ひ》っこ抜《ぬ》いたのを見《み》たあとなのに？」

「むろん、俺《おれ》たちは行《い》った」ハグリッドが言《い》った。「はるばる来《き》たのに、たった二日《ふつか》であきらめられるもんか！　カーカスにやるはずだった次《つぎ》の贈《おく》り物《もの》を持《も》って、俺《おれ》たちは下《お》りていった」

「口《くち》を開《ひら》く前《まえ》に、俺《おれ》はこりゃあだめだと思《おも》った。あいつはカーカスの兜《かぶと》をかぶって座《すわ》っててな、俺《おれ》たちが近《ちか》づくのをニヤニヤして見《み》とった。でっかかったぞ。そこにいた連中《れんちゅう》の中《なか》でも一番《いちばん》でっけえうちに入《はい》るな。髪《かみ》とおそろいの黒《くろ》い歯《は》だ。そんで骨《ほね》のネックレスで、ヒトの骨《ほね》のようなのも何本《なんぼん》かあったな。まあ、とにかく俺《おれ》はやってみた――ドラゴンの革《かわ》の大《おお》きな巻《ま》き物《もの》を差《さ》し出《だ》したのよ――そんで、こう言《い》った。『巨人《きょじん》のお頭《かしら》への贈《おく》り物《もの》――』次《つぎ》の瞬間《しゅんかん》、気《き》がつくと、足《あし》をつかまれて逆《さか》さ吊《づ》りだった。やつの仲間《なかま》が二人《ふたり》、俺《おれ》をむんずとつかんでいた」

ハーマイオニーが両手《りょうて》でパチンと口《くち》を覆《おお》った。

「そんなのからどうやって逃《のが》れたの？」ハリーが聞《き》いた。

「オリンペがいなけりゃ、だめだったな」ハグリッドが言《い》った。「オリンペが杖《つえ》を取《と》り出《だ》して、俺《おれ》が見《み》た中《なか》でも一番《いちばん》の早業《はやわざ》で呪文《じゅもん》を唱《とな》えた。実《じつ》にさえとったわ。俺《おれ》をつかんでた二人《ふたり》の両目《りょうめ》を、『結膜炎《けつまくえん》の呪《のろ》い』で直撃《ちょくげき》だ。で、二人《ふたり》はすぐ俺《おれ》を落《お》っことした。――だが、さあ、やっかいなことになった。やつらに不利《ふり》な魔法《まほう》を使《つか》ったわけだ。巨人《きょじん》が魔法使《まほうつか》いを憎《にく》んどるのはまさにそれなんだ。逃《に》げるしかねえ。そんで、どうやったってもう、連中《れんちゅう》の居住地《きょじゅうち》に堂々《どうどう》と戻《もど》ることはできねえ」

「うわあ、ハグリッド」ロンがボソリと言《い》った。

「じゃ、三日間《みっかかん》しかそこにいなかったのに、どうしてここに帰《かえ》るのにこんなに時間《じかん》がかかったの？」ハーマイオニーが聞《き》いた。

「三日《みっか》でそっから離《はな》れたわけじゃねえ！」ハグリッドが憤慨《ふんがい》したように言《い》った。「ダンブルドアが俺《おれ》たちにお任《まか》せなすったんだ！」

「だって、今《いま》、どうやったってそこには戻《もど》れなかったって言《い》ったわ！」

「昼日中《ひるひなか》はだめだった。そうとも。ちいっと策《さく》を練《ね》りなおすはめになった。目立《めだ》たねえように、二、三日洞穴《にちほらあな》に閉《と》じこもって様子《ようす》を見《み》てたんだ。しかし、どうも形勢《けいせい》はよくねえ」

「ゴルゴマスはまた首《くび》をはねたの？」ハーマイオニーは気味悪《きみわる》そうに言《い》った。

「いいや」ハグリッドが言《い》った。「そんならよかったんだが」

「どういうこと？」

「まもなく、やつが全部《ぜんぶ》の魔法使《まほうつか》いに逆《さか》らっていたっちゅうわけではねえことがわかった——俺《おれ》たちにだけだった」

「死喰《しく》い人《びと》？」ハリーの反応《はんのう》は早《はや》かった。

「そうだ」ハグリッドが暗《くら》い声《こえ》で言《い》った。「ガーグに贈《おく》り物《もの》を持《も》って、毎日二人《まいにちふたり》が来《き》とったが、やつは連中《れんちゅう》を逆《さか》さ吊《づ》りにはしてねえ」

「どうして死喰《しく》い人《びと》だってわかったの？」ロンが聞《き》いた。

「連中《れんちゅう》の一人《ひとり》に見覚《みおぼ》えがあったからだ」ハグリッドがうなった。「マクネア、覚《おぼ》えとるか？バックビークを殺《ころ》すのに送《おく》られてきたやつだ。殺人鬼《さつじんき》よ、やつは。ゴルゴマスとおんなじぐれえ殺《ころ》すのが好《す》きなやつだし、気《き》が合《あ》うわけだ」

「それで、マクネアが『例《れい》のあの人《ひと》』の味方《みかた》につくようにって、巨人《きょじん》を説《と》き伏《ふ》せたの？」ハーマイオニーが絶望的《ぜつぼうてき》な声《こえ》で言《い》った。

「ドウ、ドウ、ドウ。急《せ》くな、ヒッポグリフよ。話《はなし》は終《お》わっちゃいねえ！」

ハグリッドが憤然《ふんぜん》として言《い》った。最初《さいしょ》は、三人《にん》に何《なに》も話《はな》したくないはずだったのに、今《いま》やハグリッドは、かなり楽《たの》しんでいる様子《ようす》だった。

「オリンペと俺《おれ》とでじっくり話《はな》し合《あ》って、意見《いけん》が一致《いっち》した。ガーグが『例《れい》のあの人《ひと》』に肩入《かたい》れしそうな様子《ようす》だからっちゅうて、みんながみんなそうだとはかぎらねえ。そうじゃねえ連中《れんちゅう》を説《と》き伏《ふ》せなきゃなんねえ。ゴルゴマスをガーグにしたくなかった連中《れんちゅう》をな」

「どうやって見分《みわ》けたんだい？」ロンが聞《き》いた。

「そりゃ、しょっちゅうこてんぱんに打《う》ちのめされてた連中《れんちゅう》だろうが？」

ハグリッドは辛抱《しんぼうづよ》強く説明《せつめい》した。

「ちーっと物《もの》のわかる連中《れんちゅう》は、俺《おれ》たちみてえに谷《たに》の周《まわ》りの洞穴《ほらあな》に隠《かく》れて、ゴルゴマスに出会《であ》わねえようにしてた。そんで、俺《おれ》たちは、夜《よる》のうちに洞穴《ほらあな》をのぞいて歩《ある》いて、その連中《れんちゅう》を説得《せっとく》してみようと決《き》めたんだ」

「巨人《きょじん》を探《さが》して、暗《くら》い洞穴《ほらあな》をのぞいて回《まわ》ったの？」ロンは恐《おそ》れと尊敬《そんけい》の入《い》りまじった声《こえ》で聞《き》いた。

「いや、俺《おれ》たちが心配《しんぱい》したのは、巨人《きょじん》のほうじゃねえ」ハグリッドが言《い》った。「むしろ、死喰《しく》い人《びと》のほうが気《き》になった。ダンブルドアが、できれば死喰《しく》い人《びと》にはかかわるなと、前々《まえまえ》から俺《おれ》たちにそう言《い》いなすった。ところが、連中《れんちゅう》は俺《おれ》たちがそのあたりにいることを知《し》っていたからやっかいだった――大方《おおかた》、ゴルゴマスが連中《れんちゅう》に俺《おれ》たちのことを話《はな》したんだろう。夜《よる》、巨人《きょじん》が眠《ねむ》っている間《あいだ》に俺《おれ》たちが洞穴《ほらあな》に忍《しの》び込《こ》もうとしとったとき、マクネアのやつらは俺《おれ》たちを探《さが》して山《やま》ん中《なか》をこっそり動《うご》き回《まわ》っちょったわ。オリンペがやつらに飛《と》びかかろうとするのを止《と》めるのに苦労《くろう》したわい」

ハグリッドのぼうぼうとしたひげの口元《くちもと》がキュッと持《も》ち上《あ》がった。

「オリンペはさかんに連中《れんちゅう》を攻撃《こうげき》したがってな……怒《おこ》るとすごいぞ、あの女《ひと》は……そうとも、火《ひ》のようだ……うん、あれがオリンペのフランス人《じん》の血《ち》なんだな……」

ハグリッドは夢見《ゆめみ》るような目《め》つきで暖炉《だんろ》の火《ひ》を見《み》つめた。ハリーは、三十秒間《びょうかん》だけハグリッドが思《おも》い出《で》に浸《ひた》るのを待《ま》ってから、大《おお》きな咳払《せきばら》いをした。

「それから、どうなったの？　反対派《はんたいは》の巨人《きょじん》たちには近《ちか》づけたの？」

「何《なに》？　ああ……あ、うん。そうだとも。カーカスが殺《ころ》されてから三日目《みっかめ》の夜《よる》、俺《おれ》たちは隠《かく》れていた洞穴《ほらあな》からこっそり抜《ぬ》け出《だ》して、谷《たに》のほうを目指《めざ》した。死喰《しく》い人《びと》の姿《すがた》に目《め》を凝《こ》らしながらな。洞穴《ほらあな》に二、三か所入《しょはい》ってみたが、だめだ――そんで、六つ目《め》ぐれえで、巨人《きょじん》が三人隠《にんかく》れてるのを見《み》つけた」

「洞穴《ほらあな》がぎゅうぎゅうだったろうな」ロンが言《い》った。

「ニ・・・・ーズルの額《ひたい》ぐれえ狭《せま》かったな」ハグリッドが言《い》った。

「こっちの姿《すがた》を見《み》て、襲《おそ》ってこなかった？」ハーマイオニーが聞《き》いた。

「まともな体《からだ》だったら襲《おそ》ってきただろうな」ハグリッドが言《い》った。「だが、連中《れんちゅう》はひどくけがしとった。三人《にん》ともだ。ゴルゴマス一味《いちみ》に気《き》を失《うしな》うまでたたきのめされて、正気《しょうき》づいたとき洞穴《ほらあな》を探《さが》して、一番近《いちばんちか》くにあった穴《あな》にはい込《こ》んだ。とにかく、そのうちの一人《ひとり》がちっとは英語《えいご》ができて、ほかの二人《ふたり》に通訳《つうやく》して、そんで、俺《おれ》たちの言《い》いたいことは、まあまあ伝《つた》わったみてえだった。そんで、俺《おれ》たちは、傷《きず》ついた連中《れんちゅう》を何回《なんかい》も訪《たず》ねた……たしか、一度《いちど》は六人《にん》か七人《にん》ぐれえが納得《なっとく》してくれたと思《おも》う」

「六人《にん》か七人《にん》？」ロンが熱《ねっ》っぽく言《い》った。「そりゃ、悪《わる》くないよ――その巨人《きょじん》たち、ここに来《く》るの？　僕《ぼく》たちと一緒《いっしょ》に『例《れい》のあの人《ひと》』と戦《たたか》うの？」

しかし、ハーマイオニーは聞《き》き返《かえ》した。「ハグリッド、『一度《いちど》は』って、どういうこと？」

ハグリッドは悲《かな》しそうにハーマイオニーを見《み》た。

「ゴルゴマスの一味《いちみ》がその洞穴《ほらあな》を襲撃《しゅうげき》した。生《い》き残《のこ》ったやつらも、それからあとは俺《おれ》たちに関《かか》わろうとせんかった」

「じゃ……じゃ、巨人《きょじん》は一人《ひとり》も来《こ》ないの？」ロンががっかりしたように言《い》った。

「来《こ》ねえ」

ハグリッドは深《ふか》いため息《いき》をつき、生肉《なまにく》を裏返《うらがえ》して冷《つめ》たいほうを顔《かお》に当《あ》てた。

「だが、俺《おれ》たちはやるべきことをやった。ダンブルドアの言葉《ことば》も伝《つた》えたし、それに耳《みみ》を傾《かたむ》けた巨《きょ》人《じん》も何人《なんにん》かはいた。そんで、何人《なんにん》かはそれを覚《おぼ》えとるだろうと思《おも》う。たぶんとしか言《い》えねえが、ゴルゴマスの所《ところ》にいたくねえ連中《れんちゅう》が、山《やま》から下《お》りたら、そんで、その連中《れんちゅう》が、ダンブルドアが友《ゆう》好的《こうてき》だっちゅうことを思《おも》い出《だ》すかもしれん……その連中《れんちゅう》が来《く》るかもしれん」

雪《ゆき》がすっかり窓《まど》を覆《おお》っていた。ハリーは、ローブのひざの所《ところ》がぐっしょりぬれているのに気《き》づいた。ファングがひざに頭《あたま》をのせて、よだれを垂《た》らしていた。

「ハグリッド？」しばらくしてハーマイオニーが静《しず》かに言《い》った。

「んー？」

「あなたの……何《なに》か手《て》がかりは……そこにいる間《あいだ》に……耳《みみ》にしたのかしら……あなたの……お母《かあ》さんのこと？」

ハグリッドは開《ひら》いているほうの目《め》で、じっとハーマイオニーを見《み》た。ハーマイオニーは気《き》がくじけたかのようだった。

「ごめんなさい……私《わたし》……忘《わす》れてちょうだい――」

「死《し》んだ」ハグリッドがボソッと言《い》った。「何年《なんねん》も前《まえ》に死《し》んだ。連中《れんちゅう》が教《おし》えてくれた」

「まあ……私《わたし》……ほんとにごめんなさい」ハーマイオニーが消《き》え入《い》るような声《こえ》で言《い》った。ハグリッドはがっしりした肩《かた》をすくめた。

「気《き》にすんな」ハグリッドは言葉少《ことばすく》なに言《い》った。「あんまりよく覚《おぼ》えてもいねえ。いい母親《ははおや》じゃあなかった」

みんながまただまり込《こ》んだ。ハーマイオニーが、何《なに》かしゃべってと言《い》いたげに、落《お》ち着《つ》かない様子《ようす》でハリーとロンをちらちら見《み》た。

「だけど、ハグリッド、どうしてそんなふうになったのか、まだ説明《せつめい》してくれていないよ」ロンが、ハグリッドの血《ち》だらけの顔《かお》を指《さ》しながら言《い》った。

「それに、どうしてこんなに帰《かえ》りが遅《おそ》くなったのかも」ハリーが言《い》った。「シリウスが、マダム・マクシームはとっくに帰《かえ》ってきたって言《い》ってた――」

「誰《だれ》に襲《おそ》われたんだい？」ロンが聞《き》いた。

「襲《おそ》われたりしてねえ！」ハグリッドが語気《ごき》を強《つよ》めた。「俺《おれ》は――」

そのあとの言葉《ことば》は、突然誰《とつぜんだれ》かが戸《と》をドンドンたたく音《おと》にのみ込《こ》まれてしまった。ハーマイオニーが息《いき》をのんだ。手《て》にしたマグが指《ゆび》の間《あいだ》をすべり、床《ゆか》に落《お》ちて砕《くだ》け、ファングがキャンキャン鳴《な》いた。四人全員《にんぜんいん》が戸口《とぐち》の脇《わき》の窓《まど》を見《み》つめた。ずんぐりした背《せ》の低《ひく》い人影《ひとかげ》が、薄《うす》いカーテンを通《とお》してゆらめいていた。

「あの女《おんな》だ！」ロンがささやいた。

「この中《なか》に入《はい》って！」

ハリーは早口《はやくち》にそう言《い》いながら、透明《とうめい》マントをつかんでハーマイオニーにサッとかぶせ、ロンもテーブルを急《いそ》いで回《まわ》り込《こ》んで、マントの中《なか》に飛《と》び込《こ》んだ。三人《にん》は、固《かた》まって部屋《へや》の隅《すみ》に引《ひ》っ込《こ》んだ。ファングは狂《くる》ったように戸口《とぐち》に向《む》かってほえていた。ハグリッドはさっぱりわけがわからないという顔《かお》をしていた。

「ハグリッド、僕《ぼく》たちのマグを隠《かく》して！」

ハグリッドはハリーとロンのマグをつかみ、ファングの寝《ね》るバスケットのクッションの下《した》に押《お》し込《こ》んだ。ファングは今《いま》や、戸《と》に飛《と》びかかっていた。ハグリッドは足《あし》でファングを脇《わき》に押《お》しやり、戸《と》を引《ひ》いて開《あ》けた。

アンブリッジ先生《せんせい》が戸口《とぐち》に立《た》っていた。緑《みどり》のツイードのマントに、おそろいの耳《みみ》あてつき帽子《ぼうし》をかぶっている。アンブリッジは口《くち》をギュッと結《むす》び、のけぞってハグリッドを見上《みあ》げた。背丈《せたけ》がハグリッドのへそにも届《とど》いていなかった。

「それでは」アンブリッジがゆっくり、大《おお》きな声《こえ》で言《い》った。まるで耳《みみ》の遠《とお》い人《ひと》に話《はな》しかけるかのようだった。「あなたがハグリッドなの？」

答《こた》えも待《ま》たずに、アンブリッジはずかずかと部屋《へや》に入《はい》り、飛《と》び出《だ》した目《め》をぎょろつかせてそこいら中《じゅう》を見回《みまわ》した。

「おどき」ファングが跳《と》びついて顔《かお》をなめようとするのを、ハンドバッグで払《はら》いのけながら、アンブリッジがピシャリと言《い》った。

「あー――失礼《しつれい》だとは思《おも》うが」ハグリッドが言《い》った。「いったいおまえさんは誰《だれ》ですかい？」

「わたくしはドローレス・アンブリッジです」

アンブリッジの目《め》が小屋《こや》の中《なか》をなめるように見《み》た。ハリーがロンとハーマイオニーに挟《はさ》まれて立《た》っている隅《すみ》を、その目《め》が二度《ど》も直視《ちょくし》した。

「ドローレス・アンブリッジ？」ハグリッドは当惑《とうわく》しきった声《こえ》で言《い》った。「たしか魔法省《まほうしょう》の人《ひと》だと思《おも》ったが――ファッジのところで仕事《しごと》をしてなさらんか？」

「大臣《だいじん》の上級《じょうきゅう》次官《じかん》でした。そうですよ」

アンブリッジは、今度《こんど》は小屋《こや》の中《なか》を歩《ある》き回《まわ》り、壁《かべ》に立《た》てかけられた背負袋《せおいぶくろ》から、脱《ぬ》ぎ捨《す》てられた旅行用《りょこうよう》マントまで、何《なに》もかも観察《かんさつ》していた。

「今《いま》は『闇《やみ》の魔術《まじゅつ》に対《たい》する防衛術《ぼうえいじゅつ》』の教師《きょうし》ですが――」

「そいつぁ豪気《ごうき》なもんだ」ハグリッドが言《い》った。「今《いま》じゃ、あの職《しょく》に就《つ》くやつぁあんまりいねえ」

「――それに、ホグワーツ高等尋問官《こうとうじんもんかん》です」アンブリッジはハグリッドの言葉《ことば》など、まったく耳《みみ》に入《はい》らなかったかのように言《い》い放《はな》った。

「そりゃ何《なん》ですかい？」ハグリッドが顔《かお》をしかめた。

「わたくしもまさに、そう聞《き》こうとしていたところですよ」アンブリッジは、床《ゆか》に散《ち》らばった陶器《とうき》のかけらを指差《ゆびさ》していた。ハーマイオニーのマグカップだった。

「ああ」ハグリッドは、よりによって、ハリー、ロン、ハーマイオニーがひそんでいる隅《すみ》のほうをちらりと見《み》た。「あ、そいつぁ……ファングだ。ファングがマグを割《わ》っちまって。そんで、俺《おれ》は別《べつ》のやつを使《つか》わなきゃなんなくて」

ハグリッドは自分《じぶん》が飲《の》んでいたマグを指差《ゆびさ》した。片方《かたほう》の手《て》でドラゴンの生肉《なまにく》を目《め》に押《お》し当《あ》てたままだった。アンブリッジは、今度《こんど》はハグリッドの真正面《ましょうめん》に立《た》ち、小屋《こや》よりもハグリッドの様《よう》子《す》をじっくり観察《かんさつ》していた。

「声《こえ》が聞《き》こえたわ」アンブリッジが静《しず》かに言《い》った。

「俺《おれ》がファングと話《はな》してた」ハグリッドが頑《がん》として言《い》った。

「それで、ファングが受《う》け答《こた》えしてたの？」

「そりゃ……言《い》ってみりゃ」ハグリッドはうろたえていた。「ときどき俺《おれ》は、ファングのやつがほとんどヒト並《な》みだと言《い》っとるぐれえで――」

「城《しろ》の玄関《げんかん》からあなたの小屋《こや》まで、雪《ゆき》の上《うえ》に足跡《あしあと》が三人分《にんぶん》ありました」アンブリッジはさらりと言《い》った。

ハーマイオニーがあっと息《いき》をのんだ。その口《くち》を、ハリーがパッと手《て》で覆《おお》った。運《うん》よく、ファングがアンブリッジ先生《せんせい》のローブのすそを、鼻息荒《はないきあら》くかぎ回《まわ》っていたおかげで、気《き》づかれずにすんだようだった。

「さーて、俺《おれ》はたった今帰《いまかえ》ったばっかしで」ハグリッドはどでかい手《て》を振《ふ》って、背負袋《せおいぶくろ》を指《さ》した。

「それより前《まえ》に誰《だれ》か来《き》たかもしれんが、会《あ》えなかったな」

「あなたの小屋《こや》から城《しろ》までの足跡《あしあと》はまったくありませんよ」

「はて、俺《おれ》は……俺《おれ》にはどうしてそうなんか、わからんが……」

ハグリッドは神経質《しんけいしつ》にあごひげを引《ひ》っ張《ぱ》り、助《たす》けを求《もと》めるかのように、またしてもちらりと、ハリー、ロン、ハーマイオニーが立《た》っている部屋《へや》の隅《すみ》を見《み》た。

「うむむ……」

アンブリッジはサッと向《む》きを変《か》え、注意深《ちゅういぶか》くあたりを見回《みまわ》しながら、小屋《こや》の端《はし》から端《はし》までずかずか歩《ある》いた。体《からだ》をかがめてベッドの下《した》をのぞき込《こ》んだり、戸棚《とだな》を開《あ》けたりした。三人《にん》が壁《かべ》に張《は》りついて立《た》っている場所《ばしょ》からほんの数《すう》センチの所《ところ》をアンブリッジが通《とお》り過《す》ぎたとき、ハリーはほんとうに腹《はら》を引《ひ》っ込《こ》めた。ハグリッドが料理《りょうり》に使《つか》う大鍋《おおなべ》の中《なか》を綿密《めんみつ》に調《しら》べたあと、アンブリッジはまた向《む》きなおってこう言《い》った。

「あなた、どうしたの？ どうしてそんな大《おお》けがをしたのですか？」

ハグリッドはあわててドラゴンの生肉《なまにく》を顔《かお》から離《はな》した。離《はな》さなきゃいいのに、とハリーは思《おも》った。おかげで目《め》の周《まわ》りのどす黒《ぐろ》い傷《きず》がむき出《だ》しになったし、当然《とうぜん》、顔《かお》にべっとりついた血《ち》のりも、生傷《なまきず》から流《なが》れる血《ち》もはっきり見《み》えた。

「なに、その……ちょいと事故《じこ》で」ハグリッドは歯切《はぎ》れが悪《わる》かった。

「どんな事故《じこ》なの？」

「あ――つまずいて転《ころ》んだ」

「つまずいて転《ころ》んだ」アンブリッジが冷静《れいせい》にくり返《かえ》した。

「ああ、そうだ。けっつまずいて……友達《ともだち》の箒《ほうき》に。俺《おれ》は飛《と》べねえから。何《なん》せ、ほれ、この体《からだ》だ。俺《おれ》を乗《の》っけられるような箒《ほうき》はねえだろう。友達《ともだち》がアブラクサン馬《ば》を飼育《しいく》してての。おまえさん、見《み》たことがあるかどうか知《し》らねえが、ほれ、羽《はね》のあるおっきなやつだ。俺《おれ》はちょっくらそいつに乗《の》ってみた。そんで――」

「あなた、どこに行《い》っていたの？」

アンブリッジは、ハグリッドのしどろもどろにぐさりと切《き》り込《こ》んだ。

「どこに――？」

「行《い》っていたか。そう」アンブリッジが言《い》った。「学校《がっこう》は二か月前《げつまえ》に始《はじ》まっています。あなたのクラスはほかの先生《せんせい》がかわりに教《おし》えるしかありませんでしたよ。あなたがどこにいるのか、お仲《なか》間《ま》の先生《せんせい》は誰《だれ》もご存《ぞん》じないようでしてね。あなたは連絡先《れんらくさき》も置《お》いていかなかったし。どこに行《い》っていたの？」

一瞬《いっしゅん》、ハグリッドは、むき出《だ》しになったばかりの目《め》でアンブリッジをじっと見《み》つめ、だまり込《こ》んだ。ハリーは、ハグリッドの脳《のう》みそが必死《ひっし》に働《はたら》いている音《おと》が聞《き》こえるような気《き》がした。

「お――俺《おれ》は、健康上《けんこうじょう》の理由《りゆう》で休《やす》んでた」

「健康上《けんこうじょう》の？」

アンブリッジの目《め》がハグリッドのどす黒《ぐろ》く腫《は》れ上《あ》がった顔《かお》を探《さぐ》るように眺《なが》め回《まわ》した。ドラゴンの血《ち》が、ポタリポタリと静《しず》かにハグリッドのベストに滴《したた》っていた。

「そうですか」

「そうとも」ハグリッドが言《い》った。「ちょいと――新鮮《しんせん》な空気《くうき》を、ほれ――」

「そうね。家畜番《かちくばん》は、新鮮《しんせん》な空気《くうき》がなかなか吸《す》えないでしょうしね」アンブリッジが猫《ねこ》なで声《ごえ》で言《い》った。ハグリッドの顔《かお》にわずかに残《のこ》っていた、どす黒《ぐろ》くない部分《ぶぶん》が赤《あか》くなった。

「その、なんだ――場所《ばしょ》が変《か》われば、ほれ――」

「山《やま》の景色《けしき》とか？」アンブリッジがすばやく言《い》った。

知《し》ってるんだ。ハリーは絶望的《ぜつぼうてき》にそう思《おも》った。

「山《やま》？」ハグリッドはすぐに悟《さと》ったらしく、オウム返《がえ》しに言《い》った。「うんにゃ、俺《おれ》の場合《ばあい》は南《みなみ》フランスだ。ちょいと太陽《たいよう》と……海《うみ》だな」

「そう？」アンブリッジが言《い》った。「あんまり日焼《ひや》けしていないようね」

「ああ……まあ……皮膚《ひふ》が弱《よわ》いんで」ハグリッドは何《なん》とか愛想笑《あいそわら》いをして見《み》せた。ハリーは、ハグリッドの歯《は》が二本《ほん》折《お》れているのに気《き》づいた。アンブリッジは冷《つめ》たくハグリッドを見《み》た。ハグリッドの笑《わら》いがしぼんだ。アンブリッジは、腕《うで》にかけたハンドバッグを少《すこ》しずり上《あ》げながら言《い》った。

「もちろん、大臣《だいじん》には、あなたが遅《おく》れて戻《もど》ったことをご報告《ほうこく》します」

「ああ」ハグリッドがうなずいた。

「それに、高等尋問官《こうとうじんもんかん》として、残念《ざんねん》ながら、わたくしは同僚《どうりょう》の先生方《せんせいがた》を査察《ささつ》するという義務《ぎむ》があることを認識《にんしき》していただきましょう。ですから、まもなくまたあなたにお目《め》にかかることになると申《もう》し上《あ》げておきます」

アンブリッジはくるりと向《む》きを変《か》え、戸口《とぐち》に向《む》かって闊歩《かっぽ》した。

「おまえさんが俺《おれ》たちを査察《ささつ》？」ハグリッドはぼうぜんとその後《うし》ろ姿《すがた》を見《み》ながら言《い》った。

「ええ、そうですよ」

アンブリッジは戸《と》の取《と》っ手《て》に手《て》をかけながら、振《ふ》り返《かえ》って静《しず》かに言《い》った。

「魔法省《まほうしょう》はね、ハグリッド、教師《きょうし》として不適切《ふてきせつ》な者《もの》を取《と》り除《のぞ》く覚悟《かくご》です。では、おやすみ」

アンブリッジは戸《と》をバタンと閉《し》めて立《た》ち去《さ》った。ハリーは透明《とうめい》マントを脱《ぬ》ぎかけたが、ハーマイオニーがその手首《てくび》を押《お》さえた。

「まだよ」ハーマイオニーがハリーの耳元《みみもと》でささやいた。「まだ完全《かんぜん》に行《い》ってないかもしれない」

ハグリッドも同《おな》じ考《かんが》えだったようだ。ドスンドスンと小屋《こや》を横切《よこぎ》り、カーテンをわずかに開《あ》けた。

「城《しろ》に帰《かえ》っていきおる」ハグリッドが小声《こごえ》で言《い》った。

「なんと……査察《ささつ》だと？　あいつが？」

「そうなんだ」ハリーが透明《とうめい》マントをはぎ取《と》りながら言《い》った。「もうトレローニーが観察処分《かんさつしょぶん》になった……」

「あの……ハグリッド、授業《じゅぎょう》でどんなものを教《おし》えるつもり？」ハーマイオニーが聞《き》いた。

「おう、心配《しんぱい》するな。授業《じゅぎょう》の計画《けいかく》はどっさりあるぞ」

ハグリッドは、ドラゴンの生肉《なまにく》をテーブルからすくい上《あ》げ、またしても目《め》の上《うえ》にビタッと押《お》し当《あ》てながら、熱《ねっ》を込《こ》めて言《い》った。

「O《ふ》・W《くろう》・L《ねんよう》年用にいくつか取《と》っておいた動物《どうぶつ》がいる。まあ、見《み》てろ。特別《とくべつ》の特別《とくべつ》だぞ」

「えーと……どんなふうに特別《とくべつ》なの？」ハーマイオニーが恐《おそ》る恐《おそ》る聞《き》いた。

「教《おし》えねえ」ハグリッドがうれしそうに言《い》った。「びっくりさせてやりてえもんな」

「ねえ、ハグリッド」ハーマイオニーは遠回《とおまわ》しに言《い》うのをやめて、せっぱ詰《つ》まったように言《い》った。「アンブリッジ先生《せんせい》は、あなたがあんまり危険《きけん》なものを授業《じゅぎょう》に連《つ》れてきたら、絶対気《ぜったいき》に入《い》らないと思《おも》うわ」

「危険《きけん》？」ハグリッドは上機嫌《じょうきげん》で、けげんな顔《かお》をした。「ばか言《い》え。おまえたちに危険《きけん》なもんなぞ連《つ》れてこねえぞ！　そりゃ、なんだ、連中《れんちゅう》は自己防衛《じこぼうえい》ぐれえはするが――」

「ハグリッド、アンブリッジの査察《ささつ》に合格《ごうかく》しなきゃならないのよ。そのためには、ポーロックの世話《せわ》の仕方《しかた》とか、ナールとハリネズミの見分《みわ》け方《かた》とか、そういうのを教《おし》えているところを見《み》せたほうが絶対《ぜったい》いいの！」ハーマイオニーが真剣《しんけん》に言《い》った。

「だけんど、ハーマイオニー、それじゃあおもしろくも何《なん》ともねえ」ハグリッドが言《い》った。「俺《おれ》の持《も》ってるのは、もっとすごいぞ。何年《なんねん》もかけて育《そだ》ててきたんだ。俺《おれ》のは、イギリスでただ一つっちゅう飼育種《しいくしゅ》だな」

「ハグリッド……お願《ねが》い……」ハーマイオニーの声《こえ》には、必死《ひっし》の思《おも》いがこもっていた。「アンブリッジは、ダンブルドアに近《ちか》い先生方《せんせいがた》を追《お》い出《だ》すための口実《こうじつ》を探《さが》しているのよ。お願《ねが》い、ハグリッド、O《ふ》・W《くろ》・L《う》に必《かなら》ず出《で》てくるような、つまらないものを教《おし》えてちょうだい」

しかし、ハグリッドは大《おお》あくびをして、小屋《こや》の隅《すみ》の巨大《きょだい》なベッドに片目《かため》を向《む》け、眠《ねむ》たそうな目《め》つきをした。

「さあ、今日《きょう》は長《なが》い一日《いちにち》だった。それに、もう遅《おそ》い」

ハグリッドがやさしくハーマイオニーの肩《かた》をたたいた。ハーマイオニーはひざがガクンと折《お》れ、床《ゆか》にドサッとひざをついた。

「おっ――すまん――」ハグリッドはローブのえりをつかんで、ハーマイオニーを立《た》たせた。

「ええか、俺《おれ》のことは心配《しんぱい》すんな。俺《おれ》が帰《かえ》ってきたからには、おまえさんたちの授業用《じゅぎょうよう》に計画《けいかく》しとった、ほんにすんばらしいやつを持《も》ってきてやる。まかしとけ……さあ、もう城《しろ》に帰《かえ》ったほうがええ。足跡《あしあと》を残《のこ》さねえように、消《け》すのを忘《わす》れるなよ」

「ハグリッドに通《つう》じたかどうかあやしいな」

しばらくして、ロンが言《い》った。安全《あんぜん》を確認《かくにん》し、ますます降《ふ》り積《つ》もる雪《ゆき》の中《なか》を、ハーマイオニーの「消却呪文《しょうきょじゅもん》」のおかげで足跡《あしあと》も残《のこ》さずに城《しろ》に向《む》かって歩《ある》いていく途中《とちゅう》だった。

「だったら、私《わたし》、明日《あす》も来《く》るわ」

ハーマイオニーが決然《けつぜん》と言《い》った。

「いざとなれば、私《わたし》がハグリッドの授業計画《じゅぎょうけいかく》を作《つく》ってあげる。トレローニーがアンブリッジに放《ほう》り出《だ》されたってかまわないけど、ハグリッドは追放《ついほう》させやしない！」

第《だい》21章《しょう》　蛇《へび》の目《め》

日曜《にちよう》の朝《あさ》、ハーマイオニーは六十センチもの雪《ゆき》をかき分《わ》け、再《ふたた》びハグリッドの小屋《こや》を訪《おとず》れた。ハリーとロンも一緒《いっしょ》に行《い》きたかったが、またしても宿題《しゅくだい》の山《やま》が、今《いま》にも崩《くず》れそうな高《たか》さに達《たっ》していたので、しぶしぶ談話室《だんわしつ》に残《のこ》り、校庭《こうてい》から聞《き》こえてくる楽《たの》しげな声《こえ》をたえ忍《しの》んでいた。生徒《せいと》たちは、凍《こお》った湖《みずうみ》の上《うえ》をスケートしたり、リュージュに乗《の》ったりして楽《たの》しんでいたが、雪合戦《ゆきがっせん》の球《たま》に魔法《まほう》をかけてグリフィンドール塔《とう》の上《うえ》まで飛《と》ばし、談話室《だんわしつ》の窓《まど》にガンガンぶつけるのは最悪《さいあく》だった。

「おい！」ついにがまんできなくなったロンが、窓《まど》から首《くび》を突《つ》き出《だ》してどなった。

「僕《ぼく》は監督生《かんとくせい》だぞ。今度《こんど》雪球《ゆきだま》が窓《まど》に当《あ》たったら――**痛《いって》え！**」

ロンは急《いそ》いで首《くび》を引《ひ》っ込《こ》めた。顔《かお》が雪《ゆき》だらけだった。

「フレッドとジョージだ」ロンが窓《まど》をピシャリと閉《し》めながら悔《くや》しそうに言《い》った。「あいつら……」

ハーマイオニーは昼食《ちゅうしょく》間際《まぎわ》に帰《かえ》ってきた。ローブのすそがひざまでぐっしょりで、少《すこ》し震《ふる》えていた。

「どうだった？」ハーマイオニーが入《はい》ってくるのを見《み》つけたロンが聞《き》いた。「授業《じゅぎょう》の計画《けいかく》をすっかり立《た》ててやったのか？」

「やってはみたんだけど」

ハーマイオニーはつかれたように言《い》うと、ハリーのそばの椅子《いす》にどっと座《すわ》り込《こ》んだ。それから杖《つえ》を取《と》り出《だ》し、小《ちい》さく複雑《ふくざつ》な振《ふ》り方《かた》をすると、杖先《つえさき》から熱風《ねっぷう》が噴《ふ》き出《だ》した。それをローブのあちこちに当《あ》てると、湯気《ゆげ》を上《あ》げて乾《かわ》きはじめた。

「私《わたし》が行《い》ったとき、小屋《こや》にもいなかったのよ。私《わたし》、少《すく》なくとも三十分《ぷん》ぐらい戸《と》をたたいたわ。そしたら、森《もり》からのっしのっしと出《で》てきたの」

ハリーがうめいた。禁《きん》じられた森《もり》は、ハグリッドをクビにしてくれそうな生《い》き物《もの》でいっぱいだ。

「あそこで何《なに》を飼《か》っているんだろう？ハグリッドは何《なに》か言《い》った？」ハリーが聞《き》いた。

「ううん」ハーマイオニーはがっくりしていた。

「驚《おどろ》かせてやりたいって言《い》うのよ。アンブリッジのことを説明《せつめい》しようとしたんだけど、どうしても納得《なっとく》できないみたい。キメラよりナールのほうを勉強《べんきょう》したいなんて、まともなやつが考《かんが》えるわけがないって言《い》うばっかり――あら、まさかほんとにキメラを飼《か》ってるとは思《おも》わないけど」

ハリーとロンがぞっとする顔《かお》を見《み》て、ハーマイオニーがつけ加《くわ》えた。

「でも、飼《か》う努力《どりょく》をしなかったわけじゃないわね。卵《たまご》を入手《にゅうしゅ》するのがとても難《むずか》しいって言《い》ってたもの。グラブリー‐プランクの計画《けいかく》に従《したが》ったほうがいいって、口《くち》をすっぱくして言《い》ったんだけど、正直《しょうじき》言《い》って、ハグリッドは私《わたし》の言《い》うことを半分《はんぶん》も聞《き》いていなかったと思《おも》う。ほら、ハグリッドは何《なん》だかおかしなムードなのよ。どうしてあんなに傷《きず》だらけなのか、いまだに言《い》おうとしないし」

次《つぎ》の日《ひ》、朝食《ちょうしょく》のときに教職員《きょうしょくいん》テーブルに現《あらわ》れたハグリッドを、生徒全員《せいとぜんいん》が大歓迎《だいかんげい》したというわけではなかった。フレッド、ジョージ、リーなどの何人《なんにん》かは歓声《かんせい》を上《あ》げて、グリフィンドールとハッフルパフのテーブルの間《あいだ》を飛《と》ぶように走《はし》ってハグリッドにかけ寄《よ》り、巨大《きょだい》な手《て》を握《にぎ》りしめた。

パーバティやラベンダーなどは、暗《くら》い顔《かお》で目配《めくば》せし、首《くび》を振《ふ》った。グラブリー‐プランク先生《せんせい》の授業《じゅぎょう》のほうがいいと思《おも》う生徒《せいと》が多《おお》いだろうと、ハリーにはわかっていた。それに、ほんのちょっぴり残《のこ》っているハリーの公平《こうへい》な判断力《はんだんりょく》が、それも一理《いちり》あると認《みと》めているのが最悪《さいあく》だった。何《なに》しろグラブリー‐プランクの考《かんが》えるおもしろい授業《じゅぎょう》なら、誰《だれ》かの頭《あたま》が食《く》いちぎられる危険性《きけんせい》のあるようなものではない。

火曜日《かようび》、ハリー、ロン、ハーマイオニーは、防寒用《ぼうかんよう》の重装備《じゅうそうび》をし、かなり不安《ふあん》な気持《きも》ちでハグリッドの授業《じゅぎょう》に向《む》かった。ハリーはハグリッドがどんな教材《きょうざい》に決《き》めたのかも気《き》になったが、クラスのほかの生徒《せいと》、特《とく》にマルフォイ一味《いちみ》が、アンブリッジの目《め》の前《まえ》でどんな態度《たいど》を取《と》るかが心配《しんぱい》だった。

しかし、雪《ゆき》と格闘《かくとう》しながら、森《もり》の端《はし》で待《ま》っているハグリッドに近《ちか》づいてみると、高等尋問官《こうとうじんもんかん》の姿《すがた》はどこにも見当《みあ》たらなかった。とはいえ、ハグリッドの様子《ようす》は、不安《ふあん》をやわらげてくれるどころではない。土曜《どよう》の夜《よる》にどす黒《ぐろ》かった傷《きず》に今《いま》は緑《みどり》と黄色《きいろ》が混《ま》じり、切《き》り傷《きず》の何《なん》か所《しょ》かはまだ血《ち》が出《で》ていた。ハリーはこれがどうにも理解《りかい》できなかった。ハグリッドを襲《おそ》った怪物《かいぶつ》の毒《どく》が、傷《きず》の治《なお》るのをさまたげているのだろうか？　不吉《ふきつ》な光景《こうけい》に追《お》い討《う》ちをかけるかのように、ハグリッドは死《し》んだ牛《うし》の半身《はんしん》らしいものを肩《かた》に担《かつ》いでいた。

「今日《きょう》はあそこで授業《じゅぎょう》だ！」

近《ちか》づいてくる生徒《せいと》たちに、ハグリッドは背後《はいご》の暗《くら》い木立《こだち》を振《ふ》り返《かえ》りながら嬉々《きき》として呼《よ》びかけた。

「少《すこ》しは寒《さむ》さしのぎになるぞ！　どっちみち、あいつら、暗《くら》いとこが好《す》きなんだ」

「何《なに》が暗《くら》い所《ところ》が好《す》きだって？」

マルフォイが険《けわ》しい声《こえ》でクラッブとゴイルに聞《き》くのが、ハリーの耳《みみ》に入《はい》った。ちらりと恐怖《きょうふ》をのぞかせた声《こえ》だった。

「あいつ、何《なに》が暗《くら》い所《ところ》が好《す》きだって言《い》った？——聞《き》こえたか？」

マルフォイがこれまでに一度《いちど》だけ禁《きん》じられた森《もり》に入《はい》ったときのことを、ハリーは思《おも》い出《だ》した。あの時《とき》もマルフォイは勇敢《ゆうかん》だったとは言《い》えない。ハリーはひとりでニンマリした。あのクィディッチ試合以来《じあいいらい》、マルフォイが不快《ふかい》に思《おも》うことなら、ハリーは何《なん》だってかまわなかった。

「ええか？」ハグリッドはクラスを見渡《みわた》してうきうきと言《い》った。「よし、さーて、森《もり》の探索《たんさく》は五年生《ねんせい》まで楽《たの》しみに取《と》っておいた。連中《れんちゅう》を自然《しぜん》な生息地《せいそくち》で見《み》せてやろうと思《おも》ってな。さあ、今日勉強《きょうべんきょう》するやつは、めずらしいぞ。こいつらを飼《か》いならすのに成功《せいこう》したのは、イギリスではたぶん俺《おれ》だけだ」

「それで、ほんとうに飼《か》いならされてるって、自信《じしん》があるのかい？」

マルフォイが、ますます恐怖《きょうふ》をあらわにした声《こえ》で聞《き》いた。

「何《なに》しろ、野蛮《やばん》な動物《どうぶつ》をクラスに持《も》ち込《こ》んだのはこれが最初《さいしょ》じゃないだろう？」

スリザリン生《せい》がザワザワとマルフォイに同意《どうい》した。グリフィンドール生《せい》の何人《なんにん》かも、マルフォイの言《い》うことは的《まと》を射《い》ているという顔《かお》をした。

「もちろん飼《か》いならされちょる」ハグリッドは顔《かお》をしかめ、肩《かた》にした牛《うし》の死《し》がいを少《すこ》し揺《ゆ》すり上《あ》げた。

「それじゃ、その顔《かお》はどうしたんだい？」マルフォイが問《と》い詰《つ》めた。

「おまえさんにゃ関係《かんけい》ねえ！」ハグリッドが怒《おこ》ったように言《い》った。

「さあ、ばかな質問《しつもん》が終《お》わったら、俺《おれ》について来《こ》い！」

ハグリッドはみんなに背《せ》を向《む》け、どんどん森《もり》へ入《はい》っていった。誰《だれ》もあとについていきたくないようだった。ハリーはロンとハーマイオニーをちらりと見《み》た。二人《ふたり》ともため息《いき》をついたが、うなずいた。三人《にん》はほかのみんなの先頭《せんとう》に立《た》って、ハグリッドの跡《あと》を追《お》った。

ものの十分《ぶん》も歩《ある》くと、木《き》が密生《みっせい》して夕暮《ゆうぐ》れどきのような暗《くら》い場所《ばしょ》に出《で》た。地面《じめん》には雪《ゆき》も積《つ》もっていない。ハグリッドはフーッと言《い》いながら牛《うし》の半身《はんしん》を下《お》ろし、後《うし》ろに下《さ》がって生徒《せいと》と向《む》き合《あ》った。ほとんどの生徒《せいと》が、木《き》から木《き》へと身《み》を隠《かく》しながらハグリッドに近《ちか》づいてきて、今《いま》にも襲《おそ》われるかのように神経《しんけい》をとがらせて、周《まわ》りを見回《みまわ》していた。

「集《あつ》まれ、集《あつ》まれ」ハグリッドが励《はげ》ますように言《い》った。「さあ、あいつらは肉《にく》の匂《にお》いに引《ひ》かれてやってくるぞ。だが、俺《おれ》のほうでも呼《よ》んでみる。あいつら、俺《おれ》だってことを知《し》りたいだろうからな」

ハグリッドは後《うし》ろを向《む》き、もじゃもじゃ頭《あたま》を振《ふ》って、髪《かみ》の毛《け》を顔《かお》から払《はら》いのけ、かん高《だか》い奇《き》妙《みょう》な叫《さけ》び声《ごえ》を上《あ》げた。その叫《さけ》びは、怪鳥《かいちょう》が呼《よ》び交《か》わす声《こえ》のように、暗《くら》い木々《きぎ》の間《あいだ》にこだました。誰《だれ》も笑《わら》わなかった。ほとんどの生徒《せいと》は、恐《おそ》ろしくて声《こえ》も出《で》ないようだった。

ハグリッドがもう一度《いちど》かん高《だか》く叫《さけ》んだ。一分《ぷん》たった。その間《あいだ》、生徒全員《せいとぜんいん》が神経《しんけい》をとがらせ、肩《かた》越《ご》しに背後《はいご》をうかがったり、木々《きぎ》の間《あいだ》を透《す》かし見《み》たりして、近《ちか》づいてくるはずの何《なに》かの姿《すがた》をとらえようとしていた。そして、ハグリッドが三度《どかみ》髪《》を振《ふ》り払《はら》い、巨大《きょだい》な胸《むね》をさらにふくらませたとき、ハリーはロンをつっつき、曲《ま》がりくねった二本《ほん》のイチイの木《き》の間《あいだ》の暗《くら》がりを指差《ゆびさ》した。

暗《くら》がりの中《なか》で、白《しろ》く光《ひか》る目《め》が一対《いっつい》、だんだん大《おお》きくなってきた。まもなく、ドラゴンのような顔《かお》、首《くび》、そして、翼《つばさ》のある大《おお》きな黒《くろ》い馬《うま》の骨《ほね》ばった胴体《どうたい》が、暗《くら》がりから姿《すがた》を現《あらわ》した。その生《い》き物《もの》は、黒《くろ》く長《なが》い尾《お》を振《ふ》りながら、数秒間生徒《すうびょうかんせいと》たちを眺《なが》め、それから頭《あたま》を下《さ》げて、とがった牙《きば》で死《し》んだ牛《うし》の肉《にく》を食《く》いちぎりはじめた。

ハリーの胸《むね》にどっと安堵感《あんどかん》が押《お》し寄《よ》せた。とうとう証明《しょうめい》された。この生《い》き物《もの》は、ハリーの幻想《げんそう》ではなく実在《じつざい》していた。ハグリッドもこの生《い》き物《もの》を知《し》っていた。ハリーは待《ま》ちきれない気持《きも》ちでロンを見《み》た。しかし、ロンはまだきょろきょろ木々《きぎ》の間《あいだ》を見《み》つめていた。しばらくしてロンがささやいた。

「ハグリッドはどうしてもう一度呼《いちどよ》ばないのかな？」

生徒《せいと》のほとんどが、ロンと同《おな》じように、怖《こわ》い物見《ものみ》たさの当惑《とうわく》した表情《ひょうじょう》で目《め》をこらし、馬《うま》が目《め》と鼻《はな》の先《さき》にいるのに、とんでもない方向《ほうこう》ばかり見《み》ていた。この生《い》き物《もの》が見《み》える様子《ようす》なのは、ハリーのほかに二人《ふたり》しかいなかった。ゴイルのすぐ後《うし》ろで、スリザリンの筋《すじ》ばった男《おとこ》の子《こ》が、馬《うま》が食《く》らいつく姿《すがた》を苦々《にがにが》しげに見《み》ていた。それに、ネビルだ。その目《め》が、長《なが》い黒《くろ》い尾《お》の動《うご》きを追《お》っていた。

「ほれ、もう一頭来《とうき》たぞ！」ハグリッドが自慢《じまん》げに言《い》った。暗《くら》い木《き》の間《あいだ》から現《あらわ》れた二頭目《とうめ》の黒《くろ》い馬《うま》が、なめし革《がわ》のような翼《つばさ》をたたみ込《こ》んで胴体《どうたい》にくっつけ、頭《あたま》を突《つ》っ込《こ》んで肉《にく》にかぶりついた。

「さーて……手《て》を挙《あ》げてみろや。こいつらが見《み》える者《もの》は？」

この馬《うま》の謎《なぞ》がついにわかるのだと思《おも》うとうれしくて、ハリーは手《て》を挙《あ》げた。ハグリッドがハリーを見《み》てうなずいた。

「うん……うん。おまえさんにゃ見《み》えると思《おも》ったぞ、ハリー」ハグリッドはまじめな声《こえ》を出《だ》した。「そんで、おまえさんもだな？　ネビル、ん？　そんで――」

「おうかがいしますが」マルフォイが嘲《あざけ》るように言《い》った。「いったい何《なに》が見《み》えるはずなんでしょうね？」

答《こた》えるかわりに、ハグリッドは地面《じめん》の牛《うし》の死《し》がいを指差《ゆびさ》した。クラス中《じゅう》が一瞬《いっしゅん》そこに注目《ちゅうもく》した。

そして何人《なんにん》かが息《いき》をのみ、パーバティは悲鳴《ひめい》を上《あ》げた。ハリーはそれがなぜなのかわかった。肉《にく》がひとりでに骨《ほね》からはがれ空中《くうちゅう》に消《き》えていくさまは、いかにも気味《きみ》が悪《わる》いにちがいない。

「何《なに》がいるの？」パーバティがあとずさりして近《ちか》くの木《き》の陰《かげ》に隠《かく》れ、震《ふる》える声《こえ》で聞《き》いた。「何《なに》が食《た》べているの？」

「セストラルだ」ハグリッドが誇《ほこ》らしげに言《い》った。ハリーのすぐ隣《となり》で、ハーマイオニーが、納得《なっとく》したように「あっ！」と小《ちい》さな声《こえ》を上《あ》げた。「ホグワーツのセストラルの群《む》れは、全部《ぜんぶ》この森《もり》にいる。そんじゃ、誰《だれ》か知《し》っとる者《もの》は――？」

「だけど、それって、とーっても縁起《えんぎ》が悪《わる》いのよ！」パーバティがとんでもないという顔《かお》で口《くち》を挟《はさ》んだ。「見《み》た人《ひと》にありとあらゆる恐《おそ》ろしい災難《さいなん》が降《ふ》りかかるって言《い》われてるわ。トレローニー先生《せんせい》が一度《いちど》教《おし》えてくださった話《はなし》では――」

「いや、いや、いや」ハグリッドがクックッと笑《わら》った。「そりゃ、単《たん》なる迷信《めいしん》だ。こいつらは縁《えん》起《ぎ》が悪《わる》いんじゃねえ。どえらく賢《かしこ》いし、役《やく》に立《た》つ！　もっとも、こいつら、そんなに働《はたら》いてるわけではねえがな。重要《じゅうよう》なんは、学校《がっこう》の馬車《ばしゃ》ひきだけだ。あとは、ダンブルドアが遠出《とおで》するのに、『姿《すがた》あらわし』をなさらねえときだけだな――ほれ、また二頭《とう》来《き》たぞ――」

木《き》の間《あいだ》から別《べつ》の二頭《とう》が音《おと》もなく現《あらわ》れた。一頭《とう》がパーバティのすぐそばを通《とお》ると、パーバティは身震《みぶる》いして、木《き》にしがみついた。「私《わたし》、何《なに》か感《かん》じたわ。きっとそばにいるのよ！」

「心配《しんぱい》ねえ。おまえさんにけがさせるようなことはしねえから」ハグリッドは辛抱強《しんぼうづよ》く言《い》い聞《き》かせた。「よし、そんじゃ、知《し》っとる者《もの》はいるか？　どうして見《み》える者《もの》と見《み》えない者《もの》がおるのか？」

ハーマイオニーが手《て》を挙《あ》げた。

「言《い》ってみろ」ハグリッドがニッコリ笑《わら》いかけた。

「セストラルを見《み》ることができるのは」ハーマイオニーが答《こた》えた。「死《し》を見《み》たことがある者《もの》だけです」

「そのとおりだ」ハグリッドが厳《おごそ》かに言《い》った。「グリフィンドールに十点《てん》。さーて、セストラルは――」

「エヘン、エヘン」

アンブリッジ先生《せんせい》のお出《で》ましだ。ハリーからほんの数十《すう》センチの所《ところ》に、また緑《みどり》の帽子《ぼうし》とマントを着《き》て、クリップボードをかまえて立《た》っていた。アンブリッジの空咳《からぜき》を初《はじ》めて聞《き》いたハグリッドは、一番近《いちばんちか》くのセストラルを心配《しんぱい》そうにじっと見《み》た。変《へん》な音《おと》を出《だ》したのはそれだと思《おも》ったらしい。

「エヘン、エヘン」

「おう、やあ！」音《おと》の出所《でどころ》がわかったハグリッドがニッコリした。

「今朝《けさ》、あなたの小屋《こや》に送《おく》ったメモは、受《う》け取《と》りましたか？」

アンブリッジは前《まえ》と同《おな》じように、大《おお》きな声《こえ》でゆっくり話《はな》しかけた。まるで外国人《がいこくじん》に、しかもとろい人間《にんげん》に話《はな》しかけているようだ。

「あなたの授業《じゅぎょう》を査察《ささつ》しますと書《か》きましたが？」

「ああ、うん」ハグリッドが明《あか》るく言《い》った。「この場所《ばしょ》がわかってよかった！　ほーれ、見《み》てのとおり――はて、どうかな――見《み》えるか？　今日《きょう》はセストラルをやっちょる――」

「え？　何《なに》？」アンブリッジ先生《せんせい》が耳《みみ》に手《て》を当《あ》て、顔《かお》をしかめて大声《おおごえ》で聞《き》きなおした。「何《なん》て言《い》いましたか？」

ハグリッドはちょっと戸惑《とまど》った顔《かお》をした。

「あー――**セストラル！**」ハグリッドも大声《おおごえ》で言《い》った。「大《お》っきな――あー――翼《つばさ》のある馬《うま》だ。ほれ！」

ハグリッドは、これならわかるだろうとばかり、巨大《きょだい》な両腕《りょううで》をパタパタ上下《じょうげ》させた。アンブリッジ先生《せんせい》は眉《まゆ》を吊《つ》り上《あ》げ、ブツブツ言《い》いながらクリップボードに書《か》きつけた。「**原始的《げんしてき》な……身振《みぶ》りによる……言葉《ことば》に……頼《たよ》らなければ……ならない**」

「さて……とにかく……」ハグリッドは生徒《せいと》のほうに向《む》きなおったが、ちょっとまごついていた。

「む……俺《おれ》は何《なに》を言《い》いかけてた？」

「記憶力《きおくりょく》が……弱《よわ》く……直前《ちょくぜん》の……ことも……覚《おぼ》えて……いないらしい」

アンブリッジのブツブツは、誰《だれ》にも聞《き》こえるような大《おお》きな声《こえ》だった。ドラコ・マルフォイはクリスマスが一か月早《げつはや》く来《き》たような喜《よろこ》びようだ。逆《ぎゃく》にハーマイオニーは、怒《いか》りを抑《おさ》えるのに真《ま》っ赤《か》になっていた。

「あっ、そうだ」

ハグリッドはアンブリッジのクリップボードをそわそわと見《み》たが、勇敢《ゆうかん》にも言葉《ことば》を続《つづ》けた。

「そうだ、俺《おれ》が言《い》おうとしてたのは、どうして群《む》れを飼《か》うようになったかだ。うん。つまり、最《さい》初《しょ》は雄《おす》一頭《とう》と雌《めす》五頭《とう》で始《はじ》めた。こいつは」ハグリッドは最初《さいしょ》に姿《すがた》を現《あらわ》した一頭《とう》をやさしくたたいた。「テネブルスって名《な》で、俺《おれ》が特別《とくべつ》かわいがってるやつだ。この森《もり》で生《う》まれた最初《さいしょ》の一頭《とう》だ——」

「ご存《ぞん》じかしら？」アンブリッジが大声《おおごえ》で口《くち》を挟《はさ》んだ。

「魔法省《まほうしょう》はセストラルを『危険生物《きけんせいぶつ》』に分類《ぶんるい》しているのですが？」

ハリーの心臓《しんぞう》が石《いし》のように重《おも》くなった。しかし、ハグリッドはクックッと笑《わら》っただけだった。

「セストラルが危険《きけん》なものか！　そりゃ、さんざんいやがらせをすりゃあ、かみつくかもしらんが──」

「暴力《ぼうりょく》の……行使《こうし》を……楽《たの》しむ……傾向《けいこう》が……見《み》られる」

アンブリッジがまたしてもブツブツ言《い》いながらクリップボードに走《はし》り書《が》きした。「そりゃちがうぞ──ばかな！」ハグリッドは少《すこ》し心配《しんぱい》そうな顔《かお》になった。「つまり、けしかけりゃ犬《いぬ》もかみつくだろうが──だけんど、セストラルは、死《し》とか何《なん》とかで、悪《わる》い評判《ひょうばん》が立《た》っとるだけだ──こいつらが不吉《ふきつ》だと思《おも》い込《こ》んどるだけだろうが？　わかっちゃいなかったんだ、そうだろうが？」

アンブリッジは何《なに》も答《こた》えず、最後《さいご》のメモを書《か》き終《お》えるとハグリッドを見上《みあ》げ、またしても大《おお》きな声《こえ》でゆっくり話《はな》しかけた。

「授業《じゅぎょう》を普段《ふだん》どおり続《つづ》けてください。わたくしは歩《ある》いて見回《みまわ》ります」アンブリッジは歩《ある》くしぐさをして見《み》せた（マルフォイとパンジー・パーキンソンは、声《こえ》を殺《ころ》して笑《わら》いこけていた）。

「生徒《せいと》さんの間《あいだ》をね」アンブリッジはクラスの生徒《せいと》の一人一人《ひとりひとり》を指差《ゆびさ》した。

「そして、みんなに質問《しつもん》をします」アンブリッジは自分《じぶん》の口《くち》を指差《ゆびさ》し、口《くち》をパクパクさせた。

ハグリッドはアンブリッジをまじまじと見《み》ていた。まるでハグリッドには普通《ふつう》の言葉《ことば》が通《つう》じないかのように身振《みぶ》り手振《てぶ》りをしてみせるのはなぜなのか、さっぱりわからないという顔《かお》だ。ハーマイオニーは今《いま》や悔《くや》し涙《なみだ》を浮《う》かべていた。

「鬼《おに》ばばぁ、腹黒鬼《はらぐろおに》ばばぁ!」アンブリッジがパンジー・パーキンソンのほうに歩《ある》いていったとき、ハーマイオニーが小声《こごえ》で毒《どく》づいた。「あんたが何《なに》をたくらんでいるか、知《し》ってるわよ。鬼《おに》、根性《こんじょう》曲《ま》がりの性悪《しょうわる》の――」

「むむ……とにかくだ」ハグリッドは何《なん》とかして授業《じゅぎょう》の流《なが》れを取《と》り戻《もど》そうと奮闘《ふんとう》していた。「そんで――セストラルだ。うん。まあ、こいつらにはいろいろええとこがある……」

「どうかしら?」アンブリッジ先生《せんせい》が声《こえ》を響《ひび》かせてパンジー・パーキンソンに質問《しつもん》した。「あなた、ハグリッド先生《せんせい》が話《はな》していること、理解《りかい》できるかしら?」

ハーマイオニーと同《おな》じく、パンジーも目《め》に涙《なみだ》を浮《う》かべていたが、こっちは笑《わら》い過《す》ぎの涙《なみだ》だった。クスクス笑《わら》いをこらえながら答《こた》えるので、何《なに》を言《い》っているのかわからないほどだった。

「いいえ……だって……あの……話《はな》し方《かた》が……いつもうなってるみたいで……」

アンブリッジがクリップボードに走《はし》り書《が》きした。ハグリッドの顔《かお》の、けがしていないわずかな部分《ぶぶん》が赤《あか》くなった。それでも、ハグリッドは、パンジーの答《こた》えを聞《き》かなかったかのように振《ふ》る舞《ま》おうとした。

「あー……うん……セストラルのええとこだが。えーと、ここの群《む》れみてえに、いったん飼《か》いならされると、みんな、もう絶対道《ぜったいみち》に迷《まよ》うことはねえぞ。方向感覚抜群《ほうこうかんかくばつぐん》だ。どこへ行《い》きてえって、こいつらに言《い》うだけでええ――」

「もちろん、あんたの言《い》うことがわかれば、ということだろうね」マルフォイが大《おお》きな声《こえ》で言《い》った。

パンジー・パーキンソンがまた発作的《ほっさてき》にクスクス笑《わら》いだした。アンブリッジはその二人《ふたり》には寛《かん》大《だい》にほほ笑《え》み、それからネビルに聞《き》いた。

「セストラルが見《み》えるのね、ロングボトム？」

ネビルがうなずいた。

「誰《だれ》が死《し》ぬところを見《み》たの？」無神経《むしんけい》な調子《ちょうし》だった。

「僕《ぼく》の……じいちゃん」ネビルが言《い》った。

「それで、あの生物《せいぶつ》をどう思《おも》うの？」

ずんぐりした手《て》を馬《うま》のほうに向《む》けてひらひらさせながら、アンブリッジが聞《き》いた。セストラルはもうあらかた肉《にく》を食《く》いちぎり、ほとんど骨《ほね》だけが残《のこ》っていた。

「んー」ネビルは、おずおずとした目《め》でハグリッドをちらりと見《み》た。「えーと……馬《うま》たちは……ん……問題《もんだい》ありません……」

「生徒《せいと》たちは……脅《おど》されていて……怖《こわ》いと……正直《しょうじき》に……そう言《い》えない」アンブリッジはブツブツ言《い》いながらクリップボードにまた書《か》きつけた。

「ちがうよ！」ネビルはうろたえた。「ちがう、僕《ぼく》、あいつらが怖《こわ》くなんかない！」

「いいんですよ」アンブリッジはネビルの肩《かた》をやさしくたたいた。そしてわかっていますよという笑顔《えがお》を見《み》せたつもりらしいが、ハリーにはむしろ嘲笑《ちょうしょう》に見《み》えた。

「さて、ハグリッド」アンブリッジは再《ふたた》びハグリッドを見上《みあ》げ、またしても大《おお》きな声《こえ》でゆっくり話《はな》しかけた。「これでわたくしのほうは何《なん》とかなります。査察《ささつ》の結果《けっか》を（クリップボードを指差《ゆびさ》した）あなたが受《う》け取《と》るのは（自分《じぶん》の体《からだ》の前《まえ》で、何《なに》かを受《う》け取《と》るしぐさをした）、十日後《とおかご》です」アンブリッジは短《みじか》いずんぐり指《ゆび》を十本《ぽん》立《た》てて見《み》せた。それからニターッと笑《わら》ったが、緑《みどり》の帽子《ぼうし》の下《した》で、その笑《わら》いはことさらガマに似《に》ていた。

そしてアンブリッジは、意気揚々《いきようよう》と引《ひ》き揚《あ》げた。あとに残《のこ》ったマルフォイとパンジー・パーキンソンは発作的《ほっさてき》に笑《わら》い転《ころ》げ、ハーマイオニーは怒《いか》りに震《ふる》え、ネビルは困惑《こんわく》した顔《かお》でおろおろしていた。

「あのくされ、うそつき、根性《こんじょう》曲《ま》がり、怪獣《かいじゅう》ばばぁ！」

三十分後《ぶんご》、来《く》るときに掘《ほ》った雪道《ゆきみち》をたどって城《しろ》に帰《かえ》る道々《みちみち》、ハーマイオニーが気炎《きえん》を吐《は》いた。

「あの人《ひと》が何《なに》を目論《もくろ》んでるか、わかる？　混血《こんけつ》を毛嫌《けぎら》いしてるんだわ――ハグリッドをウスノロのトロールか何《なに》かみたいに見《み》せようとしてるのよ。お母《かあ》さんが巨人《きょじん》だというだけで――それに、ああ、不当《ふとう》だわ。授業《じゅぎょう》は悪《わる》くなかったのに――そりゃ、また『尻尾爆発《しっぽばくはつ》スクリュート』なんかだったら……でもセストラルは大丈夫《だいじょうぶ》――ほんと、ハグリッドにしては、とってもいい授業《じゅぎょう》だったわ！」

「アンブリッジはあいつらが危険生物《きけんせいぶつ》だって言《い》ったけど」ロンが言《い》った。

「そりゃ、ハグリッドが言《い》ってたように、あの生物《せいぶつ》はたしかに自己防衛《じこぼうえい》するわ」ハーマイオニーがもどかしげに言《い》った。「それに、グラブリー‐プランクのような先生《せんせい》だったら、普通《ふつう》はN《イ》・E《モ》・W《リ》・T試験《しけん》レベルまではあの生物《せいぶつ》を見《み》せたりしないでしょうね。でも、ねえ、あの馬《うま》、ほんとうにおもしろいと思《おも》わない？　見《み》える人《ひと》と見《み》えない人《ひと》がいるなんて！　私《わたし》にも見《み》えたらいいのに」

「そう思《おも》う？」ハリーが静《しず》かに聞《き》いた。

ハーマイオニーが突然《とつぜん》ハッとしたような顔《かお》をした。

「ああ、ハリー――ごめんなさい――ううん、もちろんそうは思《おも》わない――なんてバカなことを言《い》ったんでしょう」

「いいんだ」ハリーが急《いそ》いで言《い》った。「気《き》にするなよ」

「ちゃんと見《み》える人《ひと》が多《おお》かったのには驚《おどろ》いたな」ロンが言《い》った。「クラスに三人《にん》も——」

「そうだよ、ウィーズリー。今《いま》ちょうど話《はな》してたんだけど」意地《いじ》の悪《わる》い声《こえ》がした。雪《ゆき》で足音《あしおと》が聞《き》こえなかったらしい。マルフォイ、クラッブ、ゴイルが三人《にん》のすぐ後《うし》ろを歩《ある》いていた。

「君《きみ》が誰《だれ》か死《し》ぬところを見《み》たら、少《すこ》しはクアッフルが見《み》えるようになるかな？」

マルフォイ、クラッブ、ゴイルは、三人《にん》を押《お》しのけて城《しろ》に向《む》かいながらゲラゲラ笑《わら》い、突然《とつぜん》

「♪ウィーズリーこそわが王者《おうじゃ》」を合唱《がっしょう》しはじめた。ロンの耳《みみ》が真《ま》っ赤《か》になった。

「無視《むし》。とにかく無視《むし》」ハーマイオニーが呪文《じゅもん》を唱《とな》えるようにくり返《かえ》しながら、杖《つえ》を取《と》り出《だ》してまた「熱風《ねっぷう》の魔法《まほう》」をかけ、温室《おんしつ》までの新雪《しんせつ》を溶《と》かして歩《ある》きやすい道《みち》を作《つく》った。

十二月《がつ》がますます深《ふか》い雪《ゆき》を連《つ》れてやってきた。五年生《ねんせい》の宿題《しゅくだい》もなだれのように押《お》し寄《よ》せた。ロンとハーマイオニーの監督生《かんとくせい》としての役目《やくめ》も、クリスマスが近《ちか》づくにつれてどんどん荷《に》が重《おも》くなっていた。城《しろ》の飾《かざ》りつけの監督《かんとく》をしたり（「金《きん》モールの飾《かざ》りつけするときなんか、ピーブズが片方《かたほう》の端《はし》を持《も》ってこっちの首《くび》をしめようとするんだぜ」とロン）、厳寒《げんかん》で一、二年生《ねんせい》が休《やす》み時《じ》間中《かんちゅう》にも城内《じょうない》にいるのを監視《かんし》したり（「何《なに》せ、あの鼻《はな》ったれども、生意気《なまいき》でむかつくぜ。僕《ぼく》たち

が一年《ねん》のときは、絶対《ぜったい》あそこまで礼儀知《れいぎし》らずじゃなかったな」とロン）、アーガス・フィルチと一緒《いっしょ》に、交代《こうたい》で廊下《ろうか》の見回《みまわ》りもした。フィルチはクリスマス・ムードのせいで決闘《けっとう》が多発《たはつ》するのではないかと疑《うたが》っていた（「あいつ、脳《のう》みそのかわりにクソが詰《つ》まってる。あのやろう」ロンが怒《いか》り狂《くる》った）。

二人《ふたり》とも忙《いそが》し過《す》ぎて、ハーマイオニーは、ついにしもべ妖精《ようせい》の帽子《ぼうし》を編《あ》むことさえやめてしまった。あと三つしか残《のこ》っていないと、ハーマイオニーは焦《あせ》っていた。

「まだ解放《かいほう》してあげられないかわいそうな妖精《ようせい》たち。ここでクリスマスを過《す》ごさなきゃならないんだわ。帽子《ぼうし》が足《た》りないばっかりに！」

ハーマイオニーが作《つく》ったものは全部《ぜんぶ》ドビーが取《と》ってしまったなど、とても言《い》い出《だ》せずにいたハリーは、下《した》を向《む》いたまま「魔法史《まほうし》」のレポートに深々《ふかぶか》と覆《おお》いかぶさった。

いずれにせよ、ハリーはクリスマスのことを考《かんが》えたくなかった。これまでの学校生活《がっこうせいかつ》で初《はじ》めて、ハリーはクリスマスにホグワーツを離《はな》れたいという思《おも》いを強《つよ》くしていた。クィディッチは禁止《きんし》されるし、ハグリッドが停職《ていしょく》になるのではないかと心配《しんぱい》だし、そんなこんなで、ハリーは今《いま》、この学校《がっこう》という場所《ばしょ》がつくづくいやになっていた。

たった一つの楽《たの》しみはDA会合《ディーエーかいごう》だった。しかし、DA《ディーエー》メンバーのほとんどが休暇《きゅうか》を家族《かぞく》と過《す》ごすので、DA《ディーエー》もその間《あいだ》は中断《ちゅうだん》しなければならないだろう。ハーマイオニーは両親《りょうしん》とスキーに行《い》く予定《よてい》だったが、これがロンには大受《おおう》けだった。マグルが細《ほそ》い板切《いたき》れを足《あし》にくくりつけて山《やま》の斜面《しゃめん》をすべり降《お》りるなど、ロンには初耳《はつみみ》だったのだ。一方《いっぽう》ロンは「隠《かく》れ穴《あな》」に帰《かえ》る予定《よてい》だった。ハリーは数日間《すうじつかん》ねたましさにたえていたが、クリスマスにどうやって家《いえ》に帰《かえ》るのかとロンに聞《き》いたとき、そんな思《おも》いを吹《ふ》き飛《と》ばす答《こた》えが返《かえ》ってきた。

「だけど、君《きみ》も来《く》るんじゃないか！　僕《ぼく》、言《い》わなかった？　ママがもう何週間《なんしゅうかん》も前《まえ》に手紙《てがみ》でそう言《い》ってきたよ。君《きみ》を招待《しょうたい》するようにって！」

ハーマイオニーは「まったくもう」という顔《かお》をしたが、ハリーの気持《きも》ちは躍《おど》った。「隠《かく》れ穴《あな》」でクリスマスを過《す》ごすと考《かんが》えただけでわくわくした。ただ、シリウスと一緒《いっしょ》に休暇《きゅうか》を過《す》ごせなくなるのが後《うし》ろめたくて、手放《てばな》しでは喜《よろこ》べなかった。名付《なづ》け親《おや》をクリスマスのお祝《いわ》いに招待《しょうたい》してほしいと、ウィーズリーおばさんに頼《たの》み込《こ》んでみようかとも思《おも》った。

しかし、いずれにせよ、シリウスがグリモールド・プレイスを離《はな》れるのを、ダンブルドアは許可《きょか》しないだろう。それに、ウィーズリーおばさんがシリウスの来訪《らいほう》を望《のぞ》まないだろうと思《おも》わないわけにはいかなかった。二人《ふたり》がよく衝突《しょうとつ》していたからだ。シリウスからは、暖炉《だんろ》の火《ひ》の中《なか》に現《あらわ》れたのを最後《さいご》に、何《なん》の連絡《れんらく》もなかった。アンブリッジが四六時中《しろくじじゅう》見張《みは》っている以上《いじょう》、連絡《れんらく》しようとするのは賢明《けんめい》ではないとわかってはいたが、母親《ははおや》の古《ふる》い館《やかた》で、ひとりぼっちのシリウスが、クリーチャーとさびしくクリスマスのクラッカーのひもを引《ひ》っ張《ぱ》る姿《すがた》を想像《そうぞう》するのはつらかった。

休暇前《きゅうかまえ》の最後《さいご》のＤＡ会合《ディーエーかいごう》で、ハリーは早《はや》めに「必要《ひつよう》の部屋《へや》」に行《い》った。それが正解《せいかい》だった。松明《たいまつ》がパッと灯《とも》ったとたん、ドビーが気《き》を利《き》かせてクリスマスの飾《かざ》りつけをしていたことがわかったのだ。ドビーの仕業《しわざ》なのは明《あき》らかだ。こんな飾《かざ》り方《かた》をするのはドビー以外《いがい》にありえない。百あまりの金《きん》の飾《かざ》り玉《だま》が天井《てんじょう》からぶら下《さ》がり、その全部《ぜんぶ》に、ハリーの似顔絵《にがおえ》とメッセージがついていた。「**楽《たの》しいハリークリスマスを！**」

ハリーが最後《さいご》の玉《たま》を何《なん》とかはずし終《お》えたとき、ドアがキーッと開《ひら》き、ルーナ・ラブグッドがいつもどおりの夢見顔《ゆめみがお》で入《はい》ってきた。

「こんばんは」まだ残《のこ》っている飾《かざ》りつけを見《み》ながら、ルーナがぼうっと挨拶《あいさつ》した。「きれいだね。あんたが飾《かざ》ったの？」

「ちがう。屋敷《やしき》しもべ妖精《ようせい》のドビーさ」

「宿木《やどりぎ》だ」

ルーナが白《しろ》い実《み》のついた大《おお》きな塊《かたまり》を指差《ゆびさ》して夢見《ゆめみ》るように言《い》った。ほとんどハリーの真上《まうえ》にあった。ハリーは飛《と》びのいた。

「そのほうがいいわ」ルーナがまじめくさって言《い》った。「それ、ナーグルだらけのことが多《おお》いから」

その時《とき》、アンジェリーナ、ケイティ、アリシアが到着《とうちゃく》して、ナーグルが何《なん》なのか聞《き》く面倒《めんどう》が省《はぶ》けた。三人《にん》とも息《いき》を切《き》らし、いかにも寒《さむ》そうだった。

「あのね」アンジェリーナが、マントを脱《ぬ》ぎ、隅《すみ》のほうに放《ほう》り投《な》げながら、活気《かっき》のない言《い》い方《かた》をした。「やっと君《きみ》のかわりを見《み》つけた」

「僕《ぼく》のかわり？」ハリーはキョトンとした。

「君《きみ》とフレッドとジョージよ」アンジェリーナがもどかしげに言《い》った。「別《べつ》のシーカーを見《み》つけた！」

「誰《だれ》？」ハリーはすぐ聞《き》き返《かえ》した。

「ジニー・ウィーズリー」ケイティが言《い》った。

ハリーはあっけに取《と》られてケイティを見《み》た。

「うん、そうなのよ」アンジェリーナが杖《つえ》を取《と》り出《だ》し、腕《うで》を曲《ま》げ伸《の》ばししながら言《い》った。

「だけど、実際《じっさい》、かなりうまいんだ。もちろん、君《きみ》とは段《だん》ちがいだけど」アンジェリーナは非難《ひなん》たらたらの目《め》でハリーを見《み》た。「だけど君《きみ》を使《つか》えない以上《いじょう》……」

ハリーは言《い》い返《かえ》したくてのどまで出《で》かかった言葉《ことば》を、ぐっとのみ込《こ》んだ――チームから除籍《じょせき》されたことを、君《きみ》の百倍《ばい》も悔《く》やんでいるのはこの僕《ぼく》だろ？　僕《ぼく》の気持《きも》ちも少《すこ》しは察《さっ》してくれよ。

「それで、ビーターは？」ハリーは平静《へいせい》な調子《ちょうし》を保《たも》とうと努力《どりょく》しながら聞《き》いた。

「アンドリュー・カーク」アリシアが気《き》のない返事《へんじ》をした。「それと、ジャック・スローパー。どっちもさえないけど、ほかに志願《しがん》してきたウスノロどもに比《くら》べれば……」

ロン、ハーマイオニー、ネビルが到着《とうちゃく》して気《き》のめいる会話《かいわ》もここで終《お》わり、五分《ふん》とたたないうちに部屋《へや》が満員《まんいん》になったので、ハリーはアンジェリーナの強烈《きょうれつ》な非難《ひなん》のまなざしを見《み》ずにすんだ。

「オッケー」ハリーはみんなに注目《ちゅうもく》するよう呼《よ》びかけた。「今夜《こんや》はこれまでやったことを復習《ふくしゅう》するだけにしようと思《おも》う。休暇前《きゅうかまえ》の最後《さいご》の会合《かいごう》だから、これから三週間《しゅうかん》も空《あ》いてしまうのに、新《あたら》しいことを始《はじ》めても意味《いみ》がないし――」

「新《あたら》しいことは何《なん》にもしないのか？」ザカリアス・スミスが不服《ふふく》そうにつぶやいた。部屋中《へやじゅう》に聞《き》こえるほど大《おお》きな声《こえ》だった。「そのこと知《し》ってたら、来《こ》なかったのに……」

「いやぁ、ハリーが君《きみ》にお知《し》らせ申《もう》し上《あ》げなかったのは、我々全員《われわれぜんいん》にとって、まことに残念《ざんねん》だったよ」フレッドが大声《おおごえ》で言《い》った。

何人《なんにん》かが意地悪《いじわる》く笑《わら》った。チョウが笑《わら》っているのを見《み》て、ハリーは、階段《かいだん》を一段踏《だんふ》みはずしたときに胃袋《いぶくろ》がすっと引《ひ》っ張《ぱ》られる、あの感覚《かんかく》を味《あじ》わった。

「――二人《ふたり》ずつ組《くみ》になって練習《れんしゅう》だ」ハリーが言《い》った。「最初《さいしょ》は『妨害《ぼうがい》の呪《のろ》い』を十分間《ぶんかん》。それからクッションを出《だ》して、『失神術《しっしんじゅつ》』をもう一度《いちど》やってみよう」

みんな素直《すなお》に二人組《ふたりぐみ》になり、ハリーは相変《あいか》わらずネビルと組《く》んだ。まもなく部屋中《へやじゅう》に「インペディメンタ！　妨害《ぼうがい》せよ！」の叫《さけ》びが断続的《だんぞくてき》に飛《と》び交《か》った。術《じゅつ》をかけられたほうが一分《ぷん》ほど固《かた》まっている間《あいだ》、かけた相手《あいて》は手持《ても》ちぶさたにほかの組《くみ》の様子《ようす》を眺《なが》め、術《じゅつ》が解《と》けると、交代《こうたい》してかけられる側《がわ》に回《まわ》った。

ネビルは見《み》ちがえるほどに上達《じょうたつ》していた。しばらくして、三回続《かいつづ》けてネビルに術《じゅつ》をかけられたあと、ハリーはネビルをまたロンとハーマイオニーの組《くみ》に入《い》れて、自分《じぶん》は部屋《へや》を見回《みまわ》ってほかの組《くみ》を観察《かんさつ》できるようにした。チョウのそばを通《とお》ると、チョウがニッコリ笑《わら》いかけた。ハリーは、あと数回《すうかい》チョウのそばを通《とお》りたいという誘惑《ゆうわく》にたえた。

「妨害《ぼうがい》の呪《のろ》い」を十分間練習《ぶんかんれんしゅう》したあと、みんなでクッションを床《ゆか》いっぱいに敷《し》き詰《つ》め、「失神術《しっしんじゅつ》」を復習《れんしゅう》しはじめた。全員《ぜんいん》がいっせいに、この呪文《じゅもん》を練習《れんしゅう》するには場所《ばしょ》が狭過《せます》ぎたので、半分《はんぶん》がまず練習《れんしゅう》を眺《なが》め、その後交代《ごこうたい》した。みんなを観察《かんさつ》しながら、ハリーは誇《ほこ》らしさに胸《むね》がふくらむ思《おも》いだった。たしかに、ネビルはねらい定《さだ》めていたディーンではなく、パドマ・パチルを失神《しっしん》させたが、そのミスもいつものはずれっぷりよりは的《まと》に近《ちか》かった。そのほか全員《ぜんいん》が長足《ちょうそく》の進歩《しんぽ》をとげていた。

一時間後《じかんご》、ハリーは「やめ」と叫《さけ》んだ。

「みんな、とってもよくなったよ」ハリーは全員《ぜんいん》に向《む》かってニッコリした。「休暇《きゅうか》から戻《もど》ったら、何《なに》か大技《おおわざ》を始《はじ》められるだろう――守護霊《しゅごれい》とか」

みんなが興奮《こうふん》でざわめいた。いつものように三々五々《さんさんごご》部屋《へや》を出《で》ていくとき、ほとんどのメンバーがハリーに「メリークリスマス」と挨拶《あいさつ》した。楽《たの》しい気分《きぶん》で、ハリーはロンとハーマイオニーと一緒《いっしょ》にクッションを集《あつ》め、きちんと積《つ》み上《あ》げた。ロンとハーマイオニーが一足先《ひとあしさき》に部屋《へや》を出《で》た。ハリーは少《すこ》しあとに残《のこ》った。チョウがまだ部屋《へや》にいたので、チョウから「メリークリスマス」と言《い》ってもらいたかったからだ。

「ううん、あなた、先《さき》に帰《かえ》って」チョウが友達《ともだち》のマリエッタにそう言《い》うのが聞《き》こえた。ハリーは心臓《しんぞう》が飛《と》び上《あ》がってのどぼとけのあたりまで上《あ》がってきたような気《き》がした。

ハリーは積《つ》み上《あ》げたクッションをまっすぐにしているふりをした。まちがいなく二人《ふたり》っきりになったと意識《いしき》しながら、ハリーはチョウが声《こえ》をかけてくるのを待《ま》った。ところが、聞《き》こえたのは大《おお》きくしゃくり上《あ》げる声《こえ》だった。

振《ふ》り向《む》くと、チョウが部屋《へや》の真《ま》ん中《なか》で涙《なみだ》にほおをぬらして立《た》っていた。

「どうし――？」

ハリーはどうしていいのかわからなかった。チョウはただそこに立《た》ち尽《つ》くし、さめざめと泣《な》いていた。

「どうしたの？」ハリーはおずおずと聞《き》いた。

チョウは首《くび》を振《ふ》り、そでで目《め》をぬぐった。

「ごめん――なさい」チョウが涙声《なみだごえ》で言《い》った。「たぶん……ただ……いろいろ習《なら》ったものだから……私《わたし》……もしかしてって思《おも》ったの……彼《かれ》がこういうことをみんな知《し》っていたら……死《し》なずにすんだろうにって」

ハリーの心臓《しんぞう》はたちまち落下《らっか》して、元《もと》の位置《いち》を通《とお》り過《す》ぎ、へそのあたりに収《おさ》まった。そうだったのか。チョウはセドリックの話《はなし》がしたかったんだ。

「セドリックは、みんな知《し》っていたよ」ハリーは重《おも》い声《こえ》で言《い》った。「とても上手《じょうず》だった。そうじゃなきゃ、あの迷路《めいろ》の中心《ちゅうしん》までたどり着《つ》けなかっただろう。だけど、ヴォルデモートが本気《ほんき》で殺《ころ》すと決《き》めたら誰《だれ》も逃《に》げられやしない」

チョウはヴォルデモートの名前《なまえ》を聞《き》くとヒクッとのどを鳴《な》らしたが、たじろぎもせずにハリーを見《み》つめていた。

「**あなたは**、ほんの赤《あか》ん坊《ぼう》だったときに生《い》き残《のこ》ったわ」チョウが静《しず》かに言《い》った。

「ああ、そりゃ」ハリーはうんざりしながらドアのほうに向《む》かった。「どうしてなのか、僕《ぼく》にはわからない。誰《だれ》にもわからないんだ。だから、そんなことは自慢《じまん》にはならないよ」

「お願《ねが》い、行《い》かないで！」チョウはまた涙声《なみだごえ》になった。「こんなふうに取《と》り乱《みだ》して、ほんとうにごめんなさい……そんなつもりじゃなかったの……」

チョウはまたヒクッとしゃくり上《あ》げた。真《ま》っ赤《か》に泣《な》き腫《は》らした目《め》をしていても、チョウはほんとうにかわいい。ハリーは心底《しんそこ》みじめだった。「メリークリスマス」と言《い》ってもらえたら、それだけで幸《しあわ》せだったのに。

「あなたにとってはどんなにひどいことなのか、わかってるわ」チョウはまたそでで涙《なみだ》をぬぐった。

「私《わたし》がセドリックのことを口《くち》にするなんて。あなたは彼《かれ》の死《し》を見《み》ているというのに……。あなたは忘《わす》れてしまいたいのでしょう？」

ハリーは何《なに》も答《こた》えなかった。たしかにそうだった。しかし、そう言《い》ってしまうのは残酷《ざんこく》だ。

「あなたは、と、とってもすばらしい先生《せんせい》よ」チョウは弱々《よわよわ》しくほほ笑《え》んだ。「私《わたし》、これまでは何《なん》にも失神《しっしん》させられなかったの」

「ありがとう」ハリーはぎこちなく答《こた》えた。

二人《ふたり》はしばらく見《み》つめ合《あ》った。ハリーは、走《はし》って部屋《へや》から逃《に》げ出《だ》したいという焼《や》けるような思《おも》いと裏腹《うらはら》に、足《あし》がまったく動《うご》かなかった。

「宿木《やどりぎ》だわ」チョウがハリーの頭上《ずじょう》を指差《ゆびさ》して、静《しず》かに言《い》った。

「うん」ハリーは口《くち》がカラカラだった。「でもナーグルだらけかもしれない」

「ナーグルってなあに？」

「さあ」ハリーが答《こた》えた。チョウが近《ちか》づいてきた。ハリーの脳《のう》みそは失神術《しっしんじゅつ》にかかったようだった。

「ルーニーに、あ、ルーナに聞《き》かないと」

チョウはすすり泣《な》きとも笑《わら》いともつかない不思議《ふしぎ》な声《こえ》を上《あ》げた。チョウはますますハリーの近《ちか》くにいた。鼻《はな》の頭《あたま》のそばかすさえ数《かぞ》えられそうだ。

「あなたがとっても好《す》きよ、ハリー」

ハリーは何《なに》も考《かんが》えられなかった。ゾクゾクした感覚《かんかく》が体中《からだじゅう》に広《ひろ》がり、腕《うで》が、足《あし》が、頭《あたま》がしびれていった。

チョウがこんなに近《ちか》くにいる。まつげに光《ひか》る涙《なみだ》の一粒一粒《ひとつぶひとつぶ》が見《み》える……。

三十分後《ぷんご》、ハリーが談話室《だんわしつ》に戻《もど》ると、ハーマイオニーとロンは暖炉《だんろ》のそばの特等席《とくとうせき》に収《おさ》まっていた。ほかの寮生《りょうせい》はほとんど寝室《しんしつ》に引《ひ》っ込《こ》んでしまったらしい。ハーマイオニーは長《なが》い手紙《てがみ》を書《か》いていた。もう羊皮紙一巻《ようひしひとまき》の半分《はんぶん》が埋《う》まり、テーブルの端《はし》から垂《た》れ下《さ》がっている。ロンは暖炉《だんろ》マットに寝《ね》そべり、「変身術《へんしんじゅつ》」の宿題《しゅくだい》に取《と》り組《く》んでいた。

「なんで遅《おそ》くなったんだい？」ハリーがハーマイオニーの隣《となり》のひじかけ椅子《いす》に身《み》を沈《しず》めると、ロンが聞《き》いた。

ハリーは答《こた》えなかった。ショック状態《じょうたい》だった。今起《いまお》こったことをロンとハーマイオニーに言《い》いたい気持《きも》ちと、秘密《ひみつ》を墓場《はかば》まで持《も》って行《い》きたい気持《きも》ちが半分半分《はんぶんはんぶん》だった。

「大丈夫《だいじょうぶ》？　ハリー？」ハーマイオニーが羽根《はね》ペン越《ご》しにハリーを見《み》つめた。

ハリーはあいまいに肩《かた》をすくめた。正直言《しょうじきい》って、大丈夫《だいじょうぶ》なのかどうか、わからなかった。「どうした？」ロンがハリーをよく見《み》ようと、片《かた》ひじをついて上体《じょうたい》を起《お》こした。「何《なに》があった？」

ハリーはどう話《はなし》を切《き》り出《だ》していいやらわからず、話《はな》したいのかどうかさえはっきりわからなかった。何《なに》も言《い》うまいと決《き》めたその時《とき》、ハーマイオニーがハリーの手《て》から主導権《しゅどうけん》を奪《うば》った。

「チョウなの？」ハーマイオニーが真顔《まがお》できびきびと聞《き》いた。「会合《かいごう》のあとで、迫《せま》られたの？」

驚《おどろ》いてぼうっとなり、ハリーはこっくりした。ロンが冷《ひ》やかし笑《わら》いをしたが、ハーマイオニーにひとにらみされて真顔《まがお》になった。

「それで――えー――彼女《かのじょ》、何《なに》を迫《せま》ったんだい？」ロンは気軽《きがる》な声《こえ》を装《よそお》ったつもりらしい。

「チョウは――」ハリーはかすれ声《ごえ》だった。咳払《せきばら》いをして、もう一度《いちど》言《い》いなおした。「チョウは――あー――」

「キスしたの？」ハーマイオニーがてきぱきと聞《き》いた。

ロンがガバッと起《お》き上《あ》がり、インクつぼがはじかれてマット中《じゅう》にこぼれた。そんなことはまったくおかまいなしに、ロンはハリーを穴《あな》が開《あ》くほど見《み》つめた。

「んー？」ロンがうながした。

ハリーは、好奇心《こうきしん》と浮《う》かれだしたい気持《きも》ちが入《い》りまじったロンの顔《かお》から、ちょっとしかめっ面《つら》のハーマイオニーへと視線《しせん》を移《うつ》し、こっくりした。

「**ひゃっほう！**」

ロンは拳《こぶし》を突《つ》き上《あ》げて勝利《しょうり》のしぐさをし、それから思《おも》いっきりやかましいバカ笑《わら》いをした。窓《まど》際《ぎわ》にいた気《き》の弱《よわ》そうな二年生《ねんせい》が数人《すうにん》飛《と》び上《あ》がった。ロンが暖炉《だんろ》マットを転《ころ》げ回《まわ》って笑《わら》うのを見《み》ていたハリーの顔《かお》に、ゆっくりと照《て》れ笑《わら》いが広《ひろ》がった。ハーマイオニーは、最低《さいてい》だわ、という目《め》つきでロンを見《み》ると、また手紙《てがみ》を書《か》きだした。

「それで？」ようやく収《おさ》まったロンが、ハリーを見上《みあ》げた。「どうだった？」

ハリーは一瞬《いっしゅんかんが》考えた。

「ぬれてた」ほんとうのことだった。

ロンは歓喜《かんき》とも嫌悪《けんお》とも取《と》れる、何《なん》とも判断《はんだん》しがたい声《こえ》をもらした。

「だって、泣《な》いてたんだ」ハリーは重《おも》い声《こえ》でつけ加《くわ》えた。

「へえ」ロンの笑《わら》いが少《すこ》しかげった。「君《きみ》、そんなにキスが下手《へた》くそなのか？」

「さあ」ハリーは、そんなふうには考《かんが》えてもみなかったが、すぐに心配《しんぱい》になった。「たぶんそうなんだ」

「そんなことないわよ、もちろん」ハーマイオニーは、相変《あいか》わらず手紙《てがみ》を書《か》き続《つづ》けながら、上《うわ》の空《そら》で言《い》った。

「どうしてわかるんだ？」ロンが切《き》り込《こ》んだ。

「だって、チョウったら、このごろ半分《はんぶん》は泣《な》いてばっかり」ハーマイオニーがあいまいに答《こた》えた。

「食事《しょくじ》のときとか、トイレとか、あっちこっちでよ」

「ちょっとキスしてやったら、元気《げんき》になるんじゃないのかい？」ロンがニヤニヤした。

「ロン」ハーマイオニーはインクつぼに羽根《はね》ペンを浸《ひた》しながら、厳《きび》しく言《い》った。「あなたって、私《わたし》がお目《め》にかかる光栄《こうえい》に浴《よく》した鈍感《どんかん》な方《かた》たちの中《なか》でも、とびきり最高《さいこう》だわ」

「それはどういう意味《いみ》でございましょう？」ロンが憤慨《ふんがい》した。「キスされながら泣《な》くなんて、どういうやつなんだ？」

「まったくだ」ハリーは弱《よわ》りはて、すがる思《おも》いで聞《き》いた。「泣《な》く人《ひと》なんているかい？」

ハーマイオニーはほとんど哀《あわ》れむように二人《ふたり》を見《み》た。

「チョウが今《いま》どんな気持《きも》ちなのか、あなたたちにはわからないの？」

「わかんない」ハリーとロンが同時《どうじ》に答《こた》えた。

ハーマイオニーはため息《いき》をつくと、羽根《はね》ペンを置《お》いた。

「あのね、チョウは当然《とうぜん》、とっても悲《かな》しんでる。セドリックが死《し》んだんだもの。でも、混乱《こんらん》してると思《おも》うわね。だって、チョウはセドリックが好《す》きだったけど、今《いま》はハリーが好《す》きなのよ。それで、どっちがほんとうに好《す》きなのかわからないんだわ。それに、そもそもハリーにキスするなんて、セドリックの思《おも》い出《で》に対《たい》する冒涜《ぼうとく》だと思《おも》って、自分《じぶん》を責《せ》めてるわね。それと、もしハリーとつき合《あ》いはじめたら、みんながどう思《おも》うだろうって心配《しんぱい》して。その上《うえ》、そもそもハリーに対《たい》する気持《きも》ちが何《なん》なのか、たぶんわからないのよ。だって、ハリーはセドリックが死《し》んだときにそばにいた人間《にんげん》ですもの。だから、何《なに》もかもごっちゃになって、つらいのよ。ああ、それに、このごろひどい飛《と》び方《かた》だから、レイブンクローのクィディッチ・チームから放《ほう》り出《だ》されるんじゃないかって恐《おそ》れてるみたい」

演説《えんぜつ》が終《お》わると、茫然自失《ぼうぜんじしつ》の沈黙《ちんもく》がはね返《かえ》ってきた。やがてロンが口《くち》を開《ひら》いた。

「そんなにいろいろ一度《いちど》に感《かん》じてたら、その人《ひと》、爆発《ばくはつ》しちゃうぜ」

「誰《だれ》かさんの感情《かんじょう》が、茶《ちゃ》さじ一杯分《ぱいぶん》しかないからといって、みんながそうとはかぎりませんわ」

ハーマイオニーは皮肉《ひにく》っぽくそう言《い》うと、また羽根《はね》ペンを取《と》った。

「彼女《かのじょ》のほうが仕掛《しか》けてきたんだ」ハリーが言《い》った。「僕《ぼく》ならできなかった──チョウが何《なん》だか僕《ぼく》のほうに近《ちか》づいてきて──それで、その次《つぎ》は僕《ぼく》にしがみついて泣《な》いてた──僕《ぼく》、どうしていいかわからなかった──」

「そりゃそうだろう、なあ、おい」ロンは、考《かんが》えただけでもそりゃ大変《たいへん》なことだという顔《かお》をした。

「ただやさしくしてあげればよかったのよ」ハーマイオニーが心配《しんぱい》そうに言《い》った。「そうしてあげたんでしょ？」

「うーん」バツの悪《わる》いことに、顔《かお》がほてるのを感《かん》じながら、ハリーが言《い》った。「僕《ぼく》、何《なん》ていうか

——ちょっと背中《せなか》をポンポンってたたいてあげた」

ハーマイオニーはやれやれという表情《ひょうじょう》をしないよう、必死《ひっし》で抑《おさ》えているような顔《かお》をした。

「まあね、それでもまだましだったかもね」ハーマイオニーが言《い》った。「また彼女《かのじょ》に会《あ》うの？」

「会《あ》わなきゃならないだろ？」ハリーが言《い》った。「だって、DA《ディーエー》の会合《かいごう》があるだろ？」

「そうじゃないでしょ」ハーマイオニーがじれったそうに言《い》った。

ハリーは何《なに》も言《い》わなかった。ハーマイオニーの言葉《ことば》で、恐《おそ》ろしい新展開《しんてんかい》の可能性《かのうせい》が見《み》えてきた。チョウと一緒《いっしょ》にどこかに行《い》くことを想像《そうぞう》してみた——ホグズミードとか——何時間《なんじかん》もチョウと二人《ふたり》っきりだ。さっきあんなことがあったあと、もちろんチョウは僕《ぼく》がデートに誘《さそ》うことを期待《きたい》していただろう……そう考《かんが》えると、ハリーは胃袋《いぶくろ》がしめつけられるように痛《いた》んだ。

「まあ、いいでしょう」ハーマイオニーは他人行儀《たにんぎょうぎ》にそう言《い》うと、また手紙《てがみ》に没頭《ぼっとう》した。「彼女《かのじょ》を誘《さそ》うチャンスはたくさんあるわよ」

「ハリーが誘《さそ》いたくなかったらどうする？」いつになく小賢《こざか》しい表情《ひょうじょう》を浮《う》かべて、ハリーを観察《かんさつ》していたロンが言《い》った。

「ばかなこと言《い》わないで」ハーマイオニーが上《うわ》の空《そら》で言《い》った。「ハリーはずっと前《まえ》からチョウが好《す》きだったのよ。そうでしょ？　ハリー？」

ハリーは答《こた》えなかった。たしかに、チョウのことはずっと前《まえ》から好《す》きだった。しかし、チョウと二人《ふたり》でいる場面《ばめん》を想像《そうぞう》するときは、必《かなら》ず、チョウは楽《たの》しそうだった。自分《じぶん》の肩《かた》にさめざめと泣《な》き崩《くず》れるチョウとは対照的《たいしょうてき》だった。

「ところで、その小説《しょうせつ》、誰《だれ》に書《か》いてるんだ？」今《いま》や床《ゆか》を引《ひ》きずっている羊皮紙《ようひし》をのぞき込《こ》みながら、ロンが聞《き》いた。

ハーマイオニーはあわてて紙《かみ》をたくし上《あ》げた。

「ビクトール」

「クラム？」

「ほかに何人《なんにん》ビクトールがいるっていうの？」

ロンは何《なに》も言《い》わずふてくされた顔《かお》をした。

三人《にん》はそれから二十分《ぷん》ほどだまりこくっていた。ロンは何度《なんど》もいらいらと鼻《はな》を鳴《な》らしたり、まちがいを棒線《ぼうせん》で消《け》したりしながら、「変身術《へんしんじゅつ》」のレポートを書《か》き終《お》え、ハーマイオニーは羊皮紙《ようひし》の端《はし》までせっせと書《か》き込《こ》んでから、ていねいに丸《まる》めて封《ふう》をした。ハリーは暖炉《だんろ》の火《ひ》を見《み》つめ、シリウスの頭《あたま》が現《あらわ》れて、女《おんな》の子《こ》について何《なに》か助言《じょげん》してほしいと、そればかりを願《ねが》っていた。しかし、火《ひ》はだんだん勢《いきお》いを失《うしな》い、真《ま》っ赤《か》なたき火《び》もついに灰《はい》になって崩《くず》れた。気《き》がつくと、談話室《だんわしつ》に最《さい》後《ご》まで残《のこ》っているのは、またしてもこの三人《にん》だった。

「じゃあ、おやすみ」ハーマイオニーは大《おお》きなあくびをしながら、女子寮《じょしりょう》の階段《かいだん》を上《のぼ》っていった。

「いったいクラムのどこがいいんだろう？」ハリーと一緒《いっしょ》に男子寮《だんしりょう》の階段《かいだん》を上《のぼ》りながら、ロンが問《と》い詰《つ》めた。

「そうだな」ハリーは考《かんが》えた。「クラムは年上《としうえ》だし……クィディッチ国際《こくさい》チームの選手《せんしゅ》だし……」

「うん、だけどそれ以外《いがい》には」ロンがますますしゃくにさわったように言《い》った。「つまり、あいつは気難《きむずか》しいいやなやつだろ？」

「少《すこ》し気難《きむずか》しいな、うん」ハリーはまだチョウのことを考《かんが》えていた。

二人《ふたり》はだまってローブを脱《ぬ》ぎ、パジャマを着《き》た。ディーン、シェーマス、ネビルはとっくに眠《ねむ》っていた。ハリーはベッド脇《わき》の小机《こづくえ》にめがねを置《お》き、ベッドに入《はい》ったが、周《まわ》りのカーテンは閉《し》めずに、ネビルのベッド脇《わき》の窓《まど》から見《み》える星空《ほしぞら》を見《み》つめた。昨夜《さくや》の今《いま》ごろ、二十四時間後《じかんご》にはチョウ・チャンとキスしてしまっていることが予想《よそう》できただろうか……。

「おやすみ」どこか右《みぎ》のほうから、ロンがボソボソ言《い》うのが聞《き》こえた。

「おやすみ」ハリーも言《い》った。

この次《つぎ》には……次《つぎ》があればだが……チョウはたぶんもう少《すこ》し楽《たの》しそうにしているかもしれない。デートに誘《さそ》うべきだった。たぶんそれを期待《きたい》していたんだ。今《いま》ごろ僕《ぼく》に腹《はら》を立《た》てているだろうな……それとも、ベッドに横《よこ》になって、セドリックのことでまだ泣《な》いているのかな？　ハリーは何《なに》をどう考《かん》えていいのかわからなかった。ハーマイオニーの説明《せつめい》で理解《りかい》しやすくなるどころか、かえって何《なに》もかも複雑《ふくざつ》に思《おも》えてきた。

そういうことこそ、学校《がっこう》で教《おし》えるべきだ。寝返《ねがえ》りを打《う》ちながらハリーはそう思《おも》った。**女《おんな》の子《こ》の頭《あたま》がどういうふうに働《はたら》くのか……**とにかく、「占《うらな》い学《がく》」よりは役《やく》に立《た》つ……。

ネビルが眠《ねむ》りながら鼻《はな》を鳴《な》らした。ふくろうが夜空《よぞら》のどこかでホーッと鳴《な》いた。

ハリーはDA《ディーエー》の部屋《へや》に戻《もど》った夢《ゆめ》を見《み》た。うその口実《こうじつ》で誘《さそ》い出《だ》したとチョウに責《せ》められている。「蛙《かえる》チョコレート」のカードを百五十枚《まい》くれると約束《やくそく》したから来《き》たのにと、チョウがなじっている。ハリーは抗議《こうぎ》した……。チョウが叫《さけ》んだ。「**セドリックはこんなにたくさん『蛙《かえる》チョコ』カードをくれたわ。見《み》て！**」そしてチョウは両手《りょうて》いっぱいのカードをローブから引《ひ》っ張《ぱ》り出《だ》し、空《くう》中《ちゅう》にばらまいた。次《つぎ》にチョウがハーマイオニーに変《か》わった。今度《こんど》はハーマイオニーがしゃべった。

「ハリー、あなた、チョウに約束《やくそく》したんでしょう……。かわりに何《なに》かあげたほうがいいわよ……ファイアボルトなんかどう？」

そしてハリーは、チョウにファイアボルトはやれない、と抗議《こうぎ》していた。アンブリッジに没収《ぼっしゅう》されているし、それに、こんなこと、まるでばかげてる。僕《ぼく》がＤＡ《ディーエー》の部屋《へや》に来《き》たのは、ドビーの頭《あたま》のような形《かたち》のクリスマスの飾《かざ》り玉《だま》を取《と》りつけるためなんだから……。

夢《ゆめ》が変《か》わった……。

ハリーの体《からだ》はなめらかで力強《ちからづよ》く、しなやかだった。光《ひか》る金属《きんぞく》の格子《こうし》の間《あいだ》を通《とお》り、暗《くら》く冷《つめ》たい石《いし》の上《うえ》をすべっていた……床《ゆか》にぴったり張《は》りつき、腹《はら》ばいですべっている……暗《くら》い。しかし、周《まわ》りのものは見《み》える。不気味《ぶきみ》な鮮《あざ》やかな色《いろ》でぼんやり光《ひか》っているのだ……。ハリーは頭《あたま》を回《まわ》した……一見《いっけん》したところ、その廊下《ろうか》には誰《だれ》もいない……いや、ちがう……行《ゆ》く手《て》に男《おとこ》が一人《ひとり》、床《ゆか》に座《すわ》っている。あごがだらりと垂《た》れて胸《むね》についている。そのりんかくが、暗闇《くらやみ》の中《なか》で光《ひか》っている……。

ハリーは舌《した》を突《つ》き出《だ》した……空中《くうちゅう》に漂《ただよ》う男《おとこ》のにおいを味《あじ》わった……生《い》きている。居眠《いねむ》りしている……廊下《ろうか》の突《つ》き当《あ》たりの扉《とびら》の前《まえ》に座《すわ》って……。

ハリーはその男《おとこ》をかみたかった……しかし、その衝動《しょうどう》を抑《おさ》えなければならない……もっと大切《たいせつ》な仕事《しごと》があるのだから……。

ところが、男《おとこ》が身動《みうご》きした……急《きゅう》に立《た》ち上《あ》がり、ひざから銀色《ぎんいろ》の「マント」がすべり落《お》ちた。鮮《あざ》やかな色《いろ》のぼやけた男《おとこ》のりんかくが、ハリーの上《うえ》にそびえ立《た》つのが見《み》えた。男《おとこ》がベルトから杖《つえ》を引《ひ》き抜《ぬ》くのが見《み》えた……。しかたがない……ハリーは床《ゆか》から高々《たかだか》と伸《の》び上《あ》がり、襲《おそ》った。一回《かい》、二回《かい》、三回《かい》。ハリーの牙《きば》が男《おとこ》の肉《にく》に深々《ふかぶか》と食《く》い込《こ》んだ。男《おとこ》のろっ骨《こつ》が、ハリーの両《りょう》あごに砕《くだ》かれるのを感《かん》じた。生暖《なまあたた》かい血《ち》が噴《ふ》き出《だ》す……。

男《おとこ》は苦痛《くつう》の叫《さけ》びを上《あ》げた……そして静《しず》かになった……壁《かべ》を背《せ》に仰向《あおむ》けにドサリと倒《たお》れた……血《ち》が床《ゆか》に飛《と》び散《ち》った……。

額《ひたい》が激《はげ》しく痛《いた》んだ……割《わ》れそうだ……。

「ハリー！　ハリー！」

ハリーは目《め》を開《あ》けた。体中《からだじゅう》から氷《こおり》のような冷《ひ》や汗《あせ》が噴《ふ》き出《だ》していた。ベッドカバーが拘束衣《こうそくい》のように体《からだ》に巻《ま》きついてしめつけている。灼熱《しゃくねつ》した火《ひ》かき棒《ぼう》を額《ひたい》に押《お》し当《あ》てられたような感《かん》じだった。

「ハリー！」

ロンがひどく驚《おどろ》いた顔《かお》で、ハリーに覆《おお》いかぶさるようにして立《た》っていた。ベッドの足《あし》のほうには、ほかの人影《ひとかげ》も見《み》えた。ハリーは両手《りょうて》で頭《あたま》を抱《かか》えた。痛《いた》みで目《め》がくらむ……。ハリーは一転《いってん》してうつ伏《ぶ》せになり、ベッドの端《はし》に嘔吐《おうと》した。

「ほんとに病気《びょうき》だよ」おびえた声《こえ》がした。「誰《だれ》か呼《よ》ぼうか？」

「ハリー！　ハリー！」

ロンに話《はな》さなければならない。大事《だいじ》なことだ。ロンに話《はな》さないと……大《おお》きく息《いき》を吸《す》い込《こ》み、また嘔吐《おうと》したりしないようこらえながら、痛《いた》みでほとんど目《め》が見《み》えないまま、ハリーはやっと体《からだ》を起《お》こした。

「君《きみ》のパパが」ハリーは胸《むね》を波打《なみう》たせ、あえぎながら言《い》った。「君《きみ》のパパが……襲《おそ》われた……」

「え？」ロンはさっぱりわけがわからないという声《こえ》だった。

「君《きみ》のパパだよ！　かまれたんだ。重態《じゅうたい》だ。どこもかしこも血《ち》だらけだった……」

「誰《だれ》か助《たす》けを呼《よ》んでくるよ」さっきのおびえた声《こえ》が言《い》った。ハリーは誰《だれ》かが寝室《しんしつ》から走《はし》って出《で》ていく足音《あしおと》を聞《き》いた。

「おい、ハリー」ロンが半信半疑《はんしんはんぎ》で言《い》った。「君《きみ》……君《きみ》は夢《ゆめ》を見《み》てただけなんだ……」

「そうじゃない！」ハリーは激《はげ》しく否定《ひてい》した。肝心《かんじん》なのはロンにわかってもらうことだ。

「夢《ゆめ》なんかじゃない……普通《ふつう》の夢《ゆめ》じゃない……僕《ぼく》がそこにいたんだ。僕《ぼく》は見《み》たんだ……僕《ぼく》がやったんだ……」

シェーマスとディーンが何《なに》かブツブツ言《い》うのが聞《き》こえたが、ハリーは気《き》にしなかった。額《ひたい》の痛《いた》みは少《すこ》し引《ひ》いたが、まだ汗《あせ》びっしょりで、熱《ねつ》があるかのように悪寒《おかん》が走《はし》った。ハリーはまた吐《は》きそうになった。ロンが飛《と》びのいてよけた。

「ハリー、君《きみ》は具合《ぐあい》が悪《わる》いんだ」ロンが動揺《どうよう》しながら言《い》った。「ネビルが人《ひと》を呼《よ》びにいったよ」

「僕《ぼく》は病気《びょうき》じゃない！」ハリーはむせながらパジャマで口《くち》をぬぐった。震《ふる》えが止《と》まらない。「僕《ぼく》はどこも悪《わる》くない。心配《しんぱい》しなきゃならないのは君《きみ》のパパのほうなんだ――どこにいるのか探《さが》さないと――ひどく出血《しゅっけつ》してる――僕《ぼく》は――やったのは巨大《きょだい》な蛇《へび》だった」

ハリーはベッドから降《お》りようとしたが、ロンが押《お》し戻《もど》した。ディーンとシェーマスはまだどこか近《ちか》くでささやき合《あ》っている。一分《ぷん》たったのか、十分《ぷん》なのか、ハリーにはわからなかった。ただその場《ば》に座《すわ》り込《こ》んで、震《ふる》えながら、額《ひたい》の傷痕《きずあと》の痛《いた》みがだんだん引《ひ》いていくのを感《かん》じていた……やがて、階段《かいだん》を急《いそ》いで上《あ》がってくる足音《あしおと》がして、またネビルの声《こえ》が聞《き》こえてきた。

「先生《せんせい》、こっちです」

マクゴナガル先生《せんせい》が、タータンチェックのガウンをはおり、あたふたと寝室《しんしつ》に入《はい》ってきた。骨《ほね》ばった鼻柱《はなばしら》にめがねが斜《なな》めにのっている。

「ポッター、どうしましたか？　どこが痛《いた》むのですか？」

マクゴナガル先生《せんせい》の姿《すがた》を見《み》てこんなにうれしかったことはない。今《いま》ハリーに必要《ひつよう》なのは、「不《ふ》死鳥《しちょう》の騎士団《きしだん》」のメンバーだ。小《こ》うるさく世話《せわ》を焼《や》いて役《やく》にも立《た》たない薬《くすり》を処方《しょほう》する人《ひと》ではない。

「ロンのお父《とう》さんなんです」ハリーはまたベッドに起《お》き上《あ》がった。「蛇《へび》に襲《おそ》われて、重態《じゅうたい》です。僕《ぼく》はそれを見《み》てたんです」

「見《み》ていたとは、どういうことですか」マクゴナガル先生《せんせい》は黒々《くろぐろ》とした眉《まゆ》をひそめた。

「わかりません……僕《ぼく》は眠《ねむ》っていた。そしたらそこにいて……」

「夢《ゆめ》に見《み》たということですか？」

「ちがう！」ハリーは腹《はら》が立《た》った。誰《だれ》もわかってくれないのだろうか？

「僕《ぼく》は最初《さいしょ》まったくちがう夢《ゆめ》を見《み》ていました。バカバカしい夢《ゆめ》を……そしたら、それが夢《ゆめ》に割《わ》り込《こ》んできたんです。現実《げんじつ》のことです。想像《そうぞう》したんじゃありません。ウィーズリーおじさんが床《ゆか》で寝《ね》ていて、そしたら巨大《きょだい》な蛇《へび》に襲《おそ》われたんです。血《ち》の海《うみ》でした。おじさんが倒《たお》れて。誰《だれ》か、おじさんの居所《いどころ》を探《さが》さないと……」

マクゴナガル先生《せんせい》は曲《ま》がっためがねの奥《おく》からハリーをじっと見《み》つめていた。まるで、自分《じぶん》の見《み》ているものに恐怖《きょうふ》を感《かん》じているような目《め》だった。

「僕《ぼく》、うそなんかついていない！　狂《くる》ってない！」ハリーは先生《せんせい》に訴《うった》えた。叫《さけ》んでいた。「本当《ほんとう》です。僕《ぼく》はそれを見《み》たんです！」

「信《しん》じますよ。ポッター」マクゴナガル先生《せんせい》が短《みじか》く答《こた》えた。「ガウンを着《き》なさい——校長先生《こうちょうせんせい》にお目《め》にかかります」

第《だい》22章《しょう》　聖《せい》マンゴ魔法疾患傷害病院《まほうしっかんしょうがいびょういん》

マクゴナガル先生《せんせい》が真《ま》に受《う》けてくれたことでホッとしたハリーは、迷《まよ》うことなくベッドから飛《と》び降《お》り、ガウンを着《き》て、めがねを鼻《はな》にぐいと押《お》しつけた。

「ウィーズリー、あなたも一緒《いっしょ》に来《く》るべきです」マクゴナガル先生《せんせい》が言《い》った。

二人《ふたり》は先生《せんせい》のあとについて、押《お》しだまっているネビル、ディーン、シェーマスの前《まえ》を通《とお》り、寝室《しんしつ》を出《で》て、らせん階段《かいだん》から談話室《だんわしつ》へ下《お》りた。そして肖像画《しょうぞうが》の穴《あな》をくぐり、月明《つきあ》かりに照《て》らされた「太《ふと》った婦人《レディ》」の廊下《ろうか》に出《で》た。ハリーは体《からだ》の中《なか》の恐怖《きょうふ》が、今《いま》にもあふれ出《だ》しそうな気《き》がした。かけだして、大声《おおごえ》でダンブルドアを呼《よ》びたかった。ウィーズリーおじさんは、こうして僕《ぼく》たちがゆるゆる歩《ある》いているときにも、血《ち》を流《なが》しているのだ。あの牙《きば》が――ハリーは必死《ひっし》で「自分《じぶん》の牙《きば》」とは考《かんが》えないようにした――毒《どく》を持《も》っていたらどうしよう？　三人《にん》はミセス・ノリスの前《まえ》を通《とお》った。猫《ねこ》はランプのような目《め》を三人《にん》に向《む》け、かすかにシャーッと鳴《な》いたが、マクゴナガル先生《せんせい》が「シッ！」と追《お》うと、コソコソと物陰《ものかげ》に隠《かく》れた。それから数分後《すうふんご》、三人《にん》は校長室《こうちょうしつ》の入口《いりぐち》を護衛《ごえい》する石《いし》の怪獣像《ガーゴイル》の前《まえ》に出《で》た。

「フィフィ・フィズビー」マクゴナガル先生《せんせい》が唱《とな》えた。

怪獣像《ガーゴイル》に命《いのち》が吹《ふ》き込《こ》まれ、脇《わき》に飛《と》びのいた。その背後《はいご》の壁《かべ》が二つに割《わ》れ、石《いし》の階段《かいだん》が現《あらわ》れた。らせん状《じょう》のエスカレーターのように、上《うえ》へ上《うえ》へと動《うご》いている。三人《にん》が動《うご》く階段《かいだん》に乗《の》ると、背後《はいご》で壁《かべ》が重々《おもおも》しく閉《と》じ、三人《にん》は急《きゅう》ならせんを描《えが》いて上《うえ》へ上《うえ》へと運《はこ》ばれ、最後《さいご》に磨《みが》き上《あ》げられた樫《かし》の扉《とびら》の前《まえ》に到着《とうちゃく》した。扉《とびら》にはグリフィンの形《かたち》をした真鍮《しんちゅう》のドア・ノッカーがついている。

真夜中《まよなか》をとうに過《す》ぎていたが、部屋《へや》の中《なか》から、ガヤガヤ話《はな》す声《こえ》がはっきりと聞《き》こえた。ダンブルドアが少《すく》なくとも十数人《すうにん》の客《きゃく》をもてなしているような声《こえ》だった。

マクゴナガル先生《せんせい》がグリフィンの形《かたち》をしたノッカーで扉《とびら》を三度《ど》たたいた。すると、突然《とつぜん》、誰《だれ》かがスイッチを切《き》ったかのように、話《はな》し声《ごえ》がやんだ。扉《とびら》がひとりでに開《ひら》き、マクゴナガル先生《せんせい》はハリーとロンを従《したが》えて中《なか》に入《はい》った。

部屋《へや》は半分暗《はんぶんくら》かった。テーブルに置《お》かれた不思議《ふしぎ》な銀《ぎん》の道具類《どうぐるい》は、いつもならくるくる回《まわ》ったりポッポッと煙《けむり》を吐《は》いたりしているのに、今《いま》は音《おと》もなく動《うご》かなかった。壁一面《かべいちめん》にかけられた歴代《れきだい》校長《こうちょう》の肖像画《しょうぞうが》は、全員額《ぜんいんがく》の中《なか》で寝息《ねいき》を立《た》てている。入口扉《いりぐちとびら》の裏側《うらがわ》で、白鳥《はくちょう》ほどの大《おお》きさの、赤《あか》と金色《こんじき》の見事《みごと》な鳥《とり》が、翼《つばさ》に首《くび》を突《つ》っ込《こ》み、止《と》まり木《ぎ》でまどろんでいた。

「おう、あなたじゃったか、マクゴナガル先生《せんせい》……それに……ああ」

ダンブルドアは机《つくえ》に向《む》かい、背《せ》もたれの高《たか》い椅子《いす》に座《すわ》っていた。机《つくえ》に広《ひろ》げられた書類《しょるい》を照《て》らすろうそくの明《あ》かりが、前《まえ》かがみになったダンブルドアの姿《すがた》を浮《う》かび上《あ》がらせた。雪《ゆき》のように白《しろ》い寝巻《ねま》きの上《うえ》に、見事《みごと》な紫《むらさき》と金《きん》の刺繍《ししゅう》をほどこしたガウンを着《き》ている。しかし、はっきり目覚《めざ》めているようだ。明《あか》るいブルーの目《め》が、マクゴナガル先生《せんせい》をしっかりと見《み》すえていた。

「ダンブルドア先生《せんせい》、ポッターが……そう、悪夢《あくむ》を見《み》ました」マクゴナガル先生《せんせい》が言《い》った。

「ポッターが言《い》うには……」

「悪夢《あくむ》じゃありません」ハリーがすばやく口《くち》を挟《はさ》んだ。

マクゴナガル先生《せんせい》がハリーを振《ふ》り返《かえ》った。少《すこ》し顔《かお》をしかめている。

「いいでしょう。では、ポッター、あなたからそのことを校長先生《こうちょうせんせい》に申《もう》し上《あ》げなさい」

「僕《ぼく》……あの、たしかに眠《ねむ》っていました……」

ハリーは恐怖《きょうふ》にかられ、ダンブルドアにわかってもらおうと必死《ひっし》だった。それなのに、校長《こうちょう》がハリーのほうを見《み》もせず、組《く》み合《あ》わせた自分《じぶん》の指《ゆび》をしげしげと眺《なが》めているので、少《すこ》しいらだっていた。

「でも、普通《ふつう》の夢《ゆめ》じゃなかったんです……現実《げんじつ》のことでした……僕《ぼく》はそれを見《み》たんです……」ハリーは深《ふか》く息《いき》を吸《す》った。「ロンのお父《とう》さんが――ウィーズリーさんが――巨大《きょだい》な蛇《へび》に襲《おそ》われたんです」

言《い》い終《お》えた言葉《ことば》が、空中《くうちゅう》にむなしく反響《はんきょう》するような感《かん》じがした。ばかばかしく、滑稽《こっけい》にさえ聞《き》こえた。一瞬間《いっしゅんま》が空《あ》き、ダンブルドアは背《せ》もたれに寄《よ》りかかって、何《なに》か瞑想《めいそう》するように天井《てんじょう》を見《み》つめた。ショックで蒼白《そうはく》な顔《かお》のロンが、ハリーからダンブルドアへと視線《しせん》を移《うつ》した。

「どんなふうに見《み》たのかね？」ダンブルドアが静《しず》かに聞《き》いた。まだハリーを見《み》てくれない。

「あの……わかりません」ハリーは腹立《はらだ》たしげに言《い》った――そんなこと、どうでもいいじゃないか？「僕《ぼく》の頭《あたま》の中《なか》で、だと思《おも》います――」

「私《わたし》の言《い》ったことがわからなかったようだね」ダンブルドアが同《おな》じく静《しず》かな声《こえ》で言《い》った。「つまり……覚《おぼ》えておるかね？――あー――襲《おそ》われたのを見《み》ていたとき、君《きみ》はどの場所《ばしょ》にいたのかね？犠牲者《ぎせいしゃ》の脇《わき》に立《た》っていたとか、それとも、上《うえ》からその場面《ばめん》を見下《みお》ろしていたのかね？」

あまりに奇妙《きみょう》な質問《しつもん》に、ハリーは口《くち》をあんぐり開《あ》けてダンブルドアを見《み》つめた。まるで何《なに》もかも知《し》っているような……。

「僕《ぼく》が蛇《へび》でした」ハリーが言《い》った。「全部《ぜんぶ》、蛇《へび》の目《め》から見《み》ました」

一瞬《いっしゅん》、誰《だれ》も言葉《ことば》を発《はっ》しなかった。やがてダンブルドアが、相変《あいか》わらず血《ち》の気《け》の失《う》せた顔《かお》のロンに目《め》を移《うつ》しながら、さっきとはちがう鋭《するど》い声《こえ》で聞《き》いた。

「アーサーはひどいけがなのか？」

「はい」ハリーは力《りき》んで言《い》った――どうしてみんな理解《りかい》がのろいんだ？　あんなに長《なが》い牙《きば》が脇腹《わきばら》を貫《つらぬ》いたら、どんなに出血《しゅっけつ》するかわからないのか？　それにしても、ダンブルドアは、せめて僕《ぼく》の顔《かお》を見《み》るぐらいは礼儀《れいぎ》じゃないか？

　ところが、ダンブルドアはすばやく立《た》ち上《あ》がった。あまりの速《はや》さに、ハリーが飛《と》び上《あ》がるほどだった。それから、天井《てんじょう》近《ちか》くにかかっている肖像画《しょうぞうが》の一枚《まい》に向《む》かって話《はな》しかけた。

「エバラード！」鋭《するど》い声《こえ》だった。「それに、ディリス、あなたもだ！」

短《みじか》く黒《くろ》い前髪《まえがみ》の青白《あおじろ》い顔《かお》をした魔法使《まほうつか》いと、その隣《となり》の額《がく》の銀色《ぎんいろ》の長《なが》い巻《ま》き毛《げ》の老魔女《ろうまじょ》が、深々《ふかぶか》と眠《ねむ》っているように見《み》えたが、すぐに目《め》を開《あ》けた。

「聞《き》いていたじゃろうな？」

魔法使《まほうつか》いがうなずき、魔女《まじょ》は「当然《とうぜん》です」と答《こた》えた。

「その男《おとこ》は、赤毛《あかげ》でめがねをかけておる」ダンブルドアが言《い》った。「エバラード、あなたから警《けい》報《ほう》を発《はっ》する必要《ひつよう》があろう。その男《おとこ》がしかるべき者《もの》によって発見《はっけん》されるよう――」

二人《ふたり》ともうなずいて、横《よこ》に移動《いどう》し、額《がく》の端《はし》から姿《すがた》を消《け》した。しかし、隣《となり》の額《がく》に姿《すがた》を現《あらわ》すのではなく（通常《つうじょう》、ホグワーツではそうなるのだが）、二人《ふたり》とも消《き》えたままだった。一つの額《がく》には真《ま》っ黒《くろ》なカーテンの背景《はいけい》だけが残《のこ》り、もう一つには立派《りっぱ》な革張《かわば》りのひじかけ椅子《いす》が残《のこ》っていた。壁《かべ》にかかったほかの歴代校長《れきだいこうちょう》は、まちがいなく寝息《ねいき》を立《た》て、よだれを垂《た》らして眠《ねむ》り込《こ》んでいるように見《み》えるが、気《き》がつくとその多《おお》くが、閉《と》じたまぶたの下《した》から、ちらちらとハリーを盗《ぬす》み見《み》ている。扉《とびら》をノックしたときに中《なか》で話《はなし》をしていたのが誰《だれ》だったのか、ハリーは突然悟《とつぜんさと》った。

「エバラードとディリスは、ホグワーツの歴代校長《れきだいこうちょう》の中《なか》でも最《もっと》も有名《ゆうめい》な二人《ふたり》じゃ」

ダンブルドアはハリー、ロン、マクゴナガル先生《せんせい》の脇《わき》をすばやく通《とお》り過《す》ぎ、今度《こんど》は扉《とびら》の脇《わき》の止《と》まり木《ぎ》で眠《ねむ》る見事《みごと》な鳥《とり》に近《ちか》づいていった。

「高名《こうめい》な故《ゆえ》、二人《ふたり》の肖像画《しょうぞうが》はほかの重要《じゅうよう》な魔法施設《まほうしせつ》にも飾《かざ》られておる。自分《じぶん》の肖像画《しょうぞうが》であれば、その間《あいだ》を自由《じゆう》に往《い》き来《き》できるので、あの二人《ふたり》は外《そと》で起《お》こっているであろうことを知《し》らせてくれるはずじゃ……」

「だけど、ウィーズリーさんがどこにいるかわからない！」ハリーが言《い》った。

「三人《にん》とも、お座《すわ》り」ダンブルドアはハリーの声《こえ》が聞《き》こえなかったかのように言《い》った。「エバラードとディリスが戻《もど》るまでに数分《すうふん》はかかるじゃろう。マクゴナガル先生《せんせい》、椅子《いす》をもう少《すこ》し出《だ》してくださらんか」

マクゴナガル先生《せんせい》が、ガウンのポケットから杖《つえ》を取《と》り出《だ》して一振《ひとふ》りすると、どこからともなく椅子《いす》が三脚《きゃく》現《あらわ》れた。背《せ》もたれのまっすぐな木《き》の椅子《いす》で、ダンブルドアがハリーの尋問《じんもん》のときに取《と》り出《だ》したあの座《すわ》り心地《ごこち》のよさそうなチンツ張《ば》りのひじかけ椅子《いす》とは大《おお》ちがいだった。ハリーは振《ふ》り返《かえ》ってダンブルドアを観察《かんさつ》しながら腰《こし》かけた。ダンブルドアは、指《ゆび》一本《ぽん》で、飾《かざ》り羽《ばね》のあるフォークスの金色《こんじき》の頭《あたま》をなでていた。不死鳥《ふしちょう》はたちまち目《め》を覚《さ》まし、美《うつく》しい頭《あたま》を高々《たかだか》ともたげ、真《ま》っ黒《くろ》なキラキラした目《め》でダンブルドアをのぞき込《こ》んだ。

「見張《みは》りをしてくれるかの」ダンブルドアは不死鳥《ふしちょう》に向《む》かって小声《こごえ》で言《い》った。

炎《ほのお》がパッと燃《も》え、不死鳥《ふしちょう》は消《き》えた。

次《つぎ》にダンブルドアは、繊細《せんさい》な銀《ぎん》の道具《どうぐ》を一つ、すばやく拾《ひろ》い上《あ》げて机《つくえ》に運《はこ》んできた。ハリーにはその道具《どうぐ》が何《なに》をするものなのか、まったくわからなかった。ダンブルドアは再《ふたた》び三人《にん》と向《む》き合《あ》って座《すわ》り、道具《どうぐ》を杖《つえ》の先《さき》でそっとたたいた。

道具《どうぐ》はすぐさまひとりでに動《うご》きだし、リズムに乗《の》ってチリンチリンと鳴《な》った。てっぺんにあるごく小《ちい》さな銀《ぎん》の管《くだ》から、薄緑色《うすみどりいろ》の小《ちい》さな煙《けむり》がポッポッと上《あ》がった。ダンブルドアは眉根《まゆね》を寄《よ》せて、煙《けむり》をじっと観察《かんさつ》した。数秒後《すうびょうご》、ポッポッという煙《けむり》は連続的《れんぞくてき》な流《なが》れになり、濃《こ》い煙《けむり》が渦《うず》を巻《ま》いて昇《のぼ》った……蛇《へび》の頭《あたま》がその先《さき》から現《あらわ》れ、口《くち》をカッと開《ひら》いた。ハリーは、この道具《どうぐ》が自分《じぶん》の話《はなし》を確認《かくにん》してくれるのだろうかと考《かんが》えながら、そうだという印《しるし》が欲《ほ》しくて、ダンブルドアをじっと見《み》つめたが、ダンブルドアは顔《かお》を上《あ》げなかった。

「なるほど、なるほど」ダンブルドアはひとり言《ごと》を言《い》っているようだった。驚《おどろ》いた様子《ようす》をまったく見《み》せず、煙《けむり》の立《た》ち昇《のぼ》るさまを観察《かんさつ》している。「しかし、本質的《ほんしつてき》に分離《ぶんり》しておるか？」

ハリーはこれがどういう意味《いみ》なのか、ちんぷんかんぷんだった。しかし、煙《けむり》の蛇《へび》はたちまち二つに裂《さ》け、二匹《ひき》とも暗《くら》い空中《くうちゅう》にくねくねと立《た》ち昇《のぼ》った。ダンブルドアは厳《きび》しい表情《ひょうじょう》に満足《まんぞく》の色《いろ》を浮《う》かべて、道具《どうぐ》をもう一度《いちど》杖《つえ》でそっとたたいた。チリンチリンという音《おと》がゆるやかになり、鳴《な》りやんだ。煙《けむり》の蛇《へび》はぼやけ、形《かたち》のない霞《かすみ》となって消《き》え去《さ》った。

ダンブルドアはその道具《どうぐ》を、元《もと》の細《ほそ》い小《ちい》さなテーブルに戻《もど》した。ハリーは、歴代校長《れきだいこうちょう》の肖像《しょうぞう》画《が》の多《おお》くがダンブルドアを目《め》で追《お》っていることに気《き》づいたが、ハリーに見《み》られていることに気《き》がつくと、みんなあわててまた寝《ね》たふりをするのだった。ハリーは、あの不思議《ふしぎ》な銀《ぎん》の道具《どうぐ》が何《なに》をするものかと聞《き》こうとしたが、その前《まえ》に、右側《みぎがわ》の壁《かべ》のてっぺんから大声《おおごえ》がして、エバラードと呼《よ》ばれた魔法使《まほうつか》いが、少《すこ》し息《いき》を切《き》らしながら自分《じぶん》の肖像画《しょうぞうが》に戻《もど》ってきた。

「ダンブルドア！」

「どうじゃった？」ダンブルドアがすかさず聞《き》いた。

「誰《だれ》かがかけつけてくるまで叫《さけ》び続《つづ》けましたよ」魔《ま》法使《ほうつか》いは背景《はいけい》のカーテンで額《ひたい》の汗《あせ》をぬぐいながら言《い》った。「下《した》の階《かい》で何《なに》か物音《ものおと》がすると言《い》ったのですがね――みんな半信半疑《はんしんはんぎ》で、たしかめに下《お》りていきましたよ――ご存《ぞん》じのように、下《した》の階《かい》には肖像画《しょうぞうが》がないので、私《わたし》はのぞくことはできませんでしたがね。とにかく、まもなくみんながその男《おとこ》を運《はこ》び出《だ》してきました。よくないですね。血《ち》だらけだった。もっとよく見《み》ようと思《おも》いましてね、出《で》ていく一行《いっこう》を追《お》いかけてエルフリーダ・クラッグの肖像画《しょうぞうが》にかけ込《こ》んだのですが――」

「ごくろう」ダンブルドアがそう言《い》う間《あいだ》、ロンはこらえきれないように身動《みうご》きした。「なれば、ディリスが、その男《おとこ》の到着《とうちゃく》を見届《みとど》けたじゃろう――」

まもなく、銀色《ぎんいろ》の巻《ま》き毛《げ》の魔女《まじょ》も自分《じぶん》の肖像画《しょうぞうが》に戻《もど》ってきた。咳《せ》き込《こ》みながらひじかけ椅子《いす》に座《すわ》り込《こ》んで、魔女《まじょ》が言《い》った。「ええ、ダンブルドア、みんながその男《おとこ》を聖《せい》マンゴに運《はこ》び込《こ》みました……。私《わたし》の肖像画《しょうぞうが》の前《まえ》を運《はこ》ばれていきましたよ……ひどい状態《じょうたい》のようです……」

「ごくろうじゃった」ダンブルドアはマクゴナガル先生《せんせい》のほうを見《み》た。

「ミネルバ、ウィーズリーの子供《こども》たちを起《お》こしてきておくれ」

「わかりました……」

マクゴナガル先生《せんせい》は立《た》ち上《あ》がって、すばやく扉《とびら》に向《む》かった。ハリーは横目《よこめ》でちらりとロンを見《み》た。ロンはおびえた顔《かお》をしていた。

「それで、ダンブルドア——モリーはどうしますか？」マクゴナガル先生《せんせい》が扉《とびら》の前《まえ》で立《た》ち止《ど》まって聞《き》いた。

「それは、近《ちか》づくものを見張《みは》る役目《やくめ》を終《お》えた後《のち》の、フォークスの仕事《しごと》じゃ」ダンブルドアが答《こた》えた。「しかし、もう知《し》っておるかもしれん……あのすばらしい時計《とけい》が……」

ダンブルドアは、時間《じかん》ではなく、ウィーズリー家《け》の一人一人《ひとりひとり》がどこでどうしているかを知《し》らせるあの時計《とけい》のことを言《い》っているのだと、ハリーにはわかった。ウィーズリーおじさんの針《はり》が、今《いま》も「**命《いのち》が危《あぶ》ない**」を指《さ》しているにちがいないと思《おも》うと、ハリーは胸《むね》が痛《いた》んだ。しかし、もう真夜中《まよなか》だ。ウィーズリーおばさんはたぶん眠《ねむ》っていて、時計《とけい》を見《み》ていないだろう。まね妖怪《ボガート》がウィーズリーおじさんの死体《したい》に変身《へんしん》したのを見《み》たときのおばさんのことを思《おも》い出《だ》すと、ハリーは体《からだ》が凍《こご》えるような気持《きも》ちだった。めがねがずれ、顔《かお》から血《ち》を流《なが》しているおじさんの姿《すがた》だった……だけど、ウィーズリーおじさんは死《し》ぬもんか……死《し》ぬはずがない……。

ダンブルドアは、今度《こんど》はハリーとロンの背後《はいご》にある戸棚《とだな》をゴソゴソかき回《まわ》していた。中《なか》から黒《くろ》ずんだ古《ふる》いやかんを取《と》り出《だ》し、机《つくえ》の上《うえ》にそっと置《お》くと、ダンブルドアは杖《つえ》を上《あ》げて「ポータス！」と唱《とな》えた。やかんが一瞬《いっしゅん》震《ふる》え、奇妙《きみょう》な青《あお》い光《ひかり》を発《はっ》した。そして震《ふる》えが止《と》まると、元《もと》どおりの黒《くろ》さだった。

ダンブルドアはまた別《べつ》な肖像画《しょうぞうが》に歩《あゆ》み寄《よ》った。今度《こんど》はとがった山羊《やぎ》ひげの、賢《さか》しそうな魔法使《まほうつか》いだ。スリザリン・カラーの緑《みどり》と銀《ぎん》のローブを着《き》た姿《すがた》に描《えが》かれた肖像画《しょうぞうが》は、どうやらぐっすり眠《ねむ》っているらしく、ダンブルドアが声《こえ》をかけても聞《き》こえないようだった。

「フィニアス、フィニアス」

部屋《へや》に並《なら》んだ肖像画《しょうぞうが》の主《ぬし》たちは眠《ねむ》ったふりをやめ、状況《じょうきょう》をよく見《み》ようと、それぞれの額《がく》の中《なか》でもぞもぞ動《うご》いていた。賢《さか》しそうな魔法使《まほうつか》いがまだ狸寝入《たぬきねい》りを続《つづ》けているので、何人《なんにん》かが一緒《いっしょ》に大《おお》声《ごえ》で名前《なまえ》を呼《よ》んだ。

「フィニアス！　フィニアス！　**フィニアス！**」

もはや眠《ねむ》ったふりはできなかった。芝居《しばい》がかった身振《みぶ》りでぎくりとし、その魔法使《まほうつか》いは目《め》を見《み》開《ひら》いた。

「誰《だれ》か呼《よ》んだかね？」

「フィニアス。あなたの別《べつ》の肖像画《しょうぞうが》を、もう一度《いちど》訪《たず》ねてほしいのじゃ」ダンブルドアが言《い》った。

「また伝言《でんごん》があるのでな」

「私《わたし》の別《べつ》な肖像画《しょうぞうが》を？」かん高《だか》い声《こえ》でそう言《い》うと、フィニアスはゆっくりとうそあくびをした。

フィニアスの目《め》が部屋《へや》をぐるりと見回《みまわ》し、ハリーのところで止《と》まった。

「いや、ご勘弁願《かんべんねが》いたいね、ダンブルドア、今夜《こんや》はとてもつかれている」

フィニアスの声《こえ》には聞《き》き覚《おぼ》えがある。いったいどこで聞《き》いたのだろう？　しかし、ハリーが思《おも》い出《だ》す前《まえ》に、壁《かべ》の肖像画《しょうぞうが》たちがごうごうたる非難《ひなん》の声《こえ》を上《あ》げた。

「貴殿《きでん》は不服従《ふふくじゅう》ですぞ！」赤鼻《あかはな》の、でっぷりした魔法使《まほうつか》いが、両手《りょうて》の拳《こぶし》を振《ふ》り回《まわ》した。「職務放《しょくむほう》棄《き》じゃ！」

「我々《われわれ》には、ホグワーツの現職校長《げんしょくこうちょう》に仕《つか》えるという盟約《めいやく》がある！」ひ弱《よわ》そうな年老《としお》いた魔法使《まほうつか》いが叫《さけ》んだ。ダンブルドアの前任者《ぜんにんしゃ》のアーマンド・ディペットだと、ハリーは知《し》っていた。

「フィニアス、恥《はじ》を知《し》れ！」

「私《わたし》が説得《せっとく》しましょうか？　ダンブルドア？」鋭《するど》い目《め》つきの魔女《まじょ》が、生徒《せいと》の仕置《しお》きに使《つか》うカバノキの棒《ぼう》ではないかと思《おも》われる、異常《いじょう》に太《ふと》い杖《つえ》を持《も》ち上《あ》げながら言《い》った。

「ああ、わかりましたよ」フィニアスと呼《よ》ばれた魔法使《まほうつか》いが、少《すこ》し心配《しんぱい》そうに杖《つえ》に目《め》をやった。

「ただ、あいつがもう、私《わたし》の肖像画《しょうぞうが》を破棄《はき》してしまったかもしれませんがね。何《なに》しろあいつは、家族《かぞく》のほとんどの――」

「シリウスは、あなたの肖像画《しょうぞうが》を処分《しょぶん》すべきでないことを知《し》っておる」

ダンブルドアの言葉《ことば》で、とたんにハリーは、フィニアスの声《こえ》をどこで聞《き》いたのかを思《おも》い出《だ》した。グリモールド・プレイスのハリーの寝室《しんしつ》にあった、一見何《いっけんなん》の絵《え》も入《はい》っていない額縁《がくぶち》から聞《き》こえていたあの声《こえ》だ。

「シリウスに伝言《でんごん》するのじゃ。『アーサー・ウィーズリーが重傷《じゅうしょう》で、妻《つま》、子供《こども》たち、ハリー・ポッターがまもなくそちらの家《いえ》に到着《とうちゃく》する』と。よいかな？」

「アーサー・ウィーズリー負傷《ふしょう》、妻子《さいし》とハリー・ポッターがあちらに滞在《たいざい》」フィニアスが気乗《きの》りしない調子《ちょうし》で復唱《ふくしょう》した。「はい、はい……わかりましたよ……」

その魔法使《まほうつか》いが額縁《がくぶち》にもぐり込《こ》み、姿《すがた》を消《け》したとたん、再《ふたた》び扉《とびら》が開《ひら》き、フレッド、ジョージ、ジニーがマクゴナガル先生《せんせい》に導《みちび》かれて入《はい》ってきた。三人《にん》とも、ぼさぼさ頭《あたま》にパジャマ姿《すがた》で、ショックを受《う》けていた。

「ハリー――いったいどうしたの？」ジニーが恐怖《きょうふ》の面持《おもも》ちで聞《き》いた。「マクゴナガル先生《せんせい》は、あなたが、パパのけがするところを見《み》たっておっしゃるの――」

「お父上《ちちうえ》は、不死鳥《ふしちょう》の騎士団《きしだん》の任務中《にんむちゅう》にけがをなさったのじゃ」ハリーが答《こた》えるより先《さき》に、ダンブルドアが言《い》った。「お父上《ちちうえ》は、もう聖《せい》マンゴ魔法疾患傷害病院《まほうしっかんしょうがいびょういん》に運《はこ》び込《こ》まれておる。君《きみ》たちをシリウスの家《いえ》に送《おく》ることにした。病院《びょういん》へはそのほうが『隠《かく》れ穴《あな》』よりずっと便利《べんり》じゃからの。

お母上《ははうえ》とは向《む》こうで会《あ》える」

「どうやって行《い》くんですか？」フレッドも動揺《どうよう》していた。「煙突飛行粉《えんとつひこうごな》で？」

「いや」ダンブルドアが言《い》った。「煙突飛行粉《えんとつひこうごな》は、現在《げんざい》、安全《あんぜん》ではない。『煙突飛行《えんとつひこう》ネットワーク』が見張《みは》られておる。移動《ポート》キーに乗《の》るのじゃ」ダンブルドアは、何食《なにく》わぬ顔《かお》で机《つくえ》にのっている古《ふる》いやかんを指《さ》した。「今《いま》はフィニアス・ナイジェラスが戻《もど》って報告《ほうこく》するのを待《ま》っているところじゃ……君《きみ》たちを送《おく》り出《だ》す前《まえ》に、安全《あんぜん》の確認《かくにん》をしておきたいのでな――」

一瞬《いっしゅん》、部屋《へや》の真《ま》ん中《なか》に炎《ほのお》が燃《も》え上《あ》がり、その場《ば》に一枚《まい》の金色《こんじき》の羽根《はね》がひらひらと舞《ま》い降《お》りた。

「フォークスの警告《けいこく》じゃ」ダンブルドアが空中《くうちゅう》で羽根《はね》をつかまえながら言《い》った。「アンブリッジ先生《せんせい》が、君《きみ》たちがベッドを抜《ぬ》け出《だ》したことに気《き》づいたにちがいない……ミネルバ、行《い》って足止《あしど》めしてくだされ――適当《てきとう》な作《つく》り話《ばなし》でもして――」

マクゴナガル先生《せんせい》が、タータンチェックのガウンをひるがえして出《で》ていった。

「あいつは、喜《よろこ》んでと言《い》っておりますぞ」ダンブルドアの背後《はいご》で、気乗《きの》りしない声《こえ》がした。フィニアスと呼《よ》ばれた魔法使《まほうつか》いの姿《すがた》がスリザリン寮旗《りょうき》の前《まえ》に戻《もど》っていた。「私《わたし》の曾々孫《ひひまご》は、家《いえ》に迎《むか》える客《きゃく》に関《かん》して、昔《むかし》からおかしな趣味《しゅみ》を持《も》っていた」

「さあ、ここに来《く》るのじゃ」ダンブルドアがハリーとウィーズリーたちを呼《よ》んだ。「急《いそ》いで。

じゃまが入《はい》らぬうちに」

ハリーもウィーズリー兄弟妹《きょうだい》も、ダンブルドアの机《つくえ》の周《まわ》りに集《あつ》まった。

「移動《ポート》キーは使《つか》ったことがあるじゃろな？」ダンブルドアの問《と》いにみんながうなずき、手《て》を出《だ》して黒《くろ》ずんだやかんに触《ふ》れた。「よかろう。では、三つ数《かぞ》えて……一……二……」

ダンブルドアが三つ目《め》を数《かぞ》え上《あ》げるまでのほんの一瞬《いっしゅん》、ハリーはダンブルドアを見上《みあ》げた――二人《ふたり》は触《ふ》れ合《あ》うほど近《ちか》くにいた――ダンブルドアの明《あか》るいブルーのまなざしが、移動《ポート》キーからハリーの顔《かお》へと移《うつ》った。

たちまち、ハリーの傷痕《きずあと》が灼熱《しゃくねつ》した。まるで傷口《きずぐち》がまたパックリと開《ひら》いたかのようだった――望《のぞ》んでもいないのにひとりでに、恐《おそ》ろしいほど強烈《きょうれつ》に、内側《うちがわ》から憎《にく》しみが湧《わ》き上《あ》がってきた。あまりの激《はげ》しさに、ハリーはその瞬間《しゅんかん》、ただ襲撃《しゅうげき》することしか考《かんが》えられなかった――かみたい――二本《ほん》の牙《きば》を目《め》の前《まえ》にいるこの男《おとこ》にグサリと刺《さ》してやりたい――。

「……三」

へその裏《うら》がぐいっと引《ひ》っ張《ば》られるのを感《かん》じた。足元《あしもと》の床《ゆか》が消《き》え、手《て》がやかんに貼《は》りついている。急速《きゅうそく》に前進《ぜんしん》しながら、互《たが》いに体《からだ》がぶつかった。色《いろ》が渦巻《うずま》き、風《かぜ》がうなる中《なか》を、前《まえ》へ前《まえ》へとやかんがみんなを引《ひ》っ張《ぱ》っていく……。やがて、ひざがガクッと折《お》れるほどの勢《いきお》いで、ハリーの足《あし》が地面《じめん》を強《つよ》く打《う》った。やかんが落《お》ちてカタカタと鳴《な》り、どこか近《ちか》くで声《こえ》がした。

「戻《もど》ってきた。血《ち》を裏切《うらぎ》るガキどもが。父親《ちちおや》が死《し》にかけてるというのはほんとうなのか？」

「**出《で》ていけ！**」別《べつ》の声《こえ》がほえた。

ハリーは急《いそ》いで立《た》ち上《あ》がり、あたりを見回《みまわ》した。到着《とうちゃく》したのは、グリモールド・プレイス十二番地《ばんち》の薄暗《うすぐら》い地下《ちか》の厨房《ちゅうぼう》だった。明《あ》かりといえば、暖炉《だんろ》の火《ひ》と消《き》えかかったろうそく一本《ぽん》だけだ。それが、孤独《こどく》な夕食《ゆうしょく》の食《た》べ残《のこ》しを照《て》らしていた。クリーチャーは、ドアから玄関《げんかん》ホールへと出《で》ていくところだったが、腰布《こしぬの》をずり上《あ》げながら振《ふ》り返《かえ》り、毒《どく》をふくんだ目《め》つきでみんなを見《み》た。心《しん》配《ぱい》そうな顔《かお》のシリウスが、急《いそ》ぎ足《あし》でやってきた。ひげもそらず、昼間《ひるま》の服装《ふくそう》のままだ。その上《うえ》、マンダンガスのような、どこか酒臭《さけくさ》いすえた臭《にお》いを漂《ただよ》わせていた。

「どうしたんだ？」ジニーを助《たす》け起《お》こしながら、シリウスが聞《き》いた。「フィニアス・ナイジェラスは、アーサーがひどいけがをしたと言《い》っていたが――」

「ハリーに聞《き》いて」フレッドが言《い》った。

「そうだ。俺《おれ》もそれが聞《き》きたい」ジョージが言《い》った。

双子《ふたご》とジニーがハリーを見《み》つめていた。厨房《ちゅうぼう》の外《そと》の階段《かいだん》で、クリーチャーの足音《あしおと》が止《と》まった。

「それは――」ハリーが口《くち》を開《ひら》いた。マクゴナガルやダンブルドアに話《はな》すよりずっとやっかいだった。

「僕《ぼく》は見《み》たんだ――一種《いっしゅ》の――幻《まぼろし》を……」

そしてハリーは、自分《じぶん》が見《み》たことを全員《ぜんいん》に話《はな》して聞《き》かせた。ただ、話《はなし》を変《か》えて、蛇《へび》が襲《おそ》ったとき、自分《じぶん》は蛇自身《へびじしん》の目《め》からではなく、そばで見《み》ていたような言《い》い方《かた》をした。ロンはまだ蒼白《そうはく》だったが、ちらりとハリーを見《み》た。しかし、何《なに》も言《い》わなかった。話《はな》し終《お》えても、フレッド、ジョージ、ジニーは、まだしばらくハリーを見《み》つめていた。気《き》のせいか、三人《にん》がどこか非難《ひなん》するような目《め》つきをしているように思《おも》えた。――そうなんだ、僕《ぼく》が攻撃《こうげき》を目撃《もくげき》しただけでみんなが非難《ひなん》するのなら、その時自分《ときじぶん》は蛇《へび》の中《なか》にいたなんて言《い》わなくてよかった。

「ママは来《き》てる？」フレッドがシリウスに聞《き》いた。

「たぶんまだ、何《なに》が起《お》こったかさえ知《し》らないだろう」シリウスが言《い》った。「アンブリッジのじゃまが入《はい》る前《まえ》に君《きみ》たちを逃《に》がすことが大事《だいじ》だったんだ。今《いま》ごろはダンブルドアが、モリーに知《し》らせる手配《てはい》をしているだろう」

「聖《せい》マンゴに行《い》かなくちゃ」ジニーが急《せ》き込《こ》んで言《い》った。兄《あに》たちを見回《みまわ》したが、もちろんみんなパジャマ姿《すがた》だ。「シリウス、マントか何《なに》か貸《か》してくれない？」

「まあ、待《ま》て。聖《せい》マンゴにすっ飛《と》んで行《い》くわけにはいかない」シリウスが言《い》った。

「俺《おれ》たちが行《い》きたいならむろん行《い》けるさ。聖《せい》マンゴに」フレッドが強情《ごうじょう》な顔《かお》をした。「俺《おれ》たちの親父《おやじ》だ！」

「アーサーが襲《おそ》われたことを、病院《びょういん》から奥《おく》さんにも知《し》らせていないのに、君《きみ》たちが知《し》っているなんて、じゃあ、どう説明《せつめい》するつもりだ？」

「そんなことどうでもいいだろ？」ジョージがむきになった。

「よくはない。何百《なん》キロも離《はな》れた所《ところ》の出来事《できごと》をハリーが見《み》ているという事実《じじつ》に、注意《ちゅうい》を引《ひ》きたくない！」シリウスが声《こえ》を荒《あら》らげた。「そういう情報《じょうほう》を、魔法省《まほうしょう》がどう解釈《かいしゃく》するか、君《きみ》たちにはわかっているのか？」

フレッドとジョージは、魔法省《まほうしょう》が何《なに》をどうしようが知《し》ったことかという顔《かお》をした。ロンは血《ち》の気《け》のない顔《かお》でだまっていた。

ジニーが言《い》った。「誰《だれ》かほかの人《ひと》が教《おし》えてくれたかもしれないし……ハリーじゃなくて、どこか別《べつ》のところから聞《き》いたかもしれないじゃない」

「誰《だれ》から？」シリウスがもどかしげに言《い》った。「いいか、君《きみ》たちの父《とう》さんは、騎士団《きしだん》の任務中《にんむちゅう》に負傷《ふしょう》したんだ。それだけでも充分状況《じゅうぶんじょうきょう》があやしいのに、その上《うえ》、子供《こども》たちが事件直後《じけんちょくご》にそれを知《し》っていたとなれば、ますますあやしい。君《きみ》たちが騎士団《きしだん》に重大《じゅうだい》な損害《そんがい》を与《あた》えることにもなりかねない――」

「騎士団《きしだん》なんかくそくらえ！」フレッドが大声《おおごえ》を出《だ》した。

「俺《おれ》たちの親父《おやじ》が死《し》にかけてるんだ！」ジョージも叫《さけ》んだ。

「君《きみ》たちの父《とう》さんは、自分《じぶん》の任務《にんむ》を承知《しょうち》していた。騎士団《きしだん》のためにも、君《きみ》たちが事《こと》をだいなしにしたら、父《とう》さんが喜《よろこ》ぶと思《おも》うか！」シリウスも同《おな》じぐらいに怒《おこ》っていた。「まさにこれだ――だから君《きみ》たちは騎士団《きしだん》に入《はい》れないんだ――君《きみ》たちはわかっていない――世《よ》の中《なか》には死《し》んでもやらなければならないことがあるんだ！」

「口《くち》で言《い》うのは簡単《かんたん》さ。ここに閉《と》じこもって！」フレッドがどなった。「そっちの首《くび》は懸《か》かってないじゃないか！」

シリウスの顔《かお》にわずかに残《のこ》っていた血《ち》の気《け》がサッと消《き》えた。一瞬《いっしゅん》、フレッドをぶんなぐりたいように見《み》えた。しかし、口《くち》を開《ひら》いたとき、その声《こえ》は決然《けつぜん》として静《しず》かだった。

「つらいのはわかる。しかし、我々全員《われわれぜんいん》が、まだ何《なに》も知《し》らないかのように行動《こうどう》しなければならないんだ。少《すく》なくとも、君《きみ》たちの母《かあ》さんから連絡《れんらく》があるまでは、ここにじっとしていなければならない。いいか？」

フレッドとジョージは、それでもまだ反抗的《はんこうてき》な顔《かお》だったが、ジニーは、手近《てぢか》の椅子《いす》に向《む》かって

二、三歩歩《ぼある》き、崩《くず》れるように座《すわ》った。ハリーがロンの顔《かお》を見《み》ると、ロンはうなずくとも肩《かた》をすくめるともつかないおかしな動《うご》きを見《み》せた。ハリーとロンも座《すわ》り、双子《ふたご》はそれからしばらくシリウスをにらみつけていたが、やがてジニーを挟《はさ》んで座《すわ》った。

「それでいい」シリウスが励《はげ》ますように言《い》った。「さあ、みんなで……みんなで何《なに》か飲《の》みながら待《ま》とう。アクシオ！　バタービールよ、来《こ》い！」

シリウスが杖《つえ》を上《あ》げて呪文《じゅもん》を唱《とな》えると、バタービールが六本《ぽん》、食料庫《しょくりょうこ》から飛《と》んできて、テーブルの上《うえ》をすべり、シリウスの食《た》べ残《のこ》しをけちらし、六人《にん》の前《まえ》でぴたりと止《と》まった。みんなが飲《の》んだ。しばらくは暖炉《だんろ》の火《ひ》がパチパチはぜる音《おと》と、瓶《びん》をテーブルに置《お》くコトリという音《おと》だけが聞《き》こえた。

ハリーは、何《なに》かしていないとたまらないので飲《の》んでいただけだった。胃袋《いぶくろ》は、恐《おそ》ろしい、煮《に》えたぎるような罪悪感《ざいあくかん》でいっぱいだった。みんながここにいるのは僕《ぼく》のせいだ。みんなまだベッドで眠《ねむ》っているはずだったのに。警報《けいほう》を発《はっ》したからこそウィーズリーおじさんが見《み》つかったのだと自分《じぶん》に言《い》い聞《き》かせても、何《なん》の役《やく》にも立《た》たなかった。そもそもウィーズリー氏《し》を襲《おそ》ったのは自分自身《じぶんじしん》だという、やっかいな事実《じじつ》からは逃《のが》れられなかった。

いいかげんにしろ。おまえには牙《きば》なんかない――ハリーは自分《じぶん》に言《い》い聞《き》かせ、落《お》ち着《つ》こうとした。しかし、バタービールを持《も》つ手《て》が震《ふる》えていた。――おまえはベッドに横《よこ》になっていた。誰《だれ》も襲《おそ》っちゃいない……。

しかし、それならダンブルドアの部屋《へや》で起《お》こったことは何《なん》だったのだ？　――ハリーは自問自《じもんじ》答《とう》した。――僕《ぼく》は、ダンブルドアまでも襲《おそ》いたくなった……。

ハリーは瓶《びん》をテーブルに置《お》いたが、思《おも》わず力《ちから》が入《はい》り、ビールがテーブルにこぼれた。誰《だれ》も気《き》がつかない。その時《とき》、空中《くうちゅう》に炎《ほのお》が上《あ》がり、目《め》の前《まえ》の汚《よご》れた皿《さら》を照《て》らし出《だ》した。みんなが驚《おどろ》いて声《こえ》を上《あ》げる中《なか》、羊皮紙《ようひし》が一巻《ひとまき》、ドサリとテーブルに落《お》ち、黄金《おうごん》の不死鳥《ふしちょう》の尾羽《おばね》根も一枚《まいお》落ちてきた。

「フォークス！」そう言《い》うなり、シリウスが羊皮紙《ようひし》をサッと取《と》り上《あ》げた。「ダンブルドアの筆跡《ひっせき》ではない――君《きみ》たちの母《かあ》さんからの伝言《でんごん》にちがいない――さあ――」

シリウスがジョージの手《て》に押《お》しつけた手紙《てがみ》を、ジョージは引《ひ》きちぎるように広《ひろ》げ、声《こえ》に出《だ》して読《よ》み上《あ》げた。

お父《とう》さまはまだ生《い》きています。母《かあ》さんは聖《せい》マンゴに行《い》くところです。じっとしているのですよ。できるだけ早《はや》く知《し》らせを送《おく》ります。

ママより

ジョージがテーブルを見回《みまわ》した。

「まだ生《い》きてる……」ゆっくりと、ジョージが言《い》った。「だけど、それじゃ、まるで……」

最後《さいご》まで言《い》わなくてもわかった。ハリーもそう思《おも》った。まるでウィーズリーおじさんが、生死《せいし》の境《さかい》をさまよっているような言《い》い方《かた》だ。ロンは相変《あいか》わらずひどく青《あお》い顔《かお》で、母親《ははおや》の手紙《てがみ》の裏《うら》を見《み》つめていた。まるで、そこに慰《なぐさ》めの言葉《ことば》を求《もと》めているかのようだった。フレッドはジョージの手《て》から羊皮紙《ようひし》を引《ひ》ったくり、自分《じぶん》で読《よ》んだ。それからハリーを見《み》た。ハリーは、バタービールを持《も》つ手《て》がまた震《ふる》えだすのを感《かん》じ、震《ふる》えを止《と》めようと、いっそう固《かた》く握《にぎ》りしめた。

こんなに長《なが》い夜《よる》をまんじりともせずに過《す》ごしたことがあったろうか……ハリーの記憶《きおく》にはない。シリウスが、言《い》うだけは言《い》ってみようという調子《ちょうし》で、ベッドで寝《ね》てはどうかと一度《いちど》だけ提案《ていあん》したが、ウィーズリー兄弟《きょうだい》の嫌悪《けんお》の目《め》つきだけで、答《こた》えは明《あき》らかだった。全員《ぜんいん》がほとんどだまりこくってテーブルを囲《かこ》み、ときどきバタービールの瓶《びん》を口元《くちもと》に運《はこ》びながら、ろうそくの芯《しん》が、溶《と》けたろうだまりにだんだん沈《しず》んでいくのを眺《なが》めていた。話《はな》すことといえば、時間《じかん》をたしかめ合《あ》うとか、どうなっているんだろうと口《くち》に出《だ》すとか、ウィーズリー夫人《ふじん》がとっくに聖《せい》マンゴに着《つ》いているはずだから、悪《わる》いことが起《お》こっていれば、すぐにそういう知《し》らせが来《く》るはずだと、互《たが》いに確認《かくにん》し合《あ》ったりするばかりだった。

フレッドがとろっと眠《ねむ》り、頭《あたま》がかしいで肩《かた》についた。ジニーは椅子《いす》の上《うえ》で猫《ねこ》のように丸《まる》まっていたが、目《め》はしっかり開《ひら》いていた。そこに暖炉《だんろ》の火《ひ》が映《うつ》っているのを、ハリーは見《み》た。ロンは両《りょう》手《て》で頭《あたま》を抱《かか》えて座《すわ》っていた。眠《ねむ》っているのか起《お》きているのかわからない。家族《かぞく》の悲《かな》しみを前《まえ》に、よそ者《もの》のハリーとシリウスは二人《ふたり》でいく度《ど》となく顔《かお》を見合《みあ》わせた。そして待《ま》った……ひたすら待《ま》った……。

ロンの腕時計《うでどけい》で明《あ》け方《がた》の五時《じ》十分過《ぷんす》ぎ、厨房《ちゅうぼう》の戸《と》がパッと開《ひら》き、ウィーズリーおばさんが入《はい》ってきた。ひどく青《あお》ざめてはいたが、みんながいっせいに顔《かお》を向《む》け、フレッド、ロン、ハリーが椅《い》子《す》から腰《こし》を浮《う》かせたとき、おばさんは力《ちから》なくほほ笑《え》んだ。

「大丈夫《だいじょうぶ》ですよ」おばさんの声《こえ》は、つかれきって弱々《よわよわ》しかった。

「お父《とう》さまは眠《ねむ》っています。あとでみんなで面会《めんかい》に行《い》きましょう。今《いま》は、ビルが看《み》ています。午《ご》前中《ぜんちゅう》、仕事《しごと》を休《やす》む予定《よてい》でね」

フレッドは両手《りょうて》で顔《かお》を覆《おお》い、ドサリと椅子《いす》に戻《もど》った。ジョージとジニーは立《た》ち上《あ》がり、急《いそ》いで母親《ははおや》に近寄《ちかよ》って抱《だ》きついた。ロンはへなへなと笑《わら》い、残《のこ》っていたバタービールを一気《いっき》に飲《の》み干《ほ》した。

「朝食《ちょうしょく》だ！」シリウスが勢《いきお》いよく立《た》ち上《あ》がり、うれしそうに大声《おおごえ》で言《い》った。「あのいまいましいしもべ妖精《ようせい》はどこだ？　クリーチャー！　**クリーチャー！**」

しかしクリーチャーは呼《よ》び出《だ》しに応《おう》じなかった。

「それなら、それでいい」シリウスはそうつぶやくと、人数《にんずう》を数《かぞ》えはじめた。「それじゃ、朝食《ちょうしょく》は――ええと――七人《にん》か……ベーコンエッグだな。それと紅茶《こうちゃ》にトーストと――」

ハリーは手伝《てつだ》おうと、かまどのほうに急《いそ》いだ。ウィーズリー一家《いっか》の幸《しあわ》せをじゃましてはいけないと思《おも》った。それに、ウィーズリーおばさんから、自分《じぶん》の見《み》たことを話《はな》すようにと言《い》われる瞬間《しゅんかん》が怖《こわ》かった。ところが、食器棚《しょっきだな》から皿《さら》を取《と》り出《だ》すや否《いな》や、おばさんがハリーの手《て》からそれを取《と》り上《あ》げ、ハリーをひしと抱《だ》き寄《よ》せた。

「ハリー、あなたがいなかったらどうなっていたかわからないわ」おばさんはくぐもった声《こえ》で言《い》った。「アーサーを見《み》つけるまでに何時間《なんじかん》もたっていたかもしれない。そうしたら手遅《ておく》れだったわ。でも、あなたのおかげで命《いのち》が助《たす》かったし、ダンブルドアはアーサーがなぜあそこにいたかを、うまく言《い》いつくろう話《はなし》を考《かんが》えることもできたわ。そうじゃなかったら、どんなに大変《たいへん》なことになっていたか。かわいそうなスタージスみたいに……」

ハリーはおばさんの感謝《かんしゃ》にいたたまれない気持《きも》ちだった。幸《さいわ》いなことに、おばさんはすぐハリーを放《はな》し、シリウスに向《む》かって、一晩中子供《ひとばんじゅうこども》たちを見《み》ていてくれたことに礼《れい》を述《の》べた。シリウスは役《やく》に立《た》ってうれしいし、ウィーズリー氏《し》の入院中《にゅういんちゅう》は、全員《ぜんいん》がこの屋敷《やしき》にとどまってほしいと答《こた》えた。

「まあ、シリウス、とてもありがたいわ……アーサーはしばらく入院《にゅういん》することになると言《い》われたし、なるべく近《ちか》くにいられたら助《たす》かるわ……その場合《ばあい》は、もちろん、クリスマスをここで過《す》ごすことになるかもしれないけれど」

「大勢《おおぜい》のほうが楽《たの》しいよ！」シリウスが心《こころ》からそう思《おも》っている声《こえ》だったので、ウィーズリーおばさんはシリウスに向《む》かってニッコリし、手早《てばや》くエプロンをかけて朝食《ちょうしょく》の支度《したく》を手伝《てつだ》いはじめた。

「シリウスおじさん」ハリーはせっぱ詰《つ》まった気持《きも》ちでささやいた。「ちょっと話《はなし》があるんだけど、いい？　あの──今《いま》すぐ、いい？」

ハリーは暗《くら》い食料庫《しょくりょうこ》に入《はい》っていった。シリウスがついてきた。ハリーは何《なん》の前置《まえお》きもせずに、名付《なづ》け親《おや》に、自分《じぶん》の見《み》た光景《こうけい》をくわしく話《はな》して聞《き》かせた。自分自身《じぶんじしん》がウィーズリー氏《し》を襲《おそ》った蛇《へび》だったことも話《はな》した。

一息《ひといき》ついたとき、シリウスが聞《き》いた。「そのことをダンブルドアに話《はな》したか？」

「うん」ハリーはじれったそうに言《い》った。「だけど、ダンブルドアはそれがどういう意味《いみ》なのか教《おし》えてくれなかった。まあ、ダンブルドアはもう僕《ぼく》に何《なん》にも話《はな》してくれないんだけど」

「何《なに》か心配《しんぱい》するべきことだったら、きっと君《きみ》に話《はな》してくれていたはずだ」シリウスは落《お》ち着《つ》いていた。

「だけど、それだけじゃないんだ」ハリーがほとんどささやきに近《ちか》い小声《こごえ》で言《い》った。「シリウス、僕《ぼく》……僕《ぼく》、頭《あたま》がおかしくなってるんじゃないかと思《おも》うんだ。ダンブルドアの部屋《へや》で、移動《ポート》キーに乗《の》る前《まえ》だけど……ほんの一瞬《いっしゅん》、僕《ぼく》は蛇《へび》になったと思《おも》った。そう感《かん》じたんだ――ダンブルドアを見《み》たとき、傷痕《きずあと》がすごく痛《いた》くなった――シリウスおじさん、僕《ぼく》、ダンブルドアを襲《おそ》いたくなったんだ！」

ハリーには、シリウスの顔《かお》のほんの一部《いちぶ》しか見《み》えなかった。あとは暗闇《くらやみ》だった。

「幻《まぼろし》を見《み》たことが尾《お》を引《ひ》いていたんだろう。それだけだよ」シリウスが言《い》った。「夢《ゆめ》だったのかどうかわからないが、まだそのことを考《かんが》えていたんだよ」

「そんなんじゃない」ハリーは首《くび》を横《よこ》に振《ふ》った。「何《なに》かが僕《ぼく》の中《なか》で伸《の》び上《あ》がったんだ。まるで体《からだ》の中《なか》に蛇《へび》がいるみたいに」

「眠《ねむ》らないと」シリウスがきっぱりと言《い》った。「朝食《ちょうしょく》を食《た》べたら、上《うえ》に行《い》って休《やす》みなさい。昼食《ちゅうしょく》のあとで、みんなと一緒《いっしょ》にアーサーの面会《めんかい》に行《い》けばいい。ハリー、君《きみ》はショックを受《う》けているんだ。単《たん》に目撃《もくげき》しただけのことを、自分《じぶん》のせいにして責《せ》めている。それに、君《きみ》が目撃《もくげき》したのは幸運《こううん》なことだったんだ。そうでなけりゃ、アーサーは死《し》んでいたかもしれない。心配《しんぱい》するのはやめなさい」

シリウスはハリーの肩《かた》をポンポンとたたき、食料庫《しょくりょうこ》から出《で》ていった。ハリーはひとり暗《くら》がりに取《と》り残《のこ》された。

ハリー以外《いがい》のみんなが午前中《ごぜんちゅう》を寝《ね》て過《す》ごした。ハリーは、ロンと一緒《いっしょ》に夏休《なつやす》み最後《さいご》の数週間《すうしゅうかん》を過《す》ごした寝室《しんしつ》に上《あ》がっていった。ロンのほうはベッドにもぐり込《こ》むなりたちまち眠《ねむ》り込《こ》んだが、ハリーは服《ふく》を着《き》たまま、金属製《きんぞくせい》の冷《つめ》たいベッドの背《せ》もたれに寄《よ》りかかり、背中《せなか》を丸《まる》め、わざと居《い》心地《ごこち》の悪《わる》い姿勢《しせい》を取《と》って、眠《ねむ》り込《こ》むまいとした。眠《ねむ》るとまた蛇《へび》になるのではないか、目覚《めざ》めたときに、ロンを襲《おそ》ってしまったとか、誰《だれ》かを襲《おそ》おうと家《いえ》の中《なか》をはいずり回《まわ》っていたことに気《き》づくのではないかと思《おも》うと、恐《おそ》ろしかった。

ロンが目覚《めざ》めたとき、ハリーは自分《じぶん》もよく寝《ね》て気持《きも》ちよく目覚《めざ》めたようなふりをした。昼食《ちゅうしょく》の最中《さいちゅう》に全員《ぜんいん》のトランクがホグワーツから到着《とうちゃく》し、マグルの服《ふく》を着《き》て聖《せい》マンゴに出《で》かけられるようになった。ローブを脱《ぬ》いでジーンズとT《ティー》シャツに着替《きが》えながら、ハリー以外《いがい》のみんなは、うれしくてはしゃぎ、饒舌《じょうぜつ》になっていた。ロンドンの街中《まちなか》を付《つ》き添《そ》っていくトンクスとマッド-アイが到着《とうちゃく》したときには、全員《ぜんいん》が大喜《おおよろこ》びで迎《むか》え、マッド-アイが魔法《まほう》の目《め》を隠《かく》すのに目深《まぶか》にかぶった山高帽《やまたかぼう》を笑《わら》った。トンクスは、また鮮《あざ》やかなピンク色《いろ》の短《みじか》い髪《かみ》をしていたが、地下鉄《ちかてつ》ではトンクスよりマッド-アイのほうがまちがいなく目立《めだ》つと、冗談抜《じょうだんぬ》きでみんながマッド-アイに請《う》け合《あ》った。

トンクスは、ウィーズリー氏《し》が襲《おそ》われた光景《こうけい》をハリーが見《み》たことにとても興味《きょうみ》を持《も》ったが、ハリーはそれを話題《わだい》にする気《き》がまったくなかった。

「君《きみ》の血筋《ちすじ》に、『予見者《よけんしゃ》』はいないの？」ロンドン市内《しない》に向《む》かう電車《でんしゃ》に並《なら》んで腰《こし》かけ、トンクスが興味深《きょうみぶか》げにハリーに聞《き》いた。

「いない」ハリーはトレローニー先生《せんせい》のことを考《かんが》え、侮辱《ぶじょく》されたような気《き》がした。

「ちがうのか」トンクスは考《かんが》え込《こ》むように言《い》った。「ちがうな。君《きみ》のやってることは、厳密《げんみつ》な予《よ》言《げん》っていうわけじゃないものね。つまり、君《きみ》は未来《みらい》を見《み》ているわけじゃなくて、現在《げんざい》を見《み》てるんだ……変《へん》だね？　でも、役《やく》に立《た》つけど……」

ハリーは答《こた》えなかった。うまい具合《ぐあい》に、次《つぎ》の駅《えき》でみんな電車《でんしゃ》を降《お》りた。ロンドンの中心部《ちゅうしんぶ》にある駅《えき》だった。電車《でんしゃ》を降《お》りるどさくさに紛《まぎ》れ、ハリーは、先頭《せんとう》に立《た》ったトンクスと自分《じぶん》の間《あいだ》にフレッドとジョージを割《わ》り込《こ》ませることができた。みんながトンクスについてエスカレーターを上《あ》がった。ムーディはしんがりで、山高帽《やまたかぼう》を斜《なな》め目深《まぶか》にかぶり、節《ふし》くれだった手《て》を片方《かたほう》、ボタンの間《あいだ》からマントの懐《ふところ》に差《さ》し込《こ》んで杖《つえ》を握《にぎ》りしめ、コツッコツッと歩《ある》いてきた。ハリーは、隠《かく》れた目《め》がじっと自分《じぶん》を見《み》ているように感《かん》じた。夢《ゆめ》のことをこれ以上聞《いじょうき》かれないように、ハリーはマッドーアイに、聖《せい》マンゴがどこに隠《かく》されているかと質問《しつもん》した。

「ここからそう遠《とお》くない」ムーディがうなるように言《い》った。

駅《えき》を出《で》ると、冬《ふゆ》の空気《くうき》は冷《つめ》たく、広《ひろ》い通《とお》りの両側《りょうがわ》にはびっしりと店《みせ》が並《なら》んで、クリスマスの買《か》い物客《ものきゃく》でいっぱいだった。ムーディはハリーを少《すこ》し前《まえ》に押《お》し出《だ》し、すぐ後《うし》ろをコツッコツッと歩《ある》いてきた。目深《まぶか》にかぶった帽子《ぼうし》の下《した》で、例《れい》の目《め》がぐるぐると四方八方《しほうはっぽう》を見《み》ていることが、ハリーにはわかった。

「病院《びょういん》に格好《かっこう》の場所《ばしょ》を探《さが》すのには難儀《なんぎ》した。ダイアゴン横丁《よこちょう》には、どこにも充分《じゅうぶん》の広《ひろ》さがなかったし、魔法省《まほうしょう》のように地下《ちか》にもぐらせることもできん――不健康《ふけんこう》なんでな。結局《けっきょく》、ここにあるビルを何《なん》とか手《て》に入《い》れた。病気《びょうき》の魔法使《まほうつか》いが出入《でい》りしても、人混《ひとご》みに紛《まぎ》れてしまう所《ところ》だという理屈《りくつ》でな」

すぐそばに電気製品《でんきせいひん》をぎっしり並《なら》べた店《みせ》があった。そこに入《はい》ることだけで頭《あたま》がいっぱいの買《か》い物客《ものきゃく》にのまれてはぐれてしまわないようにと、ムーディはハリーの肩《かた》をつかんだ。

「ほれ、そこだ」まもなくムーディが言《い》った。

赤《あか》れんがの、流行遅《りゅうこうおく》れの大《おお》きなデパートの前《まえ》に着《つ》いていた。「パージ・アンド・ダウズ商会《しょうかい》」と書《か》いてある。みすぼらしい、しょぼくれた雰囲気《ふんいき》の場所《ばしょ》だ。ショーウィンドウには、あちこち欠《か》けたマネキンが数体《すうたい》、曲《ま》がったかつらをつけて、少《すく》なくとも十年《ねん》ぐらい流行遅《りゅうこうおく》れの服《ふく》を着《き》て、てんでんばらばらに立《た》っている。ほこりだらけのドアというドアには大《おお》きな看板《かんばん》がかかり、「改装《かいそう》のため閉店中《へいてんちゅう》」と書《か》いてある。ビニールの買《か》い物袋《ものぶくろ》をたくさん抱《かか》えた大柄《おおがら》な女性《じょせい》が、通《とお》りすがりに友達《ともだち》に話《はな》しかけるのを、ハリーははっきりと聞《き》いた。

「一度《いちど》も開《あ》いてたことなんかないわよ、ここ」

「さてと」トンクスが、みんなにショーウィンドウのほうに来《く》るように合図《あいず》した。ことさら醜《みにく》いマネキン人形《にんぎょう》が一体《たい》飾《かざ》られている場所《ばしょ》だ。つけまつげが取《と》れかかってぶら下《さ》がり、緑色《みどりいろ》のナイロンのエプロンドレスを着《き》ている。

「みんな、準備《じゅんび》オッケー？」

みんながトンクスの周《まわ》りに集《あつ》まってうなずいた。ムーディがハリーのけんこう骨《こつ》の間《あいだ》あたりを押《お》し、前《まえ》に出《で》るようにうながした。トンクスはウィンドウのガラスに近寄《ちかよ》り、息《いき》でガラスを曇《くも》らせながら、ひどく醜《みにく》いマネキンを見上《みあ》げて声《こえ》をかけた。

「こんちわ。アーサー・ウィーズリーに面会《めんかい》に来《き》たんだけど」

ガラス越《ご》しにそんなに低《ひく》い声《こえ》で話《はな》してマネキンに聞《き》こえると思《おも》うなんて、トンクスはどうかしている、とハリーは思《おも》った。トンクスのすぐ後《うし》ろをバスがガタガタ走《はし》っているし、買《か》い物客《ものきゃく》でいっぱいの通《とお》りはやかましかった。そのあと、そもそもマネキンに聞《き》こえるはずがないと気《き》がついた。次《つぎ》の瞬間《しゅんかん》、ハリーはショックで口《くち》があんぐり開《あ》いた。マネキンが小《ちい》さくうなずき、節《ふし》に継《つ》ぎ目《め》のある指《ゆび》で手招《てまね》きしたのだ。トンクスはジニーとウィーズリーおばさんのひじをつかみ、ガラスをまっすぐ突《つ》き抜《ぬ》けて姿《すがた》を消《け》した。

フレッド、ジョージ、ロンがそのあとに続《つづ》いた。ハリーは周囲《しゅうい》にひしめき合《あ》う人混《ひとご》みをちらりと見回《みまわ》した。「パージ・アンド・ダウズ商会《しょうかい》」のような汚《きたな》らしいショーウィンドウに、ただの一瞥《いちべつ》もくれるようなひま人《じん》はいないし、たった今《いま》、六人《にん》もの人間《にんげん》が目《め》の前《まえ》からかき消《け》すようにいなくなったことに、誰一人《だれひとり》気《き》づく様子《ようす》もない。

「さあ」ムーディがまたしてもハリーの背中《せなか》をつついてうなるように言《い》った。ハリーは一緒《いっしょ》に前《まえ》に進《すす》み、冷《つめ》たい水《みず》のような感触《かんしょく》の膜《まく》の中《なか》を突《つ》き抜《ぬ》けた。しかし、反対側《はんたいがわ》に出《で》た二人《ふたり》は冷《ひ》えてもいなかったし、ぬれてもいなかった。

醜《みにく》いマネキンは跡形《あとかた》もなく消《き》え、マネキンが立《た》っていた場所《ばしょ》もない。そこは、混《こ》み合《あ》った受付《うけつけ》のような所《ところ》で、ぐらぐらした感《かん》じの木《き》の椅子《いす》が何列《なんれつ》も並《なら》び、魔法使《まほうつか》いや魔女《まじょ》が座《すわ》っていた。見《み》たところどこも悪《わる》くなさそうな顔《かお》で、古《ふる》い『週刊魔女《しゅうかんまじょ》』をパラパラめくっている人《ひと》もいれば、胸《むね》から象《ぞう》の鼻《はな》や余分《よぶん》な手《て》が生《は》えた、ぞっとするような姿形《すがたかたち》の人《ひと》もいる。この部屋《へや》も外《そと》の通《とお》りより静《しず》かだとは言《い》えない。患者《かんじゃ》の多《おお》くが、奇妙《きみょう》キテレツな音《おと》を立《た》てているからだ。一番前《いちばんまえ》の列《れつ》の真《ま》ん中《なか》では、汗《あせ》ばんだ顔《かお》の魔女《まじょ》が「日刊予言者《にっかんよげんしゃ》」で激《はげ》しく顔《かお》をあおぎながら、ホイッスルのようなかん高《だか》い音《おと》を出《だ》し続《つづ》け、口《くち》から湯気《ゆげ》を吐《は》いていた。隅《すみ》のほうのむさくるしい魔法戦士《まほうせんし》は、動《うご》くたびに鐘《かね》の音《おと》がした。そのたびに頭《あたま》がひどく揺《ゆ》れるので、自分《じぶん》で両耳《りょうみみ》を押《お》さえて頭《あたま》を安定《あんてい》させていた。

ライムのような緑色《みどりいろ》のローブを着《き》た魔法使《まほうつか》いや魔女《まじょ》が、列《れつ》の間《あいだ》を往《い》ったり来《き》たりして質問《しつもん》し、アンブリッジのようにクリップボードに書《か》きとめていた。ハリーは、ローブの胸《むね》にある縫《ぬ》い取《と》りに気《き》づいた。杖《つえ》と骨《ほね》がクロスしている。

「あの人《ひと》たちは医者《ドクター》なのかい？」ハリーはそっとロンに聞《き》いた。

「医者《ドクター》？」ロンはまさかという目《め》をした。「人間《にんげん》を切《き》り刻《きざ》んじゃう、マグルの変人《へんじん》のこと？　ちがうさ。癒《いや》しの『癒者《いしゃ》』だよ」

「こっちよ！」隅《すみ》の魔法戦士《まほうせんし》が鳴《な》らす鐘《かね》の音《ね》に負《ま》けない声《こえ》で、ウィーズリーおばさんが呼《よ》んだ。

みんながおばさんについて、列《れつ》に並《なら》んだ。列《れつ》の前《まえ》には「案内係《あんないがかり》」と書《か》いたデスクがあり、ブロンドのふっくらした魔女《まじょ》が座《すわ》っていた。その後《うし》ろには、壁一面《かべいちめん》に掲示《けいじ》やらポスターが貼《は》ってある。

鍋《なべ》が不潔《ふけつ》じゃ、薬《くすり》も毒《どく》よ
無許可《むきょか》の解毒剤《げどくざい》は無解毒剤《むげどくざい》

長《なが》い銀色《ぎんいろ》の巻《ま》き毛《げ》の魔女《まじょ》の大《おお》きな肖像画《しょうぞうが》もかかっていて、説明《せつめい》がついている。

デイリス・ダーウェント
聖《せい》マンゴの癒者《ヒーラー》　一七二二—一七四一
ホグワーツ魔法魔術学校校長《まほうまじゅつがっこうこうちょう》　一七四一—一七六八

デイリスは、ウィーズリー一行《いっこう》を数《かぞ》えているような目《め》で見《み》ていた。ハリーと目《め》が合《あ》うと、ちょこりとウィンクして、額《がく》の縁《へり》のほうに歩《ある》いていき、姿《すがた》を消《け》した。

一方《いっぽう》、列《れつ》の先頭《せんとう》の若《わか》い魔法使《まほうつか》いは、その場《ば》でへんてこなジグ・ダンスを踊《おど》りながら、痛《いた》そうな悲鳴《ひめい》の合間《あいま》に、案内魔女《あんないまじょ》に苦難《くなん》の説明《せつめい》をしていた。

「問題《もんだい》はこの――イテッ――兄貴《あにき》にもらった靴《くつ》でして――うっ――食《く》いつくんですよ――アイタッ――足《あし》に――靴《くつ》を見《み》てやってください。きっと何《なに》かの――あうう――呪《のろ》いがかかってる。どうやっても――ああああうう――脱《ぬ》げないんだ」

片足《かたあし》でぴょん、別《べつ》の足《あし》でぴょんと、まるで焼《や》けた石炭《せきたん》の上《うえ》で踊《おど》っているようだった。

「あなた、別《べつ》に靴《くつ》のせいで字《じ》が読《よ》めないわけではありませんね？」ブロンドの魔女《まじょ》は、いらいらとデスクの左側《ひだりがわ》の大《おお》きな掲示《けいじ》を指差《ゆびさ》した。「あなたの場合《ばあい》は『呪文性損傷《じゅもんせいそんしょう》』。五階《かい》。ちゃんと『病院案内《びょういんあんない》』に書《か》いてあるとおり。はい、次《つぎ》！」

その魔法使《まほうつか》いが、よろけたり、踊《おど》り跳《は》ねたりしながら脇《わき》によけ、ウィーズリー一家《いっか》が数歩前《すうほまえ》に進《すす》んだ。ハリーは「病院案内《びょういんあんない》」を読《よ》んだ。

一階《かい》……**物品性事故《ぶっぴんせいじこ》**　大鍋爆発《おおなべばくはつ》、杖逆噴射《つえぎゃくふんしゃ》、箒衝突《ほうきしょうとつ》など
二階《かい》……**生物性傷害《せいぶつせいしょうがい》**　かみ傷《きず》、刺《さ》し傷《きず》、火傷《やけど》、とげ埋《う》め込《こ》みなど
三階《かい》……**魔《バ》クテリア性疾患《せいしっかん》**　感染症《かんせんしょう》（龍痘《りゅうとう》など）、消滅症《しょうめつしょう》、巻《ま》きかびなど
四階《かい》……**薬剤《やくざい》・植物性中毒《しょくぶつせいちゅうどく》**　湿疹《しっしん》、嘔吐《おうと》、抑制不能《よくせいふのう》クスクス笑《わら》いなど

五階《かい》……**呪文性損傷《じゅもんせいそんしょう》**　解除不能性呪《かいじょふのうせいのろ》い、呪詛《じゅそ》、不適正使用呪文《ふてきせいしようじゅもん》など
六階《かい》……**外来者喫茶室《がいらいしゃきっさしつ》・売店《ばいてん》**

何階《なんかい》かわからない方《かた》、通常《つうじょう》の話《はなし》ができない方《かた》、どうしてここにいるのか思《おも》い出《だ》せない方《かた》は、案内魔女《あんないまじょ》がお手伝《てつだ》いいたします。


腰《こし》が曲《ま》がり、耳《みみ》に補聴《ほちょう》トランペットをつけた年寄《としよ》り魔法使《まほうつか》いが、足《あし》を引《ひ》きずりながら列《れつ》の先頭《せんとう》に進《すす》み出《で》て、ゼイゼイ声《ごえ》で言《い》った。

「ブロデリック・ボードに面会《めんかい》に来《き》たんじゃが」

「四九号室《ごうしつ》。でも、会《あ》ってもむだだと思《おも》いますよ」案内魔女《あんないまじょ》がにべもなく言《い》った。「完全《かんぜん》に錯乱《さくらん》してますからね――まだ自分《じぶん》は急須《きゅうす》だと思《おも》い込《こ》んでいます。次《つぎ》！」

困《こま》りはてた顔《かお》の魔法使《まほうつか》いが、幼《おさな》い娘《むすめ》の足首《あしくび》をしっかりつかんで進《すす》み出《で》た。娘《むすめ》はロンパースの背中《せなか》を突《つ》き抜《ぬ》けて生《は》え出《で》ている大《おお》きな翼《つばさ》をパタパタさせ、父親《ちちおや》の頭《あたま》の周《まわ》りを飛《と》び回《まわ》っている。

「五階《かい》」

案内魔女《あんないまじょ》が、何《なに》も聞《き》かずにうんざりした声《こえ》で言《い》った。父親《ちちおや》は、変《へん》な形《かたち》の風船《ふうせん》のような娘《むすめ》を手《て》に持《も》って、デスク脇《わき》の両開《りょうびら》きの扉《とびら》から出《で》ていった。

「次《つぎ》！」

ウィーズリーおばさんがデスクの前《まえ》に進《すす》み出《で》た。

「こんにちは。夫《おっと》のアーサー・ウィーズリーが、今朝《けさ》、別《べつ》の病棟《びょうとう》に移《うつ》ったと思《おも》うんですけど、どこでしょうか——？」

「アーサー・ウィーズリーね？」案内魔女《あんないまじょ》が、長《なが》いリストに指《ゆび》を走《はし》らせながら聞《き》き返《かえ》した。

「ああ、二階《かい》よ。右側《みぎがわ》の二番目《ばんめ》のドア。ダイ・ルウェリン病棟《びょうとう》」

「ありがとう」おばさんが礼《れい》を言《い》った。

「さあ、みんないらっしゃい」

おばさんについて、全員《ぜんいん》が両開《りょうびら》きの扉《とびら》から入《はい》った。その向《む》こうは細長《ほそなが》い廊下《ろうか》で、有名《ゆうめい》な癒者《いしゃ》の肖像画《しょうぞうが》がずらりと並《なら》び、ろうそくの入《はい》ったクリスタルの球《たま》が、巨大《きょだい》なシャボン玉《だま》のようにいくつも天井《てんじょう》に浮《う》かんでいた。一行《いっこう》は、ライム色《いろ》のローブを着《き》た魔法使《まほうつか》いや魔女《まじょ》が大勢出入《おおぜいでい》りしている扉《とびら》の前《まえ》をいくつか通《とお》り過《す》ぎた。ある扉《とびら》の前《まえ》には、いやな臭《にお》いの黄色《きいろ》いガスが廊下《ろうか》に流《なが》れ出《だ》していた。ときどき遠《とお》くから、悲《かな》しげな泣《な》き声《ごえ》が聞《き》こえてきた。一行《いっこう》は二階《かい》への階段《かいだん》を上《のぼ》り、「生物《せいぶつ》性傷害《せいしょうがい》」の階《かい》に出《で》た。右側《みぎがわ》の二番目《ばんめ》のドアに何《なに》か書《か》いてある。

「危険《きけん》な野郎《やろう》」ダイ・ルウェリン記念病棟《きねんびょうとう》――重篤《じゅうとく》なかみ傷《きず》

その横《よこ》に、真鍮《しんちゅう》の枠《わく》に入《はい》った手書《てが》きの名札《なふだ》があった。

担当癒師《たんとういし》　ヒポクラテス・スメスウィック
研修癒《けんしゅうい》　オーガスタス・パイ

「私《わたし》たちは外《そと》で待《ま》ってるわ、モリー」トンクスが言《い》った。「大勢《おおぜい》でいっぺんにお見舞《みま》いしたら、アーサーにもよくないし……最初《さいしょ》は家族《かぞく》だけにすべきだわ」

マッド-アイも賛成《さんせい》とうなり、廊下《ろうか》の壁《かべ》に寄《よ》りかかり、魔法《まほう》の目《め》を四方八方《しほうはっぽう》にぐるぐる回《まわ》した。ハリーも身《み》を引《ひ》いた。しかし、ウィーズリーおばさんがハリーに手《て》を伸《の》ばし、ドアから押《お》し込《こ》んだ。

「ハリー、遠慮《えんりょ》なんかしないで。アーサーがあなたにお礼《れい》を言《い》いたいの」

病室《びょうしつ》は小《ちい》さく、ドアのむかい側《がわ》に小《ちい》さな高窓《たかまど》が一つあるだけなので、かなり陰気《いんき》くさかった。明《あ》かりはむしろ、天井《てんじょう》の真《ま》ん中《なか》に集《あつ》まっているクリスタル球《だま》の輝《かがや》きから来《き》ていた。壁《かべ》は樫材《かしざい》の板《いた》張《ば》りで、かなり悪人面《あくにんづら》の魔法使《まほうつか》いの肖像画《しょうぞうが》がかかっていた。説明書《せつめいが》きがある。

ウルクハート・ラックハロウ　一六一二—一六九七　内臓《ないぞう》抜《ぬ》き出《だ》し呪《のろ》いの発明者《はつめいしゃ》

患者《かんじゃ》は三人《にん》しかいない。ウィーズリー氏《し》のベッドは一番奥《いちばんおく》の、小《ちい》さな高窓《たかまど》のそばにあった。ハリーはおじさんの様子《ようす》を見《み》て、ホッとした。おじさんは枕《まくら》をいくつか重《かさ》ねてもたれかかり、ベッドに射《さ》し込《こ》むただ一筋《ひとすじ》の太陽光《たいようこう》の下《した》で、「日刊予言者新聞《にっかんよげんしゃしんぶん》」を読《よ》んでいた。みんなが近《ちか》づくと、おじさんは顔《かお》を上《あ》げ、訪問者《ほうもんしゃ》が誰《だれ》だかわかるとニッコリした。

「やあ！」おじさんが新聞《しんぶん》を脇《わき》に置《お》いて声《こえ》をかけた。「モリー、ビルは今《いま》しがた帰《かえ》ったよ。仕事《しごと》に戻《もど》らなきゃならなくてね。でも、あとで母《かあ》さんの所《ところ》に寄《よ》ると言《い》っていた」

「アーサー、具合《ぐあい》はどう？」おばさんはかがんでおじさんのほおにキスし、心配《しんぱい》そうに顔《かお》をのぞき込《こ》んだ。「まだ少《すこ》し顔色《かおいろ》が悪《わる》いわね」

「気分《きぶん》は上々《じょうじょう》だよ」おじさんは元気《げんき》よくそう言《い》うと、けがをしていないほうの腕《うで》を伸《の》ばしてジニーを抱《だ》き寄せた。「包帯《ほうたい》が取《と》れさえすれば、家《いえ》に帰《かえ》れるんだが」

「パパ、なんで包帯《ほうたい》が取《と》れないんだい？」フレッドが聞《き》いた。

「うん、包帯《ほうたい》を取《と》ろうとすると、そのたびにどっと出血《しゅっけつ》しはじめるんでね」

おじさんは機嫌《きげん》よくそう言《い》うと、ベッド脇《わき》の棚《たな》に置《お》いてあった杖《つえ》を取《と》り、一振《ひとふ》りして、全員《ぜんいん》が座《すわ》れるよう、椅子《いす》を六脚《きゃく》、ベッド脇《わき》に出《だ》した。

「あの蛇《へび》の牙《きば》には、どうやら、傷口《きずぐち》がふさがらないようにする、かなり特殊《とくしゅ》な毒《どく》があったらしい。ただ、病院《びょういん》では、必《かなら》ず解毒剤《げどくざい》が見《み》つかるはずだと言《い》っていたよ。私《わたし》よりもっとひどい症例《しょうれい》もあったらしい。それまでは、血液補充薬《けつえきほじゅうやく》を一時間《じかん》おきに飲《の》まなきゃいけないがね。しかし、あそこの人《ひと》なんか――」

おじさんは声《こえ》を落《お》として、反対側《はんたいがわ》のベッドのほうをあごで指《さ》した。そこには、青《あお》ざめて気分《きぶん》が悪《わる》そうな魔法使《まほうつか》いが、天井《てんじょう》を見《み》つめて横《よこ》たわっていた。

「狼人間《おおかみにんげん》にかまれたんだ。かわいそうに。治療《ちりょう》のしようがない」

「狼人間《おおかみにんげん》？」おばさんが驚《おどろ》いたような顔《かお》をした。「一般病棟《いっぱんびょうとう》で大丈夫《だいじょうぶ》なのかしら？ 個室《こしつ》に入《はい》るべきじゃない？」

「満月《まんげつ》まで二週間《しゅうかん》ある」おじさんは静《しず》かにおばさんをなだめた。「今朝《けさ》、病院《びょういん》の人《ひと》が――癒者《いしゃ》だがね——あの人《ひと》に話《はな》していた。ほとんど普通《ふつう》の生活《せいかつ》を送《おく》れるようになるからと、説得《せっとく》しようとしていた。私《わたし》も、あの人《ひと》に教《おし》えてやったよ。名前《なまえ》はもちろん伏《ふ》せたが、個人的《こじんてき》に狼人間《おおかみにんげん》を一人《ひとり》知《し》っているとね。立派《りっぱ》な魔法使《まほうつか》いで、自分《じぶん》の状況《じょうきょう》を楽々管理《らくらくかんり》していると話《はな》してやった」

「そしたら何《なん》て言《い》った？」ジョージが聞《き》いた。

「だまらないとかみついてやるって言《い》ったよ」ウィーズリーおじさんが悲《かな》しそうに言《い》った。

「それから、**あそこのご婦人《ふじん》だが**——」

おじさんが、ドアのすぐ脇《わき》にある、あと一つだけ埋《う》まっているベッドを指《さ》した。

「何《なに》にかまれたのか、癒者《いしゃ》にも教《おし》えない。だから、みんなが、何《なに》か違法《いほう》なものを扱《あつか》っていてやられたにちがいないと思《おも》っているんだがね。その何《なん》だか知《し》らないやつが、あの人《ひと》の足《あし》をがっぽり食《く》いちぎっている。包帯《ほうたい》を取《と》ると、**いやーな**臭《にお》いがするんだ」

「それで、パパ、何《なに》があったのか、教《おし》えてくれる？」フレッドが椅子《いす》を引《ひ》いてベッドに近寄《ちかよ》った。

「いや、もう知《し》ってるんだろう？」ウィーズリーおじさんは、ハリーのほうに意味《いみ》ありげにほほ笑《え》みながら言《い》った。「ごく単純《たんじゅん》だ——長《なが》い一日《いちにち》だったし、居眠《いねむ》りをして、忍《しの》び寄《よ》られて、かまれた」

「パパが襲《おそ》われたこと、『予言者《よげんしゃ》』にのってるの？」フレッドが、ウィーズリーおじさんが脇《わき》に置《お》いた新聞《しんぶん》を指《さ》した。

「いや、もちろんのっていない」おじさんは少《すこ》し苦笑《にがわら》いした。「魔法省《まほうしょう》は、みんなに知《し》られたくないだろうよ。とてつもない大蛇《だいじゃ》がねらったのは――」

「アーサー！」おばさんが警告《けいこく》するように呼《よ》びかけた。

「ねらったのは――えー――私《わたし》だったと」ウィーズリーおじさんはあわてて取《と》りつくろったが、ハリーは、おじさんが絶対《ぜったい》に別《べつ》のことを言《い》うつもりだったと思《おも》った。

「それで、襲《おそ》われたとき、パパ、どこにいたの？」ジョージが聞《き》いた。

「おまえには関係《かんけい》のないことだ」おじさんはそう言《い》い放《はな》ったが、ほほ笑《え》んでいた。おじさんは「日刊予言者新聞《にっかんよげんしゃしんぶん》」をまた急《きゅう》に拾《ひろ》い上《あ》げ、パッと振《ふ》って開《ひら》いた。「みんなが来《き》たとき、ちょうど『ウィリー・ウィダーシン逮捕《たいほ》』の記事《きじ》を読《よ》んでいたんだ。この夏《なつ》の例《れい》の逆流《ぎゃくりゅう》トイレ事件《じけん》を覚《おぼ》えているね？　ウィリーがその陰《かげ》の人物《じんぶつ》だったんだよ。最後《さいご》に呪《のろ》いが逆噴射《ぎゃくふんしゃ》して、トイレが爆発《ばくはつ》し、やっこさん、がれきの中《なか》に気《き》を失《うしな》って倒《たお》れているところを見《み》つかったんだが、頭《あたま》のてっぺんからつま先《さき》まで、そりゃ、クソまみれ――」

「パパが『任務中《にんむちゅう》』だったっていうときは」フレッドが低《ひく》い声《こえ》で口《くち》を挟《はさ》んだ。「何《なに》をしていたの？」

「お父《とう》さまのおっしゃったことが聞《き》こえたでしょう？」ウィーズリーおばさんがささやいた。「ここはそんなことを話《はな》す所《ところ》じゃありません！　あなた、ウィリー・ウィダーシンの話《はなし》を続《つづ》けて」

「それでだ、どうやってやったのかはわからんが、やつはトイレ事件《じけん》で罪《つみ》に問《と》われなかったんだ」ウィーズリーおじさんが不機嫌《ふきげん》に言《い》った。「金貨《きんか》が動《うご》いたんだろうな――」

「パパは護衛《ごえい》してたんでしょう？」ジョージがひっそりと言《い》った。「武器《ぶき》だよね？『例《れい》のあの人《ひと》』が探《さが》してるっていうやつ？」

「ジョージ、おだまり！」おばさんがビシッと言《い》った。

「とにかくだ」おじさんが声《こえ》を張《は》り上《あ》げた。「今度《こんど》はウィリーのやつ、『噛《か》みつきドア取《と》っ手《て》』をマグルに売《う》りつけているところを捕《つか》まった。今度《こんど》こそ逃《に》げられるものか。何《なに》しろ、新聞《しんぶん》によると、マグルが二人《ふたり》、指《ゆび》を失《な》くして、今《いま》、聖《せい》マンゴで、救急骨再生治療《きゅうきゅうこつさいせいちりょう》と記憶修正《きおくしゅうせい》を受《う》けているらしい。どうだい、マグルが聖《せい》マンゴにいるんだ。どの病棟《びょうとう》かな？」

おじさんは、どこかに掲示《けいじ》がないかと、熱心《ねっしん》にあたりを見回《みまわ》した。

「『例《れい》のあの人《ひと》』が蛇《へび》を持《も》ってるって、ハリー、君《きみ》、そう言《い》わなかった？」フレッドが、父親《ちちおや》の表情《ひょうじょう》をうかがいながら聞《き》いた。「巨大《きょだい》なやつ？『あの人《ひと》』が復活《ふっかつ》した夜《よる》に、その蛇《へび》を見《み》たんだろ？」

「いいかげんになさい」ウィーズリーおばさんは不機嫌《ふきげん》だった。「アーサー、マッド-アイとトンクスが外《そと》で待《ま》ってるわ。あなたに面会《めんかい》したいの。それから、あなたたちは外《そと》に出《で》て待《ま》っていなさい」おばさんが子供《こども》たちとハリーに向《む》かって言《い》った。「あとでまたご挨拶《あいさつ》にいらっしゃい。さあ、行《い》って」

みんな並《なら》んで廊下《ろうか》に戻《もど》った。マッド-アイとトンクスが中《なか》に入《はい》り、病室《びょうしつ》のドアを閉《し》めた。フレッドが眉《まゆ》を吊《つ》り上《あ》げた。

「いいさ」フレッドがポケットをゴソゴソ探《さぐ》りながら、冷静《れいせい》に言《い》った。「そうやってりゃいいさ。俺《おれ》たちには何《なん》にも教《おし》えるな」

「これを探《さが》してるのか？」ジョージが薄《うす》オレンジ色《いろ》のひもがからまったようなものを差《さ》し出《だ》した。

「わかってるねえ」フレッドがニヤリと笑《わら》った。「聖《せい》マンゴが病棟《びょうとう》のドアに『じゃまよけ呪文《じゅもん》』をかけているかどうか、見《み》てみようじゃないか？」

フレッドとジョージがひもを解《と》き、五本《ほん》の「伸《の》び耳《みみ》」に分《わ》けた。二人《ふたり》がほかの三人《にん》に配《くば》ったが、ハリーは受《う》け取《と》るのをためらった。

「取《と》れよ、ハリー。君《きみ》は親父《おやじ》の命《いのち》を救《すく》った。盗聴《とうちょう》する権利《けんり》があるやつがいるとすれば、まず君《きみ》だ」

思《おも》わずニヤリとして、ハリーはひもの端《はし》を受《う》け取《と》り、双子《ふたご》がやっているように耳《みみ》に差《さ》し込《こ》んだ。

「オッケー。行《い》け！」フレッドがささやいた。

薄《うす》オレンジ色《いろ》のひもは、やせた長《なが》い虫《むし》のように、ゴニョゴニョはっていき、ドアの下《した》からくねくね入《はい》り込《こ》んだ。最初《さいしょ》は何《なに》も聞《き》こえなかったが、やがて、ハリーは飛《と》び上《あ》がった。トンクスのささやき声《ごえ》が、まるでハリーのすぐそばに立《た》っているかのように、はっきり聞《き》こえてきたのだ。

「……くまなく探《さが》したけど、蛇《へび》はどこにも見《み》つからなかったらしいよ。アーサー、あなたを襲《おそ》ったあと、蛇《へび》は消《き》えちゃったみたい……だけど、『例《れい》のあの人《ひと》』は蛇《へび》が中《なか》に入《はい》れるとは期待《きたい》してなかったはずだよね？」

「わしの考《かんが》えでは、蛇《へび》を偵察《ていさつ》に送《おく》り込《こ》んだのだろう」ムーディのうなり声《ごえ》だ。「何《なに》しろ、これまでは、まったくの不首尾《ふしゅび》に終《お》わっているだろうが？　うむ、やつは、立《た》ち向《む》かうべきものを、よりはっきり見《み》ておこうとしたのだろう。アーサーがあそこにいなければ、蛇《へび》のやつはもっと時間《じかん》をかけて見回《みまわ》ったはずだ。それで、ポッターは一部始終《いちぶしじゅう》を見《み》たと言《い》っておるのだな？」

「ええ」ウィーズリーおばさんは、かなり不安《ふあん》そうな声《こえ》だった。「ねえ、ダンブルドアは、ハリーがこんなことを見《み》るのを、まるで待《ま》ちかまえていたような様子《ようす》なの」

「うむ、まっこと」ムーディが言《い》った。「あのポッター坊主《ぼうず》は、何《なに》かおかしい。それは、わしら全員《ぜんいん》が知《し》っておる」

「今朝《けさ》、私《わたし》がダンブルドアとお話《はな》ししたとき、ハリーのことを心配《しんぱい》なさっているようでしたわ」ウィーズリーおばさんがささやいた。

「むろん、心配《しんぱい》しておるわ」ムーディがうなった。「あの坊主《ぼうず》は『例《れい》のあの人《ひと》』の蛇《へび》の内側《うちがわ》から事《こと》を見《み》ておる。それが何《なに》を意味《いみ》するか、ポッターは当然気《とうぜんき》づいておらぬ。しかし、もし『例《れい》のあの人《ひと》』がポッターに取《と》り憑《つ》いておるなら――」

ハリーは「伸《の》び耳《みみ》」を耳《みみ》から引《ひ》き抜《ぬ》いた。心臓《しんぞう》が早鐘《はやがね》を打《う》ち、顔《かお》に血《ち》が上《のぼ》った。ハリーはみんなを見回《みまわ》した。全員《ぜんいん》が、ひもを耳《みみ》から垂《た》らしたまま、突然恐怖《とつぜんきょうふ》にかられたように、じっとハリーを見《み》ていた。

第《だい》23章《しょう》　隔離病棟《かくりびょうとう》のクリスマス

ダンブルドアがハリーと目《め》を合《あ》わせなくなったのは、そのせいだったのか？　ハリーの目《め》の中《なか》から、ヴォルデモートの目《め》が見《み》つめると思《おも》ったのだろうか？　もしかしたら、鮮《あざ》やかな緑《みどり》の目《め》が、突然真《とつぜんま》っ赤《か》になり、猫《ねこ》の目《め》のように細《ほそ》い瞳孔《どうこう》が現《あらわ》れることを、恐《おそ》れたのだろうか？　かつて、クィレル教授《きょうじゅ》の後頭部《こうとうぶ》から、ヴォルデモートの蛇《へび》のような顔《かお》が突《つ》き出《だ》したことをハリーは思《おも》い出《だ》し、自分《じぶん》の後頭部《こうとうぶ》をなでた。ヴォルデモートの顔《かお》が自分《じぶん》の頭《あたま》から飛《と》び出《だ》したら、どんな感《かん》じがするのだろう。

ハリーは、自分《じぶん》が致死的《ちしてき》なばい菌《きん》の保菌者《ほきんしゃ》のような、穢《けが》れた、汚《きたな》らしい存在《そんざい》に感《かん》じられた。心《こころ》も体《からだ》もヴォルデモートに穢《けが》されていない清潔《せいけつ》で無垢《むく》な人《ひと》たちと、病院《びょういん》から帰《かえ》る地下鉄《ちかてつ》で席《せき》を並《なら》べるのにふさわしくない自分《じぶん》……。僕《ぼく》は蛇《へび》を見《み》ただけじゃなかった。**蛇自身《へびじしん》**だったんだ。ハリーは今《いま》それを知《し》った……。

それから、ほんとうにぞっとするような考《かんが》えが浮《う》かんだ。心《こころ》の表面《ひょうめん》にぽっかり浮《う》かび上《あ》がってきた記憶《きおく》が、ハリーの内臓《ないぞう》を蛇《へび》のようにのた打《う》ち回《まわ》らせた。

――配下《はいか》以外《いがい》に、何《なに》を？――

――極秘《ごくひ》にしか手《て》に入《はい》らないものだ……武器《ぶき》のようなものというかな。前《まえ》の時《とき》には持《も》っていなかったものだ――

僕《ぼく》が武器《ぶき》なんだ。暗《くら》いトンネルを通《とお》る地下鉄《ちかてつ》に揺《ゆ》られながら、そう考《かんが》えると、血管《けっかん》に毒《どく》を注《そそ》ぎ込《こ》まれ、体《からだ》が凍《こお》って冷《ひ》や汗《あせ》の噴《ふ》き出《で》る思《おも》いだった。ヴォルデモートが使《つか》おうとしているのは、僕《ぼく》だ。だから僕《ぼく》の行《い》く所《ところ》はどこにでも護衛《ごえい》がついていたんだ。僕《ぼく》を護《まも》るためじゃない。みんなを護《まも》るためなんだ。だけど、うまくいっていない。ホグワーツでは、四六時中《しろくじちゅう》僕《ぼく》に誰《だれ》かを張《は》りつけておくわけにはいかないし……僕《ぼく》はたしかに、昨夜《さくや》ウィーズリー氏《し》を襲《おそ》った。僕《ぼく》だったんだ。ヴォルデモートが僕《ぼく》にやらせた。それに、今《いま》のいまも、あいつは僕《ぼく》の中《なか》にいて、僕《ぼく》の考《かんが》え事《ごと》を聞《き》いているかもしれない。

「ハリー、大丈夫《だいじょうぶ》？」暗《くら》いトンネルを電車《でんしゃ》がガタゴトと進《すす》む中《なか》、ウィーズリーおばさんが、ジニーのむこう側《がわ》からハリーのほうに身《み》を乗《の》り出《だ》し、小声《こごえ》で話《はな》しかけた。「顔色《かおいろ》があんまりよくないわ。気分《きぶん》が悪《わる》いの？」

みんながハリーを見《み》ていた。ハリーは激《はげ》しく首《くび》を横《よこ》に振《ふ》り、住宅保険《じゅうたくほけん》の広告《こうこく》をじっと見《み》つめた。

「ハリー、ねえ、ほんとうに大丈夫《だいじょうぶ》なの？」

グリモールド・プレイスの草《くさ》ぼうぼうの広場《ひろば》を歩《ある》きながら、おばさんが心配《しんぱい》そうな声《こえ》で聞《き》いた。

「とっても青《あお》い顔《かお》をしているわ……今朝《けさ》、ほんとうに眠《ねむ》ったの？　今《いま》すぐ自分《じぶん》の部屋《へや》に上《あ》がって、お夕食《ゆうしょく》の前《まえ》に二、三時間《じかん》お休《やす》みなさい。いいわね？」

ハリーはうなずいた。これで、おあつらえ向《む》きに、誰《だれ》とも話《はな》さなくていい口実《こうじつ》ができた。それこそハリーの願《ねが》っていたことだった。そこで、おばさんが玄関《げんかん》の扉《とびら》を開《あ》けるとすぐ、ハリーは一直線《いっちょくせん》にトロールの足《あし》の傘立《かさた》てを過《す》ぎ、階段《かいだん》を上《あ》がり、ロンと一緒《いっしょ》の寝室《しんしつ》へと急《いそ》いだ。

部屋《へや》の中《なか》でハリーは、二つのベッドと、フィニアス・ナイジェラス不在《ふざい》の肖像画《しょうぞうが》との間《あいだ》を、往《い》ったり来《き》たりした。頭《あたま》の中《なか》が、疑問《ぎもん》やとてつもなく恐《おそ》ろしい考《かんが》えであふれ、渦巻《うずま》いていた。

僕《ぼく》はどうやって蛇《へび》になったのだろう？　もしかしたら、僕《ぼく》は「動物《アニ》もどき《メーガス》」だったんだ……いや、そんなはずはない。そうだったらわかるはずだ。……もしかしたら、ヴォルデモートが「動物《アニ》もどき《メーガス》」だったんだ……そうだ、とハリーは思《おも》った。それならつじつまが合《あ》う。あいつなら、もちろん蛇《へび》になるだろう……そして、あいつが僕《ぼく》に取《と》り憑《つ》いているときは、二人《ふたり》とも変身《へんしん》するんだ。……それでは、五分《ふん》ほどの間《あいだ》に僕《ぼく》がロンドンに行《い》って、またベッドに戻《もど》ったことの説明《せつめい》はつかない……しかし、ヴォルデモートは世界一《せかいいち》と言《い》えるほど強力《きょうりょく》な魔法使《まほうつか》いだ。ダンブルドアを除《のぞ》けばだけど。あいつにとっては、人間《にんげん》をそんなふうに移動《いどう》させることぐらい、たぶん何《なん》でもないんだ。

その時《とき》、ハリーは恐怖感《きょうふかん》にぐさりと突《つ》き刺《さ》される思《おも》いがした。しかし、これは正気《しょうき》の沙汰《さた》じゃない――ヴォルデモートが僕《ぼく》に取《と》り憑《つ》いているなら、僕《ぼく》は、たった今《いま》も、不死鳥《ふしちょう》の騎士団本部《きしだんほんぶ》を洗《あら》いざらいあいつに教《おし》えているんだ！　誰《だれ》が騎士団員《きしだんいん》なのか、シリウスがどこにいるのかを、やつは知《し》ってしまう……それに、僕《ぼく》は、聞《き》いちゃいけないことを山《やま》ほど聞《き》いてしまった。僕《ぼく》がここに来《き》た最初《さいしょ》の夜《よる》に、シリウスが話《はな》してくれたことを、何《なに》もかも……。

やることはただ一つ。すぐにグリモールド・プレイスを離《はな》れなければならない。みんなのいないホグワーツで一人《ひとり》、クリスマスを過《す》ごすんだ。そうすれば、少《すく》なくとも休暇中《きゅうかちゅう》、ここにいるみんなは安全《あんぜん》だ……しかし、だめだ。それではうまくいかない。休暇中《きゅうかちゅう》ホグワーツに残《のこ》っている大《おお》勢《ぜい》の人《ひと》を傷《きず》つけてしまう。次《つぎ》はシェーマスか、ディーンか、ネビルだったら？　ハリーは足《あし》を止《と》め、フィニアス・ナイジェラス不在《ふざい》の額《がく》を見《み》つめた。胃袋《いぶくろ》の底《そこ》に、重苦《おもくる》しい思《おも》いが座《すわ》り込《こ》んだ。ほかに手《て》はない。プリベット通《どお》りに戻《もど》るしかない。ほかの魔法使《まほうつか》いたちから自分《じぶん》を切《き》り離《はな》すんだ。

さあ、そうすべきなら、とハリーは思《おも》った。ぐずぐずしている意味《いみ》はない。予想《よそう》より六か月《げつ》も早《はや》く、戸口《とぐち》にハリーの姿《すがた》を見《み》つけたダーズリー一家《いっか》の反応《はんのう》など考《かんが》えまいと必死《ひっし》で努力《どりょく》しながら、ハリーはつかつかとトランクに近《ちか》づいた。ふたをピシャリと閉《し》めて鍵《かぎ》をかけ、ハリーはつい習慣《しゅうかん》でヘドウィグを探《さが》した。そして、ヘドウィグがまだホグワーツにいることを思《おも》い出《だ》した——まあ、かごがない分《ぶん》荷物《にもつ》が少《すく》なくなる——ハリーはトランクの片端《かたはし》をつかみ、ドアのほうへ引《ひ》っ張《ぱ》った。半分《はんぶん》ほど進《すす》んだとき、嘲《あざけ》るような声《こえ》が聞《き》こえた。

「逃《に》げるのかね？」

あたりを見回《みまわ》すと、肖像画《しょうぞうが》のキャンバスにフィニアス・ナイジェラスがいた。額縁《がくぶち》に寄《よ》りかかり、ゆかいそうにハリーを見《み》つめていた。

「逃《に》げるんじゃない。ちがう」ハリーはトランクをもう数《すう》十センチ引《ひ》っ張《ぱ》りながら、短《みじか》く答《こた》えた。

「私《わたし》の考《かんが》えちがいかね」フィニアス・ナイジェラスはとがったあごひげをなでながら言《い》った。「グリフィンドール寮《りょう》に属《ぞく》するということは、君《きみ》は勇敢《ゆうかん》なはずだが？　どうやら、私《わたし》の見《み》るところ、君《きみ》は私《わたし》の寮《りょう》のほうが合《あ》っていたようだ。我《われ》らスリザリン生《せい》は、勇敢《ゆうかん》だ。然《しか》り。だが、愚《おろ》かではない。たとえば、選択《せんたく》の余地《よち》があれば、我《われ》らは常《つね》に、自分自身《じぶんじしん》を救《すく》うほうを選《えら》ぶ」

「僕《ぼく》は自分《じぶん》を救《すく》うんじゃない」

ドアのすぐ手前《てまえ》で、虫食《むしく》いだらけのカーペットがことさらデコボコしている場所《ばしょ》を越《こ》えるのに、トランクをぐいと引《ひ》っ張《ぱ》りながら、ハリーはそっけなく答《こた》えた。

「ほう、**そうかね**」フィニアス・ナイジェラスが相変《あいか》わらずあごひげをなでながら言《い》った。「しっぽを巻《ま》いて逃《に》げるわけではない――気高《けだか》い自己犠牲《じこぎせい》というわけだ」

ハリーは聞《き》き流《なが》して、手《て》をドアの取《と》っ手《て》にかけた。するとフィニアス・ナイジェラスが面倒《めんどう》くさそうに言《い》った。

「アルバス・ダンブルドアからの伝言《でんごん》があるんだがね」

ハリーはくるりと振《ふ》り向《む》いた。

「どんな?」

「動《うご》くでない」

「動《うご》いちゃいないよ!」ハリーはドアの取《と》っ手《て》に手《て》をかけたまま言《い》った。「それで、どんな伝言《でんごん》ですか?」

「今《いま》、伝《つた》えた。愚《おろ》か者《もの》」フィニアス・ナイジェラスがさらりと言《い》った。「ダンブルドアは『動《うご》くでない』と言《い》っておる」

「どうして?」ハリーは、聞《き》きたさのあまり、トランクを取《と》り落《お》とした。「どうしてダンブルドアは僕《ぼく》にここにいてほしいわけ? ほかには何《なに》か言《い》わなかったの?」

「いっさい何《なに》も」

フィニアス・ナイジェラスは、ハリーを無礼《ぶれい》なやつだと言《い》いたげに、黒《くろ》く細《ほそ》い眉《まゆ》を吊《つ》り上《あ》げた。ハリーのかんしゃくが、丈《たけ》の高《たか》い草《くさ》むらから蛇《へび》が鎌首《かまくび》をもたげるようにせり上《あ》がってきた。ハリーはつかれはて、どうしようもなく混乱《こんらん》していた。この十二時間《じかん》の間《あいだ》に、恐怖《きょうふ》を、安堵《あんど》を、そしてまた恐怖《きょうふ》を経験《けいけん》したのに、それでもまだ、ダンブルドアは僕《ぼく》と話《はな》そうとはしない！

「それじゃ、たったそれだけ？」ハリーは大声《おおごえ》を出《だ》した。「『動《うご》くな』だって？　僕《ぼく》が吸魂鬼《きゅうこんき》に襲《おそ》われたあとも、みんなそれしか言《い》わなかった！　ハリーよ、大人《おとな》たちが片《かた》づける間《あいだ》、ただ動《うご》かないでいろ！　ただし、君《きみ》には何《なに》も教《おし》えてやるつもりはない。君《きみ》のちっちゃな脳《のう》みそじゃ、とても対処《たいしょ》できないだろうから！」

「いいか」フィニアス・ナイジェラスが、ハリーよりも大声《おおごえ》を出《だ》した。「これだから、私《わたし》は教師《きょうし》をしていることが身震《みぶる》いするほどいやだった！　若《わか》いやつらは、何《なん》でも自分《じぶん》が絶対《ぜったい》に正《ただ》しいと、鼻持《はなも》ちならん自信《じしん》を持《も》つ。思《おも》い上《あ》がりの哀《あわ》れなお調子者《ちょうしもの》め。ホグワーツの校長《こうちょう》が、自分《じぶん》のくわだてをいちいち詳細《しょうさい》に明《あ》かさないのは、たぶんれっきとした理由《りゆう》があるのだと、考《かんが》えてみたかね？　不当《ふとう》な扱《あつか》いだと感《かん》じるひまがあったら、ダンブルドアの命令《めいれい》に従《したが》った結果《けっか》、君《きみ》に危害《きがい》がおよんだことなど一度《いちど》もなかったと考《かんが》えてみたことはないのか？　いやいや、君《きみ》もほかの若《わか》い連中《れんちゅう》と同様《どうよう》、自分《じぶん》だけが感《かん》じたり考《かんが》えたりしていると信《しん》じ込《こ》んでいるのだろう。自分《じぶん》だけが危険《きけん》を認識《にんしき》できるし、自分《じぶん》だけが賢《かしこ》くて闇《やみ》の帝王《ていおう》のくわだてを理解《りかい》できるのだと――」

「それじゃ、あいつが僕《ぼく》のことで何《なに》かくわだててるんだね？」ハリーがすかさず聞《き》いた。

「そんなことを言《い》ったかな？」

フィニアス・ナイジェラスは絹《きぬ》の手袋《てぶくろ》をもてあそびながらうそぶいた。

「さてと、失礼《しつれい》しよう。思春期《ししゅんき》の悩《なや》みなど聞《き》くより、大事《だいじ》な用事《ようじ》があるのでね……さらば」

フィニアスは、ゆっくりと額縁《がくぶち》のほうに歩《ある》いていき、姿《すがた》を消《け》した。

「ああ、勝手《かって》に行《い》ったらいい！」ハリーは空《から》の額《がく》に向《む》かってどなった。「ダンブルドアに、何《なん》にも言《い》ってくれなくてありがとうって伝《つた》えて！」

空《から》のキャンバスは無言《むごん》のままだった。ハリーはカンカンになって、トランクをベッドの足元《あしもと》まで引《ひ》きずって戻《もど》り、虫食《むしく》いだらけのベッドカバーの上《うえ》に、うつ伏《ぶ》せに倒《たお》れ、目《め》を閉《と》じた。体《からだ》が重《おも》く、痛《いた》んだ。

まるで何千《なん》キロもの旅《たび》をしたような気《き》がした……チョウ・チャンが宿木《やどりぎ》の下《した》で近《ちか》づいてきてから、まだ二十四時間《じかん》とたっていないなんて、信《しん》じられない……。つかれていた……眠《ねむ》るのが怖《こわ》かった……それでも、あとどのくらい眠気《ねむけ》に抵抗《ていこう》できるか……ダンブルドアが動《うご》くなと言《い》った……つまり、眠《ねむ》ってもいいということなんだ……でも、恐《おそ》ろしい……また同《おな》じことが起《お》こったら？

ハリーは薄暗《うすくら》がりの中《なか》に沈《しず》んでいった……。

まるで、頭《あたま》の中《なか》で、映像《えいぞう》フィルムが、映写《えいしゃ》を待《ま》ちかまえていたようだった。ハリーは、真《ま》っ黒《くろ》な扉《とびら》に向《む》かう人気《ひとけ》のない廊下《ろうか》を歩《ある》いていた。ゴツゴツした石壁《いしかべ》を通《とお》り、いくつもの松明《たいまつ》を通《とお》り過《す》ぎ、左側《ひだりがわ》の、下《した》に続《つづ》く石段《いしだん》の入口《いりぐち》の前《まえ》を通《とお》り……。

ハリーは黒《くろ》い扉《とびら》にたどり着《つ》いた。しかし、開《あ》けることができない。……ハリーはじっと扉《とびら》を見《み》つめてたたずんでいた。無性《むしょう》に入《はい》りたい……欲《ほ》しくてたまらない何《なに》かが扉《とびら》の向《む》こうにある……夢《ゆめ》のようなごほうびが……傷痕《きずあと》の痛《いた》みが止《と》まってくれさえしたら……そうしたら、もっとはっきり考《かん》えることができるのに……。

「ハリー」

どこかずっと遠《とお》くから、ロンの声《こえ》がした。

「ママが、夕食《ゆうしょく》の支度《したく》ができたって言《い》ってる。でも、まだベッドにいたかったら、君《きみ》の分《ぶん》を残《のこ》しておくってさ」

ハリーは目《め》を開《あ》けた。しかし、ロンはもう部屋《へや》にはいなかった。

僕《ぼく》と二人《ふたり》きりになりたくないんだ、とハリーは思《おも》った。ムーディが言《い》ったことを聞《き》いたあとだもの。自分《じぶん》の中《なか》に何《なに》がいるのかを知《し》ってしまった以上《いじょう》、みんな僕《ぼく》にいてほしくないだろうと、ハリーは思《おも》った。

夕食《ゆうしょく》に下《お》りていくつもりはない。無理《むり》やり僕《ぼく》と一緒《いっしょ》にいてもらうつもりもない。ハリーは寝返《ねがえ》りを打《う》ち、まもなくまた眠《ねむ》りに落《お》ちた。

目《め》が覚《さ》めたのはかなり時間《じかん》がたってからで、明《あ》け方《がた》だった。空腹《くうふく》で胃《い》が痛《いた》んだ。ロンは隣《となり》のベッドでいびきをかいている。目《め》を凝《こ》らして部屋《へや》の中《なか》を見回《みまわ》すと、フィニアス・ナイジェラスが再《ふたた》び肖像画《しょうぞうが》の額《がく》の中《なか》に立《た》っている、黒《くろ》いりんかくが見《み》えた。たぶんダンブルドアは、ハリーが誰《だれ》かを襲《おそ》わないように、フィニアス・ナイジェラスを見張《みは》りに送《おく》ってよこしたのだと思《おも》い当《あ》たった。

穢《けが》れているという思《おも》いが激《はげ》しくなった。ハリーは半《なか》ば後悔《こうかい》した。ダンブルドアの言《い》うことに従《したが》わないほうがよかった……。グリモールド・プレイスでの暮《く》らしが、これからずっとこんなふうなら、結局《けっきょく》プリベット通《どお》りのほうがましだったかもしれない。

その日《ひ》の午前中《ごぜんちゅう》、ハリー以外《いがい》のみんなは、クリスマスの飾《かざ》りつけをした。シリウスがこんなに上機嫌《じょうきげん》なのを、ハリーは見《み》たことがなかった。クリスマスソングまで歌《うた》っている。クリスマスを誰《だれ》かと一緒《いっしょ》に過《す》ごせることが、うれしくてたまらない様子《ようす》だ。下《した》の階《かい》から、ハリーがひとり座《すわ》っている寒々《さむざむ》とした客間《きゃくま》まで、床《ゆか》を通《とお》してシリウスの歌声《うたごえ》が響《ひび》いてきた。空《そら》がだんだん白《しろ》くなり、雪模様《ゆきもよう》に変《か》わるのを窓《まど》から眺《なが》めながら、ハリーは自虐的《じぎゃくてき》な満足感《まんぞくかん》に浸《ひた》っていた。どうせみんな、僕《ぼく》のことを話《はな》しているにちがいない。僕《ぼく》は、みんなが僕《ぼく》のことを話《はな》す機会《きかい》を作《つく》ってやってるんだ。

昼食時《ちゅうしょくじ》、ウィーズリーおばさんが、下《した》の階《かい》からやさしくハリーの名前《なまえ》を呼《よ》ぶのが聞《き》こえたが、ハリーはもっと上《うえ》の階《かい》に引《ひ》っ込《こ》んで、おばさんを無視《むし》した。

夕方六時《ゆうがたろくじ》ごろ、玄関《げんかん》の呼《よ》び鈴《りん》が鳴《な》り、ブラック夫人《ふじん》がまたしても叫《さけ》びはじめた。マンダンガスか、誰《だれ》か騎士団《きしだん》のメンバーが来《き》たのだろうと思《おも》い、ハリーは、バックビークの部屋《へや》の壁《かべ》に寄《よ》りかかり、より楽《らく》な姿勢《しせい》で落《お》ち着《つ》いた。ハリーはそこに隠《かく》れ、ヒッポグリフにネズミの死《し》がいをやりながら、自分《じぶん》の空腹《くうふく》を忘《わす》れようとしていた。それから数分後《すうふんご》、誰《だれ》かがドアを激《はげ》しくたたく音《おと》がして、ハリーは不意《ふい》を突《つ》かれた。

「そこにいるのはわかってるわ」ハーマイオニーの声《こえ》だ。「お願《ねが》い、出《で》てきてくれない？　話《はなし》があるの」

「なんで、君《きみ》がここに？」

ハリーはドアをぐいと引《ひ》いて開《あ》けた。バックビークは、食《く》いこぼしたかもしれないネズミのかけらをあさって、また藁《わら》敷《じ》きの床《ゆか》を引《ひ》っかきはじめた。

「パパやママと一緒《いっしょ》に、スキーに行《い》ってたんじゃないの？」

「あのね、ほんとのことを言《い》うと、スキーって、どうも私《わたし》の趣味《しゅみ》じゃないのよ」ハーマイオニーが言《い》った。「それで、ここでクリスマスを過《す》ごすことにしたの」

ハーマイオニーの髪《かみ》には雪《ゆき》がついていたし、ほおは寒《さむ》さで赤《あか》くなっていた。

「でも、ロンには言《い》わないでね。ロンがさんざん笑《わら》うから、スキーはとってもおもしろいものだって、そう言《い》ってやったの。パパもママもちょっとがっかりしてたけど、私《わたし》、こう言《い》ったの。試験《しけん》に真剣《しんけん》な生徒《せいと》は全部《ぜんぶ》ホグワーツに残《のこ》って勉強《べんきょう》するって。二人《ふたり》とも私《わたし》にいい成績《せいせき》を取《と》ってほしいから、納得《なっとく》してくれるわ。とにかく」ハーマイオニーは元気《げんき》よく言《い》った。「あなたの部屋《へや》に行《い》きましょう。ロンのお母《かあ》さまが部屋《へや》に火《ひ》をたいてくれたし、サンドイッチも届《とど》けてくださったわ」

ハーマイオニーのあとについて、ハリーは三階《かい》に下《お》りた。部屋《へや》に入《はい》ると、ロンとジニーがロンのベッドに腰《こし》かけて待《ま》っているのが見《み》え、ハリーはかなり驚《おどろ》いた。

「私《わたし》、『夜の騎士バス《ナイトバス》』に乗《の》ってきたの」ハリーに口《くち》を開《ひら》く間《ま》も与《あた》えず、ハーマイオニーは上着《うわぎ》を脱《ぬ》ぎながら、気楽《きらく》に言《い》った。「ダンブルドアが、きのうの朝一番《あさいちばん》に、何《なに》があったかを教《おし》えてくださったわ。でも、正式《せいしき》に学期《がっき》が終《お》わるのを待《ま》ってから出発《しゅっぱつ》しないといけなかったの。あなたたちにまんまと逃《に》げられて、アンブリッジはもうカンカンよ。ダンブルドアは、ウィーズリーさんが聖《せい》マンゴに入院中《にゅういんちゅう》で、あなたたちにお見舞《みま》いにいく許可《きょか》を与《あた》えたって説明《せつめい》したんだけど。ところで……」

ハーマイオニーはジニーの隣《となり》に腰《こし》かけ、ロンと三人《にん》でハリーを見《み》た。

「気分《きぶん》はどう？」ハーマイオニーが聞《き》いた。

「元気《げんき》だ」ハリーはそっけなく言《い》った。

「まあ、ハリー、無理《むり》するもんじゃないわ」ハーマイオニーがじれったそうに言《い》った。「ロンとジニーから聞《き》いたわよ。聖《せい》マンゴから帰《かえ》ってから、ずっとみんなをさけているって」

「そう言《い》ってるのか？」ハリーはロンとジニーをにらんだ。ロンは足元《あしもと》に目《め》を落《お》としたが、ジニーはまったく気《き》おくれしていないようだった。

「だってほんとうだもの！」ジニーが言《い》った。「それに、あなたは誰《だれ》とも目《め》を合《あ》わせないわ！」

「僕《ぼく》と目《め》を合《あ》わせないのは、君《きみ》たちのほうだ！」ハリーは怒《おこ》った。

「もしかしたら、かわりばんこに目《め》を見《み》て、すれちがってるんじゃないの？」ハーマイオニーが口元《くちもと》をピクピクさせながら言《い》った。

「そりゃおかしいや」ハリーはバシッとそう言《い》うなり、顔《かお》を背《そむ》けた。

「ねえ、全然《ぜんぜん》わかってもらえないなんて思《おも》うのはおよしなさい」ハーマイオニーが厳《きび》しく言《い》った。

「ねえ、みんなが昨夜《さくや》『伸《の》び耳《みみ》』で盗《ぬす》み聞《ぎ》きしたことを話《はな》してくれたんだけど――」

「へーえ？」今《いま》やしんしんと雪《ゆき》の降《ふ》りだした外《そと》を眺《なが》めながら、ハリーは両手《りょうて》を深々《ふかぶか》とポケットに突《つ》っ込《こ》んでうなるように言《い》った「みんな、僕《ぼく》のことを話《はな》してたんだろう？　まあ、僕《ぼく》はもう慣《な》れっこだけど」

「私《わたし》たち、あなたと話《はな》したかったのよ、ハリー」ジニーが言《い》った。「だけど、あなたったら、帰《かえ》ってきてからずっと隠《かく》れていて――」

「僕《ぼく》、誰《だれ》にも話《はな》しかけてほしくなかった」ハリーは、だんだんいらいらがつのるのを感《かん》じていた。

「あら、それはちょっとおバカさんね」ジニーが怒《おこ》ったように言《い》った。「『例《れい》のあの人《ひと》』に取《と》り憑《つ》かれたことのある人《ひと》って、私以外《わたしいがい》にいないはずよ。それがどういう感《かん》じなのか、私《わたし》なら教《おし》えてあげられるわ」

ジニーの言葉《ことば》の衝撃《しょうげき》で、ハリーはじっと動《うご》かなかった。やがて、その場《ば》に立《た》ったまま、ハリーはジニーのほうに向《む》きなおった。

「僕《ぼく》、忘《わす》れてた」ハリーが言《い》った。

「幸《しあわ》せな人《ひと》ね」ジニーが冷静《れいせい》に言《い》った。

「ごめん」ハリーは心《こころ》からすまないと思《おも》った。「それじゃ……それじゃ、君《きみ》は僕《ぼく》が取《と》り憑《つ》かれていると思《おも》う？」

「そうね、あなた、自分《じぶん》のやったことを全部《ぜんぶ》思《おも》い出《だ》せる？」ジニーが聞《き》いた。「何《なに》をしようとしていたのか思《おも》い出《だ》せない、大《おお》きな空白期間《くうはくきかん》がある？」

ハリーは必死《ひっし》で考《かんが》えた。

「ない」ハリーが答《こた》えた。

「それじゃ、『例《れい》のあの人《ひと》』はあなたに取《と》り憑《つ》いたことはないわ」ジニーは事《こと》もなげに言《い》った。「あの人《ひと》が私《わたし》に取《と》り憑《つ》いたときは、私《わたし》、何時間《なんじかん》も自分《じぶん》が何《なに》をしていたか思《おも》い出《だ》せなかったの。どうやって行《い》ったのかわからないのに、気《き》がつくとある場所《ばしょ》にいるの」

ハリーはジニーの言《い》うことがとうてい信《しん》じられないような気持《きも》ちだったが、思《おも》わず気分《きぶん》が軽《かる》くなっていた。

「でも、僕《ぼく》の見《み》た、君《きみ》のパパと蛇《へび》の夢《ゆめ》は――」

「ハリー、あなた、前《まえ》にもそういう夢《ゆめ》を見《み》たことがあったわ」ハーマイオニーが言《い》った。「先学《せんがっ》期《き》、ヴォルデモートが何《なに》を考《かんが》えているかが、突然《とつぜん》ひらめいたことがあったでしょう」

「今度《こんど》のはちがう」ハリーが首《くび》を横《よこ》に振《ふ》りながら言《い》った。「僕《ぼく》は蛇《へび》の中《なか》にいた。僕自身《ぼくじしん》が蛇《へび》みたいだった……。ヴォルデモートが僕《ぼく》をロンドンに運《はこ》んだんだとしたら——？」

「まあ、そのうち」ハーマイオニーががっくりしたような声《こえ》を出《だ》した。「あなたも読《よ》むときが来《く》るかもしれないわね、『ホグワーツの歴史《れきし》』を。そしたらたぶん思《おも》い出《だ》すと思《おも》うけど、ホグワーツの中《なか》では『姿《すがた》あらわし』も『姿《すがた》くらまし』もできないの。ハリー、ヴォルデモートだって、あなたを寮《りょう》から連《つ》れ出《だ》して飛《と》ばせるなんてことはできないのよ」

「君《きみ》はベッドを離《はな》れてないぜ、おい」ロンが言《い》った。「僕《ぼく》、君《きみ》が眠《ねむ》りながらのた打《う》ち回《まわ》っているのを見《み》たよ。僕《ぼく》たちがたたき起《お》こすまで少《すく》なくとも一分《ぷん》ぐらい」

ハリーは考《かんが》えながら、また部屋《へや》の中《なか》を往《い》ったり来《き》たりしはじめた。みんなが言《い》っていることは、単《たん》になぐさめになるばかりでなく、理屈《りくつ》が通《とお》っている。……ほとんど無意識《むいしき》に、ハリーはベッドの上《うえ》に置《お》かれた皿《さら》からサンドイッチを取《と》り、ガツガツと口《くち》に詰《つ》め込《こ》んだ。

結局《けっきょく》、僕《ぼく》は武器《ぶき》じゃないんだ、とハリーは思《おも》った。幸福《こうふく》な、ホッとした気持《きも》ちが胸《むね》をふくらませた。シリウスがバックビークの部屋《へや》に行《い》くのに、クリスマスソングの替《か》え歌《うた》を大声《おおごえ》で歌《うた》いながら、ハリーたちのいる部屋《へや》の前《まえ》を足音《あしおと》も高《たか》く通《とお》り過《す》ぎていった。

「♪世《よ》のヒッポグリフ忘《わす》るるな、クリスマスは……」

ハリーは一緒《いっしょ》に歌《うた》いたい気分《きぶん》だった。


クリスマスにプリベット通《どお》りに帰《かえ》るなんて、どうしてそんなばかげたことを考《かんが》えたんだろう？　シリウスは、館《やかた》がまたにぎやかになったことが、特《とく》にハリーが戻《もど》っていることが、うれしくてたまらない様子《ようす》だ。その気持《きも》ちにみんなも感染《かんせん》していた。シリウスはもう、この夏《なつ》の不機嫌《ふきげん》な家主《やぬし》ではなく、みんながホグワーツでのクリスマスに負《ま》けないぐらい楽《たの》しく過《す》ごせるようにしようと、決意《けつい》したかのようだった。クリスマスを目指《めざ》し、シリウスは、みんなに手伝《てつだ》わせて掃除《そうじ》をしたり、飾《かざ》りつけをしたりと、つかれも見《み》せずに働《はたら》いた。おかげで、クリスマスイブにみんながベッドに入《はい》るときには、館《やかた》は見《み》ちがえるようになっていた。くすんだシャンデリアには、クモの巣《す》のかわりに柊《ひいらぎ》の花飾《はなかざ》りと金銀《きんぎん》のモールがかかり、すり切《き》れたカーペットには輝《かがや》く魔法《まほう》の雪《ゆき》が積《つ》もっていた。マンダンガスが手《て》に入《い》れてきた大《おお》きなクリスマスツリーには、本物《ほんもの》の妖精《ようせい》が飾《かざ》りつけられ、ブラック家《け》の家系図《かけいず》を覆《おお》い隠《かく》していた。屋敷《やしき》しもべ妖精《ようせい》の首《くび》の剥製《はくせい》さえ、サンタクロースの帽子《ぼうし》をかぶり、白《しろ》ひげをつけていた。

クリスマスの朝《あさ》、目《め》を覚《さ》ましたハリーは、ベッドの足元《あしもと》にプレゼントの山《やま》を見《み》つけた。ロンはもう、かなり大《おお》きめの山《やま》を半分《はんぶん》ほど開《あ》け終《お》えていた。

「今年《ことし》は大収穫《だいしゅうかく》だぞ」ロンは包《つつ》み紙《がみ》の山《やま》の向《む》こうからハリーに教《おし》えた。「『箒用羅針盤《ほうきようらしんばん》』をありがとう。すごいよ。ハーマイオニーのなんか目《め》じゃない。──あいつ、『宿題計画帳《しゅくだいけいかくちょう》』なんかくれたんだぜ──」

ハリーはプレゼントの山《やま》をかき分《わ》け、ハーマイオニーの手書《てが》きの見《み》える包《つつ》みを見《み》つけた。ハリーにも同《おな》じ物《もの》をプレゼントしていた。日記帳《にっきちょう》のような本《ほん》だが、ページを開《あ》けるたびに声《こえ》がした。たとえば、「**今日《きょう》やらないと、明日《あす》は後悔《こうかい》！**」

シリウスとルーピンからは、『実践的防衛術《じっせんてきぼうえいじゅつ》と闇《やみ》の魔術《まじゅつ》に対《たい》するその使用法《しようほう》』という、すばらしい全集《ぜんしゅう》だった。呪《のろ》いや呪《のろ》い崩《くず》し呪文《じゅもん》の記述《きじゅつ》の一つ一つに、見事《みごと》な動《うご》くカラーイラストがついていた。ハリーは第《だい》一巻《かん》を夢中《むちゅう》でパラパラとめくった。DA《ディーエー》の計画《けいかく》を立《た》てるのに大《おお》いに役立《やくだ》つことがわかる。ハグリッドは茶色《ちゃいろ》の毛皮《けがわ》の財布《さいふ》をくれた。牙《きば》がついているのは、泥棒《どろぼう》よけのつもりなのだろう。残念《ざんねん》ながら、ハリーが財布《さいふ》にお金《かね》を入《い》れようとすると、指《ゆび》を食《く》いちぎられそうになった。トンクスのプレゼントは、ファイアボルトの動《うご》くミニチュア・モデルだった。それが部屋《へや》の中《なか》をぐるぐる飛《と》ぶのを眺《なが》めながら、ハリーは、本物《ほんもの》の箒《ほうき》が手元《てもと》にあったらなぁと思《おも》った。ロンは巨大《きょだい》な箱入《はこい》りの「百味《ひゃくみ》ビーンズ」をくれた。ウィーズリーおばさんは、いつもの手編《てあ》みのセーターとミンスパイだった。ドビーは、何《なん》ともひどい絵《え》をくれた。自分《じぶん》で描《か》いたのだろうとハリーは思《おも》った。もしかしたらそのほうがまだましかと思《おも》い、ハリーは絵《え》を逆《さか》さまにしてみた。ちょうどその時《とき》、バシッと音《おと》がして、フレッドとジョージがハリーのベッドの足元《あしもと》に「姿《すがた》あらわし」した。

「メリークリスマス」ジョージが言《い》った。「しばらくは下《した》に行《い》くなよ」

「どうして？」ロンが聞《き》いた。

「ママがまた泣《な》いてるんだ」フレッドが重苦《おもくる》しい声《こえ》で言《い》った。「パーシーがクリスマス・セーターを送《おく》り返《かえ》してきやがった」

「手紙《てがみ》もなしだ」ジョージがつけ加《くわ》えた。「パパの具合《ぐあい》はどうかと聞《き》きもしないし、見舞《みま》いにも来《こ》ない」

「俺《おれ》たち、なぐさめようと思《おも》って」フレッドがハリーの持《も》っている絵《え》をのぞき込《こ》もうと、ベッドを回《まわ》り込《こ》みながら言《い》った。「それで、『パーシーなんか、バカでっかいネズミのクソの山《やま》』だって言《い》ってやった」

「効《き》き目《め》なしさ」ジョージが「蛙《かえる》チョコレート」を勝手《かって》につまみながら言《い》った。「そこでルーピンと選手交代《せんしゅこうたい》だ。ルーピンになぐさめてもらって、それから朝食《ちょうしょく》に下《お》りていくほうがいいだろうな」

「ところで、これは何《なん》のつもりかな？」フレッドが目《め》を細《ほそ》めてドビーの絵《え》を眺《なが》めた。「目《め》の周《まわ》りが黒《くろ》いテナガザルってとこかな」

「ハリーだよ！」ジョージが絵《え》の裏《うら》を指差《ゆびさ》した。「裏《うら》にそう書《か》いてある」

「似《に》てるぜ」フレッドがニヤリとした。ハリーは真新《まあたら》しい「宿題計画帳《しゅくだいけいかくちょう》」をフレッドに投《な》げつけたが、計画帳《けいかくちょう》はその後《うし》ろの壁《かべ》に当《あ》たって床《ゆか》に落《お》ち、楽《たの》しそうな声《こえ》で言《い》った。「爪《つめ》にツメなし、瓜《うり》にツメあり。最後《さいご》の仕上《しあ》げが終《お》わったら、何《なん》でも好《す》きなことをしていいわ！」

みんな起《お》きだして着替《きが》えをすませた。家《いえ》の中《なか》でいろいろな人《ひと》が互《たが》いに「メリークリスマス」と挨拶《あいさつ》しているのが聞《き》こえた。階段《かいだん》を下《お》りる途中《とちゅう》でハーマイオニーに出会《であ》った。

「ハリー、本《ほん》をありがとう」ハーマイオニーがうれしそうに言《い》った。「あの『新数霊術理論《しんすうれいじゅつりろん》』の本《ほん》、ずっと読《よ》みたいと思《おも》っていたのよ！　それから、ロン、あの香水《こうすい》、ほんとにユニークだわ」

「どういたしまして」ロンが言《い》った。「それ、いったい誰《だれ》のためだい？」

ロンはハーマイオニーが手《て》にしている、きちんとした包《つつ》みをあごで指《さ》した。

「クリーチャーよ」ハーマイオニーが明《あか》るく言《い》った。

「まさか服《ふく》じゃないだろうな！」ロンがとがめるように言《い》った。「シリウスが言《い》ったこと、わかってるだろう？『クリーチャーは知《し》り過《す》ぎている。自由《じゆう》にしてやるわけにはいかない！』」

「服《ふく》じゃないわ」ハーマイオニーが言《い》った。「もっとも、私《わたし》なら、あんな汚《きたな》らしいボロ布《ぬの》よりはましなものを身《み》に着《つ》けさせるけど。ううん、これ、パッチワークのキルトよ。クリーチャーの寝《しん》室《しつ》が明《あか》るくなると思《おも》って」

「寝室《しんしつ》って？」ちょうどシリウスの母親《ははおや》の肖像画《しょうぞうが》の前《まえ》を通《とお》るところだったので、ハリーは声《こえ》を落《お》としてささやいた。

「まあね、シリウスに言《い》わせると、寝室《しんしつ》なんてものじゃなくて、いわば――巣穴《すあな》だって」ハーマイオニーが答《こた》えた。「クリーチャーは、厨房脇《ちゅうぼうわき》の納戸《なんど》にあるボイラーの下《した》で寝《ね》ているみたいよ」

地下《ちか》の厨房《ちゅうぼう》に着《つ》いたときには、ウィーズリーおばさんしかいなかった。かまどの所《ところ》に立《た》って、みんなに「メリークリスマス」と挨拶《あいさつ》したおばさんの声《こえ》は、まるで鼻風邪《はなかぜ》を引《ひ》いているようだった。みんなはおばさんの目《め》を見《み》ないようにした。

「それじゃ、ここがクリーチャーの寝床《ねどこ》？」

ロンは食料庫《しょくりょうこ》と反対側《はんたいがわ》の角《かど》にある薄汚《うすぎたな》い戸《と》までゆっくり歩《ある》いていった。ハリーはその戸《と》が開《あ》いているのを見《み》たことがなかった。

「そうよ」ハーマイオニーは少《すこ》しピリピリしながら言《い》った。「あ……ノックしたほうがいいと思《おも》うけど」

ロンは拳《こぶし》でコッコッ戸《と》をたたいたが、返事《へんじ》はなかった。

「上《うえ》の階《かい》をコソコソうろついてるんだろ」ロンはいきなり戸《と》を開《あ》けた。「ウエッ！」

ハリーは中《なか》をのぞいた。納戸《なんど》の中《なか》は、旧式《きゅうしき》の大型《おおがた》ボイラーでほとんどいっぱいだったが、パイプの下《した》のすきまに、クリーチャーが何《なん》だか巣《す》のようなものをこしらえていた。床《ゆか》にボロ布《ぬの》やぷんぷん臭《にお》う古毛布《ふるもうふ》がごたごたに寄《よ》せ集《あつ》められて、積《つ》み上《あ》げられている。その真《ま》ん中《なか》に小《ちい》さなへこみがあり、クリーチャーが毎晩《まいばん》どこで丸《まる》まって寝《ね》るのかを示《しめ》していた。ごたごたのあちこちに、くさったパンくずやかびの生《は》えた古《ふる》いチーズのかけらが見《み》える。一番奥《いちばんおく》の隅《すみ》には、コインや小物《こもの》が光《ひか》っている。シリウスが館《やかた》から放《ほう》り出《だ》したものを、クリーチャーが泥棒《どろぼう》カササギのように集《あつ》めていたのだろうと、ハリーは思《おも》った。夏休《なつやす》みにシリウスが捨《す》てた、銀《ぎん》の額《がく》入《い》りの家族《かぞく》の写真《しゃしん》も、クリーチャーは何《なん》とか回収《かいしゅう》していた。ガラスは壊《こわ》れていても、白黒写真《しろくろしゃしん》の人物《じんぶつ》たちは、高慢《こうまん》ちきな顔《かお》でハリーを見上《みあ》げていた。その中《なか》に——ハリーは胃袋《いぶくろ》がザワッとした——黒髪《くろかみ》の、腫《は》れぼったいまぶたの魔女《まじょ》もいる。ハリーが、ダンブルドアの「憂《うれ》いの篩《ふるい》」で裁判《さいばん》を傍聴《ぼうちょう》したときに見《み》た、ベラトリックス・レストレンジだ。どうやら、この写真《しゃしん》はクリーチャーのお気《き》に入《い》りらしく、ほかの写真《しゃしん》の一番前《いちばんまえ》に置《お》き、スペロテープで不器用《ぶきよう》にガラスを貼《は》り合《あ》わせていた。

「プレゼントをここに置《お》いておくだけにするわ」ハーマイオニーはボロと毛布《もうふ》のへこみの真《ま》ん中《なか》にきちんと包《つつ》みを置《お》き、そっと戸《と》を閉《し》めた。「あとで見《み》つけるでしょう。それでいいわ」

「そういえば」納戸《なんど》を閉《し》めたとき、ちょうどシリウスが、食料庫《しょくりょうこ》から大《おお》きな七面鳥《しちめんちょう》を抱《かか》えて現《あらわ》れた。「近《ちか》ごろ誰《だれ》かクリーチャーを見《み》かけたかい？」

「ここに戻《もど》ってきた夜《よる》に見《み》たきりだよ」ハリーが言《い》った。「シリウスおじさんが、厨房《ちゅうぼう》から出《で》ていけって、命令《めいれい》してたよ」

「ああ……」シリウスが顔《かお》をしかめた。「私《わたし》も、あいつを見《み》たのはあの時《とき》が最後《さいご》だ……。上《うえ》の階《かい》のどこかに隠《かく》れているにちがいない」

「出《で》ていっちゃったってことはないよね？」ハリーが言《い》った。「つまり、『出《で》ていけ』って言《い》ったとき、この館《やかた》から出《で》ていけという意味《いみ》に取《と》ったのかなあ？」

「いや、いや、屋敷《やしき》しもべ妖精《ようせい》は、衣服《いふく》をもらわないかぎり出《で》ていくことはできない。主人《しゅじん》の家《いえ》に縛《しば》りつけられているんだ」シリウスが言《い》った。

「ほんとうにそうしたければ、家《いえ》を出《で》ることができるよ」ハリーが反論《はんろん》した。「ドビーがそうだった。三年前《ねんまえ》、僕《ぼく》に警告《けいこく》するためにマルフォイの家《いえ》を離《はな》れたんだ。あとで自分《じぶん》を罰《ばっ》しなければならなかったけど、とにかくやってのけたよ」

シリウスは一瞬《いっしゅん》ちょっと不安《ふあん》そうな顔《かお》をしたが、やがて口《くち》を開《ひら》いた。

「あとであいつを探《さが》すよ。どうせ、どこか上《うえ》の階《かい》で、僕《ぼく》の母親《ははおや》の古《ふる》いブルマーか何《なに》かにしがみついて目《め》を泣《な》き腫《は》らしているんだろう。もちろん、乾燥用戸棚《かんそうようとだな》に忍《しの》び込《こ》んで死《し》んでしまったということもありうるが……まあ、そんなに期待《きたい》しないほうがいいだろうな」

フレッド、ジョージ、ロンは笑《わら》ったが、ハーマイオニーは非難《ひなん》するような目《め》つきをした。

クリスマス・ランチを食《た》べ終《お》わったら、ウィーズリー一家《いっか》とハリー、ハーマイオニーは、マッド-アイとルーピンの護衛《ごえい》つきで、もう一度《いちど》ウィーズリー氏《し》の見舞《みま》いにいくことにしていた。

クリスマス・プディングとトライフルのデザートに間《ま》に合《あ》う時間《じかん》にやってきたマンダンガスは、病院《びょういん》行《い》きのために車《くるま》を一台《だい》「借《か》りて」きていた。クリスマスには地下鉄《ちかてつ》が走《はし》っていないからだ。車《くるま》は、ハリーの見《み》るところ、持《も》ち主《ぬし》の了解《りょうかい》のもとに借《か》り出《だ》されたとはとうてい思《おも》えなかったが、かつてウィーズリーおじさんが中古《ちゅうこ》のフォード・アングリアに魔法《まほう》をかけたときと同《おな》じように、呪文《じゅもん》で大《おお》きくなっていた。外側《そとがわ》は普通《ふつう》の大《おお》きさなのに、運転《うんてん》するマンダンガスのほか十人《にん》が、楽々《らくらく》乗《の》り込《こ》めた。ウィーズリーおばさんは乗《の》り込《こ》む前《まえ》にためらった――マンダンガスを認《みと》めたくない気持《きも》ちと、魔法《まほう》なしで移動《いどう》することがいやだという気持《きも》ちが戦《たたか》っているのが、ハリーにはわかった──しかし、外《そと》が寒《さむ》かったことと子供《こども》たちにせがまれたことで、ついに勝敗《しょうはい》が決《き》まった。おばさんは後部席《こうぶせき》のフレッドとビルの間《あいだ》にいさぎよく座《すわ》り込《こ》んだ。

道路《どうろ》がとても空《す》いていたので、聖《せい》マンゴまでの旅《たび》はあっという間《ま》だった。人通《ひとどお》りのない街路《がいろ》に、病院《びょういん》を訪《おとず》れるほんの数人《すうにん》の魔法使《まほうつか》いや魔女《まじょ》がコソコソと入《はい》っていった。ハリーもみんなもそこで車《くるま》を降《お》りた。マンダンガスは、みんなの帰《かえ》りを待《ま》つのに、車《くるま》を道《みち》の角《かど》に寄《よ》せた。一行《いっこう》は、緑《みどり》のナイロン製《せい》エプロンドレスを着《き》たマネキンが立《た》っているショーウィンドウに向《む》かって、ゆっくりとなにげなく歩《ある》き、一人《ひとり》ずつウィンドウの中《なか》に入《はい》った。

受付《うけつけ》ロビーは楽《たの》しいクリスマス気分《きぶん》に包《つつ》まれていた。聖《せい》マンゴ病院《びょういん》を照《て》らすクリスタルの球《たま》は、赤《あか》や金色《きんいろ》に塗《ぬ》られた輝《かがや》く巨大《きょだい》な玉飾《たまかざ》りになっていた。戸口《とぐち》という戸口《とぐち》には柊《ひいらぎ》が下《さ》がり、魔法《まほう》の雪《ゆき》や氷柱《つらら》で覆《おお》われた白《しろ》く輝《かがや》くクリスマスツリーが、あちこちの隅《すみ》でキラキラしていた。ツリーのてっぺんには金色《きんいろ》に輝《かがや》く星《ほし》がついている。病院《びょういん》は、この前《まえ》ハリーたちが来《き》たときほど混《こ》んではいなかった。ただし、待合室《まちあいしつ》の真《ま》ん中《なか》あたりで、ハリーは、左《ひだり》の鼻《はな》の穴《あな》にみかんが詰《つ》まった魔女《まじょ》に押《お》しのけられた。

「家庭内《かていない》のいざこざなの？　え？」ブロンドの案内魔女《あんないまじょ》が、デスクの向《む》こうでニンマリした。

「この手《て》の患者《かんじゃ》さんは、あなたで今日《きょう》三人目《にんめ》よ……。呪文性損傷《じゅもんせいそんしょう》。五階《かい》」

ウィーズリー氏《し》はベッドにもたれかかっていた。ひざにのせた盆《ぼん》に、昼食《ちゅうしょく》の七面鳥《しちめんちょう》の食《た》べ残《のこ》しがあり、何《なん》だかバツの悪《わる》そうな顔《かお》をしていた。

「あなた、おかげんはいかが？」みんなが挨拶《あいさつ》し終《お》わり、プレゼントを渡《わた》してから、おばさんが聞《き》いた。

「ああ、とてもいい」ウィーズリーおじさんの返事《へんじ》は、少《すこ》し元気《げんき》がよ過《す》ぎた。「母《かあ》さん――そのスメスウィック癒師《いし》には会《あ》わなかっただろうね？」

「いいえ」おばさんが疑《うたが》わしげに答《こた》えた。「どうして？」

「いや、別《べつ》に」おじさんはプレゼントの包《つつ》みをほどきはじめながら、何《なん》でもなさそうに答《こた》えた。「みんな、いいクリスマスだったかい？　プレゼントは何《なに》をもらったのかね？　あぁ、ハリー――こりゃ、すばらしい！」おじさんはハリーからのプレゼントを開《あ》けたところだった。ヒューズの銅線《どうせん》と、ネジ回《まわ》しだった。

ウィーズリーおばさんは、おじさんの答《こた》えではまだ完全《かんぜん》に納得《なっとく》していなかった。夫《おっと》がハリーと握手《あくしゅ》しようとかがんだとき、寝巻《ねま》きの下《した》の包帯《ほうたい》をちらりと見《み》た。

「あなた」おばさんの声《こえ》が、ネズミ捕《と》りのようにピシャッと響《ひび》いた。「包帯《ほうたい》を換《か》えましたね。アーサー、一日早《にちはや》く換《か》えたのはどうしてなの？　明日《あす》までは換《か》える必要《ひつよう》がないって聞《き》いていましたよ」

「えっ？」ウィーズリーおじさんは、かなりドキッとした様子《ようす》で、ベッドカバーを胸《むね》まで引《ひ》っ張《ぱ》り上《あ》げた。「いや、その——何《なん》でもない——ただ——私《わたし》は——」

ウィーズリーおじさんは、射《い》すくめるようなおばさんの目《め》に会《あ》って、しぼんでいくように見《み》えた。

「いや——モリー、心配《しんぱい》しないでくれ。オーガスタス・パイがちょっと思《おも》いついてね……ほら、研修癒《けんしゅうい》の、気持《きも》ちのいい若者《わかもの》だがね。それが大変興味《たいへんきょうみ》を持《も》っているのが——ン——……補助医療《ほじょいりょう》でね——つまり、旧来《きゅうらい》のマグル療法《りょうほう》なんだが……そのなんだ、縫合《ほうごう》と呼《よ》ばれているものでね、モリー。これが非常《ひじょう》に効果《こうか》があるんだよ——マグルの傷《きず》には——」

ウィーズリーおばさんが不吉《ふきつ》な声《こえ》を出《だ》した。悲鳴《ひめい》ともうなり声《ごえ》ともつかない声《こえ》だ。ルーピンは見舞《みま》い客《きゃく》が誰《だれ》もいなくて、ウィーズリーおじさんの周《まわ》りにいる大勢《おおぜい》の見舞《みま》い客《きゃく》をうらやましそうに眺《なが》めていた狼男《おおかみおとこ》のほうにゆっくり歩《ある》いていった。ビルはお茶《ちゃ》を飲《の》みにいってくるとか何《なん》とかつぶやき、フレッドとジョージは、すぐに立《た》ち上《あ》がって、ニヤニヤしながらビルについていった。

「あなたのおっしゃりたいのは」ウィーズリーおばさんの声《こえ》は、一語一語《いちごいちご》大《おお》きくなっていった。みんながあわてふためいて避難《ひなん》していくのには、どうやらまったく気《き》づいていない。「マグル療《りょう》法《ほう》でバカなことをやっていたというわけ？」

「モリーや、バカなことじゃないよ」ウィーズリーおじさんがすがるように言《い》った。「何《なん》というか——パイと私《わたし》とで試《ため》してみたらどうかと思《おも》っただけで——ただ、まことに残念《ざんねん》ながら——まあ、この種《しゅ》の傷《きず》には——私《わたし》たちが思《おも》っていたほどには効《き》かなかったわけで——」

「**つまり？**」

「それは……その、おまえが知《し》っているかどうか、あの——縫合《ほうごう》というものだが？」

「あなたの皮膚《ひふ》を元《もと》どおりに縫《ぬ》い合《あ》わせようとしたみたいに聞《き》こえますけど？」ウィーズリーおばさんはちっともおもしろくありませんよという笑《わら》い方《かた》をした。「だけど、いくらあなたでも、アーサー、**そこまでバカじゃないでしょう——**」

「僕《ぼく》もお茶《ちゃ》が飲《の》みたいな」ハリーは急《いそ》いで立《た》ち上《あ》がった。

ハーマイオニー、ロン、ジニーも、ハリーと一緒《いっしょ》にほとんど走《はし》るようにしてドアまで行《い》った。ドアが背後《はいご》でパタンと閉《し》まったとき、ウィーズリーおばさんの叫《さけ》び声《ごえ》が聞《き》こえてきた。

「**だいたいそんなことだって、どういうことですか？**」

「まったくパパらしいわ」四人《にん》で廊下《ろうか》を歩《ある》きはじめたとき、ジニーが頭《かぶり》を振《ふ》り振《ふ》り言《い》った。

「縫合《ほうごう》だって……まったく……」

「でもね、魔法《まほう》の傷《きず》以外《いがい》ではうまくいくのよ」ハーマイオニーが公平《こうへい》な意見《いけん》を言《い》った。「たぶん、あの蛇《へび》の毒《どく》が縫合糸《ほうごうし》を溶《と》かしちゃうか何《なん》かするんだわ。ところで喫茶室《きっさしつ》はどこかしら?」

「六階《かい》だよ」

ハリーが、案内魔女《あんないまじょ》のデスクの上《うえ》にかかっていた案内板《あんないばん》を思《おも》い出《だ》して言《い》った。

両開《りょうびら》きの扉《とびら》を通《とお》り、廊下《ろうか》を歩《ある》いていくと、頼《たよ》りなげな階段《かいだん》があった。階段《かいだん》の両側《りょうがわ》に粗野《そや》な顔《かお》をした癒者《いしゃ》たちの肖像画《しょうぞうが》がかかっている。一行《いっこう》が階段《かいだん》を上《のぼ》ると、その癒者《いしゃ》たちが四人《にん》に呼《よ》びかけ、奇妙《きみょう》な病状《びょうじょう》の診断《しんだん》を下《くだ》したり、恐《おそ》ろしげな治療法《ちりょうほう》を意見《いけん》した。中世《ちゅうせい》の魔法使《まほうつか》いがロンに向《む》かって、まちがいなく重症《じゅうしょう》の黒斑病《こくはんびょう》だと叫《さけ》んだときは、ロンは大《おお》いに腹《はら》を立《た》てた。

「だったらどうなんだよ?」

ロンが憤慨《ふんがい》して聞《き》いた。その癒者《いしゃ》は、六枚《まい》もの肖像画《しょうぞうが》を通《とお》り抜《ぬ》け、それぞれの主《あるじ》を押《お》しのけて追《お》いかけてきていた。

「お若《わか》い方《かた》、これは非常《ひじょう》に恐《おそ》ろしい皮膚病《ひふびょう》ですぞ。あばた面《づら》になりますな。そして、今《いま》よりもっとぞっとするような顔《かお》に――」

「誰《だれ》に向《む》かってぞっとする顔《かお》なんて言《い》ってるんだ!」ロンの耳《みみ》が真《ま》っ赤《か》になった。

「――治療法《ちりょうほう》はただ一つ。ヒキガエルの肝《きも》を取《と》り、首《くび》にきつく巻《ま》きつけ、満月《まんげつ》の夜《よる》、素《す》っ裸《ぱだか》で、ウナギの目玉《めだま》が詰《つ》まった樽《たる》の中《なか》に立《た》ち――」

「僕《ぼく》は黒斑病《こくはんびょう》なんかじゃない！」

「しかし、お若《わか》い方《かた》、貴殿《きでん》の顔面《がんめん》にある、その醜《みにく》い汚点《おてん》は――」

「ソバカスだよ！」ロンはカンカンになった。「さあ、自分《じぶん》の額《がく》に戻《もど》れよ。僕《ぼく》のことはほっといてくれ！」

ロンはほかの三人《にん》を振《ふ》り返《かえ》った。みんな必死《ひっし》で普通《ふつう》の顔《かお》をしていた。

「ここ、何階《なんかい》だ？」

「六階《かい》だと思《おも》うわ」ハーマイオニーが答《こた》えた。

「ちがうよ。五階《かい》だ」ハリーが言《い》った。「もう一階《かい》――」

しかし、踊《おど》り場《ば》に足《あし》をかけたとたん、ハリーは急《きゅう》に立《た》ち止《ど》まった。「呪文性損傷《じゅもんせいそんしょう》」という札《ふだ》のかかった廊下《ろうか》の入口《いりぐち》に、小《ちい》さな窓《まど》がついた両開《りょうびら》きのドアがあり、ハリーはその窓《まど》を見《み》つめていた。ガラスに鼻《はな》を押《お》しつけて、一人《ひとり》の男《おとこ》がのぞいていた。波打《なみう》つ金髪《きんぱつ》、明《あか》るいブルーの目《め》、ニッコリと意味《いみ》のない笑《わら》いを浮《う》かべ、輝《かがや》くような白《しろ》い歯《は》を見《み》せている。

「なんてこった」ロンも男《おとこ》を見《み》つめた。

「まあ、驚《おどろ》いた」ハーマイオニーも気《き》がつき、息《いき》が止《と》まったような声《こえ》を出《だ》した。「ロックハート先生《せんせい》！」

かつての「闇《やみ》の魔術《まじゅつ》に対《たい》する防衛術《ぼうえいじゅつ》」の先生《せんせい》は、ドアを押《お》し開《あ》け、こっちにやってきた。ライラック色《いろ》の部屋着《へやぎ》を着《き》ている。

「おや、こんにちは！」先生《せんせい》が挨拶《あいさつ》した。「私《わたし》のサインが欲《ほ》しいんでしょう？」

「あんまり変《か》わっていないね？」ハリーがジニーにささやいた。ジニーはニヤッと笑《わら》った。

「えーと――先生《せんせい》、お元気《げんき》ですか？」

ロンはちょっと気《き》がとがめるように挨拶《あいさつ》した。

元《もと》はと言《い》えば、ロンの杖《つえ》が壊《こわ》れていたせいで、ロックハート先生《せんせい》は記憶《きおく》を失《うしな》い、聖《せい》マンゴに入院《にゅういん》するはめになったのだ。ただ、その時《とき》ロックハートは、ハリーとロンの記憶《きおく》を永久《えいきゅう》に消《け》し去《さ》ろうとしていたわけで、ハリーはそれほど同情《どうじょう》していなかった。

「大変元気《たいへんげんき》ですよ。ありがとう」ロックハートは生《い》き生《い》きと答《こた》え、ポケットから少《すこ》しくたびれた孔雀《くじゃく》の羽根《はね》ペンを取《と》り出《だ》した。「さて、サインはいくつ欲《ほ》しいですか？　私《わたし》は、もう続《つづ》け字《じ》が書《か》けるようになりましたからね！」

「あー――今《いま》はサインはけっこうです」ロンはハリーに向《む》かって眉毛《まゆげ》をきゅっと吊《つ》り上《あ》げて見《み》せた。

「先生《せんせい》、廊下《ろうか》をうろうろしていていいんですか？　病室《びょうしつ》にいないといけないいんじゃないですか？」ハリーが聞《き》いた。

ロックハートのニッコリがゆっくり消《き》えていった。しばらくの間《あいだ》ハリーをじっと見《み》つめ、やがてこう言《い》った。

「どこかでお会《あ》いしませんでしたか？」

「あー――ええ、会《あ》いました」ハリーが答《こた》えた。「あなたは、ホグワーツで、私《わたし》たちを教《おし》えていらっしゃいました。覚《おぼ》えてますか？」

「教《おし》えて？」ロックハートはかすかにうろたえた様子《ようす》でくり返《かえ》した。「私《わたし》が？　教《おし》えた？」

それから突然《とつぜん》笑顔《えがお》が戻《もど》った。びっくりするほど突然《とつぜん》だった。

「きっと、君《きみ》たちの知《し》っていることは全部《ぜんぶ》私《わたし》が教《おし》えたんでしょう？　さあ、サインはいかが？　一ダースもあればいいでしょう。お友達《ともだち》に配《くば》るといい。そうすれば、もらえない人《ひと》は誰《だれ》もいないでしょう！」

しかし、ちょうどその時《とき》、廊下《ろうか》の一番奥《いちばんおく》のドアから誰《だれ》かが首《くび》を出《だ》し、声《こえ》がした。

「ギルデロイ、悪《わる》い子《こ》ね。いったいどこをうろついていたの？」

髪《かみ》にティンセルの花輪《はなわ》を飾《かざ》った、母親《ははおや》のような顔《かお》つきの癒者《いしゃ》が、ハリーたちに温《あたた》かく笑《わら》いかけながら、廊下《ろうか》の向《む》こうから急《いそ》いでやってきた。

「まあ、ギルデロイ、お客《きゃく》さまなのね！　よかったこと。しかもクリスマスの日《ひ》にですもの！　あのね、この子《こ》には誰《だれ》もお見舞《みま》いにこないのよ。かわいそうに。どうしてなんでしょうね。こんなにかわいい子《こ》ちゃんなのに。ねえ、坊《ぼう》や？」

「サインをしてたんだよ！」ギルデロイは癒者《いしゃ》に向《む》かって、またニッコリと輝《かがや》く歯《は》を見《み》せた。

「たくさん欲《ほ》しがってね。だめだって言《い》えないんだ！　写真《しゃしん》が足《た》りるといいんだけど！」

「おもしろいことを言《い》うのね」ロックハートの腕《うで》を取《と》り、おませな二歳《さい》の子供《こども》でも見《み》るような目《め》で、愛《いと》おしそうにニッコリとロックハートにほほ笑《え》みかけながら、癒者《いしゃ》が言《い》った。

「二、三年前《ねんまえ》まで、この人《ひと》はかなり有名《ゆうめい》だったのよ。サインをしたがるのは、記憶《きおく》が戻《もど》りかけているしるしではないかと、私《わたし》たちはそう願《ねが》っているんですよ。こちらへいらっしゃいな。この子《こ》は隔離病棟《かくりびょうとう》にいるんですよ。私《わたし》がクリスマスプレゼントを運《はこ》び込《こ》んでいる間《あいだ》に、抜《ぬ》け出《だ》したにちがいないわ。普段《ふだん》はドアに鍵《かぎ》がかかっているの……この子《こ》が危険《きけん》なのじゃありませんよ！　でも」癒者《いしゃ》は声《こえ》を落《お》としてささやいた。「この子《こ》にとって危険《きけん》なの。かわいそうに……自分《じぶん》が誰《だれ》かもわからないでしょ。ふらふらさまよって、帰《かえ》り道《みち》がわからなくなるの……。ほんとうによく来《き》てくださったわ」

「あの」ロンが上《うえ》の階《かい》を指差《ゆびさ》して、むだな抵抗《ていこう》を試《こころ》みた。「僕《ぼく》たち、実《じつ》は――えーと――」

しかし、癒者《いしゃ》がいかにもうれしそうに四人《にん》に笑《わら》いかけたので、ロンが力《ちから》なく「お茶《ちゃ》を飲《の》みにいくところで」というブツブツ声《ごえ》は、尻《しり》すぼみに消《き》えていった。四人《にん》はしかたがないと顔《かお》を見合《みあ》わせ、ロックハートと癒者《いしゃ》について廊下《ろうか》を歩《ある》いた。

「早《はや》く切《き》り上《あ》げようぜ」ロンがそっと言《い》った。

癒者《いしゃ》は「ヤヌス・シッキー病棟《びょうとう》」と書《か》かれたドアを杖《つえ》で指《さ》し、「アロホモラ」と唱《とな》えた。ドアがパッと開《ひら》き、癒者《いしゃ》が先導《せんどう》して入《はい》った。ベッド脇《わき》のひじかけ椅子《いす》に座《すわ》らせるまで、ギルデロイの腕《うで》をしっかりつかまえたままだった。

「ここは長期《ちょうき》療養《りょうよう》の病棟《びょうとう》なの」

ハリー、ロン、ハーマイオニー、ジニーに、癒者《いしゃ》が低《ひく》い声《こえ》で教《おし》えた。

「呪文性《じゅもんせい》の永久的損傷《えいきゅうてきそんしょう》のためにね。もちろん、集中的《しゅうちゅうてき》な治療薬《ちりょうやく》と呪文《じゅもん》と、ちょっとした幸運《こううん》で、多少《たしょう》は症状《しょうじょう》を改善《かいぜん》できます。ギルデロイは少《すこ》し自分《じぶん》を取《と》り戻《もど》したようですし、ボードさんなんかはほんとうによくなりましたよ。話《はな》す能力《のうりょく》を取《と》り戻《もど》してきたみたいですもの。でもまだ私《わたし》たちにわかる言語《げんご》は何《なに》も話《はな》せませんけどね。さて、クリスマスプレゼントを配《くば》ってしまわないと。みんな、お話《はな》ししていてね」

ハリーはあたりを見回《みまわ》した。この病棟《びょうとう》は、まちがいなく入院患者《にゅういんかんじゃ》がずっと住《す》む家《いえ》だとはっきりわかるような印《しるし》がいろいろあった。ウィーズリーおじさんの病棟《びょうとう》に比《くら》べると、ベッドの周《まわ》りに個《こ》人《じん》の持《も》ち物《もの》がたくさん置《お》いてある。たとえば、ギルデロイのベッドの頭《あたま》の上《うえ》の壁《かべ》は写真《しゃしん》だらけで、その全部《ぜんぶ》がニッコリ白《しろ》い歯《は》を見《み》せて、訪問客《ほうもんきゃく》に手《て》を振《ふ》っていた。ギルデロイは、写真《しゃしん》の多《おお》くに、子供《こども》っぽいバラバラな文字《もじ》で自分宛《じぶんあて》にサインしていた。癒者《いしゃ》がひじかけ椅子《いす》に座《すわ》らせたとたん、ギルデロイは新《あたら》しい写真《しゃしん》の山《やま》を引《ひ》き寄《よ》せ、羽根《はね》ペンをつかんで夢中《むちゅう》でサインを始《はじ》めた。

「封筒《ふうとう》に入《い》れるといい」サインし終《お》わった写真《しゃしん》を一枚《まい》ずつジニーのひざに投《な》げ入《い》れながら、ギルデロイが言《い》った。「私《わたし》はまだ忘《わす》れられてはいないんですよ。まだまだ。今《いま》でもファンレターがどっさり来《く》る……グラディス・ガージョンなんか週《しゅう》一回《かい》くれる……どうしてなのか知《し》りたいものだけど……」ギルデロイは言葉《ことば》を切《き》り、かすかに不思議《ふしぎ》そうな顔《かお》をしたが、またニッコリして、再《ふた》びサインに熱中《ねっちゅう》した。「きっと私《わたし》がハンサムだからなんだろうね……」

反対側《はんたいがわ》のベッドには、土気色《つちけいろ》の肌《はだ》をした悲《かな》しげな顔《かお》の魔法使《まほうつか》いが、天井《てんじょう》を見《み》つめて横《よこ》たわっていた。ひとりで何《なに》やらブツブツつぶやき、周《まわ》りのことはまったく気《き》づかない様子《ようす》だ。二つ向《む》こうのベッドには、頭全体《あたまぜんたい》に動物《どうぶつ》の毛《け》が生《は》えた魔女《まじょ》がいる。ハリーは二年生《ねんせい》のときハーマイオニーに同《おな》じようなことが起《お》こったのを思《おも》い出《だ》した。ハーマイオニーの場合《ばあい》は、幸《さいわ》い、永久的《えいきゅうてき》なものではなかった。一番奥《いちばんおく》の二つのベッドには、周《まわ》りに花柄《はながら》のカーテンが引《ひ》かれ、中《なか》の患者《かんじゃ》にも見舞《みま》い客《きゃく》にも、ある程度《ていど》プライバシーが保《たも》てるようになっていた。

「アグネス、あなたの分《ぶん》よ」癒者《いしゃ》が明《あか》るく言《い》いながら、毛《け》むくじゃらの魔女《まじょ》に、クリスマスプレゼントの小《ちい》さな山《やま》を手渡《てわた》した。「ほーらね、あなたのこと、忘《わす》れてないでしょ？　それに息子《むすこ》さんがふくろう便《びん》で、今夜《こんや》お見舞《みま》いにくると言《い》ってよこしましたよ。よかったわね？」

アグネスは二声《ふたこえ》、三声《みこえ》、大《おお》きくほえた。

「それから、ほうら、ブロデリック、鉢植《はちう》え植物《しょくぶつ》が届《とど》きましたよ。それにすてきなカレンダー。毎月《まいつき》ちがう種類《しゅるい》のめずらしいヒッポグリフの写真《しゃしん》がのっているわ。これでパッと明《あか》るくなるわね？」

癒者《いしゃ》はひとり言《ごと》の魔法使《まほうつか》いの所《ところ》にいそいそと歩《ある》いていき、ベッド脇《わき》の収納棚《しゅうのうだな》の上《うえ》に、鉢植《はちう》えを置《お》いた。長《なが》い触手《しょくしゅ》をゆらゆらさせた、何《なん》だか醜《みにく》い植物《しょくぶつ》だった。それから杖《つえ》で壁《かべ》にカレンダーを貼《は》った。

「それから――あら、ミセス・ロングボトム、もうお帰《かえ》りですか？」

ハリーの頭《あたま》が思《おも》わずくるりと回《まわ》った。一番奥《いちばんおく》の二つのベッドを覆《おお》ったカーテンが開《ひら》き、見舞《みま》い客《きゃく》が二人《ふたり》、ベッドの間《あいだ》の通路《つうろ》を歩《ある》いてきた。あたりを払《はら》う風貌《ふうぼう》の老魔女《ろうまじょ》は、長《なが》い緑《みどり》のドレスに、虫食《むしく》いだらけの狐《きつね》の毛皮《けがわ》をまとい、とがった三角帽子《さんかくぼうし》には紛《まぎ》れもなく本物《ほんもの》のハゲタカの剥製《はくせい》がのっている。後《うし》ろに従《したが》っているのは、打《う》ちひしがれた顔《かお》の――**ネビルだ。**

突然《とつぜん》すべてが読《よ》めた。ハリーは、奥《おく》のベッドに誰《だれ》がいるのかがわかった。ネビルが誰《だれ》にも気《き》づかれず、質問《しつもん》も受《う》けずにここから出《で》られるようにと、ほかの三人《にん》の注意《ちゅうい》をそらす物《もの》を探《さが》して、ハリーはあわてて周《まわ》りを見回《みまわ》した。しかし、ロンも「ロングボトム」の名前《なまえ》が聞《き》こえて目《め》を上《あ》げていた。ハリーが止《と》める間《ま》もなく、ロンが呼《よ》びかけた。

「**ネビル！**」

ネビルはまるで弾丸《だんがん》がかすめたかのように、飛《と》び上《あ》がって縮《ちぢ》こまった。

「ネビル、僕《ぼく》たちだよ」ロンが立《た》ち上《あ》がって明《あか》るく言《い》った。「ねえ、見《み》た――？　ロックハートがいるよ！　君《きみ》は誰《だれ》のお見舞《みま》いなんだい？」

「ネビル、お友達《ともだち》かえ？」

ネビルのおばあさまが、四人《にん》に近《ちか》づきながら、上品《じょうひん》な口《くち》ぶりで聞《き》いた。

ネビルは身《み》の置《お》き所《どころ》がない様子《ようす》だった。ぽっちゃりした顔《かお》に、赤紫《あかむらさき》色《いろ》がサッと広《ひろ》がり、ネビルは誰《だれ》とも目《め》を合《あ》わせないようにしていた。ネビルのおばあさまは、目《め》を凝《こ》らしてハリーを眺《なが》め、しわだらけの鉤爪《かぎづめ》のような手《て》を差《さ》し出《だ》して握手《あくしゅ》を求《もと》めた。

「おお、おお、あなたがどなたかは、もちろん存《ぞん》じてますよ。ネビルがあなたのことを大変《たいへん》ほめておりましてね」

「あー……どうも」ハリーが握手《あくしゅ》しながら言《い》った。ネビルはハリーの顔《かお》を見《み》ようとせず、自分《じぶん》の足元《あしもと》を見《み》つめていた。顔《かお》の赤《あか》みがどんどん濃《こ》くなっていた。

「それに、あなた方《がた》お二人《ふたり》は、ウィーズリー家《け》の方《かた》ですね」

ミセス・ロングボトムは、ロンとジニーに次々《つぎつぎ》と、威風堂々《いふうどうどう》手《て》を差《さ》し出《だ》した。

「ええ、ご両親《りょうしん》を存《ぞん》じ上《あ》げておりますよ――もちろん親《した》しいわけではありませんが――しかし、ご立派《りっぱ》な方々《かたがた》です。ご立派《りっぱ》な……そして、あなたがハーマイオニー・グレンジャーですね？」

ハーマイオニーはミセス・ロングボトムが自分《じぶん》の名前《なまえ》を知《し》っていたのでちょっと驚《おどろ》いたような顔《かお》をしたが、臆《おく》せず握手《あくしゅ》した。

「ええ、ネビルがあなたのことは全部話《ぜんぶはな》してくれました。何度《なんど》か窮地《きゅうち》を救《すく》ってくださったのね？

この子《こ》はいい子《こ》ですよ」

おばあさまは、骨《ほね》ばった鼻《はな》の上《うえ》から、厳《きび》しく評価《ひょうか》するような目《め》でネビルを見下《みお》ろした。

「でも、この子《こ》は、口惜《くちお》しいことに、父親《ちちおや》の才能《さいのう》を受《う》け継《つ》ぎませんでした」

そして、奥《おく》の二つのベッドのほうにぐいと顔《かお》を向《む》けた。帽子《ぼうし》の剥製《はくせい》ハゲタカが脅《おど》すように揺《ゆ》れた。

「えーっ？」ロンが仰天《ぎょうてん》した（ハリーはロンの足《あし》を踏《ふ》んづけたかったが、ローブではなくジーンズなので、そういう技《わざ》をこっそりやりおおせるのはかなり難《むずか》しかった）。

「奥《おく》にいるのは、ネビル、君《きみ》の父《とう》さんなの？」

「何《なん》たることです？」ミセス・ロングボトムの鋭《するど》い声《こえ》が飛《と》んだ。「ネビル、おまえは、お友達《ともだち》に、両親《りょうしん》のことを話《はな》していなかったのですか？」

ネビルは深《ふか》く息《いき》を吸《す》い込《こ》み、天井《てんじょう》を見上《みあ》げて首《くび》を横《よこ》に振《ふ》った。ハリーは、これまでこんなに気《き》の毒《どく》な思《おも》いをしたことがなかった。しかし、どうやったらこの状況《じょうきょう》からネビルを助《たす》け出《だ》せるか、何《なに》も思《おも》いつかなかった。

「いいですか、何《なに》も恥《は》じることはありません！」ミセス・ロングボトムは怒《いか》りを込《こ》めて言《い》った。「おまえは誇《ほこ》りにすべきです。ネビル、誇《ほこ》りに！　あのように正常《せいじょう》な体《からだ》と心《こころ》を失《うしな》ったのは、一人《ひとり》息子《むすこ》が親《おや》を恥《はじ》に思《おも》うためではありませんよ。おわかりか！」

「僕《ぼく》、恥《はじ》に思《おも》ってない」

ネビルは消《き》え入《い》るように言《い》ったが、かたくなにハリーたちの目《め》をさけていた。ロンは今《いま》やつま先立《さきだ》ちで、二つのベッドに誰《だれ》がいるかのぞこうとしていた。

「はて、それにしては、おかしな態度《たいど》だこと！」ミセス・ロングボトムが言《い》った。「私《わたし》の息子《むすこ》と嫁《よめ》は」おばあさまは、誇《ほこ》り高《たか》く、ハリー、ロン、ハーマイオニー、ジニーに向《む》きなおった。「『例《れい》のあの人《ひと》』の配下《はいか》に、正気《しょうき》を失《うしな》うまで拷問《ごうもん》されたのです」

ハーマイオニーとジニーは、あっと両手《りょうて》で口《くち》を押《お》さえた。ロンはネビルの両親《りょうしん》をのぞこうと首《くび》を伸《の》ばすのをやめ、恥《は》じ入《い》った顔《かお》をした。

「二人《ふたり》とも『闇祓《やみばら》い』だったのですよ。しかも魔法使《まほうつか》いの間《あいだ》では非常《ひじょう》な尊敬《そんけい》を集《あつ》めていました」ミセス・ロングボトムの話《はなし》は続《つづ》いた。「夫婦《ふうふ》そろって、才能豊《さいのうゆた》かでした。私《わたし》は――おや、アリス、どうしたのかえ？」

ネビルの母親《ははおや》が、寝《ね》巻《ま》きのまま、部屋《へや》の奥《おく》からはうような足取《あしど》りで近寄《ちかよ》ってきた。ムーディに見《み》せてもらった、不死鳥《ふしちょう》の騎士団設立《きしだんせつりつ》メンバーの古《ふる》い写真《しゃしん》に写《うつ》っていた、ふっくらとした幸《しあわ》せそうな面影《おもかげ》はどこにもなかった。今《いま》やその顔《かお》はやせこけ、やつれはてて、目《め》だけが異常《いじょう》に大《おお》きく見《み》えた。髪《かみ》は白《しろ》く、まばらで、死人《しにん》のようだった。何《なに》か話《はな》したい様子《ようす》ではなかった。いや、話《はな》すことができなかったのだろう。しかし、おずおずとしたしぐさで、ネビルのほうに、何《なに》かを持《も》った手《て》を差《さ》し伸《の》ばした。

「またかえ？」ミセス・ロングボトムは少《すこ》しうんざりした声《こえ》を出《だ》した。「よしよし、アリスや

――ネビル、何《なん》でもいいから、受《う》け取《と》ってておあげ」

ネビルはもう手《て》を差《さ》し出《だ》していた。その手《て》の中《なか》へ、母親《ははおや》は「どんどんふくらむドルーブル風船《ふうせん》ガム」の包《つつ》み紙《がみ》をポトリと落《お》とした。

「まあ、いいこと」

ネビルのおばあさまは、楽《たの》しそうな声《こえ》を取《と》りつくろい、母親《ははおや》の肩《かた》をやさしくたたいた。

ネビルは小《ちい》さな声《こえ》で、「ママ、ありがとう」と言《い》った。

母親《ははおや》は、鼻歌《はなうた》を歌《うた》いながらよろよろとベッドに戻《もど》っていった。ネビルはみんなの顔《かお》を見回《みまわ》した。笑《わら》いたきゃ笑《わら》えと、挑《いど》むような表情《ひょうじょう》だった。しかし、ハリーは、今《いま》までの人生《じんせい》で、こんなにも笑《わら》いからほど遠《とお》いものを見《み》たことがなかった。

「さて、もう失礼《しつれい》しましょう」

ミセス・ロングボトムは緑《みどり》の長手袋《ながてぶくろ》を取《と》り出《だ》し、ため息《いき》をついた。

「みなさんにお会《あ》いできてよかった。ネビル、その包《つつ》み紙《がみ》はくずかごにお捨《す》て。あの子《こ》がこれまでにくれた分《ぶん》で、もうおまえの部屋《へや》の壁紙《かべがみ》が貼《は》れるほどでしょう」

しかし、二人《ふたり》が立《た》ち去《さ》るとき、ネビルが包《つつ》み紙《がみ》をポケットにすべり込《こ》ませたのを、ハリーはたしかに見《み》た。

二人《ふたり》が出《で》ていき、ドアが閉《し》まった。

「知《し》らなかったわ」ハーマイオニーが涙《なみだ》を浮《う》かべて言《い》った。

「僕《ぼく》もだ」ロンはかすれ声《ごえ》だった。

「私《わたし》もよ」ジニーがささやくように言《い》った。

三人《にん》がハリーを見《み》た。

「僕《ぼく》、知《し》ってた」ハリーが暗《くら》い声《こえ》で言《い》った。「ダンブルドアが話《はな》してくれた。でも、誰《だれ》にも言《い》わないって、僕《ぼく》、約束《やくそく》したんだ……ベラトリックス・レストレンジがアズカバンに送《おく》られたのは、そのためだったんだ。ネビルの両親《りょうしん》が正気《しょうき》を失《うしな》うまで『磔《はりつけ》の呪《のろ》い』を使《つか》ったからだ」

「ベラトリックス・レストレンジがやったの？」ハーマイオニーが恐《おそ》ろしそうに言《い》った。「クリーチャーが巣穴《すあな》に持《も》っていた、あの写真《しゃしん》の魔女《まじょ》？」

長《なが》い沈黙《ちんもく》が続《つづ》いた。ロックハートの怒《おこ》った声《こえ》が沈黙《ちんもく》を破《やぶ》った。

「ほら、せっかく練習《れんしゅう》して続《つづ》け字《じ》のサインが書《か》けるようになったのに！」

第《だい》24章《しょう》　閉心術《へいしんじゅつ》

クリーチャーが屋根裏部屋《やねうらべや》にひそんでいたことは、あとでわかった。シリウスが、そこでほこりまみれになっているクリーチャーを見《み》つけたと言《い》った。ブラック家《け》の形見《かたみ》の品《しな》を探《さが》して、もっと自分《じぶん》の巣穴《すあな》に持《も》ち込《こ》もうとしていたにちがいないと言《い》うのだ。シリウスはこの筋書《すじが》きで満足《まんぞく》していたが、ハリーは落《お》ち着《つ》かなかった。再《ふたた》び姿《すがた》を現《あらわ》したクリーチャーは、何《なん》だか前《まえ》より機嫌《きげん》がよいように見《み》えた。辛辣《しんらつ》なブツブツが少《すこ》し治《おさ》まり、いつもより従順《じゅうじゅん》に命令《めいれい》に従《したが》った。しかし、ハリーは、一度《ど》か二度《ど》、この屋敷《やしき》しもべ妖精《ようせい》が自分《じぶん》を熱《ねっ》っぽく見《み》つめているのに気《き》づいた。ハリーに気《き》づかれているとわかると、クリーチャーはいつもすばやく目《め》をそらすのだった。

ハリーは、このもやもやした疑惑《ぎわく》を、クリスマスが終《お》わって急激《きゅうげき》に元気《げんき》をなくしているシリウスには言《い》わなかった。ホグワーツへの出発《しゅっぱつ》の日《ひ》が近《ちか》づいてくるにつれ、シリウスはますます不機嫌《ふきげん》になっていった。ウィーズリーおばさんが「むっつり発作《ほっさ》」と呼《よ》んでいるものが始《はじ》まると、シリウスは無口《むくち》で気難《きむずか》しくなり、しばしばバックビークの部屋《へや》に何時間《なんじかん》も引《ひ》きこもっていた。シリウスの憂《ゆう》うつが、毒《どく》ガスのようにドアの下《した》からにじみ出《だ》し、館中《やかたじゅう》に拡散《かくさん》して全員《ぜんいん》が感染《かんせん》した。

ハリーは、シリウスを、またクリーチャーと二人《ふたり》きりで残《のこ》していきたくなかった。事実《じじつ》、ハリーは、こんなことは初《はじ》めてだったが、ホグワーツに帰《かえ》りたいという気持《きも》ちになれなかった。学校《がっこう》に帰《かえ》るということは、またドローレス・アンブリッジの圧政《あっせい》の下《もと》に置《お》かれることになるのだ。みんなのいない間《あいだ》にアンブリッジはまたしても、十以上《いじょう》の省令《しょうれい》を強行《きょうこう》したにちがいない。ハリーはクィディッチを禁《きん》じられているので、その楽《たの》しみもない。試験《しけん》がますます近《ちか》づいているので、宿題《しゅくだい》の負担《ふたん》が重《おも》くなることは目《め》に見《み》えているし、ダンブルドアは相変《あいか》わらずよそよそしい。実際《じっさい》、DA《ディーエー》のことさえなければ、ホグワーツを退学《たいがく》させて、グリモールド・プレイスに置《お》いてほしいと、シリウスに頼《たの》み込《こ》もうかとさえ思《おも》った。

そして、休暇最後《きゅうかさいご》の日《ひ》に、学校《がっこう》に帰《かえ》るのがほんとうに恐《おそ》ろしいと思《おも》わせる出来事《できごと》が起《お》こった。

「ハリー」ウィーズリーおばさんが、ロンとの二人部屋《ふたりべや》のドアから顔《かお》をのぞかせた。ちょうど二人《ふたり》で魔法《まほう》チェスをしているところで、ハーマイオニー、ジニー、クルックシャンクスは観戦《かんせん》していた。「厨房《ちゅうぼう》に下《お》りてきてくれる？　スネイプ先生《せんせい》が、お話《はなし》があるんですって」

ハリーは、おばさんの言《い》ったことが、すぐにはぴんと来《こ》なかった。自分《じぶん》の持《も》ち駒《ごま》のルークが、ロンのポーンと激《はげ》しい格闘《かくとう》の最中《さいちゅう》で、ハリーはルークをたきつけるのに夢中《むちゅう》だった。

「やっつけろ――やっちまえ。たかがポーンだぞ、ウスノロ。あ、おばさん、ごめんなさい。何《なん》ですか？」

「スネイプ先生《せんせい》ですよ。厨房《ちゅうぼう》で。ちょっとお話《はなし》があるんですって」

ハリーは恐怖《きょうふ》で口《くち》があんぐり開《あ》いた。ロン、ハーマイオニー、ジニーを見《み》た。みんなも口《くち》を開《あ》けてハリーを見《み》つめ返《かえ》していた。ハーマイオニーが十五分《ふん》ほど苦労《くろう》して押《お》さえ込《こ》んでいたクルックシャンクスが、大喜《おおよろこ》びでチェス盤《ばん》に飛《と》びのり、駒《こま》は金切《かなき》り声《ごえ》を上《あ》げて逃《に》げ回《まわ》った。

「スネイプ？」ハリーはポカンとして言《い》った。

「スネイプ先生《せんせい》ですよ」ウィーズリーおばさんがたしなめた。「さあ、早《はや》くいらっしゃい。長《なが》くはいられないとおっしゃってるわ」

「いったい君《きみ》に何《なん》の用《よう》だ？」おばさんの顔《かお》が引《ひ》っ込《こ》むと、ロンが落《お》ち着《つ》かない様子《ようす》で言《い》った。

「何《なに》かやらかしてないだろうな？」

「やってない！」ハリーは憤然《ふんぜん》として言《い》ったが、スネイプがわざわざグリモールド・プレイスにハリーをたずねてくるとは、自分《じぶん》はいったい何《なに》かやったのだろうかと、考《かんが》え込《こ》んだ。最後《さいご》の宿題《しゅくだい》が最悪《さいあく》の「T《ティー》・トロール並《な》み」でも取《と》ったのだろうか？

それから一、二分後《ふんご》、ハリーは厨房《ちゅうぼう》のドアを開《あ》けて、中《なか》にシリウスとスネイプがいるのを見《み》た。

二人《ふたり》とも長《なが》テーブルに座《すわ》っていたが、目《め》を背《そむ》けて反対方向《はんたいほうこう》をにらみつけていた。互《たが》いの嫌悪感《けんおかん》で、重苦《おもくる》しい沈黙《ちんもく》が流《なが》れていた。シリウスの前《まえ》に手紙《てがみ》が広《ひろ》げてある。

「あのー」ハリーは到着《とうちゃく》したことを告《つ》げた。

スネイプの脂《あぶら》っこいすだれのような黒髪《くろかみ》に縁取《ふちど》られた顔《かお》が、振《ふ》り向《む》いてハリーを見《み》た。

「座《すわ》るんだ、ポッター」

「いいか」シリウスが椅子《いす》ごとそっくり返《かえ》り、椅子《いす》を後《うし》ろの二本脚《ほんあし》だけで支《ささ》えながら、天井《てんじょう》に向《む》かって大声《おおごえ》で言《い》った。「スネイプ。ここで命令《めいれい》を出《だ》すのはご遠慮願《えんりょねが》いたいですな。何《なに》しろ、私《わたし》の家《いえ》なのでね」

スネイプの血《ち》の気《け》のない顔《かお》に、険悪《けんあく》な赤《あか》みがサッと広《ひろ》がった。ハリーはシリウスの脇《わき》の椅子《いす》に腰《こし》を下《お》ろし、テーブル越《ご》しにスネイプと向《む》き合《あ》った。

「ポッター、我輩《わがはい》は君一人《きみひとり》だけと会《あ》うはずだった」スネイプの口元《くちもと》が、おなじみの嘲《あざけ》りでゆがんだ。「しかし、ブラックが――」

「私《わたし》はハリーの名付《なづ》け親《おや》だ」シリウスがいっそう大声《おおごえ》を出《だ》した。

「我輩《わがはい》はダンブルドアの命《めい》でここに来《き》た」スネイプの声《こえ》は、反対《はんたい》に、だんだん低《ひく》くふゆかいな声《こえ》になっていった。「しかし、ブラック、よかったらどうぞいてくれたまえ。気持《きも》ちはわかる……

かかわっていたいわけだ」

「何《なに》が言《い》いたいんだ？」シリウスは後《うし》ろ二本脚《ほんあし》だけでそっくり返《かえ》っていた椅子《いす》を、バーンと大《おお》きな音《おと》とともに元《もと》に戻《もど》した。

「別《べつ》に他意《たい》はない。君《きみ》はきっと――あー――いらいらしているだろうと思《おも》ってね。何《なん》にも役《やく》に立《た》つことができなくて」スネイプは言葉《ことば》を微妙《びみょう》に強調《きょうちょう》した。「騎士団《きしだん》のためにね」

今度《こんど》はシリウスが赤《あか》くなる番《ばん》だった。ハリーのほうを向《む》きながら、スネイプの唇《くちびる》が勝《か》ち誇《ほこ》ったようにゆがんだ。

「校長《こうちょう》が君《きみ》に伝《つた》えるようにと我輩《わがはい》をよこしたのだ、ポッター。校長《こうちょう》は来学期《らいがっき》に君《きみ》が『閉心術《へいしんじゅつ》』を学《まな》ぶことをお望《のぞ》みだ」

「何《なに》を？」ハリーはポカンとした。

スネイプはますますあからさまに嘲《あざけ》り笑《わら》いを浮《う》かべた。

「『閉心術《へいしんじゅつ》』だ、ポッター。外部《がいぶ》からの侵入《しんにゅう》に対《たい》して心《こころ》を防衛《ぼうえい》する魔法《まほう》だ。世《よ》に知《し》られていない分野《ぶんや》の魔法《まほう》だが、非常《ひじょう》に役《やく》に立《た》つ」

ハリーの心臓《しんぞう》が急速《きゅうそく》に鼓動《こどう》しはじめた。外部《がいぶ》からの侵入《しんにゅう》に対《たい》する防衛《ぼうえい》？　だけど、僕《ぼく》は取《と》り憑《つ》かれてはいない。そのことはみんなが認《みと》めた……。

「その『閉《へい》――』何《なん》とかを、どうして、僕《ぼく》が学《まな》ばないといけないんですか？」ハリーは思《おも》わず質《しつ》問《もん》した。

「なぜなら、校長《こうちょう》がそうするのがよいとお考《かんが》えだからだ」スネイプはさらりと答《こた》えた。「一週間《しゅうかん》に一度個《どこ》人教授《じんきょうじゅ》を受《う》ける。しかし、何《なに》をしているかは誰《だれ》にも言《い》うな。特《とく》に、ドローレス・アンブリッジには。わかったな？」

「はい」ハリーが答《こた》えた。「誰《だれ》が教《おし》えてくださるのですか？」

スネイプの眉《まゆ》が吊《つ》り上《あ》がった。

「我輩《わがはい》だ」

ハリーは内臓《ないぞう》が溶《と》けていくような恐《おそ》ろしい感覚《かんかく》に襲《おそ》われた。スネイプと課外授業《かがいじゅぎょう》――こんな目《め》にあうなんて、僕《ぼく》が何《なに》をしたって言《い》うんだ？　ハリーは助《たす》けを求《もと》めて、急《いそ》いでシリウスの顔《かお》を見《み》た。

「どうしてダンブルドアが教《おし》えないんだ？」シリウスが食《く》ってかかった。「なんで君《きみ》が？」

「たぶん、あまり喜《よろこ》ばしくない仕事《しごと》を委譲《いじょう》するのは、校長《こうちょう》の特権《とっけん》なのだろう」スネイプはなめらかに言《い》った。

「言《い》っておくが、我輩《わがはい》がこの仕事《しごと》を懇願《こんがん》したわけではない」スネイプが立《た》ち上《あ》がった。「ポッター、月曜《げつよう》の夕方《ゆうがた》六時《じ》に来《く》るのだ。我輩《わがはい》の研究室《けんきゅうしつ》に。誰《だれ》かに聞《き》かれたら、『魔法薬《まほうやく》』の補習《ほしゅう》だと言《い》え。我輩《わがはい》の授業《じゅぎょう》での君《きみ》を見《み》た者《もの》なら、補習《ほしゅう》の必要性《ひつようせい》を否定《ひてい》するまい」

スネイプは旅行用《りょこうよう》の黒《くろ》マントをひるがえし、立《た》ち去《さ》りかけた。

「ちょっと待《ま》て」シリウスが椅子《いす》に座《すわ》りなおした。

スネイプは顔《かお》だけを二人《ふたり》に向《む》けた。せせら笑《わら》いを浮《う》かべている。

「我輩《わがはい》はかなり急《いそ》いでいるんだがね、ブラック。君《きみ》とちがって、際限《さいげん》なくひまなわけではない」

「では、要点《ようてん》だけ言《い》おう」シリウスが立《た》ち上《あ》がった。スネイプよりかなり背《せ》が高《たか》い。スネイプがマントのポケットの中《なか》で、杖《つえ》の柄《え》と思《おぼ》しい部分《ぶぶん》を握《にぎ》りしめたのに、ハリーは気《き》づいた。「もし君《きみ》が、『閉心術《へいしんじゅつ》』の授業《じゅぎょう》を利用《りよう》してハリーをつらい目《め》にあわせていると聞《き》いたら、私《わたし》がだまってはいないぞ」

「泣《な》かせるねえ」スネイプが嘲《あざけ》るように言《い》った。「しかし、ポッターが父親《ちちおや》そっくりなのに、当然君《とうぜんきみ》も気《き》づいているだろうね？」

「ああ、そのとおりだ」シリウスが誇《ほこ》らしげに言《い》った。

「さて、それなればわかるだろうが、こいつの傲慢《ごうまん》さときたら、批判《ひはん》など、端《はな》から受《う》けつけぬ」

スネイプがすらりと言《い》った。

シリウスは荒々《あらあら》しく椅子《いす》を押《お》しのけ、テーブルを回《まわ》り込《こ》み、杖《つえ》を抜《ぬ》き放《はな》ちながら、つかつかとスネイプのほうに進《すす》んだ。スネイプも自分《じぶん》の杖《つえ》をサッと取《と》り出《だ》した。二人《ふたり》は真正面《ましょうめん》から向《む》き合《あ》った。シリウスはカンカンに怒《いか》り、スネイプはシリウスの杖《つえ》の先《さき》から顔《かお》へと目《め》を走《はし》らせながら、状況《じょうきょう》を読《よ》んでいた。

「シリウス！」ハリーが大声《おおごえ》で呼《よ》んだが、シリウスには聞《き》こえないようだった。

「警告《けいこく》したはずだ、スニベルス」シリウスが言《い》った。シリウスの顔《かお》はスネイプからほんの数十《すう》センチの所《ところ》にあった。「ダンブルドアが、貴様《きさま》が改心《かいしん》したと思《おも》っていても、知《し》ったことじゃない。私《わたし》のほうがよくわかっている――」

「おや、それなら、どうしてダンブルドアにそう言《い》わんのかね？」スネイプがささやくように言《い》った。「それとも、何《なに》かね、母親《ははおや》の家《いえ》に六か月《げつ》も隠《かく》れている男《おとこ》の言《い》うことは、真剣《しんけん》に取《と》り合《あ》ってくれないとでも思《おも》っているのか？」

「ところで、このごろルシウス・マルフォイはどうしてるかね？　さぞかし喜《よろこ》んでいるだろうね？　自分《じぶん》のペット犬《けん》がホグワーツで教《おし》えていることで」

「犬《いぬ》といえば」スネイプが低《ひく》い声《こえ》で言《い》った。「君《きみ》がこの前《まえ》、遠足《えんそく》なぞに出《で》かける危険《きけん》をおかしたとき、ルシウス・マルフォイが君《きみ》に気《き》づいたことを知《し》っているかね？　うまい考《かんが》えだったな、ブラック。安全《あんぜん》な駅《えき》のホームで姿《すがた》を見《み》られるようにするとは……これで鉄壁《てっぺき》の口実《こうじつ》ができたわけだ。隠《かく》れ家《が》から今後《こんご》いっさい出《で》ないという口実《こうじつ》がね？」

シリウスが杖《つえ》を上《あ》げた。

「**やめて！**」ハリーは叫《さけ》びながらテーブルを飛《と》び越《こ》え、二人《ふたり》の間《あいだ》に割《わ》って入《はい》ろうとした。

「シリウス、やめて！」

「私《わたし》を臆病者《おくびょうもの》呼《よ》ばわりするのか？」シリウスは、ほえるように言《い》うと、ハリーを押《お》しのけようとした。しかし、ハリーはてこでも動《うご》かなかった。

「まあ、そうだ。そういうことだな」スネイプが言《い》った。

「ハリー——そこを——どけ！」シリウスは歯《は》をむき出《だ》してうなると、空《あ》いている手《て》でハリーを押《お》しのけた。

厨房《ちゅうぼう》のドアが開《あ》き、ウィーズリー一家全員《いっかぜんいん》と、ハーマイオニーが入《はい》ってきた。みんな幸《しあわ》せいっぱいという顔《かお》で、真《ま》ん中《なか》にウィーズリーおじさんが誇《ほこ》らしげに歩《ある》いていた。しまのパジャマの上《うえ》に、レインコートを着《き》ている。

「治《なお》った！」おじさんが厨房全体《ちゅうぼうぜんたい》に元気《げんき》よく宣言《せんげん》した。「全快《ぜんかい》だ！」

おじさんも、ほかのウィーズリー一家《いっか》も、目《め》の前《まえ》の光景《こうけい》を見《み》て、入口《いりぐち》にくぎづけになった。見《み》られたほうも、そのままの形《かたち》で動《うご》きを止《と》めた。シリウスとスネイプは互《たが》いの顔《かお》に杖《つえ》を突《つ》きつけたまま、入口《いりぐち》を見《み》ていた。ハリーは二人《ふたり》を引《ひ》き離《はな》そうと、両手《りょうて》を広《ひろ》げ、間《あいだ》に突《つ》っ立《た》って固《かた》まっていた。

「何《なん》てこった」ウィーズリーおじさんの顔《かお》から笑《わら》いが消《き》えた。「いったい何事《なにごと》だ？」

シリウスもスネイプも杖《つえ》を下《お》ろした。ハリーは両方《りょうほう》の顔《かお》を交互《こうご》に見《み》た。二人《ふたり》とも極《きわ》めつきの軽《けい》蔑《べつ》の表情《ひょうじょう》だったが、思《おも》いがけなく大勢《おおぜい》の目撃者《もくげきしゃ》が入《はい》ってきたことで、正気《しょうき》を取《と》り戻《もど》したらしい。スネイプは杖《つえ》をポケットにしまうと、サッと厨房《ちゅうぼう》を横切《よこぎ》り、ウィーズリー一家《いっか》の脇《わき》を物《もの》も言《い》わずに通《とお》り過《す》ぎた。ドアの所《ところ》でスネイプが振《ふ》り返《かえ》った。

「ポッター、月曜《げつよう》の夕方《ゆうがた》、六時《じ》だ」

そしてスネイプは去《さ》った。シリウスは杖《つえ》を握《にぎ》ったまま、その後《うし》ろ姿《すがた》をにらみつけていた。

「いったい何《なに》があったんだ？」ウィーズリーおじさんがもう一度《いちど》聞《き》いた。

「アーサー、何《なん》でもない」シリウスは長距離《ちょうきょり》を走《はし》った直後《ちょくご》のように、ハァハァ息《いき》をはずませていた。「昔《むかし》の学友《がくゆう》と、ちょっとした親《した》しいおしゃべりさ」シリウスはほほ笑《え》んだ。相当努力《そうとうどりょく》したような笑《わら》いだった。「それで……治《なお》ったのかい？　そりゃあ、よかった。ほんとによかった」

「ほんとにそうよね？」ウィーズリーおばさんは夫《おっと》を椅子《いす》の所《ところ》まで導《みちび》いた。「最終的《さいしゅうてき》にはスメスウィック癒師《いし》の魔法《まほう》が効《き》いたのね。あの蛇《へび》の牙《きば》にどんな毒《どく》があったにせよ、解毒剤《げどくざい》を見《み》つけたの。それに、アーサーはマグル医療《いりょう》なんかにちょっかいを出《だ》して、いい薬《くすり》になったわ。そうでしょう？　あなたっ」おばさんがかなり脅《おど》しをきかせた。

「そのとおりだよ、モリーや」おじさんがおとなしく言《い》った。

その夜《よる》の晩餐《ばんさん》は、ウィーズリーおじさんを囲《かこ》んで、楽《たの》しいものになるはずだった。シリウスが努《つと》めてそうしようとしているのが、ハリーにはわかった。しかし、ハリーの名付《なづ》け親《おや》は、フレッドやジョージの冗談《じょうだん》に合《あ》わせて、無理《むり》に声《こえ》を上《あ》げて笑《わら》ったり、みんなに食事《しょくじ》を勧《すす》めたりしているとき以外《いがい》は、むっつりと考《かんが》え込《こ》むような表情《ひょうじょう》に戻《もど》っていた。ハリーとシリウスの間《あいだ》には、マンダンガスとマッド‐アイが座《すわ》っていた。二人《ふたり》ともウィーズリー氏《し》に快気祝《かいきいわ》いを述《の》べるために立《た》ち寄《よ》ったのだ。ハリーはスネイプの言葉《ことば》なんか気《き》にするなとシリウスに言《い》いたかった。スネイプはわざと挑発《ちょうはつ》したんだ。シリウスがダンブルドアに言《い》われたとおりに、グリモールド・プレイスにとどまっているからといって、臆病者《おくびょうもの》だなんて思《おも》う人《ひと》はほかに誰《だれ》もいない。しかし、ハリーには声《こえ》をかける機会《きかい》がなかった。それに、シリウスの険悪《けんあく》な顔《かお》を見《み》ていると、たとえ機会《きかい》があっても、あえてそう言《い》うほうがいいのかどうか、たびたび迷《まよ》った。そのかわりハリーは、ロンとハーマイオニーに、スネイプとの「閉心術《へいしんじゅつ》」の授業《じゅぎょう》のことを、こっそり話《はな》して聞《き》かせた。

「ダンブルドアは、あなたがヴォルデモートの夢《ゆめ》を見《み》なくなるようにしたいんだわ」ハーマイオニーが即座《そくざ》に言《い》った。「まあね、そんな夢《ゆめ》、見《み》なくても困《こま》ることはないでしょ？」

「スネイプと課外授業《かがいじゅぎょう》？」ロンは肝《きも》をつぶした。「僕《ぼく》なら、悪夢《あくむ》のほうがましだ！」

次《つぎ》の日《ひ》は、「夜《ナ》の騎《イ》士《ト》バス」に乗《の》ってホグワーツに帰《かえ》ることになっていた。翌朝《よくあさ》ハリー、ロン、ハーマイオニーが厨房《ちゅうぼう》に下《お》りていくと、護衛《ごえい》につくトンクスとルーピンが朝食《ちょうしょく》を食《た》べていた。ハリーがドアを開《あ》けたとき、大人《おとな》たちはヒソヒソ話《ばなし》の最中《さいちゅう》だったらしい。全員《ぜんいん》がサッと振《ふ》り向《む》き、急《きゅう》に口《くち》をつぐんだ。

あわただしい朝食《ちょうしょく》のあと、灰色《はいいろ》の一月《がつ》の朝《あさ》の冷《ひ》え込《こ》みに備《そな》え、全員上着《ぜんいんうわぎ》やスカーフで身《み》づくろいした。ハリーは胸《むね》がしめつけられるような不快《ふかい》な気分《きぶん》だった。シリウスに別《わか》れを告《つ》げたくなかった。この別《わか》れが何《なに》かいやだったし、次《つぎ》に会《あ》うのはいつなのかわからない気《き》がした。そして、シリウスにバカなことはしないようにと言《い》うのは、ハリーの役目《やくめ》のような気《き》がした。――スネイプが臆病者呼《おくびょうものよ》ばわりしたことで、シリウスがひどく傷《きず》つき、今《いま》やグリモールド・プレイスから抜《ぬ》け出《だ》す、何《なに》か無鉄砲《むてっぽう》な旅《たび》を計画《けいかく》しているのではないかと心配《しんぱい》だった。しかし、何《なん》と言《い》うべきか思《おも》いつかないうちに、シリウスがハリーを手招《てまね》きした。

「これを持《も》っていってほしい」シリウスは新書版《しんしょばん》の本《ほん》ぐらいの、不器用《ぶきよう》に包《つつ》んだ何《なに》かを、ハリーの手《て》に押《お》しつけた。

「これ、何《なに》？」ハリーが聞《き》いた。

「スネイプが君《きみ》を困《こま》らせるようなことがあったら、私《わたし》に知《し》らせる手段《しゅだん》だ。いや、ここでは開《あ》けないで！」

シリウスはウィーズリーおばさんのほうを用心深《ようじんぶか》く見《み》た。おばさんは双子《ふたご》に手編《てあ》みのミトンをはめるように説得中《せっとくちゅう》だった。

「モリーは賛成《さんせい》しないだろうと思《おも》うんでね——でも、私《わたし》を必要《ひつよう》とするときには、君《きみ》に使《つか》ってほしい。いいね？」

「オーケー」ハリーは上着《うわぎ》の内《うち》ポケットに包《つつ》みをしまい込《こ》んだ。しかし、それが何《なん》であれ、けっして使《つか》わないだろうと思《おも》った。スネイプがこれからの「閉心術《へいしんじゅつ》」の授業《じゅぎょう》で、僕《ぼく》をどんなひどい目《め》にあわせても、シリウスを安全《あんぜん》な場所《ばしょ》から誘《さそ》い出《だ》すのは、絶対《ぜったい》に僕《ぼく》じゃない。

「それじゃ、行《い》こうか」シリウスはハリーの肩《かた》をたたき、つらそうにほほ笑《え》んだ。そして、ハリーが何《なに》も言《い》えないでいるうちに、二人《ふたり》は上《うえ》の階《かい》に上《あ》がり、重《おも》い鎖《くさり》とかんぬきのかかった玄関《げんかん》扉《とびら》の前《まえ》で、ウィーズリー一家《いっか》に囲《かこ》まれていた。

「さよなら、ハリー。元気《げんき》でね」ウィーズリーおばさんがハリーを抱《だ》きしめた。

「またな、ハリー。私《わたし》のために、蛇《へび》を見張《みは》っていておくれ」ウィーズリーおじさんは、握手《あくしゅ》しながらほがらかに言《い》った。

「うん──わかった」

ハリーはほかのことを気《き》にしながら答《こた》えた。シリウスに注意《ちゅうい》するなら、これが最後《さいご》の機会《きかい》だ。ハリーは振《ふ》り返《かえ》り、名付《なづ》け親《おや》の顔《かお》を見《み》て口《くち》を開《ひら》きかけた。しかし、何《なに》か言《い》う前《まえ》に、シリウスは片《かた》腕《うで》でサッとハリーを抱《だ》きしめ、ぶっきらぼうに言《い》った。

「元気《げんき》でな、ハリー」

次《つぎ》の瞬間《しゅんかん》、ハリーは凍《こお》るような冬《ふゆ》の冷気《れいき》の中《なか》に押《お》し出《だ》されていた。トンクスが（今日《きょう》は背《せ》の高《たか》い、濃《こ》い灰色《はいいろ》の髪《かみ》をした田舎暮《いなかぐ》らしの貴族風《きぞくふう》の変装《へんそう》だった）、ハリーを追《お》い立《た》てるようにして階《かい》段《だん》を下《お》りた。

十二番地《ばんち》の扉《とびら》が背後《はいご》でバタンと閉《と》じた。一行《いっこう》はルーピンについて入口《いりぐち》の階段《かいだん》を下《お》りた。歩道《ほどう》に出《で》たとき、ハリーは振《ふ》り返《かえ》った。両側《りょうがわ》の建物《たてもの》が横《よこ》に張《は》り出《だ》し、十二番地《ばんち》はその間《あいだ》に押《お》しつぶされるようにどんどん縮《ちぢ》んで見《み》えなくなっていった。瞬《まばた》きする間《ま》に、そこはもう消《き》えていた。

「さあ、バスに早《はや》く乗《の》るに越《こ》したことはないわ」トンクスが言《い》った。広場《ひろば》のあちこちに目《め》を走《はし》らせているトンクスの声《こえ》が、ピリピリしているとハリーは思《おも》った。ルーピンがパッと右腕《みぎうで》を上《あ》げた。

バーン。

ど派手《はで》な紫色《むらさきいろ》の三階建《かいだ》てバスがどこからともなく一行《いっこう》の目《め》の前《まえ》に現《あらわ》れた。危《あや》うく近《ちか》くの街灯《がいとう》にぶつかりそうになったが、街灯《がいとう》が飛《と》びのいて道《みち》をあけた。

紫《むらさき》の制服《せいふく》を着《き》た、やせてにきびだらけの、耳《みみ》が大《おお》きく突《つ》き出《で》た若者《わかもの》が、歩道《ほどう》にピョンと飛《と》び降《お》りて言《い》った。「ようこそ、夜《ナ》──」

「はい、はい、わかってるわよ。ごくろうさん」トンクスがすばやく言《い》った。「乗《の》って、乗《の》って、さあ──」

そして、トンクスはハリーを乗車《じょうしゃ》ステップのほうへ押《お》しやった。ハリーが前《まえ》を通《とお》り過《す》ぎるとき、車掌《しゃしょう》がじろじろ見《み》た。

「いやー──アリーだ──！」

「その名前《なまえ》を大声《おおごえ》で言《い》ったりしたら、呪《のろ》いをかけてあんたを消滅《しょうめつ》させてやるから」トンクスは、今度《こんど》はジニーとハーマイオニーを押《お》しやりながら、低《ひく》い声《こえ》で脅《おど》すように言《い》った。

「僕《ぼく》さ、一度《いちど》こいつに乗《の》ってみたかったんだ」ロンがうれしそうに乗《の》り込《こ》み、ハリーのそばに来《き》てきょろきょろした。

以前《いぜん》にハリーが「夜《ナ》の騎《イ》士《ト》バス」に乗《の》ったときは、夜《よる》で、三階《かい》とも真鍮《しんちゅう》の寝台《しんだい》でいっぱいだった。今度《こんど》は早朝《そうちょう》で、てんでんばらばらな椅子《いす》が詰《つ》め込《こ》まれ、窓際《まどぎわ》にいいかげんに並《なら》べて置《お》かれていた。バスがグリモールド・プレイスで急停車《きゅうていしゃ》したときに、椅子《いす》がいくつかひっくり返《かえ》ったらしい。何人《なんにん》かの魔法使《まほうつか》いや魔女《まじょ》たちが、ブツブツ言《い》いながら立《た》ち上《あ》がりかけていた。誰《だれ》かの買《か》い物《もの》袋《ぶくろ》がバスの端《はし》から端《はし》まですべったらしく、カエルの卵《たまご》やら、ゴキブリ、カスタードクリームなど、気持《きも》ちの悪《わる》いごたごたが、床一面《ゆかいちめん》に散《ち》らばっていた。

「どうやら分《わ》かれて座《すわ》らないといけないね」空《あ》いた席《せき》を見回《みまわ》しながら、トンクスがきびきびと言《い》った。「フレッドとジョージとジニー、後《うし》ろの席《せき》に座《すわ》って……リーマスが一緒《いっしょ》に座《すわ》れるわ」

トンクス、ハリー、ロン、ハーマイオニーは三階《かい》まで進《すす》み、一番前《いちばんまえ》に二席《ふたせき》と後《うし》ろに二席《ふたせき》見《み》つけた。車掌《しゃしょう》のスタン・シャンパイクが、興味津々《きょうみしんしん》で、後《うし》ろの席《せき》までハリーとロンにくっついてきた。ハリーが通《とお》り過《す》ぎると、次々《つぎつぎ》と顔《かお》が振《ふ》り向《む》き、ハリーが後部《こうぶ》に腰《こし》かけると、全部《ぜんぶ》の顔《かお》がまたパッと前《まえ》を向《む》いた。

ハリーとロンが、それぞれ十一シックルずつスタンに渡《わた》すと、バスはぐらぐら危《あぶ》なっかしげに揺《ゆ》れながら、再《ふたた》び動《うご》きだした。歩道《ほどう》に上《あ》がったり下《お》りたり、グリモールド・プレイスを縫《ぬ》うようにゴロゴロと走《はし》り、またしても**バーン**という大音響《だいおんきょう》がして、乗客《じょうきゃく》はみんな後《うし》ろにガクンとなった。ロンの椅子《いす》は完全《かんぜん》にひっくり返《かえ》った。ひざにのっていたピッグウィジョンがかごから飛《と》び出《だ》し、ピーピーやかましくさえずりながらバスの前方《ぜんぽう》まで飛《と》んでいき、今度《こんど》はハーマイオニーの肩《かた》に舞《ま》い降《お》りた。ハリーは腕木式《うでぎしき》のろうそく立《た》てにつかまって、やっとのことで倒《たお》れずにすんだ。窓《まど》の外《そと》を見《み》ると、バスはどうやら高速道路《こうそくどうろ》のような所《ところ》を飛《と》ばしていた。

「バーミンガムのちょっと先《さき》でぇ」

ハリーが聞《き》きもしないのに、スタンがうれしそうに答《こた》えた。ロンは床《ゆか》から立《た》ち上《あ》がろうとじたばたしていた。

「アリー、元気《げんき》だったか？　おめぇさんの名前《なまえ》は、この夏《なつ》さんざん新聞《しんぶん》で読《よ》んだぜ。だがよ、なぁにひとつついいことは書《か》いてねえ。おれはアーンに言《い》ってやったね。こう言《い》ってやった。『おれたちが見《み》たときゃ、アリーは狂《くる》ってるようにゃ見《み》えなかったなぁ？　まったくよう』」

スタンは二人《ふたり》に切符《きっぷ》を渡《わた》したあとも、わくわくしてハリーを見《み》つめ続《つづ》けた。どうやらスタンにとっては、新聞《しんぶん》にのるほど有名《ゆうめい》なら、変人《へんじん》だろうが奇人《きじん》だろうがどうでもいいらしい。「夜の騎士《ナイト》バス」は右側《みぎがわ》からでなく左側《ひだりがわ》から何台《なんだい》もの車《くるま》を追《お》い抜《ぬ》き、わなわなと危険《きけん》な揺《ゆ》れ方《かた》をした。ハリーが前《まえ》のほうを見《み》ると、ハーマイオニーが両手《りょうて》で目《め》を覆《おお》っているのが見《み》えた。ピッグウィジョンがその肩《かた》でうれしそうにゆらゆらしている。

バーン。

またしても椅子《いす》が後《うし》ろにすべった。バスはバーミンガムの高速道路《こうそくどうろ》から飛《と》び降《お》り、ヘアピンカーブだらけの静《しず》かな田舎道《いなかみち》に出《で》ていた。両側《りょうがわ》の生《い》け垣《がき》が、バスに乗《の》り上《あ》げられそうになると、飛《と》びのいて道《みち》をあけた。そこから、にぎやかな町《まち》の大通《おおどお》りに出《で》たり、小高《こだか》い丘《おか》に囲《かこ》まれた陸橋《りっきょう》を通《とお》ったり、高層《こうそう》アパートの谷間《たにま》の、吹《ふ》きさらしの道路《どうろ》に出《で》たりした。そのたびに**バーン**と大《おお》きな音《おと》がした。

「僕《ぼく》、気《き》が変《か》わったよ」ロンがブツブツ言《い》った。床《ゆか》から立《た》ち上《あ》がること六回目《かいめ》だった。「もうこいつには二度《にど》と乗《の》りたくない」

「ほいさ、この次《つぎ》の次《つぎ》はオグワーツでぇ」スタンがゆらゆらしながらやってきて、威勢《いせい》よく告《つ》げた。「前《まえ》に座《すわ》ってる、おめぇさんと一緒《いっしょ》に乗《の》り込《こ》んだ、あの態度《たいど》のでかい姉《ねえ》さんが、チップをくれてよう、おめぇさんたちを先《さき》に降《お》ろしてくれってこった。ただ、マダム・マーシを先《さき》に降《お》ろさせてもらわねえと——」下《した》のほうからゲェゲェむかつく音《おと》が聞《き》こえ、続《つづ》いてドッと吐《は》くいやな音《おと》がした。「——ちょいと気分《きぶん》がよくねえんで」

数分後《すうふんご》、「夜《ナ》の騎《イ》士《ト》バス」は小《ち》さ《い》なパブの前《まえ》で急停車《きゅうていしゃ》した。衝突《しょうとつ》をさけるのに、パブは身《み》を縮《ちぢ》めた。スタンが不幸《ふこう》なマダム・マーシをバスから降《お》ろし、二階《かい》のデッキの乗客《じょうきゃく》がやれやれとささやく声《こえ》が聞《き》こえてきた。バスは再《ふたた》び動《うご》きだし、スピードを上《あ》げた。そして――。

バーン。

バスは雪深《ゆきぶか》いホグズミードを走《はし》っていた。脇道《わきみち》の奥《おく》に、ハリーはちらりと「ホッグズ・ヘッド」を見《み》た。イノシシの生首《なまくび》の看板《かんばん》が冬《ふゆ》の風《かぜ》に揺《ゆ》れ、キーキー鳴《な》っていた。雪片《せっぺん》がバスの大《おお》きなフロントガラスを打《う》った。バスはようやくホグワーツの校門前《こうもんまえ》で停車《ていしゃ》した。

ルーピンとトンクスがバスからみんなの荷物《にもつ》を降《お》ろすのを手伝《てつだ》い、それから別《わか》れを告《つ》げるために下車《げしゃ》した。ハリーがバスをちらりと見《み》ると、乗客全員《じょうきゃくぜんいん》が、三階全部《かいぜんぶ》の窓《まど》に鼻《はな》をぺったり押《お》しつけて、こっちをじっと見下《みお》ろしていた。

「校庭《こうてい》に入《はい》ってしまえば、もう安全《あんぜん》よ」人気《ひとけ》のない道《みち》に油断《ゆだん》なく目《め》を走《はし》らせながら、トンクスが言《い》った。「いい新学期《しんがっき》をね、オッケー？」

「体《からだ》に気《き》をつけて」ルーピンがみんなとひとわたり握手《あくしゅ》し、最後《さいご》にハリーの番《ばん》が来《き》た。

「いいかい……」ほかのみんながトンクスと最後《さいご》の別《わか》れを交《か》わしている間《あいだ》、ルーピンは声《こえ》を落《お》として言《い》った。「ハリー、君《きみ》がスネイプを嫌《きら》っているのは知《し》っている。だが、あの人《ひと》は優秀《ゆうしゅう》な『閉《へい》心術士《しんじゅつし》』だ。それに、私《わたし》たち全員《ぜんいん》が――シリウスもふくめて――君《きみ》が身《み》を護《まも》る術《すべ》を学《まな》んでほしいと思《おも》っている。だから、がんばるんだ。いいね？」

「うん、わかりました」年《とし》の割《わり》に多《おお》いしわが刻《きざ》まれたルーピンの顔《かお》を見上《みあ》げながら、ハリーが重《おも》苦《くる》しく答《こた》えた。「それじゃ、また」

六人《にん》はトランクを引《ひ》きずりながら、つるつるすべる馬車道《ばしゃみち》を城《しろ》に向《む》かって懸命《けんめい》に歩《ある》いた。ハーマイオニーはもう、寝《ね》る前《まえ》にしもべ妖精《ようせい》の帽子《ぼうし》をいくつか編《あ》む話《はなし》をしていた。樫《かし》の木《き》の玄関扉《げんかんとびら》にたどり着《つ》いたとき、ハリーは後《うし》ろを振《ふ》り返《かえ》った。「夜の騎士《ナイト》バス」はもういなくなっていた。明《あ》日《す》の夜《よる》のことを考《かんが》えると、ハリーはずっとバスに乗《の》っていたかったと、半《なか》ばそんな気持《きも》ちになった。

次《つぎ》の日《ひ》はほとんど一日中《いちにちじゅう》、ハリーはその晩《ばん》のことを恐《おそ》れて過《す》ごした。午前中《ごぜんちゅう》に二時限続《じげんつづ》きの「魔法薬《まほうやく》」の授業《じゅぎょう》があったが、スネイプはいつもどおりにいやらしく、ハリーのおびえた気持《きも》ちをやわらげるのにはまったく役《やく》に立《た》たなかった。しかも、DA《ディーエー》のメンバーが、授業《じゅぎょう》の合間《あいま》に廊下《ろうか》で入《い》れ替《か》わり立《た》ち替《か》わりハリーの所《ところ》にやってきて、今夜会合《こんやかいごう》はないのかと期待《きたい》を込《こ》めて聞《き》くので、ハリーはますますめいった。

「次《つぎ》の会合《かいごう》の日程《にってい》が決《き》まったら、いつもの方法《ほうほう》で知《し》らせるよ」ハリーはくり返《かえ》し同《おな》じことを言《い》った。「だけど、今夜《こんや》はできない。僕《ぼく》――えーと――『魔法薬《まほうやく》』の補習《ほしゅう》を受《う》けなくちゃならないんだ」

「君《きみ》が、魔法薬《まほうやく》の補習《ほしゅう》?」玄関《げんかん》ホールで昼食後《ちゅうしょくご》にハリーを追《お》い詰《つ》めたザカリアス・スミスが、ばかにしたように聞《き》き返《かえ》した。「驚《おどろ》いたな。君《きみ》、よっぽどひどいんだ。スネイプは普通《ふつう》、補習《ほしゅう》なんてしないだろ?」

こっちがいらいらする陽気《ようき》さで、スミスがすたすた立《た》ち去《さ》る後《うし》ろ姿《すがた》を、ロンがにらみつけた。

「呪《のろ》いをかけてやろうか? ここからならまだ届《とど》くぜ」ロンが杖《つえ》を上《あ》げ、スミスのけんこう骨《こつ》の間《あいだ》あたりにねらいをつけた。

「ほっとけよ」ハリーはしょげきって言《い》った。

「みんなきっとそう思《おも》うだろ? 僕《ぼく》がよっぽどバ――」

「あら、ハリー」背後《はいご》で声《こえ》がした。振《ふ》り返《かえ》ると、そこにチョウが立《た》っていた。

「ああ」ハリーの胃袋《いぶくろ》が、気持《きも》ちの悪《わる》い飛《と》び上《あ》がり方《かた》をした。「やあ」

「私《わたし》たち、図書室《としょしつ》に行《い》ってるわ」ハーマイオニーがきっぱり言《い》いながら、ロンのひじの上《うえ》のあたりを引《ひ》っつかみ、大理石《だいりせき》の階段《かいだん》のほうへ引《ひ》きずっていった。

「クリスマスは楽《たの》しかった?」チョウが聞《き》いた。

「うん、まあまあ」ハリーが答《こた》えた。

「私《わたし》のほうは静《しず》かだったわ」チョウが言《い》った。なぜか、チョウはかなりもじもじしていた。

「あの……来月《らいげつ》またホグズミード行《い》きがあるわ。掲示《けいじ》を見《み》た？」

「え？　あ、いや。帰《かえ》ってからまだ掲示板《けいじばん》を見《み》てない」

「そうなのよ。バレンタインデーね……」

「そう」ハリーは、なぜチョウがそんなことを自分《じぶん》に言《い》うのだろうといぶかった。「それじゃ、たぶん君《きみ》は――」

「あなたがそうしたければだけど」チョウが熱《ねつ》を込《こ》めて言《い》った。

ハリーは目《め》を見開《みひら》いた。今言《いまい》おうとしたのは、「たぶん君《きみ》は、次《つぎ》のDA《ディーエー》の会合《かいごう》がいつなのか知《し》りたいんだろう？」だった。しかし、チョウの受《う》け答《こた》えはどうもちぐはぐだ。

「僕《ぼく》――えー――」

「あら、そうしたくないなら、別《べつ》にいいのよ」チョウは傷《きず》ついたような顔《かお》をした。「気《き》にしないで。私《わたし》――じゃ、またね」

チョウは行《い》ってしまった。ハリーはその後《うし》ろ姿《すがた》を見《み》つめ、脳《のう》みそを必死《ひっし》で回転《かいてん》させながら突《つ》っ立《た》っていた。すると、何《なに》かがポンと当《あ》てはまった。

「チョウ！　おーい――**チョウ！**」ハリーはチョウを追《お》いかけ、大理石《だいりせき》の階段《かいだん》の中《なか》ほどで追《お》いついた。「えーと――バレンタインデーに、僕《ぼく》と一緒《いっしょ》にホグズミードに行《い》かないか？」

「えぇぇ、いいわ！」チョウは真《ま》っ赤《か》になってハリーにニッコリ笑《わら》いかけた。

「そう……じゃ……それで決《き》まりだ」

ハリーは今日《きょう》一日《いちにち》がまったくのむだではなかったという気《き》がした。午後《ごご》の授業《じゅぎょう》の前《まえ》に、ロンとハーマイオニーを迎《むか》えに図書館《としょかん》に行《い》くとき、ハリーはほとんど体《からだ》がはずんでいた。

しかし、夕方《ゆうがた》の六時《じ》になると、チョウ・チャンに首尾《しゅび》よくデートを申《もう》し込《こ》んだ輝《かがや》かしさも、もはや不吉《ふきつ》な気持《きも》ちを明《あか》るくしてはくれなかった。スネイプの研究室《けんきゅうしつ》に向《む》かう一歩《いっぽ》ごとに、不吉《ふきつ》さがつのった。

部屋《へや》にたどり着《つ》くとドアの前《まえ》に立《た》ち止《ど》まり、ハリーは、この部屋《へや》以外《いがい》ならどこだって行《い》くのにと思《おも》った。それから深呼吸《しんこきゅう》して、ドアをノックし、ハリーは部屋《へや》に入《はい》った。

部屋《へや》は薄暗《うすぐら》く、壁《かべ》に並《なら》んだ棚《たな》には、何百《なんびゃく》というガラス瓶《びん》が置《お》かれ、さまざまな色合《いろあ》いの魔法薬《まほうやく》に、動物《どうぶつ》や植物《しょくぶつ》のぬるっとした断片《だんぺん》が浮《う》かんでいた。片隅《かたすみ》に、材料《ざいりょう》がぎっしり入《はい》った薬戸棚《くすりとだな》がある。スネイプはハリーがその戸棚《とだな》から盗《ぬす》んだという言《い》いがかりで――いわれのないものではなかったのだが――ハリーを責《せ》めたことがある。しかし、ハリーの気《き》を引《ひ》いたのは、むしろ机《つくえ》の上《うえ》にあるルーン文字《もじ》や記号《きごう》が刻《きざ》まれた石《いし》の水盆《すいぼん》で、ろうそくの光《ひかり》だまりの中《なか》に置《お》かれていた。ハリーにはそれが何《なに》かすぐわかった――ダンブルドアの「憂《うれ》いの篩《ふるい》」だ。いったい何《なん》のためにここにあるのだろうといぶかっていたハリーは、スネイプの冷《つめ》たい声《こえ》が薄暗《うすくら》がりの中《なか》から聞《き》こえてきて、飛《と》び上《あ》がった。

「ドアを閉《し》めるのだ、ポッター」

ハリーは言《い》われたとおりにした。自分自身《じぶんじしん》を牢《ろう》に閉《と》じ込《こ》めたような気《き》がしてぞっとした。部屋《へや》の中《なか》に戻《もど》ると、スネイプは明《あか》るい所《ところ》に移動《いどう》していた。そして机《つくえ》の前《まえ》にある椅子《いす》をだまって指《さ》した。ハリーが座《すわ》り、スネイプも腰《こし》を下《お》ろした。冷《つめ》たい暗《くら》い目《め》が、瞬《まばた》きもせずハリーをとらえた。顔《かお》のしわの一本一本《いっぽんいっぽん》に嫌悪感《けんおかん》が刻《きざ》まれている。

「さて、ポッター。ここにいる理由《りゆう》はわかっているな」スネイプが言《い》った。「『閉心術《へいしんじゅつ》』を君《きみ》に教《おし》えるよう、校長《こうちょう》から頼《たの》まれた。我輩《わがはい》としては、君《きみ》が『魔法薬《まほうやく》』より少《すこ》しはましなところを見《み》せてくれるよう望《のぞ》むばかりだ」

「ええ」ハリーはぶっきらぼうに答《こた》えた。

「ポッター、この授業《じゅぎょう》は、普通《ふつう》とはちがうかもしれぬ」スネイプは憎々《にくにく》しげに目《め》を細《ほそ》めた。「しかし、我輩《わがはい》が君《きみ》の教師《きょうし》であることに変《か》わりない。であるから、我輩《わがはい》に対《たい》して、必《かなら》ず『先生《せんせい》』とつけるのだ」

「はい……先生《せんせい》」ハリーが言《い》った。

「さて、『閉心術《へいしんじゅつ》』だ。君《きみ》の大事《だいじ》な名付《なづ》け親《おや》の厨房《ちゅうぼう》で言《い》ったように、この分野《ぶんや》の術《じゅつ》は、外部《がいぶ》からの魔法《まほう》による侵入《しんにゅう》や影響《えいきょう》に対《たい》して心《こころ》を封《ふう》じる」

「それで、ダンブルドア校長《こうちょう》は、どうして僕《ぼく》にそれが必要《ひつよう》だと思《おも》われるのですか？　先生《せんせい》」

ハリーははたしてスネイプが答《こた》えるだろうかといぶかりながら、まっすぐにスネイプの目《め》を見《み》た。

スネイプは一瞬《いっしゅん》ハリーを見《み》つめ返《かえ》したが、やがてばかにしたように言《い》った。

「君《きみ》のような者《もの》でも、もうわかったのではないかな？　ポッター。闇《やみ》の帝王《ていおう》は『開心術《かいしんじゅつ》』にたけている――」

「それ、何《なん》ですか？　先生《せんせい》」

「他人《たにん》の心《こころ》から感情《かんじょう》や記憶《きおく》を引《ひ》っ張《ぱ》り出《だ》す能力《のうりょく》だ――」

「人《ひと》の心《こころ》が読《よ》めるんですか？」ハリーが即座《そくざ》に言《い》った。最《もっと》も恐《おそ》れていたことが確認《かくにん》されたのだ。

「繊細《せんさい》さのかけらもないな、ポッター」スネイプの暗《くら》い目《め》がギラリと光《ひか》った。「微妙《びみょう》なちがいが、君《きみ》には理解《りかい》できない。その欠点《けってん》のせいで、君《きみ》は何《なん》とも情《なさ》けない魔法薬作《まほうやくづく》りしかできない」

スネイプはここで一瞬間《いっしゅんま》を置《お》き、言葉《ことば》を続《つづ》ける前《まえ》に、ハリーをいたぶる楽《たの》しみを味《あじ》わっているように見《み》えた。

「『読心術《どくしんじゅつ》』はマグルの言《い》いぐさだ。心《こころ》は書物《しょもつ》ではない。好《す》きなときに開《ひら》いたり、ひまなときに調《しら》べたりするものではない。思考《しこう》とは、侵入者《しんにゅうしゃ》が誰《だれ》かれなく一読《いちどく》できるように、頭《ず》がい骨《こつ》の内側《うちがわ》に刻《きざ》み込《こ》まれているようなものではない。心《こころ》とは、ポッター、複雑《ふくざつ》で、重層的《じゅうそうてき》なものだ——少《すく》なくとも、大多数《だいたすう》の心《こころ》とはそういうものだ」スネイプがニヤリと笑《わら》った。「しかしながら、『開心術《かいしんじゅつ》』を会得《えとく》した者《もの》は、一定《いってい》の条件《じょうけん》の下《もと》で、獲物《えもの》の心《こころ》をうがち、そこに見《み》つけたものを解釈《かいしゃく》できるというのはほんとうだ。たとえば闇《やみ》の帝王《ていおう》は、誰《だれ》かがうそをつくと、ほとんど必《かなら》ず見破《みやぶ》る。『閉心術《へいしんじゅつ》』にたけた者《もの》だけが、うそとは裏腹《うらはら》な感情《かんじょう》も記憶《きおく》も閉《と》じ込《こ》めることができ、帝王《ていおう》の前《まえ》で虚偽《きょぎ》を口《くち》にしても見破《みやぶ》られることがない」

スネイプが何《なん》と言《い》おうが、ハリーには「開心術《かいしんじゅつ》」は「読心術《どくしんじゅつ》」のようなものに思《おも》えた。そして、どうもいやな感《かん》じの言葉《ことば》だ。

「それじゃ、『あの人《ひと》』は、たった今僕《いまぼく》たちが考《かんが》えていることがわかるかもしれないんですか？　先生《せんせい》」

「闇《やみ》の帝王《ていおう》は相当遠《そうとうとお》くにいる。しかも、ホグワーツの壁《かべ》も敷地《しきち》も、古《ふる》くからのさまざまな呪文《じゅもん》で護《まも》られているからして、中《なか》に住《す》むものの体《からだ》ならびに精神的安全《せいしんてきあんぜん》が確保《かくほ》されている」スネイプが言《い》った。「ポッター、魔法《まほう》では時間《じかん》と空間《くうかん》が物《もの》を言《い》う。『開心術《かいしんじゅつ》』では、往々《おうおう》にして、目《め》を合《あ》わせることが重要《じゅうよう》となる」

「それなら、どうして僕《ぼく》は『閉心術《へいしんじゅつ》』を学《まな》ばなければならないんですか？」

スネイプは、唇《くちびる》を長《なが》く細《ほそ》い指《ゆび》の一本《ぽん》でなぞりながら、ハリーを意味《いみ》ありげに見《み》た。

「ポッター、通常《つうじょう》の原則《げんそく》はどうやら君《きみ》には当《あ》てはまらぬ。君《きみ》を殺《ころ》しそこねた呪《のろ》いが、何《なん》らかの絆《きずな》を、君《きみ》と闇《やみ》の帝王《ていおう》との間《あいだ》に創《つく》り出《だ》したようだ。事実《じじつ》の示唆《しさ》するところによれば、時折《ときおり》、君《きみ》の心《こころ》が非常《ひじょう》に弛緩《しかん》し、無防備《むぼうび》な状態《じょうたい》になると――たとえば、眠《ねむ》っているときだが――君《きみ》は闇《やみ》の帝王《ていおう》と感《かん》情《じょう》、思考《しこう》を共有《きょうゆう》する。校長《こうちょう》はこの状態《じょうたい》が続《つづ》くのはかんばしくないとお考《かんが》えだ。我輩《わがはい》に、闇《やみ》の帝王《ていおう》に対《たい》して心《こころ》を閉《と》じる術《すべ》を、君《きみ》に教《おし》えてほしいとのことだ」

ハリーの心臓《しんぞう》がまたしても早鐘《はやがね》を打《う》ちはじめた。何《なに》もかも、理屈《りくつ》に合《あ》わない。

「でも、どうしてダンブルドア先生《せんせい》はそれをやめさせたいんですか？」ハリーが唐突《とうとつ》に聞《き》いた。「僕《ぼく》だってこんなの好《す》きじゃない。でも、これまで役《やく》に立《た》ったじゃありませんか？　つまり……僕《ぼく》は蛇《へび》がウィーズリーおじさんを襲《おそ》うのを見《み》た。もし僕《ぼく》が見《み》なかったら、ダンブルドア先生《せんせい》はおじさんを助《たす》けられなかったでしょう？　先生《せんせい》？」

スネイプは、相変《あいか》わらず指《ゆび》を唇《くちびる》にはわせながら、しばらくハリーを見《み》つめていた。やがて口《くち》を開《ひら》いたスネイプは、一言一言《ひとことひとこと》、言葉《ことば》の重《おも》みを量《はか》るかのように、考《かんが》えながら話《はな》した。

「どうやら、ごく最近《さいきん》まで、闇《やみ》の帝王《ていおう》は君《きみ》との間《あいだ》の絆《きずな》に気《き》づいていなかったらしい。今《いま》までは、君《きみ》が帝王《ていおう》の感情《かんじょう》を感《かん》じ、帝王《ていおう》の思考《しこう》を共有《きょうゆう》したが、帝王《ていおう》のほうはそれに気《き》づかなかった。しかし、君《きみ》がクリスマス直前《ちょくぜん》に見《み》た、あの幻覚《げんかく》は……」

「蛇《へび》とウィーズリーおじさんの？」

「口《くち》を挟《はさ》むな、ポッター」スネイプは険悪《けんあく》な声《こえ》で言《い》った。「今言《いまい》ったように、君《きみ》がクリスマス直《ちょく》前《ぜん》に見《み》たあの幻覚《げんかく》は、闇《やみ》の帝王《ていおう》の思考《しこう》にあまりに強《つよ》く侵入《しんにゅう》したということであり――」

「僕《ぼく》が見《み》たのは蛇《へび》の頭《あたま》の中《なか》だ、あの人《ひと》のじゃない！」

「ポッター、口《くち》を挟《はさ》むなと、今言《いまい》ったはずだが？」

しかし、スネイプが怒《おこ》ろうが、ハリーはどうでもよかった。ついに問題《もんだい》の核心《かくしん》に迫《せま》ろうとしているように思《おも》えた。ハリーは座《すわ》ったままで身《み》を乗《の》り出《だ》し、自分《じぶん》でも気《き》づかずに、まるで今《いま》にも飛《と》び立《た》ちそうな緊張《きんちょう》した姿勢《しせい》で、椅子《いす》の端《はし》に腰《こし》かけていた。

「僕《ぼく》が共有《きょうゆう》しているのがヴォルデモートの考《かんが》えなら、どうして蛇《へび》の目《め》を通《とお》して見《み》たんですか？」

「闇《やみ》の帝王《ていおう》の名前《なまえ》を言《い》うな！」スネイプが吐《は》き出《だ》すように言《い》った。

いやな沈黙《ちんもく》が流《なが》れた。二人《ふたり》は「憂《うれ》いの篩《ふるい》」を挟《はさ》んでにらみ合《あ》った。

「ダンブルドア先生《せんせい》は名前《なまえ》を言《い》います」ハリーが静《しず》かに言《い》った。

「ダンブルドアは極《きわ》めて強力《きょうりょく》な魔法使《まほうつか》いだ」スネイプが低《ひく》い声《こえ》で言《い》った。「あの方《かた》なら名前《なまえ》を言《い》っても安心《あんしん》していられるだろうが……そのほかの者《もの》は……」

スネイプは左《ひだり》のひじの下《した》あたりを、どうやら無意識《むいしき》にさすった。そこには、皮膚《ひふ》に焼《や》きつけられた闇《やみ》の印《しるし》があることを、ハリーは知《し》っていた。

「僕《ぼく》はただ、知《し》りたかっただけです」ハリーはていねいな声《こえ》に戻《もど》すように努力《どりょく》した。「なぜ――」

「君《きみ》は蛇《へび》の心《こころ》に入《はい》り込《こ》んだ。なぜなら、闇《やみ》の帝王《ていおう》があの時《とき》そこにいたからだ」スネイプがうなるように言《い》った。「あの時《とき》、帝王《ていおう》は蛇《へび》に取《と》り憑《つ》いていた。それで君《きみ》も蛇《へび》の中《なか》にいる夢《ゆめ》を見《み》たのだ」

「それで、ヴォル――あの人《ひと》は――僕《ぼく》があそこにいたのに気《き》づいた？」

「そうらしい」スネイプが冷《つめ》たく言《い》った。

「どうしてそうだとわかるんですか？」ハリーが急《せ》き込《こ》んで聞《き》いた。「ダンブルドア先生《せんせい》がそう思《おも》っただけなんですか？　それとも――」

「言《い》ったはずだ」スネイプは姿勢《しせい》も崩《くず》さず、目《め》を糸《いと》のように細《ほそ》めて言《い》った。「我輩《わがはい》を『先生《せんせい》』と呼《よ》べと」

「はい、先生《せんせい》」ハリーは待《ま》ちきれない思《おも》いで聞《き》いた。「でも、どうしてそうだとわかるんですか――？」

「そうだとわかっていれば、それでよいのだ」スネイプが押《お》さえつけるように言《い》った。「重要《じゅうよう》なのは、闇《やみ》の帝王《ていおう》が、自分《じぶん》の思考《しこう》や感情《かんじょう》に君《きみ》が入《はい》り込《こ》めるということに、今《いま》や気《き》づいているということだ。さらに、帝王《ていおう》は、その逆《ぎゃく》も可能《かのう》だと推量《すいりょう》した。つまり、逆《ぎゃく》に帝王《ていおう》が君《きみ》の思考《しこう》や感情《かんじょう》に入《はい》り込《こ》める可能性《かのうせい》があると気《き》づいてしまった――」

「それで、僕《ぼく》に何《なに》かをさせようとするかもしれないんですか？」ハリーが聞《き》いた。

「先生《せんせい》？」ハリーはあわててつけ加《くわ》えた。

「そうするかもしれぬ」スネイプは冷《つめ》たく、無関心《むかんしん》な声《こえ》で言《い》った。

「そこで『閉心術《へいしんじゅつ》』に話《はなし》を戻《もど》す」

スネイプはローブのポケットから杖《つえ》を取《と》り出《だ》し、ハリーは座《すわ》ったまま身《み》を固《かた》くした。しかし、スネイプは単《たん》に自分《じぶん》のこめかみまで杖《つえ》を上《あ》げ、脂《あぶら》っこい髪《かみ》の根元《ねもと》に杖先《つえさき》を押《お》し当《あ》てただけだった。杖《つえ》を引《ひ》き抜《ぬ》くと、こめかみから杖先《つえさき》まで、何《なに》やら銀色《ぎんいろ》のものが伸《の》びていた。太《ふと》いクモの糸《いと》のようなもので、杖《つえ》を糸《いと》から引《ひ》き離《はな》すと、それは「憂《うれ》いの篩《ふるい》」にふわりと落《お》ち、気体《きたい》とも液体《えきたい》ともつかない銀白色《ぎんはくしょく》の渦《うず》を巻《ま》いた。さらに二度《ど》、スネイプはこめかみに杖《つえ》を当《あ》て、銀色《ぎんいろ》の物質《ぶっしつ》を石《いし》の水盆《すいぼん》に落《お》とした。それから、一言《ひとこと》も自分《じぶん》の行動《こうどう》を説明《せつめい》せず、スネイプは「憂《うれ》いの篩《ふるい》」を慎重《しんちょう》に持《も》ち上《あ》げてじゃまにならないように棚《たな》に片《かた》づけ、杖《つえ》をかまえてハリーと向《む》き合《あ》った。

「立《た》て、ポッター。そして、杖《つえ》を取《と》れ」

ハリーは、落《お》ち着《つ》かない気持《きも》ちで立《た》ち上《あ》がった。二人《ふたり》は机《つくえ》を挟《はさ》んで向《む》かい合《あ》った。

「杖《つえ》を使《つか》い、我輩《わがはい》を武装解除《ぶそうかいじょ》するもよし、そのほか、思《おも》いつくかぎりの方法《ほうほう》で防衛《ぼうえい》するもよし」

スネイプが言《い》った。

「それで、先生《せんせい》は何《なに》をするんですか？」ハリーはスネイプの杖《つえ》を不安《ふあん》げに見《み》つめた。

「君《きみ》の心《こころ》に押《お》し入《い》ろうとするところだ」スネイプが静《しず》かに言《い》った。「君《きみ》がどの程度《ていど》抵抗《ていこう》できるかやってみよう。君《きみ》が『服従《ふくじゅう》の呪《のろ》い』に抵抗《ていこう》する能力《のうりょく》を見《み》せたことは聞《き》いている。これにも同《おな》じような力《ちから》が必要《ひつよう》だということがわかるだろう……。かまえるのだ。いくぞ。開心《かいしん》！　レジリメンス！」

ハリーがまだ抵抗力《ていこうりょく》を奮《ふる》い起《お》こしもせず、準備《じゅんび》もできないうちに、スネイプが攻撃《こうげき》した。目《め》の前《まえ》の部屋《へや》がぐらぐら回《まわ》り、消《き》えた。切《き》れ切《ぎ》れの映画《えいが》のように、画面《がめん》が次々《つぎつぎ》に心《こころ》をよぎった。そのあまりの鮮明《せんめい》さに目《め》がくらみ、ハリーはあたりが見《み》えなくなった。

五歳《さい》だった。ダドリーが新品《しんぴん》の赤《あか》い自転車《じてんしゃ》に乗《の》るのを見《み》ている。ハリーの心《こころ》はうらやましさで張《は》り裂《さ》けそうだった……。九歳《さい》だった。ブルドッグのリッパーに追《お》いかけられ、木《き》に登《のぼ》った。

ダーズリー親子《おやこ》が下《した》の芝生《しばふ》で笑《わら》っている……。組分《くみわ》け帽子《ぼうし》をかぶって座《すわ》っている。帽子《ぼうし》が、スリザリンならうまくやれるとハリーに言《い》っていた……。ハーマイオニーが医務室《いむしつ》に横《よこ》たわっている。顔《かお》が黒《くろ》い毛《け》でとっぷりと覆《おお》われていた……。百あまりの吸魂鬼《きゅうこんき》が、暗《くら》い湖《みずうみ》のそばでハリーに迫《せま》ってくる……。チョウ・チャンが、宿木《やどりぎ》の下《した》でハリーに近《ちか》づいてきた……。

だめだ。チョウの記憶《きおく》がだんだん近《ちか》づいてくると、ハリーの頭《あたま》の中《なか》で声《こえ》がした。**見《み》せないぞ。見《み》せるもんか。これは秘密《ひみつ》だ――。**

ハリーはひざに鋭《するど》い痛《いた》みを感《かん》じた。スネイプの研究室《けんきゅうしつ》が再《ふたた》び見《み》えてきた。ハリーは床《ゆか》にひざをついている自分《じぶん》に気《き》づいた。片《かた》ひざがスネイプの机《つくえ》の脚《あし》にぶつかって、ずきずきしていた。ハリーはスネイプを見上《みあ》げた。杖《つえ》を下《お》ろし、手首《てくび》をもんでいた。そこに、焦《こ》げたように赤《あか》くただれたミミズ腫《ば》れがあった。

「『針刺《はりさ》しの呪《のろ》い』をかけようとしたのか？」スネイプが冷《つめ》たく聞《き》いた。

「いいえ」ハリーは立《た》ち上《あ》がりながら恨《うら》めしげに言《い》った。

「ちがうだろうな」スネイプは見下《みくだ》すように言《い》った。「君《きみ》は我輩《わがはい》を入《はい》り込《こ》ませ過《す》ぎた。制御力《せいぎょりょく》を失《うしな》った」

「先生《せんせい》は僕《ぼく》の見《み》たものを全部《ぜんぶ》見《み》たのですか？」答《こた》えを聞《き》きたくないような気持《きも》ちで、ハリーが聞《き》いた。

「断片《だんぺん》だが」スネイプはニタリと唇《くちびる》をゆがめた。「あれは誰《だれ》の犬《いぬ》だ？」

「マージおばさんです」ハリーがボソリと言《い》った。スネイプが憎《にく》かった。

「初《はじ》めてにしては、まあ、それほど悪《わる》くなかった」スネイプは再《ふたた》び杖《つえ》を上《あ》げた。「君《きみ》は大声《おおごえ》を上《あ》げて時間《じかん》とエネルギーをむだにしたが、最終的《さいしゅうてき》には何《なん》とか我輩《わがはい》を阻止《そし》した。気持《きも》ちを集中《しゅうちゅう》するのだ。頭《あたま》で我輩《わがはい》をはねつけろ。そうすれば杖《つえ》に頼《たよ》る必要《ひつよう》はなくなる」

「僕《ぼく》、やってます」ハリーが怒《おこ》ったように言《い》った。「でも、どうやったらいいか、教《おし》えてくれないじゃないですか！」

「態度《たいど》が悪《わる》いぞ、ポッター」スネイプが脅《おど》すように言《い》った。「さあ、目《め》をつむりたまえ」

言《い》われたとおりにする前《まえ》に、ハリーはスネイプをねめつけた。スネイプが杖《つえ》を持《も》って自分《じぶん》と向《む》き合《あ》っているのに、目《め》を閉《と》じてそこに立《た》っているというのは気《き》に入《い》らなかった。

「心《こころ》を空《から》にするのだ、ポッター」スネイプの冷《つめ》たい声《こえ》がした。「すべての感情《かんじょう》を捨《す》てろ……」

しかし、スネイプへの怒《いか》りは、毒《どく》のようにハリーの血管《けっかん》をドクンドクンとかけめぐった。怒《いか》りを捨《す》てろだって？　両足《りょうあし》を取《と》りはずすほうがまだたやすい……。

「できていないぞ、ポッター……。もっと克己心《こっきしん》が必要《ひつよう》だ……。集中《しゅうちゅう》しろ。さあ……」

ハリーは心《こころ》を空《から》にしようと努力《どりょく》した。考《かんが》えまい、思《おも》い出《だ》すまい、何《なに》も感《かん》じまい……。

「もう一度《いちど》やるぞ……三つ数《かぞ》えて……一——二——三——レジリメンス！」

巨大《きょだい》な黒《くろ》いドラゴンが、ハリーの前《まえ》で後脚立《あとあしだ》ちしている……。「みぞの鏡《かがみ》」の中《なか》から、父親《ちちおや》と母親《ははおや》がハリーに手《て》を振《ふ》っている……。セドリック・ディゴリーが地面《じめん》に横《よこ》たわり、うつろに見開《みひら》いた目《め》でハリーを見《み》つめている……。

「いやだああああああ！」

またしてもハリーは、両手《りょうて》で顔《かお》を覆《おお》い、両《りょう》ひざをついていた。誰《だれ》かが脳《のう》みそを頭《ず》がい骨《こつ》から引《ひ》っ張《ぱ》り出《だ》そうとしたかのような頭痛《ずつう》がした。

「立《た》て！」スネイプの鋭《するど》い声《こえ》がした。「立《た》つんだ！　やる気《き》がないな。努力《どりょく》していない。自分《じぶん》の恐怖《きょうふ》の記憶《きおく》に、我輩《わがはい》の侵入《しんにゅう》を許《ゆる》している。我輩《わがはい》に武器《ぶき》を差《さ》し出《だ》している！」

ハリーは再《ふたた》び立《た》ち上《あ》がった。たった今《いま》、墓場《はかば》でセドリックの死体《したい》を見《み》たかのように、ハリーの心臓《しんぞう》は激《はげ》しく鳴《な》っていた。スネイプはいつもより青《あお》ざめ、いっそう怒《おこ》っているように見《み》えたが、ハリーの怒《いか》りにはおよばない。

「僕《ぼく》——努力《どりょく》——している」ハリーは歯《は》を食《く》いしばった。

「感情《かんじょう》を無《む》にしろと言《い》ったはずだ！」

「そうですか？　それなら、今《いま》、僕《ぼく》にはそれが難《むずか》しいみたいです」ハリーはうなるように言《い》った。

「なれば、やすやすと闇《やみ》の帝王《ていおう》の餌食《えじき》になることだろう！」スネイプは容赦《ようしゃ》なく言《い》い放《はな》った。「鼻先《はなさき》に誇《ほこ》らしげに心《こころ》をひけらかすバカ者《もの》ども。感情《かんじょう》を制御《せいぎょ》できず、悲《かな》しい思《おも》い出《で》に浸《ひた》り、やすやすと挑発《ちょうはつ》される者《もの》ども――言《い》うなれば弱虫《よわむし》どもよ――帝王《ていおう》の力《ちから》の前《まえ》に、そいつらは何《なに》もできぬ！　ポッター、帝王《ていおう》は、やすやすとおまえの心《こころ》に侵入《しんにゅう》するぞ！」

「僕《ぼく》は弱虫《よわむし》じゃない」ハリーは低《ひく》い声《こえ》で言《い》った。怒《いか》りがドクドクと脈《みゃく》打《う》ち、自分《じぶん》は今《いま》にもスネイプを襲《おそ》いかねないと思《おも》った。

「なれば証明《しょうめい》してみろ！　己《おのれ》を支配《しはい》するのだ！」スネイプが吐《は》き出《だ》すように言《い》った。「怒《いか》りを制《せい》するのだ。心《こころ》を克《こく》せよ！　もう一度《いちど》やるぞ！　かまえろ、いくぞ！　レジリメンス！」

ハリーはバーノンおじさんを見《み》ていた。郵便《ゆうびん》受《う》けをくぎづけにしている……百有余《ゆうよ》の吸魂鬼《きゅうこんき》が、校庭《こうてい》の湖《みずうみ》をするすると渡《わた》って、ハリーのほうにやってくる……ハリーはウィーズリーおじさんと窓《まど》のない廊下《ろうか》を走《はし》っていた……廊下《ろうか》の突《つ》き当《あ》たりにある真《ま》っ黒《くろ》な扉《とびら》に、二人《ふたり》はだんだん近《ちか》づいていく……ハリーはそこを通《とお》るのだと思《おも》った……しかし、ウィーズリーおじさんはハリーを左《ひだり》のほうへと導《みちび》き、石段《いしだん》を下《お》りていく……。

「**わかった！　わかったぞ！**」

ハリーはまたしても、スネイプの研究室《けんきゅうしつ》の床《ゆか》に四《よ》つんばいになっていた。傷痕《きずあと》にチクチクといやな痛《いた》みを感《かん》じていた。しかし、口《くち》をついて出《で》た声《こえ》は、勝《か》ち誇《ほこ》っていた。再《ふたた》び身《み》を起《お》こしてスネイプを見《み》ると、杖《つえ》を上《あ》げたままハリーをじっと見《み》つめていた。今度《こんど》は、どうやらスネイプのほうが、ハリーがまだ抗《あらが》いもしないうちに術《じゅつ》を解《と》いたらしい。

「ポッター、何《なに》があったのだ？」スネイプは意味《いみ》ありげな目《め》つきでハリーを見《み》た。

「わかった——思《おも》い出《だ》したんだ」ハリーがあえぎあえぎ言《い》った。「今気《いまき》づいた……」

「何《なに》を？」スネイプが鋭《するど》く詰問《きつもん》した。

ハリーはすぐには答《こた》えなかった。額《ひたい》をさすりながら、ついにわかったという目《め》くるめくような瞬間《しゅんかん》を味《あじ》わっていた。

この何《なん》か月間《げつかん》、ハリーは突《つ》き当《あ》たりに鍵《かぎ》のかかった扉《とびら》がある、窓《まど》のない廊下《ろうか》の夢《ゆめ》を見《み》てきたが、それが現実《げんじつ》の場所《ばしょ》だとは一度《いちど》も気《き》づかなかった。記憶《きおく》をもう一度《いちど》見《み》せられた今《いま》、ハリーは、夢《ゆめ》に見続《みつづ》けたあの廊下《ろうか》が、どこだったのかがわかった。八月十二日《にち》、魔法省《まほうしょう》の裁判所《さいばんしょ》に急《いそ》ぐのに、ウィーズリーおじさんと一緒《いっしょ》に走《はし》ったあの廊下《ろうか》だ。「神秘部《しんぴぶ》」に通《つう》じる廊下《ろうか》だった。おじさんは、ヴォルデモートの蛇《へび》に襲《おそ》われた夜《よる》、あそこにいたのだ。

ハリーはスネイプを見上《みあ》げた。

るのがわかった。

「何《なん》と言《い》った？」スネイプが低《ひく》い声《こえ》で言《い》った。なんとうれしいことに、スネイプがうろたえてい

「『神秘部《しんぴぶ》』には何《なに》があるんですか、と言《い》いました。先生《せんせい》？」

「何故《なにゆえ》」スネイプがゆっくりと言《い》った。「そんなことを聞《き》くのだ？」

「それは」ハリーはスネイプの反応《はんのう》をじっと見《み》ながら言《い》った。「今《いま》、僕《ぼく》が見《み》たあの廊下《ろうか》は――この何《なん》か月《げつ》も僕《ぼく》の夢《ゆめ》に出《で》てきた廊下《ろうか》です――それがたった今《いま》、わかったんです――あれは、『神秘《しんぴ》部《ぶ》』に続《つづ》く廊下《ろうか》です……そして、たぶんヴォルデモートの望《のぞ》みは、そこから何《なに》かを――」

「**闇《やみ》の帝王《ていおう》の名前《なまえ》を言《い》うなと言《い》ったはずだ！**」

二人《ふたり》はにらみ合《あ》った。ハリーの傷痕《きずあと》がまた焼《や》けるように痛《いた》んだ。しかし気《き》にならなかった。スネイプは動揺《どうよう》しているようだった。しかし、再《ふたた》び口《くち》を開《ひら》いたスネイプは、努《つと》めて冷静《れいせい》に、無関心《むかんしん》を装《よそお》っているような声《こえ》で言《い》った。

「ポッター、『神秘部《しんぴぶ》』にはさまざまな物《もの》がある。君《きみ》に理解《りかい》できるような物《もの》はほとんどないし、また関係《かんけい》のある物《もの》は皆無《かいむ》だ。これで、わかったか？」

「はい」ハリーは痛《いた》みの増《ま》してきた傷痕《きずあと》をさすりながら答《こた》えた。

「水曜《すいよう》の同時刻《どうじこく》に、またここに来《く》るのだ。続《つづ》きはその時《とき》に行《おこな》う」

「わかりました」ハリーは早《はや》くスネイプの部屋《へや》を出《で》て、ロンとハーマイオニーを探《さが》したくてうずうずしていた。

「毎晩寝《まいばんね》る前《まえ》、心《こころ》からすべての感情《かんじょう》を取《と》り去《さ》るのだ。心《こころ》を空《から》にし、無《む》にし、平静《へいせい》にするのだ。わかったな？」

「はい」ハリーはほとんど聞《き》いていなかった。

「警告《けいこく》しておくが、ポッター……。訓練《くんれん》を怠《おこた》れば、我輩《わがはい》の知《し》るところとなるぞ……」

「ええ」ハリーはボソボソ言《い》った。かばんを取《と》り、肩《かた》に引《ひ》っかけ、ハリーはドアへと急《いそ》いだ。ドアを開《あ》けるとき、ちらりと後《うし》ろを振《ふ》り返《かえ》ると、スネイプはハリーに背《せ》を向《む》け、杖先《つえさき》で「憂《うれ》いの篩《ふるい》」から自分《じぶん》の「想《おも》い」をすくい上《あ》げ、注意深《ちゅういぶか》く自分《じぶん》の頭《あたま》に戻《もど》していた。ハリーは、それ以上《いじょう》何《なに》も言《い》わず、ドアをそっと閉《し》めた。傷痕《きずあと》はまだずきずきと痛《いた》んでいた。

ハリーは図書室《としょしつ》でロンとハーマイオニーを見《み》つけた。アンブリッジが一番最近出《いちばんさいきんだ》した山《やま》のような宿題《しゅくだい》に取《と》り組《く》んでいた。ほかの生徒《せいと》たちも、ほとんどが五年生《ねんせい》だったが、近《ちか》くの机《つくえ》でランプの明《あ》かりを頼《たよ》りに、本《ほん》にかじりついて夢中《むちゅう》で羽根《はね》ペンを走《はし》らせていた。格子窓《こうしまど》から見《み》える空《そら》は、刻《こっ》刻《こく》と暗《くら》くなっていた。ほかに聞《き》こえる音《おと》といえば、司書《ししょ》のマダム・ピンスが、自分《じぶん》の大切《たいせつ》な書籍《しょせき》にさわる者《もの》をしつこく監視《かんし》し、脅《おど》すように通路《つうろ》を往《ゆ》き来《き》するかすかな靴音《くつおと》だけだった。

ハリーは寒気《さむけ》を覚《おぼ》えた。傷痕《きずあと》はまだ痛《いた》み、熱《ねつ》があるような感《かん》じさえした。ロンとハーマイオニーのむかい側《がわ》に腰《こし》かけたとき、窓《まど》に映《うつ》る自分《じぶん》の顔《かお》が見《み》えた。蒼白《そうはく》で、傷痕《きずあと》がいつもよりくっきりと見《み》えるように思《おも》えた。

「どうだった？」ハーマイオニーがそっと声《こえ》をかけた。そして心配《しんぱい》そうな顔《かお》で聞《き》いた。「ハリー、あなた大丈夫《だいじょうぶ》？」

「うん……大丈夫《だいじょうぶ》……なのかな」またしても傷痕《きずあと》に痛《いた》みが走《はし》り、顔《かお》をしかめながら、ハリーはじりじりしていた。「ねえ……僕《ぼく》、気《き》がついたことがあるんだ……」

そして、ハリーは、今《いま》しがた見《み》たこと、推測《すいそく》したことを二人《ふたり》に話《はな》した。

「じゃ……それじゃ、君《きみ》が言《い》いたいのは……」マダム・ピンスがかすかに靴《くつ》のきしむ音《おと》を立《た》てて通《とお》り過《す》ぎる間《あいだ》、ロンが小声《こごえ》で言《い》った。「あの武器《ぶき》が――『例《れい》のあの人《ひと》』が探《さが》しているやつが――魔法省《まほうしょう》の中《なか》にあるってこと？」

「『神秘部《しんぴぶ》』の中《なか》だ。まちがいない」ハリーがささやいた。「君《きみ》のパパが、僕《ぼく》を尋問《じんもん》の法廷《ほうてい》に連《つ》れていってくれたとき、その扉《とびら》を見《み》たんだ。蛇《へび》にかまれたときに、おじさんが護《まも》っていたのは、絶《ぜっ》対《たい》に同《おな》じ扉《とびら》だ」

ハーマイオニーはフーッと長《なが》いため息《いき》をもらした。

「そうなんだわ」ハーマイオニーがため息《いき》まじりで言《い》った。

「何《なに》が、そうなんだ？」ロンがちょっといらいらしながら聞《き》いた。

「ロン、考《かんが》えてもみてよ……スタージス・ポドモアは、『魔法省《まほうしょう》』のどこかの扉《とびら》から忍《しの》び込《こ》もうとした……その扉《とびら》だったにちがいないわ。偶然《ぐうぜん》にしてはでき過《す》ぎだもの！」

「スタージスがなんで忍《しの》び込《こ》むんだよ。僕《ぼく》たちの味方《みかた》だろ？」ロンが言《い》った。

「さあ、わからないわ」ハーマイオニーも同意《どうい》した。「ちょっとおかしいわよね……」

「それで、『神秘部《しんぴぶ》』には何《なに》があるんだい？」ハリーがロンに尋《たず》ねた。「君《きみ》のパパが、何《なに》か言《い》ってなかった？」

「そこで働《はたら》いている連中《れんちゅう》を『無言者《むごんしゃ》』って呼《よ》ぶことは知《し》ってるけど」ロンが顔《かお》をしかめながら言《い》った。「連中《れんちゅう》が何《なに》をやっているのか、誰《だれ》もほんとうのところは知《し》らないみたいだから——武器《ぶき》を置《お》いとくにしては、へんてこな場所《ばしょ》だなあ」

「全然変《ぜんぜんへん》じゃないわ、完全《かんぜん》に筋《すじ》が通《とお》ってる」ハーマイオニーが言《い》った。「魔法省《まほうしょう》が開発《かいはつ》してきた、何《なに》か極秘事項《ごくひじこう》なんだわ、きっと……ハリー、あなた、ほんとうに大丈夫《だいじょうぶ》？」

ハリーは、額《ひたい》にアイロンをかけるかのように、両手《りょうて》で強《つよ》くさすっていた。

「うん……大丈夫《だいじょうぶ》……」ハリーは手《て》を下《お》ろしたが、両手《りょうて》が震《ふる》えていた。「ただ、僕《ぼく》、ちょっと……『閉心術《へいしんじゅつ》』はあんまり好《す》きじゃない」

「そりゃ、何度《なんど》もくり返《かえ》して心《こころ》を攻撃《こうげき》されたら、誰《だれ》だってちょっとぐらぐらするわよ」ハーマイオニーが気《き》の毒《どく》そうに言《い》った。「ねえ、談話室《だんわしつ》に戻《もど》りましょう。あそこのほうが少《すこ》しはゆったりできるわ」

しかし、談話室《だんわしつ》は満員《まんいん》で、笑《わら》い声《ごえ》や興奮《こうふん》したかん高《だか》い声《こえ》であふれていた。フレッドとジョージが「いたずら専門店《せんもんてん》」の最近《さいきん》の商品《しょうひん》を試《ため》して見《み》せていたのだ。

「首無《くびな》し帽子《ぼうし》！」ジョージが叫《さけ》んだ。フレッドが、見物人《けんぶつにん》の前《まえ》で、ピンクのふわふわした羽飾《はねかざ》りがついた三角帽子《さんかくぼうし》を振《ふ》って見《み》せた。「一個《こ》二ガリオンだよ。さあ、フレッドをごらんあれ！」

フレッドがニッコリ笑《わら》って帽子《ぼうし》をサッとかぶった。一瞬《いっしゅん》、ばかばかしい格好《かっこう》に見《み》えたが、次《つぎ》の瞬間《しゅんかん》、帽子《ぼうし》も首《くび》も消《き》えた。女子学生《じょしがくせい》が数人《すうにん》、悲鳴《ひめい》を上《あ》げたが、ほかのみんなは大笑《おおわら》いしていた。

「はい、帽子《ぼうし》を取《と》って！」ジョージが叫《さけ》んだ。するとフレッドの手《て》が、肩《かた》の上《うえ》あたりの何《なん》にもないように見《み》える所《ところ》をもぞもぞ探《さぐ》った。そして、首《くび》が再《ふたた》び現《あらわ》れ、脱《ぬ》いだピンクの羽飾《はねかざ》り帽子《ぼうし》を手《て》にしていた。

「あの帽子《ぼうし》、どういう仕掛《しか》けなのかしら？」

フレッドとジョージを眺《なが》めながら、ハーマイオニーは、一瞬《いっしゅん》宿題《しゅくだい》から気《き》をそらされていた。

「つまり、あれは一種《いっしゅ》の『透明呪文《とうめいじゅもん》』にはちがいないけど、呪文《じゅもん》をかけた物《もの》の範囲《はんい》を超《こ》えたところまで『透明《とうめい》の場《ば》』を延長《えんちょう》するっていうのは、かなり賢《かしこ》いわ……呪文《じゅもん》の効《き》き目《め》があまり長持《ながも》ちしないとは思《おも》うけど」

ハリーは何《なに》も言《い》わなかった。気分《きぶん》が悪《わる》かった。

「この宿題《しゅくだい》、あしたやるよ」ハリーは取《と》り出《だ》したばかりの本《ほん》をまたかばんに押《お》し込《こ》みながら、ボソボソ言《い》った。

「ええ、それじゃ、『宿題計画帳《しゅくだいけいかくちょう》』に書《か》いておいてね！」ハーマイオニーが勧《すす》めた。「忘《わす》れないために！」

ハリーとロンが顔《かお》を見合《みあ》わせた。ハリーはかばんに手《て》を突《つ》っ込《こ》み、「計画帳《けいかくちょう》」を引《ひ》っ張《ぱ》り出《だ》し、開《ひら》くともなく開《ひら》いた。

「あとに延《の》ばしちゃダメになる！　それじゃ自分《じぶん》がダメになる！」

ハリーがアンブリッジの宿題《しゅくだい》をメモすると、「計画帳《けいかくちょう》」がたしなめた。ハーマイオニーが「計《けい》画帳《かくちょう》」に満足《まんぞく》げに笑《わら》いかけた。

「僕《ぼく》、もう寝《ね》るよ」ハリーは「計画帳《けいかくちょう》」をかばんに押《お》し込《こ》みながら、チャンスがあったらこいつを暖炉《だんろ》に放《ほう》り込《こ》もうと心《こころ》に刻《きざ》んだ。

ハリーは、「首無《くびな》し帽子《ぼうし》」をかぶせようとするジョージをかわして、談話室《だんわしつ》を横切《よこぎ》り、男子寮《だんしりょう》に続《つづ》くひんやりと安《やす》らかな石《いし》の階段《かいだん》にたどり着《つ》いた。また吐《は》き気《け》がした。蛇《へび》の姿《すがた》を見《み》た夜《よる》と同《おな》じような感《かん》じだった。しかし、ちょっと横《よこ》になれば治《なお》るだろう、と思《おも》った。

寝室《しんしつ》のドアを開《ひら》き、一歩中《いっぽなか》に入《はい》ったとたん、ハリーは激痛《げきつう》を感《かん》じた。誰《だれ》かが、頭《あたま》のてっぺんに鋭《するど》い切《き》れ込《こ》みを入《い》れたかのようだった。自分《じぶん》がどこにいるのかも、立《た》っているのか横《よこ》になっているのかもわからない。自分《じぶん》の名前《なまえ》さえわからなくなった。

狂《くる》ったような笑《わら》いが、ハリーの耳《みみ》の中《なか》で鳴《な》り響《ひび》いた……こんなに幸福《こうふく》な気分《きぶん》になったのは久《ひさ》しぶりだ……歓喜《かんき》、恍惚《こうこつ》、勝利《しょうり》……すばらしい、すばらしいことが起《お》きたのだ……。

「ハリー？　**ハリー？**」

誰《だれ》かがハリーの顔《かお》をたたいた。狂気《きょうき》の笑《わら》いが、激痛《げきつう》の叫《さけ》びでとぎれた。幸福感《こうふくかん》が自分《じぶん》から流《なが》れ出《だ》していく……しかし笑《わら》いは続《つづ》いた……。

ハリーは目《め》を開《あ》けた。その時《とき》、狂《くる》った笑《わら》い声《ごえ》がハリー自身《じしん》の口《くち》から出《で》ていることに気《き》づいた。気《き》づいたとたん、声《こえ》がやんだ。ハリーは天井《てんじょう》を見上《みあ》げ、床《ゆか》に転《ころ》がって荒《あら》い息《いき》をしていた。額《ひたい》の傷《きず》痕《あと》がずきずきとうずいた。ロンがかがみ込《こ》み、心配《しんぱい》そうにのぞき込《こ》んでいた。

「どうしたんだ？」ロンが言《い》った。

「僕《ぼく》……わかんない……」ハリーは体《からだ》を起《お》こし、あえいだ。「やつがとっても喜《よろこ》んでいる……とっても……」

「『例《れい》のあの人《ひと》』が？」

「何《なに》かいいことが起《お》こったんだ」ハリーがつぶやくように言《い》った。ウィーズリーおじさんが蛇《へび》に襲《おそ》われるところを見《み》た直後《ちょくご》と同《おな》じぐらい激《はげ》しく震《ふる》え、ひどい吐《は》き気《け》がした。「何《なに》かやつが望《のぞ》んでいたことだ」

言葉《ことば》が口《くち》をついて出《で》てきた。グリフィンドールの更衣室《こういしつ》で、前《まえ》にもそういうことがあったが、ハリーの口《くち》を借《か》りて誰《だれ》か知《し》らない人《ひと》がしゃべっているようだった。しかも、それが真実《しんじつ》だと、ハリーにはわかっていた。ロンに吐《は》きかけたりしないようにと、ハリーは大《おお》きく息《いき》を吸《す》い込《こ》んだ。こんな姿《すがた》をディーンやシェーマスに見《み》られなくてほんとうによかったと思《おも》った。

「ハーマイオニーが、君《きみ》の様子《ようす》を見《み》てくるようにって言《い》ったんだ」ハリーを助《たす》け起《お》こしながら、ロンが小声《こごえ》で言《い》った。「あいつ、君《きみ》がスネイプに心《こころ》を引《ひ》っかき回《まわ》されたあとだから、今《いま》は防衛力《ぼうえいりょく》が落《お》ちてるだろうって言《い》うんだ……。でも、長《なが》い目《め》で見《み》れば、これって、役《やく》に立《た》つんだろ？」ハリーを支《ささ》えてベッドに向《む》かいながら、ロンはそうなのかなぁと疑《うたが》わしげにハリーを見《み》た。ハリーは何《なん》の確信《かくしん》もないままうなずき、枕《まくら》に倒《たお》れ込《こ》んだ。一晩《ひとばん》に何回《なんかい》も床《ゆか》に倒《たお》れたせいで体中《からだじゅう》が痛《いた》む上《うえ》、傷痕《きずあと》がまだチクチクとうずいていた。「閉心術《へいしんじゅつ》」への最初《さいしょ》の挑戦《ちょうせん》は、心《こころ》の抵抗力《ていこうりょく》を強《つよ》めるどころか、むしろ弱《よわ》めたと思《おも》わないわけにはいかなかった。そして、ヴォルデモート卿《きょう》をこの十四年間《ねんかん》になかったほど大喜《おおよろこ》びさせた出来事《できごと》は何《なん》だったのかと考《かんが》えると、ゾクッと戦慄《せんりつ》が走《はし》った。

第《だい》25章《しょう》 追《お》い詰《つ》められたコガネムシ

ハリーの疑問《ぎもん》に対《たい》する答《こた》えは、早速次《さっそくつぎ》の日《ひ》に出《で》た。配達《はいたつ》された「日刊予言者新聞《にっかんよげんしゃしんぶん》」を広《ひろ》げて一《いち》面《めん》を見《み》ていたハーマイオニーが、急《きゅう》に悲鳴《ひめい》を上《あ》げ、周《まわ》りのみんなが何事《なにごと》かと振《ふ》り返《かえ》って見《み》つめた。

「どうした？」ハリーとロンが同時《どうじ》に聞《き》いた。

答《こた》えのかわりに、ハーマイオニーは新聞《しんぶん》を二人《ふたり》の前《まえ》のテーブルに広《ひろ》げ、一面《いちめん》べったりにのっている十枚《まい》の白黒写真《しろくろしゃしん》を指差《ゆびさ》した。魔法使《まほうつか》い九人《にん》と十人目《にんめ》は魔女《まじょ》だ。何人《なんにん》かはだまって嘲《あざけ》り笑《わら》いを浮《う》かべ、ほかは傲慢《ごうまん》な表情《ひょうじょう》で、写真《しゃしん》の枠《わく》を指《ゆび》でトントンたたいている。一枚一枚《いちまいいちまい》に名前《なまえ》とアズカバン送《おく》りになった罪名《ざいめい》が書《か》いてあった。

アントニン・ドロホフ――面長《おもなが》でねじ曲《ま》がった顔《かお》の、青白《あおじろ》い魔法使《まほうつか》いの名前《なまえ》だ。ハリーを見上《みあ》げて嘲笑《あざわら》っている。「ギデオンならびにファビアン・プルウェットを惨殺《ざんさつ》した罪《つみ》」と書《か》いてある。

オーガスタス・ルックウッド――あばた面《づら》の脂《あぶら》っこい髪《かみ》の魔法使《まほうつか》いは、たいくつそうに写真《しゃしん》の縁《ふち》に寄《よ》りかかっている。「魔法省《まほうしょう》の秘密《ひみつ》を『名前《なまえ》を呼《よ》んではいけないあの人《ひと》』に漏洩《ろうえい》した罪《つみ》」とある。

ハリーの目《め》は、それよりも、ただ一人《ひとり》の魔女《まじょ》に引《ひ》きつけられていた。一面《めん》をのぞいたとたん、その魔女《まじょ》の顔《かお》が目《め》に飛《と》び込《こ》んできたのだ。写真《しゃしん》では、長《なが》い黒髪《くろかみ》にくしも入《い》れず、バラバラに広《ひろ》がっていたが、ハリーはそれがなめらかで、ふさふさと輝《かがや》いているのを見《み》たことがあった。写真《しゃしん》の魔女《まじょ》は、腫《は》れぼったいまぶたの下《した》からハリーをぎろりとにらんだ。唇《くちびる》の薄《うす》い口元《くちもと》に、人《ひと》を軽蔑《けいべつ》したような尊大《そんだい》な笑《わら》いを漂《ただよ》わせている。シリウスと同様《どうよう》、この魔女《まじょ》も、すばらしく整《ととの》っていたであろう昔《むかし》の顔立《かおだ》ちの名残《なごり》をとどめていた。しかし、何《なに》かが——おそらくアズカバンが——その美《うつく》しさのほとんどを奪《うば》い去《さ》っていた。

ベラトリックス・レストレンジ——フランクならびにアリス・ロングボトムを拷問《ごうもん》し、廃人《はいじん》にした罪《つみ》。

ハーマイオニーはハリーをひじでつつき、写真《しゃしん》の上《うえ》の大見出《おおみだ》しを指《さ》した。ハリーはベラトリックスにばかり気《き》を取《と》られ、まだそれを読《よ》んでいなかった。

アズカバンから集団脱獄《しゅうだんだつごく》
魔法省《まほうしょう》の危惧《きぐ》——かつての死喰《デス・イーター》い人、ブラックを旗頭《はたがしら》に結集《けっしゅう》か？

「ブラックが？」ハリーが大声《おおごえ》を出《だ》した。「まさかシリ——？」

「シーッ！」ハーマイオニーがあわててささやいた。「そんなに大《おお》きな声出《こえだ》さないで——だまって読《よ》んで！」

昨夜遅《さくやおそ》く魔法省《まほうしょう》が発表《はっぴょう》したところによれば、アズカバンから集団脱獄《しゅうだんだつごく》があった。魔法大臣《まほうだいじん》コーネリウス・ファッジは、大臣室《だいじんしつ》で記者団《きしゃだん》に対《たい》し、特別監視下《とくべつかんしか》にある十人《にん》の囚人《しゅうじん》が昨夕脱獄《さくせきだつごく》したことを確認《かくにん》し、すでにマグルの首相《しゅしょう》に対《たい》し、これら十人《にん》が危険人《きけんじん》物《ぶつ》であることを通告《つうこく》したと語《かた》った。

「まことに残念《ざんねん》ながら、我々《われわれ》は、二年半前《ねんはんまえ》、殺人犯《さつじんはん》のシリウス・ブラックが脱獄《だつごく》したときと同《おな》じ状況《じょうきょう》に置《お》かれている」ファッジ氏《し》は昨夜《さくや》このように語《かた》った。「しかも、この二つの脱獄《だつごく》が無関係《むかんけい》だとは考《かんが》えていない。このように大規模《だいきぼ》な脱獄《だつごく》は、外《そと》からの手引《てび》きがあったことを示唆《しさ》しており、歴史上初《れきしじょうはじ》めてアズカバンを脱獄《だつごく》したブラックこそ、他《た》の囚人《しゅうじん》がそのあとに続《つづ》く手助《てだす》けをするにはもってこいの立場《たちば》にあることを、我々《われわれ》は思《おも》い出《だ》さなければならない。我々《われわれ》は、ブラックのいとこであるベラトリックス・レストレンジをふくむこれらの脱獄囚《だつごくしゅう》が、ブラックを指導者《しどうしゃ》として集結《しゅうけつ》したのではないかと考《かんが》えている。しかし、我々《われわれ》は、罪人《ざいにん》を一網打尽《いちもうだじん》にすべく全力《ぜんりょく》を尽《つ》くしているので、魔法界《まほうかい》の諸《しょ》君《くん》が警戒《けいかい》と用心《ようじん》をおさおさ怠《おこた》りなきよう切《せつ》にお願《ねが》いする。どのようなことがあっても、けっしてこれらの罪人《ざいにん》たちには近《ちか》づかぬよう」

「おい、これだよ、ハリー」ロンは恐《おそ》れ入《い》ったように言《い》った。「きのうの夜《よる》、『あの人《ひと》』が喜《よろこ》んでたのは、これだったんだ」

「こんなの、とんでもないよ」ハリーがうなった。「ファッジのやつ、脱獄《だつごく》はシリウスのせいだって？」

「ほかに何《なん》と言《い》える？」ハーマイオニーが苦々《にがにが》しげに言《い》った。「とても言《い》えないわよ。『みなさん、すみません。ダンブルドアがこういう事態《じたい》を私《わたし》に警告《けいこく》していたのですが、アズカバンの看守《かんしゅ》がヴォルデモート卿一味《きょういちみ》に加担《かたん》し』なんて――ロン、そんな哀《あわ》れっぽい声《こえ》を上《あ》げないでよ――『今《いま》や、ヴォルデモートを支持《しじ》する最悪《さいあく》の者《もの》たちも脱獄《だつごく》してしまいました』なんて言《い》えないでしょ。だって、ファッジは、ゆうに六か月以上《げついじょう》、みんなに向《む》かって、あなたやダンブルドアをうそつき呼《よ》ばわりしてきたじゃない？」

ハーマイオニーは勢《いきお》いよく新聞《しんぶん》をめくり、中《なか》の記事《きじ》を読《よ》みはじめた。一方《いっぽう》ハリーは、大広間《おおひろま》を見回《みまわ》した。一面記事《いちめんきじ》でこんな恐《おそ》ろしいニュースがあるのに、ほかの生徒《せいと》たちはどうして平気《へいき》な顔《かお》でいられるんだろう。せめて話題《わだい》にすべきじゃないか。ハリーには理解《りかい》できなかった。もっとも、ハーマイオニーのように毎日新聞《まいにちしんぶん》を取《と》っている生徒《せいと》はほとんどいない。宿題《しゅくだい》とかクィディッチとか、ほかのどうでもいいような話《はなし》をしているだけだ。この城壁《じょうへき》の外《そと》では、十人《にん》もの死喰《しく》い人《びと》がヴォルデモートの陣営《じんえい》に加《くわ》わったというのに。

ハリーは教職員《きょうしょくいん》テーブルに目《め》を走《はし》らせた。そこは様子《ようす》がちがっていた。ダンブルドアとマクゴナガル先生《せんせい》が、深刻《しんこく》な表情《ひょうじょう》で話《はな》し込《こ》んでいる。スプラウト先生《せんせい》はケチャップの瓶《びん》に「日刊予言者《にっかんよげんしゃ》」を立《た》てかけ、食《く》い入《い》るように読《よ》んでいた。手《て》にしたスプーンが止《と》まったままで、そこから半熟卵《はんじゅくたまご》の黄身《きみ》がポタポタとひざに落《お》ちるのにも気《き》づいていない。

一方《いっぽう》、テーブルの一番端《いちばんはし》では、アンブリッジ先生《せんせい》がオートミールを旺盛《おうせい》にかっ込《こ》んでいた。ガマガエルのようなぼってりした目《め》が、いつもなら行儀《ぎょうぎ》の悪《わる》い生徒《せいと》はいないかと大広間《おおひろま》をなめ回《まわ》しているのに、今日《きょう》だけはちがった。食《た》べ物《もの》を飲《の》み込《こ》むたびにしかめっ面《つら》をして、ときどきテーブルの中央《ちゅうおう》をちらりと見《み》ては、ダンブルドアとマクゴナガルが話《はな》し込《こ》んでいる様子《ようす》に毒々《どくどく》しい視線《しせん》を投《な》げかけていた。

「まあ、なんて――」ハーマイオニーが新聞《しんぶん》から目《め》を離《はな》さずに、驚《おどろ》いたように言《い》った。

「まだあるのか？」ハリーはすぐ聞《き》き返《かえ》した。神経《しんけい》がピリピリしていた。

「これって……ひどいわ」ハーマイオニーはショックを受《う》けていた。十面《めん》を折《お》り返《かえ》し、ハリーとロンに新聞《しんぶん》を渡《わた》した。

魔《ま》法省《ほうしょう》の役人《やくにん》、非業《ひごう》の死《し》

魔《ま》法省《ほうしょう》の役人《やくにん》であるブロデリック・ボード（49）が、鉢植《はちう》え植物《しょくぶつ》に首《くび》をしめられて、ベッドで死亡《しぼう》しているのが見《み》つかった事件《じけん》で、聖《せい》マンゴ病院《びょういん》は、昨夜《さくや》、徹底的《てっていてき》な調査《ちょうさ》をすると約束《やくそく》した。現場《げんば》にかけつけた癒者《いしゃ》たちは、ボード氏《し》を蘇生《そせい》させることができなかった。ボード氏《し》は死《し》の数週間前《すうしゅうかんまえ》、職場《しょくば》の事故《じこ》で負傷《ふしょう》し、入院中《にゅういんちゅう》だった。

事故当時《じことうじ》、ボード氏《し》の病棟担当《びょうとうたんとう》だった癒者《いしゃ》のミリアム・ストラウトは、戒告処分《かいこくしょぶん》となり、昨日《さくじつ》はコメントを得《え》ることができなかった。しかし、病院《びょういん》のスポークス魔《マ》ンは次《つぎ》のような声明《せいめい》を出《だ》した。

「聖《せい》マンゴはボード氏《し》の死《し》を心《こころ》からお悔《く》やみ申《もう》し上《あ》げます。この悲惨《ひさん》な事故《じこ》が起《お》こるまで、氏《し》は順調《じゅんちょう》に健康《けんこう》を回復《かいふく》してきていました。

我々《われわれ》は、病棟《びょうとう》の飾《かざ》りつけに関《かん》して、厳《きび》しい基準《きじゅん》を定《さだ》めておりますが、ストラウト癒師《いし》は、クリスマスの忙《いそが》しさに、ボード氏《し》のベッド脇《わき》のテーブルに置《お》かれた植物《しょくぶつ》の危険性《きけんせい》を見落《みお》としたものと見《み》られます。ボード氏《し》は、言語《げんご》並《なら》びに運動能力《うんどうのうりょく》が改善《かいぜん》していたため、ストラウト癒師《いし》は、植物《しょくぶつ》が無害《むがい》な『ひらひら花《ばな》』ではなく、『悪魔《あくま》の罠《わな》』の切《き》り枝《えだ》だったとは気《き》づかず、ボード氏《し》自身《じしん》が世話《せわ》をするよう勧《すす》めました。植物《しょくぶつ》は、快方《かいほう》に向《む》かっていたボード氏《し》が触《ふ》れたとたん、たちまち氏《し》をしめ殺《ころ》しました。

聖《せい》マンゴでは、この植物《しょくぶつ》が病棟《びょうとう》に持《も》ち込《こ》まれたことについて、いまだに事態《じたい》が解明《かいめい》できておらず、すべての魔法使《まほうつか》い、魔女《まじょ》に対《たい》し、情報提供《じょうほうていきょう》を呼《よ》びかけています」

「ボード……」ロンが口《くち》を開《ひら》いた。「ボードか。聞《き》いたことがあるな……」

「私《わたし》たち、この人《ひと》に会《あ》ってるわ」ハーマイオニーがささやいた。「聖《せい》マンゴで。覚《おぼ》えてる？　ロックハートの反対側《はんたいがわ》のベッドで、横《よこ》になったままで天井《てんじょう》を見《み》つめていたわ。それに、『悪魔《あくま》の罠《わな》』が着《つ》いたとき、私《わたし》たち目撃《もくげき》してる。あの魔女《まじょ》が――あの癒者《いしゃ》の――クリスマスプレゼントだって言《い》ってたわ」

ハリーはもう一度記事《いちどきじ》を見《み》た。恐怖感《きょうふかん》が、苦《にが》い胆汁《たんじゅう》のようにのどに込《こ》み上《あ》げてきた。

「僕《ぼく》たち、どうして『悪魔《あくま》の罠《わな》』だって気《き》づかなかったんだろう？　前《まえ》に一度見《どみ》てるのに……こんな事件《じけん》、僕《ぼく》たちが防《ふせ》げたかもしれないのに」

「『悪魔《あくま》の罠《わな》』が鉢植《はちう》えになりすまして、病院《びょういん》に現《あらわ》れるなんて、誰《だれ》が予想《よそう》できる？」ロンがきっぱり言《い》った。「僕《ぼく》たちの責任《せきにん》じゃない。誰《だれ》だか知《し》らないけど、送《おく》ってきたやつが悪《わる》いんだ！　自分《じぶん》が何《なに》を買《か》ったのかよくたしかめもしないなんて、まったく、バカじゃないか？」

「まあ、ロン、しっかりしてよ！」ハーマイオニーが身震《みぶる》いした。「『悪魔《あくま》の罠《わな》』を鉢植《はちう》えにしておいて、触《ふ》れるものを誰《だれ》かれかまわずしめ殺《ころ》すとは思《おも》わなかった、何《なん》て言《い》う人《ひと》がいると思《おも》う？　これは――殺人《さつじん》よ……しかも巧妙《こうみょう》な手口《てぐち》の……鉢植《はちう》えの贈《おく》り主《ぬし》が匿名《とくめい》だったら、誰《だれ》が殺《や》ったかなんて、絶対《ぜったい》わかりっこないでしょう？」

ハリーは「悪魔《あくま》の罠《わな》」のことを考《かんが》えてはいなかった。尋問《じんもん》の日《ひ》に、エレベーターで地下九階《ちかかい》まで下《お》りたときのことを思《おも》い出《だ》していた。あの時《とき》、アトリウムの階《かい》から乗《の》り込《こ》んできた、土気色《つちけいろ》の顔《かお》の魔法使《まほうつか》いがいた。

「僕《ぼく》、ボードに会《あ》ってる」ハリーはゆっくりと言《い》った。「君《きみ》のパパと一緒《いっしょ》に、魔法省《まほうしょう》でボードを見《み》たよ」

ロンがあっと口《くち》を開《あ》けた。

「僕《ぼく》、パパが家《いえ》でボードのことを話《はな》すのを聞《き》いたことがある。『無言者《むごんしゃ》』だって――『神秘部《しんぴぶ》』に勤《つと》めてたんだ！」

三人《にん》は一瞬《いっしゅん》顔《かお》を見合《みあ》わせた。それから、ハーマイオニーが新聞《しんぶん》を自分《じぶん》のほうに引《ひ》き寄《よ》せてたたみなおし、一面《めん》の十人《にん》の脱走《だっそう》した死喰《しく》い人《びと》たちの写真《しゃしん》を一瞬《いっしゅん》にらみつけたが、やがて勢《いきお》いよく立《た》ち上《あ》がった。

「どこに行《い》く気《き》だ？」ロンがびっくりした。

「手紙《てがみ》を出《だ》しに」ハーマイオニーはかばんを肩《かた》に放《ほう》り上《あ》げながら言《い》った。「これって……うーん、どうかわからないけど……でも、やってみる価値《かち》はあるわね。……それに、私《わたし》にしかできないことだわ」

「まーたこれだ。いやな感《かん》じ」

ハリーと二人《ふたり》でテーブルから立《た》ち上《あ》がり、ハーマイオニーよりはゆっくりと大広間《おおひろま》を出《で》ながら、ロンがブツクサ言《い》った。

「いったい何《なに》をやるつもりなのか、一度《いちど》ぐらい教《おし》えてくれたっていいじゃないか？　大《たい》した手間《てま》じゃなし。十秒《びょう》もかからないのにさ。——やあ、ハグリッド！」

ハグリッドが大広間《おおひろま》の出口《でぐち》の扉《とびら》の脇《わき》に立《た》って、レイブンクロー生《せい》の群《む》れが通《とお》り過《す》ぎるのをやり過《す》ごしていた。いまだに、巨人《きょじん》の所《ところ》への使《つか》いから戻《もど》った当日《とうじつ》と同《おな》じぐらい、ひどいけがをしている。しかも鼻《はな》っ柱《ぱしら》を一文字《いちもんじ》に横切《よこぎ》る生々《なまなま》しい傷《きず》があった。

「二人《ふたり》とも、元気《げんき》か？」ハグリッドは何《なん》とか笑《わら》ってみせようとしたが、せいぜい痛《いた》そうに顔《かお》をしかめたようにしか見《み》えなかった。

「ハグリッド、大丈夫《だいじょうぶ》かい？」レイブンクロー生《せい》のあとからドシンドシンと歩《ある》いていくハグリッドを追《お》って、ハリーが聞《き》いた。

「大丈夫《だいじょうぶ》だ、だいじょぶだ」

ハグリッドは何《なん》でもないふうを装《よそお》ったが、見《み》え透《す》いていた。片手《かたて》を気軽《きがる》に振《ふ》ったつもりが、通《とお》りがかったベクトル先生《せんせい》をかすめ、危《あや》うく脳震盪《のうしんとう》を起《お》こさせるところだった。先生《せんせい》は肝《きも》を冷《ひ》やした顔《かお》をした。

「ほれ、ちょいと忙《いそが》しくてな。いつものやつだ——授業《じゅぎょう》の準備《じゅんび》——火《サラ》トカゲ《マンダー》が数匹《すうひき》、うろこがくさってな——それと、観察処分《かんさつしょぶん》になった」ハグリッドが口《くち》ごもった。

「**観察処分《かんさつしょぶん》だって？**」ロンが大声《おおごえ》を出《だ》したので、通《とお》りがかった生徒《せいと》が何事《なにごと》かと振《ふ》り返《かえ》った。

「ごめん——いや、あの——観察処分《かんさつしょぶん》だって？」ロンが声《こえ》を落《お》とした。

「ああ」ハグリッドが答《こた》えた。「ほんと言《い》うと、こんなことになるんじゃねえかと思《おも》っちょった。おまえさんたちにゃわからんかったかもしれんが、あの査察《ささつ》は、ほれ、あんまりうまくいかんかった……まあ、とにかく」ハグリッドは深《ふか》いため息《いき》をついた。「火《サラ》トカゲ《マンダー》に、もうちいと粉《こな》トウガラシをすり込《こ》んでやらねえと、こン次《つぎ》はしっぽがちょん切《ぎ》れっちまう。そんじゃな、ハリー……ロン……」

ハグリッドは玄関《げんかん》の扉《とびら》を出《で》て、石段《いしだん》を下《お》り、じめじめした校庭《こうてい》を重《おも》い足取《あしど》りで去《さ》っていった。これ以上《いじょう》、あとどれだけ多《おお》くの悪《わる》い知《し》らせにたえていけるだろうかといぶかりながら、ハリーはその後《うし》ろ姿《すがた》を見送《みおく》った。

ハグリッドが観察処分《かんさつしょぶん》になったことは、それから二、三日《にち》もすると、学校中《がっこうじゅう》に知《し》れ渡《わた》っていた。しかし、ほとんど誰《だれ》も気《き》にしていないらしいのが、ハリーは腹立《はらだ》たしかった。それどころか、ドラコ・マルフォイを筆頭《ひっとう》に、何人《なんにん》かはかえって大喜《おおよろこ》びしているようだった。聖《せい》マンゴで「神秘《しんぴ》部《ぶ》」の影《かげ》の薄《うす》い役人《やくにん》が一人《ひとり》不審《ふしん》な死《し》をとげたことなどは、ハリー、ロン、ハーマイオニーぐらいしか知《し》らないし、気《き》にもしていないようだった。今《いま》や廊下《ろうか》での話題《わだい》はただ一つ、十人《にん》の死喰《しく》い人《びと》が脱獄《だつごく》したことだった。この話《はなし》は、新聞《しんぶん》を読《よ》みつけているごく少数《しょうすう》の生徒《せいと》から、ついに学校中《がっこうじゅう》に浸透《しんとう》していた。ホグズミードで脱獄囚《だつごくしゅう》数人《すうにん》の姿《すがた》を目撃《もくげき》したといううわさが飛《と》び、「叫《さけ》びの屋敷《やしき》」に潜伏《せんぷく》しているらしいとか、シリウス・ブラックがかつてやったように、その連中《れんちゅう》もホグワーツに侵入《しんにゅう》してくるといううわさも流《なが》れた。

魔法族《まほうぞく》の家庭出身《かていしゅっしん》の生徒《せいと》は、死喰《しく》い人《びと》の名前《なまえ》が、ヴォルデモートとほとんど同《おな》じくらい恐《おそ》れられて口《くち》にされるのを聞《き》きながら育《そだ》っていた。ヴォルデモートの恐怖支配《きょうふしはい》の下《もと》で、死喰《しく》い人《びと》が犯《おか》した罪《つみ》は、今《いま》に言《い》い伝《つた》えられていた。

ホグワーツの生徒《せいと》の中《なか》で、親《しん》せきに犠牲者《ぎせいしゃ》がいるという生徒《せいと》は、身内《みうち》の凄惨《せいさん》な犠牲《ぎせい》という名誉《めいよ》を担《にな》い、廊下《ろうか》を歩《ある》くとありがたくない視線《しせん》にさらされることになった。スーザン・ボーンズのおじ、おば、いとこは、十人《にん》のうちの一人《ひとり》の手《て》にかかり、全員殺《ぜんいんころ》されたのだが、「薬草学《やくそうがく》」の時間《じかん》に、ハリーの気持《きも》ちが今《いま》やっとわかったと、しょげきって言《い》った。

「あなた、よくたえられるわね――ああ、いや！」

スーザンは投《な》げやりにそう言《い》うと、「キーキースナップ」の苗木箱《なえぎばこ》に、ドラゴンの堆肥《たいひ》をいやというほどぶち込《こ》んだ。苗木《なえぎ》は気持《きも》ち悪《わる》そうに身《み》をくねらせてキーキーわめいた。

たしかにハリーは、このごろまたしても、廊下《ろうか》で指差《ゆびさ》されたり、コソコソ話《ばなし》をされたりする対《たい》象《しょう》になってはいた。ところが、ヒソヒソ声《ごえ》の調子《ちょうし》が今《いま》までと少《すこ》しちがうのが感《かん》じ取《と》れるような気《き》がした。今《いま》は、敵意《てきい》よりむしろ好奇心《こうきしん》の声《こえ》だったし、アズカバン要塞《ようさい》から、なぜ、どのように十人《にん》の死喰《しく》い人《びと》が脱走《だっそう》しおおせたのか、「日刊予言者《にっかんよげんしゃ》」版《ばん》の話《はなし》では満足《まんぞく》できないという断片的会話《だんぺんてきかいわ》を、まちがいなく一、二度耳《どみみ》にした。恐怖《きょうふ》と混乱《こんらん》の中《なか》で、こうした疑《うたが》いを持《も》つ生徒《せいと》たちは、それ以外《いがい》の唯一《ゆいいつ》の説明《せつめい》に注意《ちゅうい》を向《む》けはじめたようだった。ハリーとダンブルドアが先学期《せんがっき》から述《の》べ続《つづ》けている説明《せつめい》だ。

変《か》わったのは生徒《せいと》たちの雰囲気《ふんいき》ばかりではない。先生《せんせい》も廊下《ろうか》で二人《ふたり》、三人《にん》と集《あつ》まり、低《ひく》い声《こえ》でせっぱ詰《つ》まったようにささやき合《あ》い、生徒《せいと》が近《ちか》づくのに気《き》づくと、ふっつりと話《はなし》をやめるというのが、今《いま》や見慣《みな》れた光景《こうけい》になっていた。

「きっと、もう職員室《しょくいんしつ》では自由《じゆう》に話《はな》せないんだわ」

ある時《とき》、マクゴナガル、フリットウィック、スプラウトの三教授《きょうじゅ》が、「呪文学《じゅもんがく》」の教室《きょうしつ》の外《そと》で額《ひたい》を寄《よ》せ合《あ》って話《はな》しているそばを通《とお》りながら、ハーマイオニーが低《ひく》い声《こえ》で、ハリーとロンに言《い》った。

「アンブリッジがいたんじゃね」

「先生方《せんせいがた》は何《なに》か新《あたら》しいことを知《し》ってると思《おも》うか？」ロンが三人《にん》の先生《せんせい》を振《ふ》り返《かえ》ってじっと見《み》なが

ら言《い》った。

「知《し》ってたところで、僕《ぼく》たちの耳《みみ》には入《はい》らないだろ？」ハリーは怒《おこ》ったように言《い》った。「だって、あの教育令《きょういくれい》……もう第何号《だいなんごう》になったんだっけ？」

その新《あたら》しい教育令《きょういくれい》は、アズカバン脱走《だっそう》のニュースが流《なが》れた次《つぎ》の日《ひ》の朝《あさ》、寮《りょう》の掲示板《けいじばん》に貼《は》り出《だ》されていた。

ホグワーツ高等尋問官令《こうとうじんもんかんれい》

教師《きょうし》は、自分《じぶん》が給与《きゅうよ》の支払《しはら》いを受《う》けて教《おし》えている科目《かもく》に厳密《げんみつ》に関係《かんけい》すること以外《いがい》は、生徒《せいと》に対《たい》し、いっさいの情報《じょうほう》を与《あた》えることを、ここに禁《きん》ず。

以上《いじょう》は教育令第《きょういくれいだい》二十六号《ごう》に則《のっと》ったものである。

高等尋問官《こうとうじんもんかん》　ドローレス・ジェーン・アンブリッジ

この最新《さいしん》の教育令《きょういくれい》は、生徒《せいと》の間《あいだ》で、さんざん冗談《じょうだん》のネタになった。フレッドとジョージが教室《きょうしつ》の後《うし》ろで「爆発《ばくはつ》スナップ・ゲーム」をやっていたとき、リー・ジョーダンは、この新《あたら》しい規則《きそく》を文言《もんごん》どおり適用《てきよう》すれば、アンブリッジが二人《ふたり》を叱《しか》りつけることはできないと、面《めん》と向《む》かって指摘《してき》した。

「先生《せんせい》、『爆発《ばくはつ》スナップ』は『闇《やみ》の魔術《まじゅつ》に対《たい》する防衛術《ぼうえいじゅつ》』とは何《なん》の関係《かんけい》もありません！　これは先生《せんせい》の担当科目《たんとうかもく》に関係《かんけい》する情報《じょうほう》ではありません！」

ハリーがそのあとでリーに会《あ》ったとき、リーの手《て》の甲《こう》がかなりひどく出血《しゅっけつ》しているのを見《み》て、マートラップのエキスがいいと教《おし》えてやった。

アズカバンからの脱走《だっそう》で、アンブリッジが少《すこ》しはへこむのではないかと、ハリーは思《おも》っていた。愛《いと》しのファッジの目《め》と鼻《はな》の先《さき》でこんな大事件《だいじけん》が起《お》こったことで、アンブリッジが恥《は》じ入《い》るのではないかと思《おも》っていた。ところが、どうやらこの事件《じけん》は、ホグワーツの生活《せいかつ》を何《なに》から何《なに》まで自分《じぶん》の統制下《とうせいか》に置《お》きたいというアンブリッジの激烈《げきれつ》な願《ねが》いに、かえって拍車《はくしゃ》をかけただけだったらしい。少《すく》なくとも、アンブリッジは、まもなく首切《くびき》りを実施《じっし》する意思《いし》を固《かた》めたようで、あとは、トレローニー先生《せんせい》とハグリッドのどちらが先《さき》かだけだった。

「占《うらな》い学《がく》」と「魔法生物飼育学《まほうせいぶつしいくがく》」は、どの授業《じゅぎょう》にも必《かなら》ずアンブリッジとクリップボードがついて回《まわ》った。むっとするような香料《こうりょう》が漂《ただよ》う北塔《きたとう》の教室《きょうしつ》で、アンブリッジは暖炉《だんろ》のかたわらにひそんで様子《ようす》をうかがい、ますますヒステリックになってきたトレローニー先生《せんせい》の話《はなし》を、鳥占《とりうらな》いやら七正方形学《しちせいほうけいがく》などの難問《なんもん》を出《だ》して中断《ちゅうだん》したばかりか、生徒《せいと》が答《こた》える前《まえ》に、その答《こた》えを言《い》い当《あ》てろと迫《せま》ったり、水晶玉占《すいしょうだまうらな》い、茶《ちゃ》の葉占《はうらな》い、石《いし》のルーン文字盤占《もじばんうらな》いなど、次々《つぎつぎ》にトレローニー先生《せんせい》の術《じゅつ》を披露《ひろう》せよと要求《ようきゅう》したりした。トレローニー先生《せんせい》が、そのうちストレスで気《き》が変《へん》になるのではと、ハリーは思《おも》った。廊下《ろうか》で先生《せんせい》とすれちがうことが何度《なんど》かあったが――トレローニー先生《せんせい》はほとんど北塔《きたとう》の教室《きょうしつ》にこもりきりなので、それ自体《じたい》がありえないような出来事《できごと》だったのだが――料理《りょうり》用《よう》のシェリー酒《しゅ》の強烈《きょうれつ》な臭《にお》いをプンプンさせ、怖気《おじけ》づいた目《め》でちらちら後《うし》ろを振《ふ》り返《かえ》り、手《て》をもみしだきながら、わけのわからないことをブツブツつぶやいていた。ハグリッドのことを心配《しんぱい》していなかったら、ハリーはトレローニー先生《せんせい》をかわいそうだと思《おも》ったかもしれない。――しかし、どちらかが職《しょく》を追《お》われるのであれば、ハリーにとっては、どちらが残《のこ》るべきかの答《こた》えは一つしかなかった。

残念《ざんねん》ながら、ハリーの見《み》るところ、ハグリッドの様子《ようす》もトレローニーよりましだとは言《い》えなかった。ハーマイオニーの忠告《ちゅうこく》に従《したが》っているらしく、クリスマス休暇《きゅうか》からあとは、恐《おそ》ろしい動物《どうぶつ》といっても、せいぜいクラップ（小型《こがた》のジャック・ラッセル・テリア犬《けん》そっくりだが、しっぽが二股《ふたまた》に分《わ》かれている）ぐらいしか見《み》せていなかったが、ハグリッドも神経《しんけい》がまいっているようだった。授業中《じゅぎょうちゅう》、変《へん》にそわそわしたり、びくついたり、自分《じぶん》の話《はなし》の筋道《すじみち》がわからなくなったり、質問《しつもん》の答《こた》えをまちがえたり、おまけに、不安《ふあん》そうにアンブリッジをしょっちゅうちらちら見《み》ていた。それに、ハリー、ロン、ハーマイオニーに対《たい》して、これまでになかったほどよそよそしくなり、暗《くら》くなってから小屋《こや》を訪《たず》ねることをはっきり禁止《きんし》した。

「おまえさんたちがあの女《おんな》に捕《つか》まってみろ。俺《おれ》たち全員《ぜんいん》のクビが危《あぶ》ねえ」

ハグリッドが三人《にん》にきっぱりと言《い》った。これ以上《いじょう》ハグリッドの職《しょく》が危《あぶ》なくなるようなことはしたくないと、三人《にん》は、暗《くら》くなってからハグリッドの小屋《こや》に行《い》くのを遠慮《えんりょ》した。

ホグワーツでの暮《く》らしを楽《たの》しくしているものを、アンブリッジが次々《つぎつぎ》と確実《かくじつ》にハリーから奪《うば》っていくような気《き》がした。ハグリッドの小屋《こや》を訪《たず》ねること、シリウスからの手紙《てがみ》、ファイアボルトにクィディッチ。ハリーはたった一つ自分《じぶん》ができるやり方《かた》で、復讐《ふくしゅう》していた。——ＤＡ《ディーエー》にますます力《ちから》を入《い》れることだ。

ハリーにとってうれしいことに、野放《のばな》し状態《じょうたい》の死喰《しく》い人《びと》が今《いま》や十人《にん》増《ふ》えたというニュースで、ＤＡ《ディーエー》メンバー全員《ぜんいん》に活《かつ》が入《はい》り、あのザカリアス・スミスでさえ、これまで以上《いじょう》に熱心《ねっしん》に練習《れんしゅう》するようになった。

しかし、何《なん》といっても、ネビルほど長足《ちょうそく》の進歩《しんぽ》をとげた生徒《せいと》はいなかった。両親《りょうしん》を襲《おそ》った連《れん》中《ちゅう》が脱獄《だつごく》したというニュースが、ネビルに不思議《ふしぎ》な、ちょっと驚《おどろ》くほどの変化《へんか》をもたらした。ネビルは、聖《せい》マンゴの隔離《かくり》病棟《びょうとう》でハリー、ロン、ハーマイオニーに出会《であ》ったことを、一度《いちど》たりとも口《くち》にしなかった。三人《にん》もネビルの気持《きも》ちを察《さっ》して沈黙《ちんもく》を守《まも》った。それればかりかネビルは、ベラトリックスと、拷問《ごうもん》した仲間《なかま》の脱獄《だつごく》のことを、一言《ひとこと》も言《い》わなかった。実際《じっさい》、ネビルは、DA《ディーエー》の練《れん》習《しゅう》中《ちゅう》ほとんど口《くち》をきかなかった。ハリーが教《おし》える新《あたら》しい呪《のろ》いや逆呪《ぎゃくのろ》いのすべてを、ただひたすらに練習《れんしゅう》した。ぽっちゃりした顔《かお》をゆがめて集中《しゅうちゅう》し、けがも事故《じこ》も何《なん》のその、ほかの誰《だれ》よりも一《いっ》生《しょう》懸命《けんめい》練習《れんしゅう》した。上達《じょうたつ》ぶりがあまりに速《はや》くて戸惑《とまど》うほどだった。ハリーが「盾《たて》の呪文《じゅもん》」を教《おし》えたとき――軽《かる》い呪《のろ》いを跳《は》ね返《かえ》し、襲《おそ》った側《がわ》を逆襲《ぎゃくしゅう》する方法《ほうほう》だが――ネビルより早《はや》く呪文《じゅもん》を習得《しゅうとく》したのは、ハーマイオニーだけだった。

ハリーは、ネビルがDA《ディーエー》で見《み》せるほどの進歩《しんぽ》を、自分《じぶん》が「閉心術《へいしんじゅつ》」でとげられたら、どんなにありがたいかと思《おも》った。すべりだしからつまずいていたスネイプとの授業《じゅぎょう》は、さっぱり進歩《しんぽ》がなかった。むしろ、毎回《まいかい》だんだん下手《へた》になるような気《き》がした。

「閉心術《へいしんじゅつ》」を学《まな》びはじめるまでは、額《ひたい》の傷《きず》がチクチク痛《いた》むといってもときどきだったし、たいていは夜《よる》だった。あるいは、ヴォルデモートの考《かんが》えていることや気分《きぶん》が時折《ときおり》パッとひらめくという奇妙《きみょう》な経験《けいけん》のあとに痛《いた》んだ。ところがこのごろは、ほとんど絶《た》え間《ま》なくチクチク痛《いた》み、ある時点《じてん》でハリーの身《み》に起《お》こっていることとは無関係《むかんけい》に、ひんぱんに感情《かんじょう》が揺《ゆ》れ動《うご》き、いらいらしたり楽《たの》しくなったりした。そういうときには必《かなら》ず傷痕《きずあと》に激痛《げきつう》が走《はし》った。何《なん》だか徐々《じょじょ》に、ヴォルデモートのちょっとした気分《きぶん》の揺《ゆ》れに波長《はちょう》を合《あ》わせるアンテナになっていくような気《き》がして、ハリーはぞっとした。こんなに感覚《かんかく》が鋭《するど》くなったのは、スネイプとの最初《さいしょ》の「閉心術《へいしんじゅつ》」の授業《じゅぎょう》からだったのはまちがいない。おまけに、毎晩《まいばん》のように、「神秘部《しんぴぶ》」の入口《いりぐち》に続《つづ》く廊下《ろうか》を歩《ある》く夢《ゆめ》を見《み》るようになっていた。夢《ゆめ》はいつも、真《ま》っ黒《くろ》な扉《とびら》の前《まえ》で何《なに》かを渇望《かつぼう》しながら立《た》ち尽《つ》くすところで頂点《ちょうてん》に達《たっ》するのだった。

「たぶん病気《びょうき》の場合《ばあい》とおんなじじゃないかしら」

ハリーがハーマイオニーとロンに打《う》ち明《あ》けると、ハーマイオニーが心配《しんぱい》そうに言《い》った。

「熱《ねつ》が出《で》たりなんかするじゃない。病気《びょうき》はいったん悪《わる》くなってから良《よ》くなるのよ」

「スネイプとの練習《れんしゅう》のせいでひどくなってるんだ」ハリーはきっぱりと言《い》った。「傷痕《きずあと》の痛《いた》みはもうたくさんだ。毎晩《まいばん》あの廊下《ろうか》を歩《ある》くのは、もううんざりしてきた」

ハリーはいまいましげに額《ひたい》をごしごしこすった。

「あの扉《とびら》が開《あ》いてくれたらなあ。扉《とびら》を見《み》つめて立《た》っているのはもういやだ——」

「冗談《じょうだん》じゃないわ」ハーマイオニーが鋭《するど》く言《い》った。「ダンブルドアは、あなたに廊下《ろうか》の夢《ゆめ》なんか見《み》ないでほしいのよ。そうじゃなきゃ、スネイプに『閉心術《へいしんじゅつ》』を教《おし》えるように頼《たの》んだりしないわ。あなた、もう少《すこ》し一生懸命練習《いっしょうけんめいれんしゅう》しなきゃ」

「ちゃんとやってるよ！」ハリーはいら立《だ》った。「君《きみ》も一度《いちど》やってみろよ——スネイプが頭《あたま》の中《なか》に入《はい》り込《こ》もうとするんだ——楽《たの》しくてしょうがないってわけにはいかないだろ！」

「もしかしたら……」ロンがゆっくりと言《い》った。

「もしかしたら何《なん》なの？」ハーマイオニーがちょっとかみつくように言《い》った。

「ハリーが心《こころ》を閉《と》じられないのは、ハリーのせいじゃないかもしれない」ロンが暗《くら》い声《こえ》で言《い》った。

「どういう意味《いみ》？」ハーマイオニーが聞《き》いた。

「うーん。スネイプが、もしかしたら、本気《ほんき》でハリーを助《たす》けようとしていないんじゃないかって……」

ハリーとハーマイオニーはロンを見《み》つめた。ロンは意味《いみ》ありげな沈《しず》んだ目《め》で、二人《ふたり》の顔《かお》を交互《こうご》に見《み》た。

「もしかしたら」ロンがまた低《ひく》い声《こえ》で言《い》った。「ほんとは、あいつ、ハリーの心《こころ》をもう少《すこ》し開《ひら》こうとしてるんじゃないかな……そのほうが好都合《こうつごう》だもの、『例《れい》のあの――』」

「やめてよ、ロン」ハーマイオニーが怒《おこ》った。「何度《なんど》スネイプを疑《うたが》えば気《き》がすむの？　それが一《いち》度《ど》でも正《ただ》しかったことがある？　ダンブルドアはスネイプを信《しん》じていらっしゃるし、スネイプは騎《き》士団《しだん》のために働《はたら》いている。それで充分《じゅうぶん》なはずよ」

「あいつ、死喰《しく》い人《びと》だったんだぜ」ロンが言《い》い張《は》った。「それに、ほんとうにこっちの味方《みかた》になったっていう証拠《しょうこ》を見《み》たことがないじゃないか」

「ダンブルドアが信用《しんよう》しています」ハーマイオニーがくり返《かえ》した。

「それに、ダンブルドアを信《しん》じられないなら、私《わたし》たち、誰《だれ》も信《しん》じられないわ」


心配事《しんぱいごと》も、やることも山《やま》ほどあって――宿題《しゅくだい》の量《りょう》が半端《はんぱ》ではなく、五年生《ねんせい》はしばしば真夜中《まよなか》すぎまで勉強《べんきょう》しなければならなかったし、DA《ディーエー》の秘密練習《ひみつれんしゅう》やら、スネイプとの定期的《ていきてき》な特別授《とくべつじゅ》業《ぎょう》やらで――一月《がつ》はあっという間《ま》に過《す》ぎていった。気《き》がついたらもう二月《がつ》で、天気《てんき》は少《すこ》し暖《あたた》かく湿《しめ》り気《け》を帯《お》び、二度目《どめ》のホグズミード行《い》きの日《ひ》が近《ちか》づいていた。ホグズミードに二人《ふたり》で行《い》く約束《やくそく》をして以来《いらい》、ハリーはほとんどチョウと話《はな》す時間《じかん》がなかったが、突然《とつぜん》、バレンタインの日《ひ》をチョウと二人《ふたり》きりで過《す》ごすはめになっていることに気《き》づいた。

十四日の朝《あさ》、ハリーは特《とく》に念入《ねんい》りに支度《したく》した。ロンと二人《ふたり》で朝食《ちょうしょく》に行《い》くと、ふくろう便《びん》の到《とう》着《ちゃく》にちょうど間《ま》に合《あ》った。ヘドウィグはその中《なか》にいなかった。――期待《きたい》していたわけではなかったが――しかし、二人《ふたり》が座《すわ》ったとき、ハーマイオニーは見慣《みな》れないモリフクロウがくちばしにくわえた手紙《てがみ》を引《ひ》っ張《ぱ》っていた。

「やっと来《き》たわ。もし今日《きょうこ》来なかったら……」ハーマイオニーは待《ま》ちきれないように封筒《ふうとう》を破《やぶ》り、小《ち》さな羊皮紙《ようひし》を引《ひ》っ張《ぱ》り出《だ》した。ハーマイオニーの目《め》がすばやく手紙《てがみ》の行《ぎょう》を追《お》った。そして、何《なに》か真剣《しんけん》で満足《まんぞく》げな表情《ひょうじょう》が広《ひろ》がった。

「ねえ、ハリー」ハーマイオニーがハリーを見上《みあ》げた。「とっても大事《だいじ》なことなの。お昼《ひる》ごろ、『三本《さんぼん》の箒《ほうき》』で会《あ》えないかしら？」

「うーん……どうかな」ハリーはあいまいな返事《へんじ》をした。「チョウは、僕《ぼく》と一日中《いちにちじゅういっしょ》一緒だって期《き》待《たい》してるかもしれない。何《なに》をするかは全然話《ぜんぜんはな》し合《あ》ってないけど」

「じゃ、どうしてもというときは一緒《いっしょ》に連《つ》れてきて」ハーマイオニーは急《きゅう》を要《よう》するような言《い》い方《かた》をした。「とにかくあなたは来《き》てくれる？」

「うーん……いいよ。でもどうして？」

「今《いま》は説明《せつめい》してる時間《じかん》がないわ。急《いそ》いで返事《へんじ》を書《か》かなきゃならないの」

ハーマイオニーは、片手《かたて》に手紙《てがみ》を、もう一方《いっぽう》にトーストを一枚《まい》引《ひ》っつかみ、急《いそ》いで大広間《おおひろま》を出《で》ていった。

「君《きみ》も来《く》るの?」ハリーが聞《き》くと、ロンはむっつりと首《くび》を横《よこ》に振《ふ》った。

「ホグズミードにも行《い》けないんだ。アンジェリーナが一日中練習《いちにちじゅうれんしゅう》するってさ。それで何《なん》とかなるわけじゃないのに。僕《ぼく》たちのチームは、今《いま》までで最低《さいてい》。スローパーとカークを見《み》ろよ。絶望的《ぜつぼうてき》さ。僕《ぼく》よりひどい」

ロンは大《おお》きなため息《いき》をついた。

「アンジェリーナは、どうして僕《ぼく》を退部《たいぶ》させてくれないんだろう」

「そりゃあ、調子《ちょうし》のいいときの君《きみ》はうまいからだよ」ハリーはいらいらと言《い》った。

来《きた》るハッフルパフ戦《せん》でプレーできるなら、ほかに何《なに》もいらないとさえ思《おも》っているハリーは、ロンの苦境《くきょう》に同情《どうじょう》する気《き》になれなかった。ロンはハリーの声《こえ》の調子《ちょうし》に気《き》づいたらしく、朝食《ちょうしょく》の間《あいだ》、クィディッチのことは二度《にど》と口《くち》にしなかった。それからまもなく、互《たが》いにさよならを言《い》ったときは、二人《ふたり》とも何《なん》となくよそよそしかった。ロンはクィディッチ競技場《きょうぎじょう》に向《む》かい、ハリーのほうは、ティースプーンの裏《うら》に映《うつ》る自分《じぶん》の顔《かお》をにらみ、何《なん》とか髪《かみ》をなでつけようとしたあと、チョウに会《あ》いにひとりで玄関《げんかん》ホールに向《む》かった。いったい何《なに》を話《はな》したらいいやらと、ハリーは不安《ふあん》でしかたがなかった。

チョウは樫《かし》の扉《とびら》のちょっと横《よこ》でハリーを待《ま》っていた。長《なが》い髪《かみ》をポニーテールにして、チョウはとてもかわいく見《み》えた。チョウのほうに歩《ある》きながら、ハリーは自分《じぶん》の足《あし》がバカでっかく思《おも》えた。それに、突然自分《とつぜんじぶん》に両腕《りょううで》があり、それが体《からだ》の両脇《りょうわき》でぶらぶら揺《ゆ》れているのがどんなに滑稽《こっけい》に見《み》えるかに気《き》づいた。

「こんにちは」チョウがちょっと息《いき》をはずませた。

「やあ」ハリーが言《い》った。

二人《ふたり》は一瞬《いっしゅん》見《み》つめ合《あ》った。それからハリーが言《い》った。

「あの――えーと――じゃ、行《い》こうか？」

「え――ええ……」

列《れつ》に並《なら》んでフィルチのチェックを待《ま》ちながら、二人《ふたり》はときどき目《め》が合《あ》って照《て》れ笑《わら》いしたが、話《はなし》はしなかった。二人《ふたり》で外《そと》のすがすがしい空気《くうき》に触《ふ》れたとき、ハリーはホッとした。互《たが》いにもじもじしながら突《つ》っ立《た》っているよりは、だまって歩《ある》くほうが気楽《きらく》だった。風《かぜ》のあるさわやかな日《ひ》だった。クィディッチ競技場《きょうぎじょう》を通《とお》り過《す》ぎるとき、ロンとジニーが観客席《かんきゃくせき》の上端《じょうたん》すれすれに飛《と》んでいるのがちらりと見《み》えた。自分《じぶん》は一緒《いっしょ》に飛《と》べないと思《おも》うと、ハリーは胸《むね》がしめつけられた。

「飛《と》べなくて、とってもさびしいのね？」チョウが言《い》った。

振《ふ》り返《かえ》ると、チョウがハリーをじっと見《み》ていた。

「うん」ハリーがため息《いき》をついた。「そうなんだ」

「最初《さいしょ》に私《わたし》たちが対戦《たいせん》したときのこと、覚《おぼ》えてる？　三年生《ねんせい》のとき」

「ああ」ハリーはニヤリと笑《わら》った。「君《きみ》は僕《ぼく》のことブロックしてばかりいた」

「それで、ウッドが、紳士面《しんしづら》するな、必要《ひつよう》なら私《わたし》を箒《ほうき》からたたき落《お》とせって、あなたにそう言《い》ったわ」チョウはなつかしそうにほほ笑《え》んだ。「プライド・オブ・ポーツリーとかいうプロチームに入団《にゅうだん》したと聞《き》いたけど、そうなの？」

「いや、パドルミア・ユナイテッドだ。去年《きょねん》、ワールドカップのとき、ウッドに会《あ》ったよ」

「あら、私《わたし》もあそこであなたに会《あ》ったわ。覚《おぼ》えてる？　同《おな》じキャンプ場《じょう》だったわ。あの試合《しあい》、ほんとによかったわね？」

クィディッチ・ワールドカップの話題《わだい》が、馬車道《ばしゃみち》を通《とお》って校門《こうもん》を出《で》るまで続《つづ》いた。こんなに気軽《きがる》にチョウと話《はな》せることが、ハリーには信《しん》じられなかった――実際《じっさい》、ロンやハーマイオニーに話《はな》すのと同《おな》じぐらい簡単《かんたん》だ――自信《じしん》がついてほがらかになってきたちょうどその時《とき》、スリザリンの女子学生《じょしがくせい》の大集団《だいしゅうだん》が二人《ふたり》を追《お》い越《こ》していった。パンジー・パーキンソンもいる。

「ポッターとチャンよ！」

パンジーがキーキー声《ごえ》を出《だ》すと、いっせいにクスクスと嘲《あざけ》り笑《わら》いが起《お》こった。

「うぇー、チャン。あなた、趣味《しゅみ》が悪《わる》いわね……少《すく》なくともディゴリーはハンサムだったけど！」

女子生徒《じょしせいと》たちは、わざとらしくしゃべったり叫《さけ》んだりしながら、足早《あしばや》に通《とお》り過《す》ぎた。ハリーとチョウを大《おお》げさにちらちら見《み》る子《こ》も多《おお》かった。みんなが行《い》ってしまうと、二人《ふたり》はバツの悪《わる》い思《おも》いでだまり込《こ》んだ。ハリーはもうクィディッチの話題《わだい》も考《かんが》えつかず、チョウは少《すこ》し赤《あか》くなって、足元《あしもと》を見《み》つめていた。

「それで……どこに行《い》きたい？」

ホグズミードに入《はい》ると、ハリーが聞《き》いた。ハイストリート通《どお》りは生徒《せいと》でいっぱいだった。ぶらぶら歩《ある》いたり、ショーウィンドウをあちこちのぞいたり、歩道《ほどう》にたむろしてふざけたりしている。

「あら……どこでもいいわ」チョウは肩《かた》をすくめた。「んー……じゃあ、お店《みせ》でものぞいてみましょうか？」

二人《ふたり》はぶらぶらと、「ダービシュ・アンド・バングズ店《てん》」のほうに歩《ある》いていった。窓《まど》には大《おお》きなポスターが貼《は》られ、ホグズミードの村人《むらびと》が二、三人《にん》それを見《み》ていたが、ハリーとチョウが近《ちか》づくと脇《わき》によけた。ハリーは、またしても脱獄《だつごく》した十人《にん》の死喰い人《デス・イーター》の写真《しゃしん》と向《む》き合《あ》ってしまった。「魔法省通達《まほうしょうつうたつ》」と書《か》かれたポスターには、写真《しゃしん》の脱獄囚《だつごくしゅう》の誰《だれ》か一人《ひとり》でも、再逮捕《さいたいほ》に結《むす》びつくような情報《じょうほう》を提供《ていきょう》した者《もの》には、一千ガリオンの懸賞金《けんしょうきん》を与《あた》えるとなっていた。

「おかしいわねえ」死喰い人《デス・イーター》の写真《しゃしん》を見《み》つめながら、チョウが低《ひく》い声《こえ》で言《い》った。「シリウス・ブラックが脱走《だっそう》したときのこと、覚《おぼ》えてるでしょう？　ホグズミード中《じゅう》に、捜索《そうさく》の吸魂鬼《きゅうこんき》がいたわよね？　それが、今度《こんど》は十人《にん》もの死喰《しく》い人《びと》が逃亡中《とうぼうちゅう》なのに、吸魂鬼《きゅうこんき》はどこにもいない……」

「うん」ハリーはベラトリックス・レストレンジの写真《しゃしん》から無理《むり》に目《め》をそらし、ハイストリート通《どお》りの端《はし》から端《はし》まで視線《しせん》を走《はし》らせた。「うん、たしかに変《へん》だ」

近《ちか》くに吸魂鬼《きゅうこんき》がいなくて残念《ざんねん》だというわけではない。しかし、よく考《かんが》えてみると、いないということには大《おお》きな意味《いみ》がある。吸魂鬼《きゅうこんき》は、死喰《しく》い人《びと》を脱獄《だつごく》させてしまったばかりか、探《さが》そうともしていない……。もはや魔法省《まほうしょう》は、吸魂鬼《きゅうこんき》を制御《せいぎょ》できなくなっているかのようだ。

ハリーとチョウが通《とお》り過《す》ぎる先々《さきざき》の店《みせ》のウィンドウで、脱獄《だつごく》した十人《にん》の死喰《しく》い人《びと》の顔《かお》がにらんでいた。「スクリベンシャフト」の店《みせ》の前《まえ》を通《とお》ったとき、雨《あめ》が降《ふ》ってきた。冷《つめ》たい大粒《おおつぶ》の雨《あめ》が、ハリーの顔《かお》を、そして首筋《くびすじ》を打《う》った。

「あの……コーヒーでもどうかしら？」

雨足《あまあし》がますます強《つよ》くなり、チョウがためらいがちに言《い》った。

「ああ、いいよ」ハリーはあたりを見回《みまわ》した。「どこで？」

「ええ、すぐそこにとってもすてきな所《ところ》があるわ。マダム・パディフットのお店《みせ》に行《い》ったことない？」

チョウは明《あか》るい声《こえ》でそう言《い》うと、脇道《わきみち》に入《はい》り、小《ちい》さな喫茶店《きっさてん》へとハリーを誘《さそ》った。ハリーはこれまでそんな店《みせ》に気《き》がつきもしなかった。狭苦《せまくる》しくて何《なん》だかむんむんする店《みせ》で、何《なに》もかもフリルやリボンで飾《かざ》り立《た》てられていた。ハリーはアンブリッジの部屋《へや》を思《おも》い出《だ》していやな気分《きぶん》になった。

「かわいいでしょ？」チョウがうれしそうに言《い》った。

「ん……うん」ハリーは気持《きも》ちをいつわった。

「ほら、見《み》て。バレンタインデーの飾《かざ》りつけがしてあるわ！」チョウが指差《ゆびさ》した。

それぞれの小《ちい》さな丸《まる》テーブルの上《うえ》に、金色《きんいろ》のキューピッドがたくさん浮《う》かび、テーブルに座《すわ》っている人《ひと》たちに、ときどきピンクの紙《かみ》ふぶきを振《ふ》りかけていた。

「まあぁぁ……」

二人《ふたり》は、白《しろ》く曇《くも》った窓《まど》のそばに一つだけ残《のこ》っていたテーブルに座《すわ》った。レイブンクローのクィディッチ・キャプテン、ロジャー・デイビースが、ほんの数十《すう》センチしか離《はな》れていないテーブルに、かわいいブロンドの女《おんな》の子《こ》と一緒《いっしょ》に座《すわ》っていた。手《て》と手《て》を握《にぎ》っている。ハリーは落《お》ち着《つ》かない気分《きぶん》になった。その上《うえ》、店内《てんない》を見回《みまわ》すとカップルだらけで、みんな手《て》を握《にぎ》り合《あ》っているのが目《め》に入《はい》り、ますます落《お》ち着《つ》かなくなった。チョウも、ハリーがチョウの手《て》を握《にぎ》るのを期待《きたい》するだろう。

「お二人《ふたり》さん、何《なに》になさるの？」

マダム・パディフットは、つやつやした黒髪《くろかみ》をひっつめ髷《まげ》に結《ゆ》った、たいそう豊《ゆた》かな体《からだ》つきの女性《じょせい》で、ロジャーのテーブルとハリーたちのテーブルの間《あいだ》のすきまに、ようやっと入《はい》り込《こ》んでいた。

「コーヒー二つ」チョウが注文《ちゅうもん》した。

コーヒーを待《ま》つ間《あいだ》に、ロジャー・デイビースとガールフレンドは、砂糖入《さとうい》れの上《うえ》でキスしはじめた。キスなんかしなきゃいいのに、とハリーは思《おも》った。デイビースがお手本《てほん》になって、まもなくチョウが、ハリーもそれに負《ま》けないようにと期待《きたい》するだろう。ハリーは顔《かお》がほてってくるのを感《かん》じ、窓《まど》の外《そと》を見《み》ようと思《おも》った。しかし、窓《まど》が真《ま》っ白《しろ》に曇《くも》っていて、外《そと》の通《とお》りが見《み》えなかった。チョウの顔《かお》を見《み》つめざるをえなくなる瞬間《しゅんかん》を先延《さきの》ばしにしようと、ペンキの塗《ぬ》り具合《ぐあい》を調《しら》べるかのように天井《てんじょう》を見上《みあ》げたハリーは、上《うえ》に浮《う》かんでいたキューピッドに、顔《かお》めがけて紙《かみ》ふぶきを浴《あ》びせられた。

それからまたつらい数分《すうふん》が過《す》ぎ、チョウがアンブリッジのことを口《くち》にした。ハリーはホッとしてその話題《わだい》に飛《と》びついた。それから数分《すうふん》は、アンブリッジのこき下《お》ろしで楽《たの》しかったが、もうこの話題《わだい》はＤＡ《ディーエー》でさんざん語《かた》り尽《つ》くされていたので、長《なが》くは持《も》たなかった。再《ふたた》び沈黙《ちんもく》が訪《おとず》れた。隣《となり》のテーブルからチューチューいう音《おと》が聞《き》こえるのが、ことさら気《き》になって、ハリーは何《なん》とかしてほかの話題《わだい》を探《さが》そうと躍起《やっき》になった。

「あー……あのさ、お昼《ひる》に僕《ぼく》と一緒《いっしょ》に『三本《さんぼん》の箒《ほうき》』に来《こ》ないか？　そこでハーマイオニー・グレンジャーと待《ま》ち合《あ》わせてるんだ」

チョウの眉《まゆ》がぴくりと上《あ》がった。

「ハーマイオニー・グレンジャーと待《ま》ち合《あ》わせ？　今日《きょう》？」

「うん。彼女《かのじょ》にそう頼《たの》まれたから、僕《ぼく》、そうしようかと思《おも》って。一緒《いっしょ》に来《く》る？　来《き》てもかまわないって、ハーマイオニーが言《い》ってた」

「あら……ええ……それはご親切《しんせつ》に」

しかし、チョウの言《い》い方《かた》は、ご親切《しんせつ》だとはまったく思《おも》っていないようだった。むしろ、冷《つめ》たい口調《くちょう》で、急《きゅう》に険《けわ》しい表情《ひょうじょう》になった。

だまりこくって、また数分《すうふん》が過《す》ぎた。ハリーはせわしなくコーヒーを飲《の》み、もうすぐ二杯目《はいめ》が必要《ひつよう》になりそうだった。すぐ脇《わき》のロジャー・デイビースとガールフレンドは、唇《くちびる》の所《ところ》でのりづけされているかのようだった。

チョウの手《て》が、テーブルのコーヒーの脇《わき》に置《お》かれていた。ハリーはその手《て》を握《にぎ》らなければというプレッシャーがだんだん強《つよ》くなるのを感《かん》じていた。「やるんだ」ハリーは自分《じぶん》に言《い》い聞《き》かせた。弱気《よわき》と興奮《こうふん》がごた混《ま》ぜになって、胸《むね》の奥《おく》から湧《わ》き上《あ》がってきた。「手《て》を伸《の》ばして、サッとつかめ」。驚《おどろ》いた――たったの三十センチ手《て》を伸《の》ばしてチョウの手《て》に触《ふ》れるほうが、猛《もう》スピードのスニッチを空中《くうちゅう》で捕《つか》まえるより難《むずか》しいなんて……。

しかし、ハリーが手《て》を伸《の》ばしかけたとき、チョウがテーブルから手《て》を引《ひ》っ込《こ》めた。チョウは、ロジャー・デイビースがガールフレンドにキスしているのを、ちょっと興味深《きょうみぶか》げに眺《なが》めていた。

「あの人《ひと》、私《わたし》を誘《さそ》ったの」チョウが小《ちい》さな声《こえ》で言《い》った。「ロジャーが。二週間前《しゅうかんまえ》よ。でも、断《ことわ》ったわ」

ハリーは、急《きゅう》にテーブルの上《うえ》に伸《の》ばした手《て》のやり場《ば》を失《うしな》い、砂糖入《さとうい》れをつかんでごまかしたが、なぜチョウがそんな話《はなし》をするのか見当《けんとう》がつかなかった。隣《となり》のテーブルに座《すわ》ってロジャー・デイビースに熱々《あつあつ》のキスをされていたかったのなら、そもそもどうして僕《ぼく》とデートするのを承知《しょうち》したのだろう？

ハリーはだまっていた。テーブルのキューピッドが、また紙《かみ》ふぶきを一つかみ二人《ふたり》に振《ふ》りかけた。その何枚《なんまい》かが、ハリーがまさに飲《の》もうとしていた、飲《の》み残《のこ》しの冷《つめ》たいコーヒーに落《お》ちた。

「去年《きょねん》、セドリックとここに来《き》たの」チョウが言《い》った。

チョウが何《なに》を言《い》ったのかがわかるまでに、数秒《すうびょう》かかった。その間《あいだ》に、ハリーは体《からだ》の中《なか》が氷《こおり》のように冷《ひ》えきっていた。今《いま》このときに、チョウがセドリックの話《はなし》をしたがるなんて、ハリーには信《しん》じられなかった。周《まわ》りのカップルたちがキスし合《あ》い、キューピッドが頭上《ずじょう》に漂《ただよ》っているというのに。

チョウが次《つぎ》に口《くち》を開《ひら》いたときは、声《こえ》がかなり上《うわ》ずっていた。

「ずっと前《まえ》から、あなたに聞《き》きたかったことがあるの……セドリックは――あの人《ひと》は、わ――私《わたし》のことを、死《し》ぬ前《まえ》にちょっとでも口《くち》にしたかしら？」

金輪際話《こんりんざいはな》したくない話題《わだい》だった。特《とく》にチョウとは。

「それは――してない――」ハリーは静《しず》かに言《い》った。「そんな――何《なに》か言《い》うなんて、そんな時間《じかん》はなかった。ええと……それで……君《きみ》は……休暇中《きゅうかちゅう》にクィディッチの試合《しあい》をたくさん見《み》たの？トルネードーズのファンだったよね？」

ハリーの声《こえ》はうつろに快活《かいかつ》だった。しかし、チョウの両目《りょうめ》に、クリスマス前《まえ》の最後《さいご》のDA《ディーエー》が終《お》わったときと同《おな》じように涙《なみだ》があふれているのを見《み》て、ハリーはうろたえた。

「ねえ」ほかの誰《だれ》にも聞《き》かれないように前《まえ》かがみになり、ハリーは必死《ひっし》で話《はな》しかけた。「今《いま》はセドリックの話《はなし》はしないでおこう……何《なに》かほかの事《こと》を話《はな》そうよ……」

どうやらこれは逆効果《ぎゃくこうか》だった。

「私《わたし》――」チョウの涙《なみだ》がポタポタとテーブルに落《お》ちた。「私《わたし》、あなたならきっと、わ――わかってくれると思《おも》ったのに！　私《わたし》、このことを話《はな》す必要《ひつよう》があるの！　あなただって、きっと、ひ――必要《ひつよう》なはずだわ！　だって、あなたはそれを見《み》たんですもの。そ――そうでしょう？」

まるで悪夢《あくむ》だった。何《なに》もかも悪《わる》いほうにばかり展開《てんかい》した。ロジャー・デイビースのガールフレンドは、わざわざのりづけをはがして振《ふ》り返《かえ》り、泣《な》いているチョウを見《み》た。

「でも――僕《ぼく》はもう、そのことを話《はな》したんだ」ハリーがささやいた。「ロンとハーマイオニーに。でも――」

「あら、ハーマイオニー・グレンジャーには話《はな》すのね！」

涙《なみだ》で顔《かお》を光《ひか》らせ、チョウはかん高《だか》い声《こえ》を出《だ》した。キスの最中《さいちゅう》だったカップルが何組《なんくみ》か、見物《けんぶつ》のために分裂《ぶんれつ》した。

「それなのに、私《わたし》には話《はな》さないんだわ！　も――もう……し――支払《しはら》いをすませましょう。そして、あなたは行《い》けばいいのよ。ハーマイオニー・グ――グレンジャーの所《ところ》へ。あなたのお望《のぞ》みどおり！」

ハリーは何《なに》がなんだかわからずにチョウを見《み》つめた。チョウはフリルいっぱいのナプキンをつかみ、涙《なみだ》にぬれた顔《かお》に押《お》し当《あ》てていた。

「チョウ？」ハリーは恐《おそ》る恐《おそ》る呼《よ》びかけた。ロジャーが、ガールフレンドをつかまえて、またキスを始《はじ》めてくれればいいのに。そうすればハリーとチョウをじろじろ見《み》るのをやめるだろうに。

「行《い》ってよ。早《はや》く！」

チョウは、今《いま》やナプキンに顔《かお》をうずめて泣《な》いていた。

「私《わたし》とデートした直後《ちょくご》にほかの女《おんな》の子《こ》に会《あ》う約束《やくそく》をするなんて、なぜ私《わたし》を誘《さそ》ったりしたのかわからないわ……ハーマイオニーのあとには、あと何人《なんにん》とデートするの？」

「そんなんじゃないよ！」

何《なに》が気《き》にさわっていたのかがやっとわかって、ホッとすると同時《どうじ》に、ハリーは笑《わら》ってしまった。とたんに、しまったと思《おも》ったが、もう遅《おそ》かった。

チョウがパッと立《た》ち上《あ》がった。店中《みせじゅう》がシーンとなって、今《いま》やすべての目《め》が二人《ふたり》に注《そそ》がれていた。

「ハリー、じゃ、さよなら」

チョウは劇的《げきてき》に一言《ひとこと》言《い》うなり、少《すこ》しすしゃくり上《あ》げながら、出口《でぐち》へとかけだし、ぐいとドアを開《あ》けて土砂降《どしゃぶ》りの雨《あめ》の中《なか》に飛《と》び出《だ》していった。

「チョウ！」ハリーは追《お》いかけるように呼《よ》んだが、ドアはすでに閉《し》まり、チリンチリンという音《おと》だけが鳴《な》っていた。

店内《てんない》は静《しず》まり返《かえ》っていた。目《め》という目《め》がハリーを見《み》ていた。ハリーはテーブルに一ガリオンを放《ほう》り出《だ》し、ピンクの紙《かみ》ふぶきを頭《あたま》から払《はら》い落《お》としてチョウを追《お》って外《そと》に出《で》た。

雨《あめ》が激《はげ》しくなっていた。そして、チョウの姿《すがた》はどこにも見《み》えなかった。何《なに》が起《お》こったのか、ハリーにはさっぱりわからなかった。三十分前《ぷんまえ》まで、二人《ふたり》はうまくいっていたのに。

「女《おんな》ってやつは！」両手《りょうて》をポケットに突《つ》っ込《こ》み、雨水《あまみず》の流《なが》れる道《みち》をビチャビチャ歩《ある》きながら、ハリーは腹《はら》を立《た》ててつぶやいた。「だいたい、なんでセドリックの話《はなし》なんかしたがるんだ？　どうしていつも、自分《じぶん》が人間散水《にんげんさんすい》ホースみたいになる話《はなし》を引《ひ》っ張《ぱ》り出《だ》すんだ？」

ハリーは右《みぎ》に曲《ま》がり、バシャバシャとかけだした。何分《なんぷん》もかからずに、ハリーは「三本《さんぼん》の箒《ほうき》」の戸口《とぐち》に着《つ》いた。ハーマイオニーと会《あ》う時間《じかん》には早過《はやす》ぎたが、ここなら誰《だれ》か時間《じかん》をつぶせる相手《あいて》がいるだろうと思《おも》った。ぬれた髪《かみ》を、ブルッと目《め》から振《ふ》り払《はら》い、ハリーは店内《てんない》を見回《みまわ》した。ハグリッドが、一人《ひとり》でむっつりと隅《すみ》のほうに座《すわ》っていた。

「やあ、ハグリッド！」

混《こ》み合《あ》ったテーブルの間《あいだ》をすり抜《ぬ》け、ハグリッドの脇《わき》に椅子《いす》を引《ひ》き寄《よ》せて、ハリーが声《こえ》をかけた。

ハグリッドは飛《と》び上《あ》がって、まるでハリーが誰《だれ》だかわからないような目《め》で見下《みお》ろした。ハグリッドの顔《かお》に新《あたら》しい切《き》り傷《きず》が二つと打《う》ち身《み》が数《すう》か所《しょ》できていた。

「おう、ハリー、おまえさんか」ハグリッドが口《くち》をきいた。「元気《げんき》か？」

「うん、元気《げんき》だよ」

ハリーはうそをついた。傷《きず》だらけで悲《かな》しそうな顔《かお》をしたハグリッドと並《なら》ぶと、自分《じぶん》のほうはそんなに大《たい》したことではないと思《おも》ったのも事実《じじつ》だ。

「あー――ハグリッドは大丈夫《だいじょうぶ》なの？」

「俺《おれ》？」ハグリッドが言《い》った。「ああ、俺《おれ》なら、大元気《だいげんき》だぞ、ハリー、大元気《だいげんき》」

大《おお》きなバケツほどもある錫《すず》の大《だい》ジョッキの底《そこ》をじっと見《み》つめて、ハグリッドはため息《いき》をついた。ハリーは何《なん》と言葉《ことば》をかけていいかわからなかった。二人《ふたり》は並《なら》んで座《すわ》り、しばらくだまっていた。するとだし抜《ぬ》けにハグリッドが言《い》った。

「おんなじだなぁ。おまえと俺《おれ》は……え？　ハリー？」

「アー――」ハリーは答《こた》えに詰《つ》まった。

「うん……前《まえ》にも言《い》ったことがあるが……二人《ふたり》ともはみ出《だ》しもんだ」ハグリッドが納得《なっとく》したようにうなずきながら言《い》った。「そんで、二人《ふたり》とも親《おや》がいねえ。うん……二人《ふたり》とも孤児《みなしご》だ」

ハグリッドはぐいっと大《だい》ジョッキをあおった。

「ちがうもんだ。ちゃんとした家族《かぞく》がいるっちゅうことは」ハグリッドが言葉《ことば》を続《つづ》けた。「俺《おれ》の父《とう》ちゃんはちゃんとしとった。そんで、おまえさんの父《とう》さんも母《かあ》さんもちゃんとしとった。親《おや》が生《い》きとったら、人生《じんせい》はちがったもんになっとっただろう。なあ？」

「うん……そうだね」ハリーは慎重《しんちょう》に答《こた》えた。ハグリッドは何《なん》だか不思議《ふしぎ》な気分《きぶん》に浸《ひた》っているようだった。

「家族《かぞく》だ」ハグリッドが暗《くら》い声《こえ》で言《い》った。「なんちゅうても、血《ち》ってもんは大切《たいせつ》だ……」

そしてハグリッドは目《め》に滴《したた》る血《ち》をぬぐった。

「ハグリッド」ハリーはがまんできなくなって聞《き》いた。「いったいどこで、こんなに傷《きず》だらけになるの？」

「はあ？」ハグリッドはドキッとしたような顔《かお》をした。「どの傷《きず》だ？」

「全部《ぜんぶ》だよ！」ハリーはハグリッドの顔《かお》を指差《ゆびさ》した。

「ああ……いつものやつだよ、ハリー。こぶやら傷《きず》やら」ハグリッドは何《なん》でもないという言《い》い方《かた》をした。「俺《おれ》の仕事《しごと》は荒《あら》っぽいんだ」

ハグリッドは大《だい》ジョッキを飲《の》み干《ほ》し、テーブルに戻《もど》し、立《た》ち上《あ》がった。

「そんじゃな、ハリー……気《き》ぃつけるんだぞ」

そしてハグリッドは、打《う》ちしおれた姿《すがた》でドシンドシンとパブを出《で》ていき、滝《たき》のような雨《あめ》の中《なか》へと消《き》えた。ハリーはみじめな気持《きも》ちでその後《うし》ろ姿《すがた》を見送《みおく》った。ハグリッドは不幸《ふこう》なんだ。それに何《なに》か隠《かく》している。ハリーはみじめな気持ちでその……だが、断固助《だんこたす》けを拒《こば》むつもりらしい。いったい何《なに》が起《お》こっているんだろう？それ以上何《いじょうなに》か考《かんが》える間《ま》もなく、ハリーの名前《なまえ》を呼《よ》ぶ声《こえ》が聞《き》こえた。

「ハリー！ ハリー、こっちよ！」

店《みせ》のむこう側《がわ》で、ハーマイオニーが手《て》を振《ふ》っていた。ハリーは立《た》ち上《あ》がって、混《こ》み合《あ》ったパブの中《なか》をかき分《わ》けて進《すす》んだ。あと数《すう》テーブルというところで、ハリーは、ハーマイオニーが一人《ひとり》ではないのに気《き》づいた。飲《の》み仲間《なかま》としてはどう考《かんが》えてもありえない組《く》み合《あ》わせがもう二人《ふたり》、同《おな》じテーブルに着《つ》いていた。ルーナ・ラブグッドと、誰《だれ》あろう、リータ・スキーター、元《もと》「日刊予言者新聞《にっかんよげんしゃしんぶん》」の記者《きしゃ》で、ハーマイオニーが世界《せかい》で一番気《いちばんき》に入《い》らない人物《じんぶつ》の一人《ひとり》だ。

「早《はや》かったのね！」ハリーが座《すわ》れるように場所《ばしょ》をあけながら、ハーマイオニーが言《い》った。

「チョウと一緒《いっしょ》だと思《おも》ったのに。あと一時間《じかん》はあなたが来《こ》ないと思《おも》ってたわ」

「チョウ？」

リータが即座《そくざ》に反応《はんのう》し、座《すわ》ったまま体《からだ》をねじって、まじまじとハリーを見《み》つめた。

「女《おんな》の子《こ》と？」

リータはワニ革《がわ》ハンドバッグを引《ひ》っつかみ、中《なか》をゴソゴソ探《さが》した。

「ハリーが百人《にん》の女《おんな》の子《こ》とデートしようが、あなたの知《し》ったことじゃありません」ハーマイオニーが冷《つめ》たく言《い》った。「だから、それはすぐしまいなさい」

リータがハンドバッグから、黄緑色《きみどりいろ》の羽根《はね》ペンをまさに取《と》り出《だ》そうとしたところだった。「臭液《しゅうえき》」を無理《むり》やり飲《の》み込《こ》まされたような顔《かお》で、リータはまたバッグをパチンと閉《し》めた。

「君《きみ》たち、何《なに》するつもりだい？」

腰《こし》かけながら、ハリーはリータ、ルーナ、ハーマイオニーの顔《かお》を順《じゅん》に見《み》つめた。

「ミス優等生《ゆうとうせい》がそれをちょうど話《はな》そうとしていたところに、君《きみ》が到着《とうちゃく》したわけよ」

リータはグビリと音《おと》を立《た》てて飲《の》み物《もの》を飲《の》んだ。

「こちらさんと話《はな》すのはお許《ゆる》しいただけるんざんしょ？」リータがキッとなってハーマイオニー

に言《い》った。

「ええ、いいでしょう」ハーマイオニーが冷《つめ》たく言《い》った。

リータに失業《しつぎょう》は似合《にあ》わなかった。かつては念入《ねんい》りにカールしていた髪《かみ》は、くしも入《い》れず、顔《かお》の周《まわ》りにだらりと垂《た》れ下《さ》がっていた。六センチもあろうかという鉤爪《かぎづめ》に真《ま》っ赤《か》に塗《ぬ》ったマニキュアはあちこちはげ落《お》ち、フォックス型《がた》めがねのイミテーションの宝石《ほうせき》が二、三個欠《こか》けていた。リータはもう一度《いちど》ぐいっと飲《の》み物《もの》をあおり、唇《くちびる》を動《うご》かさずに言《い》った。

「かわいい子《こ》なの？　ハリー？」

「これ以上《いじょう》ハリーのプライバシーに触《ふ》れたら、取引《とりひき》はなしよ。そうしますからね」ハーマイオニーがいら立《だ》った。

「何《なん》の取引《とりひき》ざんしょ？」リータは手《て》の甲《こう》で口《くち》をぬぐった。

「小《こ》うるさいお嬢《じょう》さん、まだ取引《とりひき》の話《はなし》なんかしてないね。あたしゃ、ただ顔《かお》を出《だ》せと言《い》われただけで。うーっ、今《いま》に必《かなら》ず……」

リータがブルッと身震《みぶる》いしながら息《いき》を深《ふか》く吸《す》い込《こ》んだ。

「ええ、ええ、今《いま》に必《かなら》ず、あなたは、私《わたし》やハリーのことで、もっととんでもない記事《きじ》を書《か》くでしょうよ」ハーマイオニーは取《と》り合《あ》わなかった。「そんな脅《おど》しを気《き》にしそうな相手《あいて》を探《さが》せばいいわ。どうぞご自由《じゆう》に」

「あたくしなんかの手《て》を借《か》りなくとも、新聞《しんぶん》には今年《ことし》、ハリーのとんでもない記事《きじ》がたくさんのってたざんすよ」

グラス越《ご》しに横目《よこめ》でハリーの顔《かお》を見《み》ながら、リータは耳《みみ》ざわりなささやき声《ごえ》で聞《き》いた。

「それで、どんな気持《きも》ちがした？　ハリー？　裏切《うらぎ》られた気分《きぶん》？　動揺《どうよう》した？　誤解《ごかい》されてると思《おも》った？」

「もちろん、ハリーは怒《おこ》りましたとも」ハーマイオニーが厳《きび》しい声《こえ》で凛《りん》と言《い》い放《はな》った。「ハリーは魔法大臣《まほうだいじん》にほんとうのことを話《はな》したのに、大臣《だいじん》はどうしようもないバカで、ハリーを信用《しんよう》しなかったんですからね」

「それじゃ、君《きみ》はあくまで言《い》い張《は》るわけだ。『名前《なまえ》を呼《よ》んではいけないあの人《ひと》』が戻《もど》ってきたと？」

リータはグラスを下《さ》げ、射《い》るような目《め》でハリーを見《み》すえ、指《ゆび》がうろうろと物欲《ものほ》しげにワニ革《がわ》バッグのとめ金《がね》のあたりに動《うご》いていった。

「ダンブルドアがみんなに触《ふ》れ回《まわ》っているたわ言《ごと》を、『例《れい》のあの人《ひと》』が戻《もど》ったとか、君《きみ》が唯一《ゆいいつ》の目撃者《もくげきしゃ》だとかを、君《きみ》も言《い》い張《は》るわけざんすね？」

「僕《ぼく》だけが目撃者《もくげきしゃ》じゃない」ハリーがうなるように言《い》った。「十数人《すうにん》の死喰《しく》い人《びと》も、その場《ば》にいたんだ。名前《なまえ》を言《い》おうか？」

「いいざんすね」

今度《こんど》はバッグにもぞもぞと手《て》を入《い》れ、こんな美《うつく》しいものは見《み》たことがないという目《め》でハリーを見《み》つめながら、リータが息《いき》を殺《ころ》して言《い》った。

「ぶち抜《ぬ》き大見出《おおみだ》し『ポッター、告発《こくはつ》す』……小見出《こみだ》しで『ハリー・ポッター、身近《みぢか》に潜伏《せんぷく》する死喰《デス・イーター》い人の名前《なまえ》をすっぱ抜《ぬ》く』。それで、君《きみ》の大《おお》きな顔写真《かおじゃしん》の下《した》には、こう書《か》く。『例《れい》のあの人《ひと》に襲《おそ》われながらも生《い》き残《のこ》った、心病《こころや》める十代《だい》の少年《しょうねん》、ハリー・ポッター（15）は、昨日《さくじつ》、魔法界《まほうかい》の地位《ちい》も名誉《めいよ》もある人物《じんぶつ》たちを死喰《デス・イーター》い人であると告発《こくはつ》し、世間《せけん》を激怒《げきど》させた……」

自動速記羽根《じどうそっきはね》ペンＱＱＱ《キューキューキュー》を実際《じっさい》に手《て》に持《も》ち、口元《くちもと》まで半分《はんぶん》ほど持《も》っていったところで、リータの顔《かお》から恍惚《こうこつ》とした表情《ひょうじょう》が失《う》せた。

「でも、だめだわね」リータは羽根《はね》ペンを下《お》ろし、険悪《けんあく》な目《め》つきでハーマイオニーを見《み》た。「ミス優等生《ゆうとうせい》のお嬢《じょう》さんが、そんな記事《きじ》はお望《のぞ》みじゃないざんしょ？」

「実《じつ》は」ハーマイオニーがやさしく言《い》った。「ミス優等生《ゆうとうせい》のお嬢《じょう》さんは、まさにそれをお望《のぞ》みなの」

リータは目《め》を丸《まる》くしてハーマイオニーを見《み》た。ハリーもそうだった。一方《いっぽう》ルーナは、夢見《ゆめみ》るように「♪ウィーズリーこそわが王者《おうじゃ》」と小声《こごえ》で口《くち》ずさみながら、串刺《くしざ》しにしたカクテル・オニオンで飲《の》み物《もの》をかき混《ま》ぜた。

「あたくしに、『名前《なまえ》を呼《よ》んではいけないあの人《ひと》』についてハリーが言《い》うことを、記事《きじ》にしてほしいんざんすか？」リータは声《こえ》を殺《ころ》して聞《き》いた。

「ええ、そうなの」ハーマイオニーが言《い》った。「真実《しんじつ》の記事《きじ》を。すべての事実《じじつ》を。ハリーが話《はな》すとおりに。ハリーは全部《ぜんぶ》くわしく話《はな》すわ。あそこでハリーが見《み》た、『隠《かく》れ死喰《しく》い人《びと》』の名前《なまえ》も、現在《げんざい》ヴォルデモートがどんな姿《すがた》なのかも、――あら、しっかりしなさいよ」

テーブル越《ご》しにナプキンをリータのほうに放《ほう》り投《な》げながら、ハーマイオニーが軽蔑《けいべつ》したように言《い》った。ヴォルデモートという名前《なまえ》を聞《き》いただけで、リータがひどく飛《と》び上《あ》がり、ファイア・ウィスキーをグラス半分《はんぶん》も自分《じぶん》にひっかけてしまったのだ。

ハーマイオニーを見《み》つめたまま、リータは汚《きたな》らしいレインコートの前《まえ》をふいた。それから、リータはあけすけに言《い》った。

「『予言者新聞《よげんしゃしんぶん》』はそんなもの活字《かつじ》にするもんか。お気《き》づきでないざんしたら一応申《いちおうもう》し上《あ》げますけどね、ハリーのうそ話《ばなし》なんて誰《だれ》も信《しん》じないざんすよ。みんな、ハリーの妄想癖《もうそうへき》だと思《おも》ってるざんすからね。まあ、あたくしにその角度《かくど》から書《か》かせてくれるんざんしたら――」

「ハリーが正気《しょうき》を失《うしな》ったなんて記事《きじ》はこれ以上《いじょう》いりません！」ハーマイオニーが怒《おこ》った。「そんな話《はなし》はもういやというほどあるわ。せっかくですけど！　私《わたし》は、ハリーが真実《しんじつ》を語《かた》る機会《きかい》をつくってあげたいの！」

「そんな記事《きじ》は誰《だれ》ものせないね」リータが冷《つめ》たく言《い》った。

「ファッジが許《ゆる》さないから『予言者新聞《よげんしゃしんぶん》』はのせないっていう意味《いみ》でしょう」ハーマイオニーがいら立《だ》った。

　リータはしばらくじっとハーマイオニーをにらんでいた。やがて、ハーマイオニーに向《む》かってテーブルに身《み》を乗《の》り出《だ》し、まじめな口調《くちょう》で言《い》った。

「たしかに、ファッジは『予言者新聞《よげんしゃしんぶん》』にてこ入《い》れしている。でも、どっちみち同《おな》じことざんす。ハリーがまともに見《み》えるような記事《きじ》はのせないね。そんなもの、誰《だれ》も読《よ》みたがらない。大衆《たいしゅう》の風潮《ふうちょう》に反《はん》するんだ。先日《せんじつ》のアズカバン脱獄《だつごく》だけで、みんな充分不安感《じゅうぶんふあんかん》をつのらせてる。『例《れい》のあの人《ひと》』の復活《ふっかつ》なんか、とにかく信《しん》じたくないってわけざんす」

「それじゃ、『日刊予言者新聞《にっかんよげんしゃしんぶん》』は、みんなが喜《よろこ》ぶことを読《よ》ませるために存在《そんざい》する。そういうわけね？」ハーマイオニーが痛烈《つうれつ》に皮肉《ひにく》った。

リータは身《み》を引《ひ》いて元《もと》の姿勢《しせい》に戻《もど》り、両眉《りょうまゆ》を吊《つ》り上《あ》げて、残《のこ》りのファイア・ウィスキーを飲《の》み干《ほ》した。

「『予言者新聞《よげんしゃしんぶん》』は売《う》るために存在《そんざい》するざんすよ。世間知《せけんし》らずのお嬢《じょう》さん」リータが冷《つめ》たく言《い》った。

「私《わたし》のパパは、あれはへぼ新聞《しんぶん》だって思《おも》ってるよ」ルーナが唐突《とうとつ》に会話《かいわ》に割《わ》り込《こ》んできた。カクテル・オニオンをしゃぶりながら、ルーナは、ちょっと調子《ちょうし》っぱずれの、飛《と》び出《だ》したギョロ目《め》でリータをじっと見《み》た。「パパは、大衆《たいしゅう》が知《し》る必要《ひつよう》があると思《おも》う重要《じゅうよう》な記事《きじ》を出版《しゅっぱん》するんだ。お金《かね》もうけは気《き》にしないよ」

リータは軽蔑《けいべつ》したようにルーナを見《み》た。

「察《さっ》するところ、あんたの父親《ちちおや》は、どっかちっぽけな村《むら》のつまらないミニコミ誌《し》でも出《だ》してるんざんしょ？」リータが言《い》った。「たぶん、『マグルに紛《まぎ》れ込《こ》む二十五の方法《ほうほう》』とか、次《つぎ》の『飛《と》び寄《よ》り売買《ばいばい》バザー』の日程《にってい》だとか？」

「ちがうわ」ルーナはオニオンをギリーウォーターにもう一度《いちど》浸《ひた》しながら言《い》った。「パパは『ザ・クィブラー』の編集長《へんしゅうちょう》よ」

リータがブーッと噴《ふ》き出《だ》した。その音《おと》があんまり大《おお》きかったので、近《ちか》くのテーブルの客《きゃく》が何事《なにごと》かと振《ふ》り向《む》いた。

「『大衆《たいしゅう》が知《し》る必要《ひつよう》があると思《おも》う重要《じゅうよう》な記事《きじ》』だって？　え？」リータはこっちをひるませるような言《い》い方《かた》をした。「あたしゃ、あのボロ雑誌《ざっし》の臭《くさ》い記事《きじ》を庭《にわ》の肥《こ》やしにするね」

「じゃ、あなたが、『ザ・クィブラー』の格調《かくちょう》をちょっと引《ひ》き上《あ》げてやるチャンスじゃない？」ハーマイオニーが快活《かいかつ》に言《い》った。「ルーナが言《い》うには、お父《とう》さんは喜《よろこ》んでハリーのインタビューを引《ひ》き受《う》けるって。これで、誰《だれ》が出版《しゅっぱん》するかは決《き》まり」

リータはしばらく二人《ふたり》を見《み》つめていたが、やがてけたたましく笑《わら》いだした。

「『**ザ・クィブラー**』だって！」リータはゲラゲラ笑《わら》いながら言《い》った。「ハリーの話《はなし》が『ザ・クィブラー』にのったら、みんながまじめに取《と》ると思《おも》うざんすか？」

「そうじゃない人《ひと》もいるでしょうね」ハーマイオニーは平然《へいぜん》としていた。「だけど、アズカバン脱獄《だつごく》の『日刊予言者新聞《にっかんよげんしゃしんぶん》』版《ばん》にはいくつか大《おお》きな穴《あな》があるわ。何《なに》が起《お》こったのか、もっとましな説明《せつめい》はないものかって考《かんが》えている人《ひと》は多《おお》いと思《おも》うの。だから、別《べつ》な筋書《すじが》きがあるとなったら、それがのっているのが、たとえ――」ハーマイオニーは横目《よこめ》でちらりとルーナを見《み》た。「たとえ――その、異色《いしょく》の雑誌《ざっし》でも――読《よ》みたいという気持《きも》ちが相当強《そうとうつよ》いと思《おも》うわ」

リータはしばらく何《なに》も言《い》わなかった。ただ、首《くび》を少《すこ》しかしげて、油断《ゆだん》なくハーマイオニーを見《み》ていた。

「よござんしょ。仮《かり》にあたくしが引《ひ》き受《う》けるとして」リータが出《だ》し抜《ぬ》けに言《い》った。「どのくらいお支払《しはら》いいただけるんざんしょ？」

「パパは雑誌《ざっし》の寄稿者《きこうしゃ》に支払《しはら》いなんかしてないと思《おも》うよ」ルーナが夢見《ゆめみ》るように言《い》った。「みんな名誉《めいよ》だと思《おも》って寄稿《きこう》するんだもン。それに、もちろん、自分《じぶん》の名前《なまえ》が活字《かつじ》になるのを見《み》たいからだよ」

リータ・スキーターは、またしても口《くち》の中《なか》で「臭液《しゅうえき》」の強烈《きょうれつ》な味《あじ》がしたような顔《かお》になり、ハーマイオニーに食《く》ってかかった。

「ギャラなしでやれと？」

「ええ、まあ」ハーマイオニーは飲《の》み物《もの》を一口《ひとくち》すすり、静《しず》かに言《い》った。「さもないと、よくおわかりだと思《おも》うけど、私《わたし》、あなたが未登録《みとうろく》の『動物《アニ》もどき《メーガス》』だって、然《しか》るべき所《ところ》に通報《つうほう》するわよ。もっとも、『予言者新聞《よげんしゃしんぶん》』は、あなたのアズカバン囚人日記《しゅうじんにっき》にはかなりたくさん払《はら》ってくれるかもしれないわね」

リータは、ハーマイオニーの飲《の》み物《もの》に飾《かざ》ってある豆唐《まめから》かさを引《ひ》っつかんで、その鼻《はな》の穴《あな》に押《お》し込《こ》んでやれたらどんなにスーッとするか、という顔《かお》をした。

「どうやらあんまり選択《せんたく》の余地《よち》はなさそうざんすね？」リータの声《こえ》が少《すこ》し震《ふる》えていた。リータは再《ふたた》びワニ革《がわ》ハンドバッグを開《ひら》き、羊皮紙《ようひし》を一枚取《まいと》り出《だ》し、自動速記羽根《じどうそっきはね》ペンＱ Ｑ《キューキュー》Ｑ《キュー》をかまえた。

「パパが喜《よろこ》ぶわ」ルーナが明《あか》るく言《い》った。リータのあごの筋肉《きんにく》がひくひくけいれんした。

「さあ、ハリー？」ハーマイオニーがハリーに話《はな》しかけた。「大衆《たいしゅう》に真実《しんじつ》を話《はな》す準備《じゅんび》はできた？」

「まあね」ハリーの前《まえ》に置《お》いた羊皮紙《ようひし》の上《うえ》に、リータが自動速記羽根《じどうそっきはね》ペンを立《た》たせ、バランスを取《と》って準備《じゅんび》するのを眺《なが》めながら、ハリーが言《い》った。

「それじゃ、リータ、やってちょうだい」

グラスの底《そこ》からチェリーを一粒《つぶ》つまみ上《あ》げながら、ハーマイオニーが落《お》ち着《つ》きはらって言《い》った。

第《だい》26章《しょう》 過去《かこ》と未来《みらい》

ハリーをインタビューしたリータの記事《きじ》が、いつごろ『ザ・クィブラー』にのるかわからないと、ルーナは漠然《ばくぜん》と言《い》った。パパが「しわしわ角《づの》スノーカック」を最近目撃《さいきんもくげき》したというすてきに長《なが》い記事《きじ》が寄稿《きこう》されるのを待《ま》っているからというのだ。「――もちろん、それって、とっても大切《たいせつ》な記事《きじ》だもン。だから、ハリーのは次《つぎ》の号《ごう》まで待《ま》たなきゃいけないかも」

ヴォルデモートが復活《ふっかつ》した夜《よる》のことを語《かた》るのは、ハリーにとって生《なま》やさしいことではなかった。リータは事細《ことこま》かに聞《き》き出《だ》そうとハリーに迫《せま》ったし、ハリーも、真実《しんじつ》を世《よ》に知《し》らせるまたとないチャンスだという意識《いしき》で、思《おも》い出《だ》せるかぎりのすべてをリータに話《はな》した。はたしてどんな反応《はんのう》が返《かえ》ってくるだろうと、ハリーは考《かんが》えた。多《おお》くの人《ひと》が、ハリーは完全《かんぜん》に狂《くる》っているという見方《みかた》を再《さい》確認《かくにん》するだろう。何《なに》しろハリーの話《はなし》は、愚《ぐ》にもつかない「しわしわ角《づの》スノーカック」の話《はなし》と並《なら》んで掲載《けいさい》されるのだ。しかし、ベラトリックス・レストレンジと仲間《なかま》の死喰《しく》い人《びと》たちが脱走《だっそう》したことで、ハリーは、うまくいくいかないは別《べつ》として、とにかく何《なに》かをしたいという、燃《も》えるような思《おも》いにかられていた。

「君《きみ》の話《はなし》がおおっぴらになったら、アンブリッジがどう思《おも》うか、楽《たの》しみだ」月曜《げつよう》の夕食《ゆうしょく》の席《せき》で、ディーンが感服《かんぷく》したように言《い》った。シェーマスはディーンのむかい側《がわ》で、チキンとハムのパイをごっそりかき込《こ》んでいた。しかしハリーには、話《はなし》を聞《き》いていることがわかっていた。

「いいことをしたね、ハリー」テーブルの反対側《はんたいがわ》に座《すわ》っていたネビルが言《い》った。かなり青《あお》ざめていたが、低《ひく》い声《こえ》で言葉《ことば》を続《つづ》けた。

「きっと……つらかっただろう？……それを話《はな》すのって……？」

「うん」ハリーがボソリと言《い》った。「でも、ヴォルデモートが何《なに》をやってのけるのか、みんなが知《し》らないといけないんだ。そうだろう？」

「そうだよ」ネビルがこっくりした。「それと、死喰《しく》い人《びと》のことも……みんな、知《し》るべきなんだ……」

ネビルは中途半端《ちゅうとはんぱ》に言葉《ことば》をとぎらせ、再《ふたた》び焼《や》きジャガイモを食《た》べはじめた。シェーマスが目《め》を上《あ》げたが、ハリーと目《め》が合《あ》うと、あわてて自分《じぶん》の皿《さら》に視線《しせん》を戻《もど》した。しばらくして、ディーン、シェーマス、ネビルが談話室《だんわしつ》に向《む》かい、ハリーとハーマイオニーだけがテーブルに残《のこ》ってロンを待《ま》った。クィディッチの練習《れんしゅう》で、ロンはまだ夕食《ゆうしょく》をとっていなかった。

チョウ・チャンが友達《ともだち》のマリエッタと大広間《おおひろま》に入《はい》ってきた。ハリーの胃《い》がぐらっと気持《きも》ちの悪《わる》い揺《ゆ》れ方《かた》をした。しかし、チョウはグリフィンドールのテーブルには目《め》もくれず、ハリーに背《せ》を向《む》けて席《せき》に着《つ》いた。

「あ、聞《き》くのを忘《わす》れてたわ」ハーマイオニーがレイブンクローのテーブルをちらりと見《み》ながら、ほがらかに聞《き》いた。「チョウとのデートはどうだったの？　どうしてあんなに早《はや》く来《き》たの？」

「んー……それは……」ハリーはルバーブ・クランブルのデザート皿《ざら》を引《ひ》き寄《よ》せ、おかわりを自《じ》分《ぶん》の皿《さら》に取《と》り分《わ》けながら言《い》った。「めっちゃくちゃさ。聞《き》かれたから言《い》うだけだけど」

ハリーは、マダム・パディフットの喫茶店《きっさてん》で起《お》こったことを、ハーマイオニーに話《はな》して聞《き》かせた。

「……というわけで」数分後《すうふんご》にハリーは話《はな》し終《お》わり、ルバーブ・クランブルの最後《さいご》の一口《ひとくち》も食《た》べ終《お》わった。「チョウは急《きゅう》に立《た》ち上《あ》がって、そう、こう言《い》うんだ。『ハリー、じゃ、さよなら』。それで走《はし》って出《で》ていったのさ！」ハリーはスプーンを置《お》き、ハーマイオニーを見《み》た。「つまり、いったいあれは何《なん》だったんだ？　何《なに》が起《お》こったっていうんだ？」

ハーマイオニーはチョウの後《うし》ろ姿《すがた》をちらりと見《み》て、ため息《いき》をついた。

「ハリーったら」ハーマイオニーは悲《かな》しげに言《い》った。「言《い》いたくはないけど、あなた、ちょっと無神経《むしんけい》だったわ」

「僕《ぼく》が？　無神経《むしんけい》？」ハリーは憤慨《ふんがい》した。「二人《ふたり》でうまくいってるなと思《おも》ったら、次《つぎ》の瞬間《しゅんかん》、チョウはロジャー・デイビースがデートに誘《さそ》ったの、セドリックとあのバカバカしい喫茶店《きっさてん》に来《き》ていちゃいちゃしたのって、僕《ぼく》に言《い》うんだぜ――いったい僕《ぼく》にどう思《おも》えって言《い》うんだ？」

「あのねえ」ハーマイオニーは、まるで駄々《だだ》をこねるよちよち歩《ある》きの子供《こども》に、１＋１＝２だということを言《い》い聞《き》かせるように、辛抱強《しんぼうづよ》く言《い》った。「デートの途中《とちゅう》で私《わたし》に会《あ》いたいなんて、言《い》うべきじゃなかったのよ」

「だって、だって」ハリーが急《せ》き込《こ》んで言《い》った。「だって――十二時《じ》に来《こ》いって、それにチョウも連《つ》れてこいって君《きみ》がそう言《い》ったんだ。チョウに話《はな》さなきゃ、そうできないじゃないか？」

「言《い》い方《かた》がまずかったのよ」ハーマイオニーは、またしゃくにさわるほどの辛抱強《しんぼうづよ》さで言《い》った。「こう言《い》うべきだったわ。――ほんとうに困《こま》るんだけど、ハーマイオニーに『三本《さんぼん》の箒《ほうき》』に来《く》るように約束《やくそく》**させられた**。ほんとうは行《い》きたくない。できることなら一日中《いちにちじゅう》チョウと一緒《いっしょ》にいたい。だけど、残念《ざんねん》ながらあいつに会《あ》わないといけないと思《おも》う。どうぞ、お願《ねが》いだから、僕《ぼく》と一緒《いっしょ》に来《き》てくれ。そうすれば、僕《ぼく》はもっと早《はや》くその場《ば》を離《はな》れることができるかもしれない。――それに、私《わたし》のことを、とってもブスだ、とか言《い》ったらよかったかもしれないわね」

最後《さいご》の言葉《ことば》を、ハーマイオニーはふと思《おも》いついたようにつけ加《くわ》えた。

「だけど、僕《ぼく》、君《きみ》がブスだなんて思《おも》ってないよ」ハリーが不思議《ふしぎ》そうな顔《かお》をした。

ハーマイオニーが笑《わら》った。

「ハリー、あなたったら、ロンよりひどいわね……おっと、そうでもないか」

ハーマイオニーがため息《いき》をついた。ロンが泥《どろ》だらけで、不機嫌《ふきげん》な顔《かお》をぶら下《さ》げて、大広間《おおひろま》にドスドスと入《はい》ってきたところだった。

「あのね——あなたが私《わたし》に会《あ》いにいくって言《い》ったから、チョウは気《き》を悪《わる》くしたのよ。だから、あなたにやきもちを焼《や》かせようとしたの。あなたがどのくらいチョウのことを好《す》きなのか、彼女《かのじょ》なりのやり方《かた》で試《ため》そうとしたのよ」

「チョウは、そういうことをやってたわけ？」ハリーが言《い》った。

ロンは二人《ふたり》に向《む》き合《あ》う場所《ばしょ》にドサッと座《すわ》り、手当《てあ》たりしだい食《た》べ物《もの》の皿《さら》を引《ひ》き寄《よ》せていた。

「それなら、僕《ぼく》が君《きみ》よりチョウのほうが好《す》きかって聞《き》いたほうが、ずっと簡単《かんたん》じゃない？」

「女《おんな》の子《こ》は、だいたいそんな物《もの》の聞《き》き方《かた》はしないものよ」ハーマイオニーが言《い》った。

「でも、そうすべきだ！」ハリーの言葉《ことば》に力《ちから》が入《はい》った。「そうすりゃ、僕《ぼく》、チョウが好《す》きだって、ちゃんと言《い》えたじゃないか。そうすれば、チョウだって、セドリックが死《し》んだことをまた持《も》ち出《だ》して、大騒《おおさわ》ぎしたりする必要《ひつよう》はなかったのに！」

「チョウがやったことが思慮深《しりょぶか》かったとは言《い》ってないのよ」ハーマイオニーが言《い》った。ちょうど、ジニーが、ロンと同《おな》じように泥《どろ》んこで、同《おな》じようにぶすっとして席《せき》に着《つ》いたところだった。「ただ、その時《とき》の彼女《かのじょ》の気持《きも》ちを、あなたに説明《せつめい》しようとしているだけ」

「君《きみ》、本《ほん》を書《か》くべきだよ」ロンがポテトを切《き》り刻《きざ》みながら、ハーマイオニーに言《い》った。「女《おんな》の子《こ》の奇怪《きかい》な行動《こうどう》についての解釈《かいしゃく》をさ。男《おとこ》の子《こ》が理解《りかい》できるように」

「そうだよ」ハリーがレイブンクローのテーブルに目《め》をやりながら、熱《ねっ》を込《こ》めて言《い》った。チョウが立《た》ち上《あ》がったところだった。そして、ハリーのほうを見向《みむ》きもせずに、大広間《おおひろま》を出《で》ていった。何《なん》だかがっくりして、ハリーはロンとジニーに向《む》きなおった。

「それで、クィディッチの練習《れんしゅう》はどうだった？」

「悪夢《あくむ》だったさ」ロンは気《き》が立《た》っていた。

「やめてよ」ハーマイオニーがジニーを見《み》ながら言《い》った。「まさか、それほど――」

「それほどだったのよ」ジニーが言《い》った。「ぞっとするわ。アンジェリーナなんか、しまいには泣《な》きそうだった」

夕食《ゆうしょく》のあと、ロンとジニーはシャワーを浴《あ》びにいった。ハリーとハーマイオニーは混《こ》み合《あ》ったグリフィンドールの談話室《だんわしつ》に戻《もど》り、いつものように宿題《しゅくだい》の山《やま》に取《と》りかかった。ハリーが「天文学《てんもんがく》」の新《あたら》しい星図《せいず》と三十分《ぷん》ほど格闘《かくとう》したころ、フレッドとジョージが現《あらわ》れた。

「ロンとジニーは、いないな？」椅子《いす》を引《ひ》き寄《よ》せ、周《まわ》りを見回《みまわ》しながら、フレッドが聞《き》いた。

ハリーは首《くび》を振《ふ》った。すると、フレッドが言《い》った。

「ならいいんだ。俺《おれ》たち、あいつらの練習《れんしゅう》ぶりを見《み》てたけど、ありゃ死刑《しけい》もんだ。俺《おれ》たちがいなけりゃ、あいつらまったくのクズだ」

「おいおい、ジニーはそうひどくないぜ」ジョージが、フレッドの隣《となり》に座《すわ》りながら訂正《ていせい》した。「実際《じっさい》、あいつ、どうやってあんなにうまくなったのかわかんねえよ。俺《おれ》たちと一緒《いっしょ》にプレーさせてやったことなんかないぜ」

「ジニーはね、六歳《さい》のときから庭《にわ》の箒置《ほうきお》き場《ば》に忍《しの》び込《こ》んで、あなたたちの目《め》を盗《ぬす》んで、二人《ふたり》の箒《ほうき》にかわりばんこに乗《の》っていたのよ」

ハーマイオニーが、山《やま》と積《つ》まれた古代《こだい》ルーン文字《もじ》の本《ほん》の陰《かげ》から声《こえ》を出《だ》した。

「へえ」ジョージがちょっと感心《かんしん》したような顔《かお》をした。「なーるへそ――それで納得《なっとく》」

「ロンはまだ一度《いちど》もゴールを守《まも》っていないの？」

『魔法象形文字と記号文字《まほうしょうけいもじときごうもじ》』の本《ほん》の上《うえ》からこっちをのぞきながら、ハーマイオニーが聞《き》いた。

「まあね、誰《だれ》も自分《じぶん》を見《み》ていないと思《おも》うと、ロンのやつ、ブロックできるんだけど」フレッドはやれやれという目《め》つきをした。「だから、俺《おれ》たちが何《なに》をすべきかと言《い》えば、土曜日《どようび》の試合《しあい》で、あいつのほうにクアッフルが行《い》くたびに、観衆《かんしゅう》に向《む》かって、そっぽを向《む》いて勝手《かって》にしゃべってくれって頼《たの》むことだな」

フレッドは立《た》ち上《あ》がって、落《お》ち着《つ》かない様子《ようす》で窓際《まどぎわ》まで行《い》き、暗《くら》い校庭《こうてい》を見《み》つめた。

「あのさ、俺《おれ》たち、唯一《ゆいいつ》クィディッチがあるばっかりに、学校《がっこう》にとどまったんだ」

ハーマイオニーが厳《きび》しい目《め》でフレッドを見《み》た。

「もうすぐ試験《しけん》があるじゃない！」

「前《まえ》にも言《い》ったけど、N《イ》・E《モ》・W《リ》・T試験《しけん》なんて、俺《おれ》たちはどうでもいいんだ」フレッドが言《い》った。

「例《れい》の『スナックボックス』はいつでも売《う》り出《だ》せる。あの吹《ふ》き出物《でもの》をやっつけるやり方《かた》も見《み》つけた。マートラップのエキス数滴《すうてき》で片《かた》づく。リーが教《おし》えてくれた」

ジョージが大《おお》あくびをして、曇《くも》った夜空《よぞら》を憂《ゆう》うつそうに眺《なが》めた。

「今度《こんど》の試合《しあい》は見《み》たくもない気分《きぶん》だ。ザカリアス・スミスに敗《やぶ》れるようなことがあったら、俺《おれ》は死《し》にたいよ」

「むしろ、あいつを殺《ころ》すね」フレッドがきっぱりと言《い》った。

「これだからクィディッチは困《こま》るのよ」再《ふたた》びルーン文字《もじ》の解読《かいどく》にかじりつきながら、ハーマイオニーが上《うわ》の空《そら》で言《い》った。「おかげで、寮《りょう》の間《あいだ》で悪感情《あくかんじょう》やら緊張《きんちょう》が生《う》まれるんだから」

『スペルマンのすっきり音節《おんせつ》』を探《さが》すのにふと目《め》を上《あ》げたハーマイオニーは、フレッド、ジョージ、ハリーが、いっせいに自分《じぶん》をにらんでいるのに気《き》づいた。三人《にん》ともあっけに取《と》られた、苦々《にがにが》しげな表情《ひょうじょう》を浮《う》かべている。

「ええ、そうですとも！」ハーマイオニーがいら立《だ》たしげに言《い》った。「たかがゲームじゃない？」

「ハーマイオニー」ハリーが頭《かぶり》を振《ふ》りながら言《い》った。「君《きみ》って人《ひと》の感情《かんじょう》とかはよくわかってるけど、クィディッチのことはさっぱり理解《りかい》してないね」

「そうかもね」また翻訳《ほんやく》に戻《もど》りながら、ハーマイオニーが悲観的《ひかんてき》な言《い》い方《かた》をした。「だけど、少《すく》なくとも、私《わたし》の幸《しあわ》せは、ロンのゴールキーパーとしての能力《のうりょく》に左右《さゆう》されたりしないわ」

しかし、土曜日《どようび》の試合観戦後《しあいかんせんご》のハリーは、自分《じぶん》もクィディッチなんかどうでもいいと思《おも》えるものなら、ガリオン金貨《きんか》を何枚出《なんまいだ》しても惜《お》しくないという気持《きも》ちになっていた。もっともハーマイオニーの前《まえ》でこんなことを認《みと》めるくらいなら、天文台塔《てんもんだいとう》から飛《と》び降《お》りたほうがましだった。

この試合《しあい》で最高《さいこう》だったのは、すぐ終《お》わったことだった。グリフィンドールの観客《かんきゃく》は、たった二十二分《ふん》の苦痛《くつう》にたえるだけですんだ。何《なに》が最低《さいてい》だったかは、判定《はんてい》が難《むずか》しい。ロンが十四回《かい》もゴールを抜《ぬ》かれたことか、スローパーがブラッジャーを撃《う》ちそこねて、かわりに棍棒《こんぼう》でアンジェリーナの口《くち》を引《ひ》っぱたいたことか、クアッフルを持《も》ったザカリアス・スミスが突《つ》っ込《こ》んできたときに、カークが悲鳴《ひめい》を上《あ》げて箒《ほうき》から仰向《あおむ》けに落《お》ちたことか、ハリーの見《み》るところ、どっこいどっこいのいい勝負《しょうぶ》だ。奇跡的《きせきてき》に、グリフィンドールは、たった十点差《てんさ》で負《ま》けただけだった。ジニーが、ハッフルパフのシーカー、サマービーの鼻先《はなさき》から、からくもスニッチを奪《うば》い取《と》ったので、最終《さいしゅう》得点《とくてん》は二百四十対《たい》二百三十だった。

「見事《みごと》なキャッチだった」談話室《だんわしつ》に戻《もど》ったとき、ハリーがジニーに声《こえ》をかけた。談話室《だんわしつ》はまるでとびっきり陰気《いんき》な葬式《そうしき》のような雰囲気《ふんいき》だった。

「ラッキーだったのよ」ジニーが肩《かた》をすくめた。「あんまり早《はや》いスニッチじゃなかったし、サマービーが風邪《かぜ》を引《ひ》いてて、ここぞというときに、くしゃみして目《め》をつぶったの。とにかく、あなたがチームに戻《もど》ったら――」

「ジニー、僕《ぼく》は一生涯《いっしょうがい》、禁止《きんし》になってるんだ」

「アンブリッジが学校《がっこう》にいるかぎり、禁止《きんし》になってるのよ」ジニーが訂正《ていせい》した。「一生涯《いっしょうがい》とはちがうわ。とにかく、あなたが戻《もど》ったら、私《わたし》はチェイサーに挑戦《ちょうせん》するわ。アンジェリーナもアリシアも来年《らいねん》は卒業《そつぎょう》だし、どっちみち、私《わたし》はシーカーよりゴールで得点《とくてん》するほうが好《す》きなの」

ハリーはロンを見《み》た。ロンは、隅《すみ》っこにかがみ込《こ》み、バタービールの瓶《びん》をつかんで、ひざこぞうをじっと見《み》つめている。

「アンジェリーナがまだロンの退部《たいぶ》を許《ゆる》さないの」ハリーの心《こころ》を読《よ》んだかのように、ジニーが言《い》った。「ロンに力《ちから》があるのはわかってるって、アンジェリーナはそう言《い》うの」

ハリーは、アンジェリーナがロンを信頼《しんらい》しているのがうれしかった。しかし、同時《どうじ》に、ほんとうはロンを退部《たいぶ》させてやるほうが親切《しんせつ》ではないかとも思《おも》った。ロンが競技場《きょうぎじょう》を去《さ》るとき、またしてもスリザリン生《せい》が悦《えつ》に入《い》って、「♪ウィーズリーこそわが王者《おうじゃ》」の大合唱《だいがっしょう》で見送《みおく》ったのだった。スリザリンは、今《いま》や、クィディッチ杯《はい》の最有力候補《さいゆうりょくこうほ》だった。

フレッドとジョージがぶらぶらやってきた。

「俺《おれ》、あいつをからかう気《き》にもなれないよ」ロンの打《う》ちしおれた姿《すがた》を見《み》ながら、フレッドが言《い》った。「ただし……あいつが十四回目《かいめ》のミスをしたとき――」フレッドは上向《うわむ》きで犬《いぬ》かきをするように、両腕《りょううで》をむちゃくちゃに動《うご》かした。「――まあ、これはパーティ用《よう》に取《と》っておくか、な？」

それからまもなく、ロンはのろのろと寝室《しんしつ》に向《む》かった。ロンの気持《きも》ちを察《さっ》して、ハリーは少《すこ》し時間《じかん》をずらして寝室《しんしつ》に上《あ》がっていった。ロンがそうしたいと思《おも》えば、寝《ね》たふりができるようにと思《おも》ったのだ。案《あん》の定《じょう》、ハリーが寝室《しんしつ》に入《はい》ったとき、ロンのいびきは、本物《ほんもの》にしては少《すこ》し大《おお》き過《す》ぎた。

ハリーは試合《しあい》のことを考《かんが》えながらベッドに入《はい》った。はたで見《み》ているのは、何《なん》とも歯《は》がゆかった。ジニーの試合《しあい》ぶりはなかなかのものだったが、自分《じぶん》がプレーしていたら、もっと早《はや》くスニッチを捕《と》らえられたのに……。スニッチがカークのかかとのあたりをひらひら飛《と》んでいた、あの一瞬《いっしゅん》にジニーがためらわなかったら、グリフィンドールの勝利《しょうり》をかすめ取《と》ることができたろうに。

アンブリッジはハリーやハーマイオニーより数列下《すうれつした》に座《すわ》っていた。一度《ど》か二度《ど》、べったり腰《こし》を下《お》ろしたまま、振《ふ》り返《かえ》ってハリーを見《み》た。ガマガエルのような口《くち》が横《よこ》に広《ひろ》がり、ハリーには、いい気味《きみ》だとほくそ笑《え》んでいるように見《み》えた。暗闇《くらやみ》の中《なか》に横《よこ》たわり、思《おも》い出《だ》すだにハリーは怒《いか》りで熱《あつ》くなった。しかし、その数分後《すうふんご》には、寝《ね》る前《まえ》にすべての感情《かんじょう》を無《む》にすべきだったと思《おも》い出《だ》した。スネイプが「閉心術《へいしんじゅつ》」の特訓《とっくん》のあと、いつもハリーにそう指示《しじ》していたのだ。

ハリーは一、二分努力《ふんどりょく》してみたが、アンブリッジのことを思《おも》い出《だ》した上《うえ》にスネイプのことを考《かんが》えると、怨念《おんねん》が強《つよ》まるばかりだった。気《き》がつくと、むしろ自分《じぶん》がこの二人《ふたり》をどんなに毛嫌《けぎら》いしているかに気持《きも》ちが集中《しゅうちゅう》していた。ロンのいびきが、だんだん弱《よわ》くなり、ゆっくりした深《ふか》い寝息《ねいき》に変《か》わっていった。ハリーのほうは、それからしばらく寝《ね》つけなかった。体《からだ》はつかれていたが、脳《のう》が休《やす》むまでに長《なが》い時間《じかん》がかかった。

ネビルとスプラウト先生《せんせい》が「必要《ひつよう》の部屋《へや》」でワルツを踊《おど》っている夢《ゆめ》を見《み》た。マクゴナガル先生《せんせい》がバグパイプを演奏《えんそう》していた。ハリーは幸《しあわ》せな気持《きも》ちで、しばらくみんなを眺《なが》めていたが、やがて、DA《ディーエー》のほかのメンバーを探《さが》しに出《で》かけようと思《おも》った。

ところが、部屋《へや》を出《で》たハリーは、「バカのバーナバス」のタペストリーではなく、石壁《いしかべ》の腕木《うでぎ》で燃《も》える松明《たいまつ》の前《まえ》にいた。ハリーはゆっくりと左《ひだり》に顔《かお》を向《む》けた。そこに、窓《まど》のない廊下《ろうか》の一番奥《いちばんおく》に、飾《かざ》りも何《なに》もない黒《くろ》い扉《とびら》があった。

ハリーは高鳴《たかな》る心《こころ》で扉《とびら》に向《む》かって歩《ある》いた。ついに運《うん》が向《む》いてきたという、とても不思議《ふしぎ》な感覚《かんかく》があった。今度《こんど》こそ扉《とびら》を開《あ》ける方法《ほうほう》が見《み》つかる……。あと数《すう》十センチだ。ハリーは心《こころ》が躍《おど》った。扉《とびら》の右端《みぎはし》に沿《そ》ってぼんやりと青《あお》い光《ひかり》の筋《すじ》が見《み》える……扉《とびら》がわずかに開《ひら》いている……ハリーは手《て》を伸《の》ばし、扉《とびら》を大《おお》きく押《お》し開《ひら》こうとした。そして——。

ロンがガーガーと本物《ほんもの》の大《おお》きないびきをかいた。ハリーは突然《とつぜん》目《め》が覚《さ》めた。何百《なん》キロも離《はな》れた所《ところ》にある扉《とびら》を開《あ》けようと、右手《みぎて》を暗闇《くらやみ》に突《つ》き出《だ》していた。失望《しつぼう》と罪悪感《ざいあくかん》の入《い》りまじった気持《きも》ちで、ハリーは手《て》を下《お》ろした。扉《とびら》の夢《ゆめ》を見《み》てはいけないことはわかっていた。しかし、同時《どうじ》に、そのむこう側《がわ》に何《なに》があるのかと好奇心《こうきしん》にさいなまれ、ロンを恨《うら》みに思《おも》った。ロンがあと一分《ぷん》、いびきをがまんしてくれていたら……。

月曜《げつよう》の朝《あさ》、朝食《ちょうしょく》をとりに大広間《おおひろま》に入《はい》ると同時《どうじ》にふくろう便《びん》も到着《とうちゃく》した。「日刊予言者新聞《にっかんよげんしゃしんぶん》」を待《ま》っていたのは、ハーマイオニーだけではない。ほとんど全員《ぜんいん》が、脱獄《だつごく》した死喰《しく》い人《びと》の新《あたら》しいニュースを待《ま》ち望《のぞ》んでいた。目撃《もくげき》したという知《し》らせが多《おお》いにもかかわらず、誰《だれ》もまだ捕《つか》まってはいなかった。ハーマイオニーは配達《はいたつ》ふくろうに一クヌート支払《しはら》い、急《いそ》いで新聞《しんぶん》を広《ひろ》げた。ハリーはオレンジジュースに手《て》を伸《の》ばした。この一年間《ねんかん》、ハリーはたった一度《いちど》メモを受《う》け取《と》ったきりだったので、目《め》の前《まえ》にふくろうが一羽《わ》、バサッと降《お》り立《た》ったとき、まちがえたのだろうと思《おも》った。

「誰《だれ》を探《さが》してるんだい？」ハリーは、くちばしの下《した》から面倒《めんどう》くさそうにオレンジジュースをどけ、受取人《うけとりにん》の名前《なまえ》と住所《じゅうしょ》をのぞき込《こ》んだ。

ハリー・ポッター
大広間《おおひろま》
ホグワーツ校《こう》

ハリーは、顔《かお》をしかめてふくろうから手紙《てがみ》を取《と》ろうとした。しかし、その前《まえ》に、三羽《わ》、四羽《わ》、五羽《わ》と、最初《さいしょ》のふくろうの脇《わき》に別《べつ》のふくろうが次々《つぎつぎ》と降《お》り立《た》ち、バターを踏《ふ》みつけるやら、塩《しお》をひっくり返《かえ》すやら、自分《じぶん》が一番乗《いちばんの》りで郵便《ゆうびん》を届《とど》けようと、押《お》し合《あ》いへし合《あ》いの場所取《ばしょと》り合戦《がっせん》をくり広《ひろ》げた。

「何事《なにごと》だ？」ロンが仰天《ぎょうてん》した。

グリフィンドールのテーブルの全員《ぜんいん》が、身《み》を乗《の》り出《だ》して見物《けんぶつ》する中《なか》、最初《さいしょ》のふくろう群《ぐん》の真《ま》っただ中《なか》に、さらに七羽《わ》ものふくろうが着地《ちゃくち》し、ギーギー、ホーホー、パタパタと騒《さわ》いだ。

「ハリー！」ハーマイオニーが羽毛《うもう》の群《む》れの中《なか》に両手《りょうて》を突《つ》っ込《こ》み、長《なが》い円筒形《えんとうけい》の包《つつ》みを持《も》ったコノハズクを引《ひ》っ張《ぱ》り出《だ》し、息《いき》をはずませた。「私《わたし》、何《なん》だかわかったわ──これを最初《さいしょ》に開《あ》けて！」

ハリーは茶色《ちゃいろ》の包《つつ》み紙《がみ》を破《やぶ》り取《と》った。中《なか》から、きっちり丸《まる》めた『ザ・クィブラー』の三月号《がつごう》が転《ころ》がり出《で》た。広《ひろ》げてみると、表紙《ひょうし》から自分《じぶん》の顔《かお》が、気恥《きは》ずかしげにニヤッと笑《わら》いかけた。その写《しゃ》真《しん》を横切《よこぎ》って、真《ま》っ赤《か》な大《おお》きな字《じ》でこう書《か》いてある。

ハリー・ポッターついに語《かた》る
「名前《なまえ》を呼《よ》んではいけないあの人《ひと》」の真相《しんそう》──僕《ぼく》がその人《ひと》の復活《ふっかつ》を見《み》た夜《よる》

「いいでしょう？」

いつの間《ま》にかグリフィンドールのテーブルにやってきて、フレッドとロンの間《あいだ》に割《わ》り込《こ》んで座《すわ》っていたルーナが言《い》った。

「きのう出《で》たんだよ。パパに一部無料《ぶむりょう》であんたに送《おく》るように頼《たの》んだんだもン。きっと、これ」ルーナは、ハリーの前《まえ》でまだもみ合《あ》っているふくろうの群《む》れに手《て》を振《ふ》った。「読者《どくしゃ》からの手紙《てがみ》だよ」

「そうだと思《おも》ったわ」ハーマイオニーが夢中《むちゅう》で言《い》った。「ハリー、かまわないかしら？　私《わたし》たちで――」

「自由《じゆう》に開《あ》けてよ」ハリーは少《すこ》し困惑《こんわく》していた。

ロンとハーマイオニーが封筒《ふうとう》をビリビリ開《あ》けはじめた。

「これは男性《だんせい》からだ。この野郎《やろう》、君《きみ》がいかれてるってさ」手紙《てがみ》をちらりと見《み》ながら、ロンが言《い》った。「まあ、しょうがないか……」

「こっちは女性《じょせい》よ。聖《せい》マンゴで、ショック療法呪文《りょうほうじゅもん》のいいのを受《う》けなさいだって」ハーマイオニーががっかりした顔《かお》で、二通目《つうめ》をくしゃくしゃ丸《まる》めた。

「でも、これは大丈夫《だいじょうぶ》みたいだ」ペイズリーの魔女《まじょ》からの長《なが》い手紙《てがみ》を流《なが》し読《よ》みしていたハリーが、ゆっくり言《い》った。「ねえ、僕《ぼく》のこと信《しん》じるって！」

「こいつはどっちつかずだ」フレッドも夢中《むちゅう》で開封作業《かいふうさぎょう》に加《くわ》わっていた。「こう言《い》ってる。君《きみ》が狂《くる》っているとは思《おも》わないが、『例《れい》のあの人《ひと》』が戻《もど》ってきたとは信《しん》じたくない。だから、今《いま》はどう考《かんが》えていいかわからない。何《なん》ともはや、羊皮紙《ようひし》のむだ使《づか》いだな」

「こっちにもう一人《ひとり》、説得《せっとく》された人《ひと》がいるわ、ハリー！」ハーマイオニーが興奮《こうふん》した。「あなたの側《がわ》の話《はなし》を読《よ》み、私《わたし》は『日刊予言者《にっかんよげんしゃ》』があなたのことを不当《ふとう》に扱《あつか》ったという結論《けつろん》に達《たっ》しないわけにはいきません……『名前《なまえ》を呼《よ》んではいけないあの人《ひと》』が戻《もど》ってきたとは、なるべく考《かんが》えたくはありませんが、あなたが真実《しんじつ》を語《かた》っていることを受《う》け入《い》れざるをえません……。ああ、すばらしいわ！」

「また一人《ひとり》、君《きみ》は頭《あたま》が変《へん》だって」ロンは丸《まる》めた手紙《てがみ》を肩越《かたご》しに後《うし》ろに放《ほう》り投《な》げた。「……でも、こっちのは、君《きみ》に説得《せっとく》されたってさ。彼女《かのじょ》、今《いま》は君《きみ》が真《しん》の英雄《えいゆう》だと思《おも》ってるって――写真《しゃしん》まで入《はい》ってるぜ――うわー！」

「何事《なにごと》なの？」

少女《しょうじょ》っぽい、甘《あま》ったるい作《つく》り声《ごえ》がした。

ハリーは封書《ふうしょ》を両手《りょうて》いっぱいに抱《かか》えて見上《みあ》げた。アンブリッジ先生《せんせい》がフレッドとルーナの後《うし》ろに立《た》っていた。ガマガエルのように飛《と》び出《だ》した目《め》が、ハリーの前《まえ》のテーブルにごちゃごちゃ散《ち》らばった手紙《てがみ》とふくろうの群《む》れを眺《なが》め回《まわ》している。そのまた背後《はいご》に、大勢《おおぜい》の生徒《せいと》が、何事《なにごと》かと首《くび》を伸《の》ばしているのが見《み》えた。

「どうしてこんなにたくさん手紙《てがみ》が来《き》たのですか？　ミスター・ポッター？」アンブリッジ先生《せんせい》がゆっくりと聞《き》いた。

「今度《こんど》は、これが罪《つみ》になるのか？」フレッドが大声《おおごえ》を上《あ》げた。「手紙《てがみ》をもらうことが？」

「気《き》をつけないと、ミスター・ウィーズリー、罰則処分《ばっそくしょぶん》にしますよ」アンブリッジが言《い》った。

「さあ、ミスター・ポッター？」

ハリーは迷《まよ》ったが、自分《じぶん》のしたことを隠《かく》しおおせるはずがないと思《おも》った。アンブリッジが『ザ・クィブラー』誌《し》に気《き》づくのは、どう考《かんが》えても時間《じかん》の問題《もんだい》だ。

「僕《ぼく》がインタビューを受《う》けたので、みんなが手紙《てがみ》をくれたんです」ハリーが答《こた》えた。「六月《がつ》に僕《ぼく》の身《み》に起《お》こったことについてのインタビューです」

こう答《こた》えながら、ハリーはなぜか教職員《きょうしょくいん》テーブルに視線《しせん》を走《はし》らせた。ダンブルドアがつい一瞬前《いっしゅんまえ》までハリーを見《み》つめていたような、とても不思議《ふしぎ》な感覚《かんかく》が走《はし》ったからだ。しかし、ハリーが校長先生《こうちょうせんせい》のほうを見《み》たときには、フリットウィック先生《せんせい》と話《はな》し込《こ》んでいるようだった。

「インタビュー?」アンブリッジの声《こえ》がことさらに細《ほそ》く、かん高《だか》くなった。「どういう意味《いみ》ですか?」

「つまり、記者《きしゃ》が僕《ぼく》に質問《しつもん》して、僕《ぼく》が質問《しつもん》に答《こた》えました」ハリーが言《い》った。

「これです——」ハリーは『ザ・クィブラー』をアンブリッジに放《ほう》り投《な》げた。アンブリッジが受《う》け取《と》って、表紙《ひょうし》を凝視《ぎょうし》した。たるんだ青白《あおじろ》い顔《かお》が、醜《みにく》い紫《むらさき》のまだら色《いろ》になった。

「いつこれを?」アンブリッジの声《こえ》が少《すこ》し震《ふる》えていた。

「この前《まえ》の週末《しゅうまつ》、ホグズミードに行《い》ったときです」ハリーが答《こた》えた。

アンブリッジは怒《いか》りでメラメラ燃《も》え、ずんぐり指《ゆび》に持《も》った雑誌《ざっし》をわなわな震《ふる》わせてハリーを見《み》上《あ》げた。

「ミスター・ポッター。あなたにはもう、ホグズミード行《い》きはないものと思《おも》いなさい」アンブリッジが小声《こごえ》で言《い》った。「よくもこんな……どうしてこんな……」アンブリッジは大《おお》きく息《いき》を吸《す》い込《こ》んだ。「あなたには、うそをつかないよう、何度《なんど》も何度《なんど》も教《おし》え込《こ》もうとしました。その教訓《きょうくん》が、どうやらまだ浸透《しんとう》していないようですね。グリフィンドール、五十点減点《てんげんてん》。それと、さらに一週間《しゅうかん》の罰則《ばっそく》」

アンブリッジは『ザ・クィブラー』を胸元《むなもと》に押《お》しつけ、肩《かた》を怒《いか》らせて立《た》ち去《さ》った。大勢《おおぜい》の生徒《せいと》の目《め》がその後《うし》ろ姿《すがた》を追《お》った。

昼前《ひるまえ》に、学校中《がっこうじゅう》にデカデカと告知《こくち》が出《で》た。寮《りょう》の掲示板《けいじばん》だけでなく、廊下《ろうか》にも教室《きょうしつ》にも貼《は》り出《だ》された。

ホグワーツ高等尋問官令《こうとうじんもんかんれい》

『ザ・クィブラー』を所持《しょじ》しているのが発覚《はっかく》した生徒《せいと》は退学処分《たいがくしょぶん》に処《しょ》す。

以上《いじょう》は教育令第《きょういくれいだい》二十七号《ごう》に則《のっと》ったものである。

高等尋問官《こうとうじんもんかん》　ドローレス・ジェーン・アンブリッジ

なぜかハーマイオニーは、この告知《こくち》を目《め》にするたびにうれしそうにニッコリした。

「いったい、なんでそんなにうれしそうなんだい？」ハリーが聞《き》いた。

「あら、ハリー、わからない？」ハーマイオニーが声《こえ》をひそめた。「学校中《がっこうじゅう》が、一人残《ひとりのこ》らずあなたのインタビューを確実《かくじつ》に読《よ》むようにするために、アンブリッジができることはただ一つ。禁止《きんし》することよ！」

どうやらハーマイオニーが図星《ずぼし》だった。ハリーは学校《がっこう》のどこにも『ザ・クィブラー』のクの字《じ》も見《み》かけなかったのに、その日《ひ》のうちに、あらゆるところでインタビューの内容《ないよう》が話題《わだい》になっているようだった。教室《きょうしつ》の前《まえ》に並《なら》びながらささやき合《あ》ったり、昼食《ちゅうしょく》のときや授業中《じゅぎょうちゅう》に教室《きょうしつ》の後《うし》ろのほうで話《はな》し合《あ》ったりするのがハリーの耳《みみ》に入《はい》ったし、ハーマイオニーの報告《ほうこく》によると、古代《こだい》ルーン文字《もじ》の授業《じゅぎょう》の前《まえ》にちょっと立《た》ち寄《よ》った女子《じょし》トイレでは、トイレの個室同士《こしつどうし》で全員《ぜんいん》その話《はなし》をしていたと言《い》う。

「それで、みんなが私《わたし》に気《き》づいて、私《わたし》があなたを知《し》っていることは、当然《とうぜん》みんなが知《し》っているものだから、質問攻《しつもんぜ》めにあったわ」ハーマイオニーは目《め》を輝《かがや》かせてハリーに話《はな》した。「それでね、ハリー、みんな、あなたを信《しん》じたと思《おも》うわ。ほんとうよ。あなた、とうとう、みんなを信用《しんよう》させたんだわ！」

一方《いっぽう》、アンブリッジ先生《せんせい》は、学校中《がっこうじゅう》をのし歩《ある》き、抜《ぬ》き打《う》ちに生徒《せいと》を呼《よ》び止《と》めては本《ほん》を広《ひろ》げさせたり、ポケットをひっくり返《かえ》すように命《めい》じたりした。『ザ・クイブラー』を探《さが》し出《だ》そうとしていることがハリーにはわかっていたが、生徒《せいと》たちのほうが数枚上手《すうまいうわて》だった。ハリーのインタビューのページに魔法《まほう》をかけ、自分《じぶん》たち以外《いがい》の誰《だれ》かが読《よ》もうとすると、教科書《きょうかしょ》の要約《ようやく》に見《み》えるようにしたり、次《つぎ》に自分《じぶん》たちが読《よ》むまでは白紙《はくし》にしておいたりしていた。まもなく、学校中《がっこうじゅう》の生徒《せいと》が一人《ひとり》残《のこ》らず読《よ》んでしまったようだった。

先《さき》の教育令第二十六号《きょういくれいだいごう》で、もちろん先生方《せんせいがた》も、インタビューのことを口《くち》にすることは禁《きん》じられていた。にもかかわらず、ほかの何《なん》らかの方法《ほうほう》で、自分《じぶん》たちの気持《きも》ちを表《あらわ》した。スプラウト先生《せんせい》は、ハリーが水《みず》やりのじょうろを先生《せんせい》に渡《わた》したことで、グリフィンドールに二十点《てん》を与《あた》えた。フリットウィック先生《せんせい》は、「呪文学《じゅもんがく》」の授業《じゅぎょう》の終《お》わりに、ニッコリして、チューチュー鳴《な》く砂糖《さとう》ネズミ菓子《がし》を一箱《はこ》ハリーに押《お》しつけ、「シーッ！」と言《い》って急《いそ》いで立《た》ち去《さ》った。トレローニー先生《せんせい》は、「占《うらな》い学《がく》」の授業中《じゅぎょうちゅう》に突然《とつぜん》ヒステリックに泣《な》きだし、クラス全員《ぜんいん》が仰天《ぎょうてん》し、アンブリッジがしぶい顔《かお》をする前《まえ》で、結局《けっきょく》ハリーは早死《はやじ》にしないし、充分《じゅうぶん》に長生《ながい》きし、魔法大臣《まほうだいじん》になり、子供《こども》が十二人《にん》できると宣言《せんげん》した。

しかし、ハリーを一番幸《いちばんしあわ》せな気持《きも》ちにしたのは、次《つぎ》の日《ひ》、急《いそ》いで「変身術《へんしんじゅつ》」の教室《きょうしつ》に向《む》かっていたとき、チョウが追《お》いかけてきたことだった。何《なに》がなんだかわからないうちに、チョウの手《て》がハリーの手《て》の中《なか》にあり、耳元《みみもと》でチョウがささやく声《こえ》がした。

「ほんとに、ほんとにごめんなさい。あのインタビュー、とっても勇敢《ゆうかん》だったわね……私《わたし》、泣《な》いちゃった」

またもや涙《なみだ》を流《なが》したと聞《き》いて、ハリーはすまない気持《きも》ちになったが、また口《くち》をきいてもらえるようになってとてもうれしかった。もっとうれしいことに、チョウが急《いそ》いで立《た》ち去《さ》る前《まえ》にハリーのほおにすばやくキスした。さらに、なんと「変身術《へんしんじゅつ》」の教室《きょうしつ》に着《つ》くや否《いな》や、信《しん》じられないことに、またまたいいことが起《お》こった。シェーマスが列《れつ》から一歩《いっぽ》進《すす》み出《で》てハリーの前《まえ》に立《た》った。

「君《きみ》に言《い》いたいことがあって」シェーマスが、ハリーの左《ひだり》のひざあたりをちらっと見《み》ながら、ボソボソ言《い》った。「僕《ぼく》、君《きみ》を信《しん》じる。それで、あの雑誌《ざっし》を一部《ぶ》、ママに送《おく》ったよ」

幸福《こうふく》な気持《きも》ちの仕上《しあ》げは、マルフォイ、クラッブ、ゴイルの反応《はんのう》だった。その日《ひ》の午後遅《ごごおそ》く、ハリーは、図書室《としょしつ》で三人《にん》が額《ひたい》を寄《よ》せ合《あ》っているところに出《で》くわした。一緒《いっしょ》にいるひょろりとした男《おとこ》の子《こ》は、セオドール・ノットという名《な》だとハーマイオニーが耳打《みみう》ちした。書棚《しょだな》を見回《みまわ》して「部分消失術《ぶぶんしょうしつじゅつ》」の本《ほん》を探《さが》していると、四人《にん》がハリーを振《ふ》り返《かえ》った。ゴイルは脅《おど》すように拳《こぶし》をポキポキ鳴《な》らしたし、マルフォイは、もちろん悪口《わるぐち》にちがいないが、何《なに》やらクラッブにささやいた。ハリーは、なぜそんな行動《こうどう》を取《と》るかよくわかっていた。四人《にん》の父親《ちちおや》が死喰《しく》い人《びと》だと名指《なざ》しされたからだ。

「それに、一番《いちばん》いいことはね」図書室《としょしつ》を出《で》るとき、ハーマイオニーが大喜《おおよろこ》びで言《い》った。「あの人《ひと》たち、あなたに反論《はんろん》できないのよ。だって、自分《じぶん》たちが記事《きじ》を読《よ》んだなんて認《みと》めることができないもの！」

最後《さいご》の総仕上《そうしあ》げは、ルーナが夕食《ゆうしょく》のときに、『ザ・クィブラー』がこんなに飛《と》ぶように売《う》れたことはないと告《つ》げたことだった。

「パパが増刷《ぞうさつ》してるんだよ！」ハリーにそう言《い》ったとき、ルーナの目《め》が興奮《こうふん》で飛《と》び出《だ》していた。「パパは信《しん》じられないって。みんなが『しわしわ角《づの》スノーカック』よりも、こっちに興味《きょうみ》を持《も》ってるみたいだって、パパが言《い》うんだ！」

その夜《よる》、グリフィンドールの談話室《だんわしつ》で、ハリーは英雄《えいゆう》だった。大胆不敵《だいたんふてき》にも、フレッドとジョージは『ザ・クィブラー』の表紙《ひょうし》の写真《しゃしん》に「拡大呪文《かくだいじゅもん》」をかけ、壁《かべ》にかけた。ハリーの巨大《きょだい》な顔《かお》が、部屋《へや》のありさまを見下《みお》ろしながら、ときどき大音響《だいおんきょう》でしゃべった。

「魔法省《まほうしょう》のまぬけ野郎《やろう》」「アンブリッジ、くそくらえ」

ハーマイオニーはこれがあまりゆかいだとは思《おも》わず、集中力《しゅうちゅうりょく》がそがれると言《い》った。そして、とうとういらだって早《はや》めに寝室《しんしつ》に引《ひ》き上《あ》げてしまった。ハリーも、一、二時間後《じかんご》にはこのポスターがそれほどおもしろくないと認《みと》めざるをえなかった。特《とく》に、「おしゃべり呪文《じゅもん》」の効《き》き目《め》が薄《うす》れてくると、「**くそ**」とか「**アンブリッジ**」とか切《き》れ切《ぎ》れに叫《さけ》ぶだけで、それもだんだんひんぱんに、だんだんかん高《だか》い声《こえ》になってきた。おかげで、事実《じじつ》ハリーは頭痛《ずつう》がして、傷痕《きずあと》がまたもやチクチクと痛《いた》みだし、気分《きぶん》が悪《わる》くなった。ハリーを取《と》り囲《かこ》んで、もう何度目《なんどめ》かわからないほどくり返《かえ》しインタビューの話《はなし》をせがんでいた生徒《せいと》たちはがっかりしてうめいたが、ハリーは自分《じぶん》も早《はや》く休《やす》みたいと宣言《せんげん》した。

ハリーが寝室《しんしつ》に着《つ》いたときは、ほかに誰《だれ》もいなかった。ハリーは、ベッド脇《わき》のひんやりした窓《まど》ガラスに、しばらく額《ひたい》を押《お》しつけていた。傷痕《きずあと》に心地《ここち》よかった。それから着替《きが》えて、頭痛《ずつう》が治《なお》ればいいがと思《おも》いながらベッドに入《はい》った。少《すこ》し吐《は》き気《き》もした。ハリーは横向《よこむ》きになり、目《め》を閉《と》じるとほとんどすぐ眠《ねむ》りに落《お》ちた……。

ハリーは暗《くら》い、カーテンをめぐらした部屋《へや》に立《た》っていた。小《ちい》さな燭台《しょくだい》が一本《ぽん》だけ部屋《へや》を照《て》らしている。ハリーの両手《りょうて》は、前《まえ》の椅子《いす》の背《せ》をつかんでいた。何年《なんねん》も太陽《たいよう》に当《あ》たっていないような白《しろ》い、長《なが》い指《ゆび》が、椅子《いす》の黒《くろ》いビロードの上《うえ》で、大《おお》きな青白《あおじろ》いクモのように見《み》える。

椅子《いす》のむこう側《がわ》の、ろうそくに照《て》らし出《だ》された床《ゆか》に、黒《くろ》いローブを着《き》た男《おとこ》がひざまずいている。

「どうやら俺様《おれさま》はまちがった情報《じょうほう》を得《え》ていたようだ」

ハリーの声《こえ》はかん高《だか》く、冷《つめ》たく、怒《いか》りが脈打《みゃくう》っていた。

「ご主人様《しゅじんさま》、どうぞお許《ゆる》しを」ひざまずいた男《おとこ》がかすれ声《ごえ》で言《い》った。後頭部《こうとうぶ》がろうそくの灯《あか》りでかすかに光《ひか》った。震《ふる》えているようだ。

「おまえを責《せ》めるまい、ルックウッド」ハリーが冷《つめ》たく残忍《ざんにん》な声《こえ》で言《い》った。

ハリーは椅子《いす》を握《にぎ》っていた手《て》を離《はな》し、回《まわ》り込《こ》んで、床《ゆか》に縮《ちぢ》こまっている男《おとこ》に近《ちか》づいた。そして、暗闇《くらやみ》の中《なか》で、男《おとこ》の真上《まうえ》に覆《おお》いかぶさるように立《た》ち、いつもの自分《じぶん》よりずっと高《たか》い所《ところ》から男《おとこ》を見下《みお》ろした。

「ルックウッド、おまえの言《い》うことは、たしかな事実《じじつ》なのだな？」ハリーが聞《き》いた。

「はい。ご主人様《しゅじんさま》。はい……。私《わたし》は、な、何《なに》しろ、かつてあの部《ぶ》に勤《つと》めておりましたので……」

「ボードがそれを取《と》り出《だ》すことができるだろうと、エイブリーが俺様《おれさま》に言《い》った」

「ご主人様《しゅじんさま》、ボードはけっしてそれを取《と》ることができなかったでしょう……。ボードはできないことを知《し》っていたのでございましょう……まちがいなく。だからこそ、マルフォイの『服従《ふくじゅう》の呪文《じゅもん》』にあれほど激《はげ》しく抗《あらが》ったのです」

「立《た》つがよい、ルックウッド」ハリーがささやくように言《い》った。

ひざまずいていた男《おとこ》は、あわてて命令《めいれい》に従《したが》おうとして、転《ころ》びかけた。あばた面《づら》だ。ろうそくの灯《あか》りで、創面《そうめん》が浮《う》き彫《ぼ》りになった。男《おとこ》は少《すこ》し前《まえ》かがみのまま立《た》ち上《あ》がり、半分《はんぶん》おじぎをするような格好《かっこう》で、恐《おそ》れおののきながらハリーの顔《かお》をちらりと見上《みあ》げた。

「そのことを俺様《おれさま》に知《し》らせたのは大儀《たいぎ》」ハリーが言《い》った。「仕方《しかた》あるまい……どうやら、俺様《おれさま》は、無駄《むだ》なくわだてに何《なん》か月《げつ》も費《つい》やしてしまったらしい……しかし、それはもうよい……今《いま》からまた始《はじ》めるのだ。ルックウッド、おまえにはヴォルデモート卿《きょう》が礼《れい》を言《い》う……」

「わが君《きみ》……はい、わが君《きみ》」ルックウッドは、緊張《きんちょう》が解《と》けて声《こえ》がかすれ、あえぎあえぎ言《い》った。

「おまえの助《たす》けが必要《ひつよう》だ。俺様《おれさま》には、おまえの持《も》てる情報《じょうほう》がすべて必要《ひつよう》なのだ」

「御意《ぎょい》、わが君《きみ》、どうぞ……何《なん》なりと……」

「よかろう……下《さ》がれ。エイブリーを呼《よ》べ」

ルックウッドはおじぎをしたまま、あたふたとあとずさりし、ドアの向《む》こうに消《き》えた。暗《くら》い部屋《へや》に一人《ひとり》になると、ハリーは壁《かべ》のほうを向《む》いた。あちこち黒《くろ》ずんで割《わ》れた古鏡《ふるかがみ》が、暗《くら》がりの壁《かべ》にかかっている。ハリーは鏡《かがみ》に近《ちか》づいた。暗闇《くらやみ》の中《なか》で、自分《じぶん》の姿《すがた》がだんだん大《おお》きく、はっきりと鏡《かがみ》に映《うつ》った……がいこつよりも白《しろ》い顔《かお》……両眼《りょうがん》は赤《あか》く、瞳孔《どうこう》は細《ほそ》く切《き》り込《こ》まれ……。

「**いやだあぁぁぁぁぁぁぁぁ！**」

「何《なん》だ？」近《ちか》くで叫《さけ》ぶ声《こえ》がした。

ハリーはのた打《う》ち回《まわ》り、ベッドカーテンにからまってベッドから落《お》ちた。しばらくは、自分《じぶん》がどこにいるのかもわからなかった。白《しろ》い、がいこつのような顔《かお》が、暗《くら》がりから再《ふた》び自分《じぶん》に近《ちか》づいてくるのが見《み》えるにちがいないと思《おも》った。すると、すぐ近《ちか》くでロンの声《こえ》がした。

「じたばたするのはやめてくれよ。ここから出《だ》してやるから！」

ロンがからんだカーテンをぐいと引《ひ》っ張《ぱ》った。ハリーは仰向《あおむ》けに倒《たお》れ、月明《つきあ》かりでロンを見上《みあ》げていた。傷痕《きずあと》が焼《や》けるように痛《いた》んだ。ロンは着替《きが》えの最中《さいちゅう》だったらしく、ローブから片腕《かたうで》を出《だ》していた。

「また誰《だれ》か襲《おそ》われたのか？」ロンがハリーを手荒《てあら》に引《ひ》っ張《ぱ》って立《た》たせながら言《い》った。「パパかい？あの蛇《へび》なのか？」

「ちがう――みんな大丈夫《だいじょうぶ》だ――」ハリーがあえいだ。額《ひたい》が火《ひ》を噴《ふ》いているようだった。「でも……エイブリーは……危《あぶ》ない……あいつに、まちがった情報《じょうほう》を渡《わた》したんだ……ヴォルデモートがすごく怒《おこ》ってる……」

ハリーはうめき声《ごえ》を上《あ》げて座《すわ》り込《こ》み、ベッドの上《うえ》で震《ふる》えながら傷痕《きずあと》をもんだ。

「でも、ルックウッドがまたあいつを助《たす》ける……あいつはこれでまた軌道《きどう》に乗《の》った……」

「いったい何《なん》の話《はなし》だ？」ロンはこわごわ聞《き》いた。「つまり……たった今《いま》『例《れい》のあの人《ひと》』を見《み》たって言《い》うのか？」

「僕《ぼく》が『例《れい》のあの人《ひと》』だった」答《こた》えながらハリーは、暗闇《くらやみ》で両手《りょうて》を伸《の》ばし、顔《かお》の前《まえ》にかざして、死人《しにん》のように白《しろ》く長《なが》い指《ゆび》はもうついていないことをたしかめた。「あいつはルックウッドと一緒《いっしょ》にいた。アズカバンから脱獄《だつごく》した死喰《しく》い人《びと》の一人《ひとり》だよ。覚《おぼ》えてるだろう？　ルックウッドがたった今《いま》、あいつに、ボードにはできなかったはずだと教《おし》えた」

「何《なに》が？」

「何《なに》かを取《と》り出《だ》すことがだ……。ボードは自分《じぶん》にはできないことを知《し》っていたはずだって、ルックウッドが言《い》った……。ボードは『服従《ふくじゅう》の呪文《じゅもん》』をかけられていた……マルフォイの父親《ちちおや》がかけたって、ルックウッドがそう言《い》ってたと思《おも》う」

「ボードが何《なに》かを取《と》り出《だ》すために呪文《じゅもん》をかけられた？」ロンが聞《き》き返《かえ》した。「まてよ――ハリー、それってきっと――」

「武器《ぶき》だ」ハリーがあとの言葉《ことば》を引《ひ》き取《と》った。「そうさ」

寝室《しんしつ》のドアが開《ひら》き、ディーンとシェーマスが入《はい》ってきた。ハリーは急《いそ》いで両足《りょうあし》をベッドに戻《もど》した。たった今変《いまへん》なことが起《お》こったように見《み》られたくなかった。せっかくシェーマスが、ハリーが狂《くる》っていると思《おも》うのをやめたばかりなのだから。

「君《きみ》が言《い》ったことだけど」ロンがベッドの脇机《わきづくえ》にある水差《みずさ》しからコップに水《みず》を注《そそ》ぐふりをしながら、ハリーのすぐそばに頭《あたま》を近《ちか》づけ、つぶやくように言《い》った。「君《きみ》が『例《れい》のあの人《ひと》』だったって？」

「うん」ハリーが小声《こごえ》で言《い》った。

ロンは思《おも》わずガブッと水《みず》を飲《の》み、口《くち》からあふれた水《みず》があごを伝《つた》って胸元《むなもと》にこぼれた。

「ハリー」ディーンもシェーマスも着替《きが》えたりしゃべったりでガタガタしているうちに、ロンが言《い》った。「話《はな》すべきだよ――」

「誰《だれ》にも話《はな》す必要《ひつよう》はない」ハリーがすっぱりと言《い》った。「『閉心術《へいしんじゅつ》』ができたら、こんなことを見《み》るはずがない。こういうことを閉《し》め出《だ》す術《じゅつ》を学《まな》ぶはずなんだ。みんながそれを望《のぞ》んでいる」

「みんな」と言《い》いながら、ハリーはダンブルドアのことを考《かんが》えていた。ハリーはベッドに寝転《ねころ》び、横向《よこむ》きになってロンに背《せ》を向《む》けた。しばらくすると、ロンのベッドがきしむ音《おと》が聞《き》こえた。ロンも横《よこ》になったらしい。ハリーの傷痕《きずあと》がまた焼《や》けつくように痛《いた》みだした。ハリーは枕《まくら》を強《つよ》くかみ、声《こえ》を押《お》し殺《ころ》した。ハリーにはわかっていた。どこかで、エイブリーが罰《ばっ》せられている。

次《つぎ》の日《ひ》、ハリーとロンは午前中《ごぜんちゅう》の休《やす》み時間《じかん》を待《ま》って、ハーマイオニーに一部始終《いちぶしじゅう》を話《はな》した。絶《ぜっ》対《たい》に盗《ぬす》み聞《ぎ》きされないようにしたかった。中庭《なかにわ》の、いつもの風通《かぜとお》しのよい冷《つめ》たい片隅《かたすみ》に立《た》って、ハリーは思《おも》い出《だ》せるかぎりくわしく、ハーマイオニーに夢《ゆめ》のことを話《はな》した。語《かた》り終《お》えたとき、ハーマイオニーはしばらく何《なに》も言《い》わなかった。そのかわり、痛《いた》いほど集中《しゅうちゅう》してフレッドとジョージを見《み》つめた。中庭《なかにわ》の反対側《はんたいがわ》で、首無《くびな》し姿《すがた》の二人《ふたり》が、マントの下《した》から魔法《まほう》の帽子《ぼうし》を取《と》り出《だ》して売《う》っていた。

「それじゃ、それでボードを殺《ころ》したのね」

やっとフレッドとジョージから目《め》を離《はな》し、ハーマイオニーが静《しず》かに言《い》った。

「武器《ぶき》を盗《ぬす》み出《だ》そうとしたとき、何《なに》かおかしなことがボードの身《み》に起《お》きたのよ。誰《だれ》にも触《ふ》れられないように、武器《ぶき》そのものかその周辺《しゅうへん》に『防衛呪文《ぼうえいじゅもん》』がかけられていたのだと思《おも》うわ。だからボードは聖《せい》マンゴに入院《にゅういん》したわけよ。頭《あたま》がおかしくなって、話《はな》すこともできなくなって。でも、あの癒者《いしゃ》が何《なん》と言《い》ったか覚《おぼ》えてる？　ボードは治《なお》りかけていた。それで、連中《れんちゅう》にしてみれば、治《なお》ったら危険《きけん》なわけでしょう？　つまり、武器《ぶき》にさわったとき、何《なに》かが起《お》こって、そのショックで、たぶん『服従《ふくじゅう》の呪文《じゅもん》』は解《と》けてしまった。声《こえ》を取《と》り戻《もど》したら、ボードは自分《じぶん》が何《なに》をやっていたかを説明《せつめい》するわよね？　武器《ぶき》を盗《ぬす》み出《だ》すためにボードが送《おく》られたことを知《し》られてしまうわ。もちろん、ルシウス・マルフォイなら、簡単《かんたん》に呪文《じゅもん》をかけられたでしょうね。マルフォイはずっと魔法省《まほうしょう》に入《い》り浸《びた》ってるんでしょう？」

「僕《ぼく》の尋問《じんもん》があったあの日《ひ》は、うろうろしていたよ」ハリーが言《い》った。「どこかに――ちょっと待《ま》って……」ハリーは考《かんが》えた。「マルフォイはあの日《ひ》、神秘部《しんぴぶ》の廊下《ろうか》にいた！　君《きみ》のパパが、あいつはたぶんこっそり下《した》に降《お》りて、僕《ぼく》の尋問《じんもん》がどうなったか探《さぐ》るつもりだったって言《い》った。でも、もしかしたら実《じつ》は――」

「スタージスよ！」ハーマイオニーが雷《かみなり》に打《う》たれたような顔《かお》で、息《いき》をのんだ。

「え？」ロンはけげんな顔《かお》をした。

「スタージス・ポドモアは――」ハーマイオニーが小声《こごえ》で言《い》った。「扉《とびら》を破《やぶ》ろうとして逮捕《たいほ》されたわ！　ルシウス・マルフォイがスタージスにも呪文《じゅもん》をかけたんだわ。ハリー、あなたがマルフォイを見《み》たあの日《ひ》にやったに決《き》まってる。スタージスはムーディの『透明《とうめい》マント』を持《も》っていたのよね？　だから、スタージスが扉《とびら》の番《ばん》をしていて、姿《すがた》は見《み》えなくとも、マルフォイがその動《うご》きを察《さっ》したのかもしれないし――それとも、誰《だれ》かがそこにいるとマルフォイが推量《すいりょう》したか――または、もしかしたらそこに護衛《ごえい》がいるかもしれないから、とにかく『服従《ふくじゅう》の呪文《じゅもん》』をかけたとしたら？　そして、スタージスに次《つぎ》にチャンスがめぐってきたとき――たぶん、次《つぎ》の見張《みは》り番《ばん》のとき――スタージスが神秘部《しんぴぶ》に入《はい》り込《こ》んで、武器《ぶき》を盗《ぬす》もうとした。ヴォルデモートのために。――ロン、騒《さわ》がないでよ――でも捕《つか》まってアズカバン送《おく》りになった……」

ハーマイオニーはハリーをじっと見《み》た。

「それで、今度《こんど》はルックウッドがヴォルデモートに、どうやって武器《ぶき》を手《て》に入《い》れるかを教《おし》えたのね？」

「会話《かいわ》を全部《ぜんぶ》聞《き》いたわけじゃないけど、そんなふうに聞《き》こえた」ハリーが言《い》った。「ルックウッドはかつてあそこに勤《つと》めていた……ヴォルデモートはルックウッドを送《おく》り込《こ》んでそれをやらせるんじゃないかな？」

ハーマイオニーがうなずいた。どうやらまだ考《かんが》え込《こ》んでいる。それから突然《とつぜん》言《い》った。

「だけど、ハリー、あなた、こんなことを見《み》るべきじゃなかったのよ」

「えっ？」ハリーはぎくりとした。

「あなたはこういうことに対《たい》して、心《こころ》を閉《と》じる練習《れんしゅう》をしているはずだわ」ハーマイオニーが突然《とつぜん》厳《きび》しい口調《くちょう》になった。

「それはわかってるよ」ハリーが言《い》った。「でも――」

「あのね、私《わたし》たち、あなたの見《み》たことを忘《わす》れるように努《つと》めるべきだわ」ハーマイオニーがきっぱりと言《い》った。「それに、あなたはこれから、『閉心術《へいしんじゅつ》』にもう少《すこ》し身《み》を入《い》れてかかるべきよ」

その週《しゅう》は、それからどうもうまくいかなかった。「魔法薬《まほうやく》」の授業《じゅぎょう》で、ハリーは二回《かい》も「D《ディー》・落第《らくだい》」を取《と》ったし、ハグリッドがクビになるのではないかと、緊張《きんちょう》でずっと張《は》りつめていた。それに、自分《じぶん》がヴォルデモートになった夢《ゆめ》のことを、どうしても考《かんが》えてしまうのだった。——しかし、ロンとハーマイオニーには、二度《にど》とそのことを持《も》ち出《だ》さなかった。ハーマイオニーからまた説教《せっきょう》されたくなかった。シリウスにこのことを話《はな》せたらいいのにと思《おも》ったが、そんなことはとても望《のぞ》めなかった。それで、このことは、心《こころ》の奥《おく》に押《お》しやろうとした。

残念《ざんねん》ながら、心《こころ》の奥《おく》も、もはやかつてのように安全《あんぜん》な場所《ばしょ》ではなかった。

「立《た》て、ポッター」

ルックウッドの夢《ゆめ》から二週間後《しゅうかんご》、スネイプの研究室《けんきゅうしつ》で、ハリーはまたしても床《ゆか》にひざをつき、何《なん》とか頭《あたま》をすっきりさせようとしていた。自分《じぶん》でも忘《わす》れていたような小《ちい》さいときの一連《いちれん》の記憶《きおく》を、無理《むり》やり呼《よ》び覚《さ》まされた直後《ちょくご》だった。だいたいは、小学校《しょうがっこう》のときダドリー軍団《ぐんだん》にいじめられた屈《くつ》辱《じょく》的《てき》な記憶《きおく》だった。

「あの最後《さいご》の記憶《きおく》は」スネイプが言《い》った。「あれは何《なん》だ？」

「わかりません」ぐったりして立《た》ち上《あ》がりながら、ハリーが答《こた》えた。スネイプが次々《つぎつぎ》に呼《よ》び出《だ》す映像《えいぞう》と音《おと》の奔流《ほんりゅう》から、記憶《きおく》をばらばらに解《と》きほぐすのがますます難《むずか》しくなっていた。

「いとこが僕《ぼく》をトイレに立《た》たせた記憶《きおく》のことですか？」

「いや」スネイプが静《しず》かに言《い》った。「男《おとこ》が暗《くら》い部屋《へや》の真《ま》ん中《なか》にひざまずいている記憶《きおく》のことだが……」

「それは……何《なん》でもありません」

スネイプの暗《くら》い目《め》がハリーの目《め》をぐりぐりとえぐった。「開心術《かいしんじゅつ》」には目《め》と目《め》を合《あ》わせることが肝要《かんよう》だとスネイプが言《い》ったことを思《おも》い出《だ》し、ハリーは瞬《まばた》きして目《め》をそらした。

「あの男《おとこ》と、あの部屋《へや》が、どうして君《きみ》の頭《あたま》に入《はい》ってきたのだ？　ポッター？」スネイプが聞《き》いた。

「それは――」ハリーはスネイプをさけてあちこちに目《め》をやった。「それは――ただの夢《ゆめ》だったんです」

「夢《ゆめ》？」スネイプが聞《き》き返《かえ》した。

一瞬《いっしゅんま》間が空《あ》き、ハリーは紫色《むらさきいろ》の液体《えきたい》が入《はい》った容器《ようき》の中《なか》でプカプカ浮《う》いている死《し》んだカエルだけを見《み》つめていた。

「君《きみ》がなぜここにいるのか、わかっているのだろうな？　ポッター？」スネイプは低《ひく》い、険悪《けんあく》な声《こえ》で言《い》った。「我輩《わがはい》が、なぜこんなたいくつ極《きわ》まりない仕事《しごと》のために夜《よる》の時間《じかん》を割《さ》いているのか、わかっているのだろうな？」

「はい」ハリーはかたくなに言《い》った。

「なぜここにいるのか、言《い》ってみたまえ。ポッター」

「『閉心術《へいしんじゅつ》』を学《まな》ぶためです」今度《こんど》は死《し》んだウナギをじっと見《み》つめながら、ハリーが言《い》った。

「そのとおりだ、ポッター。そして、君《きみ》がどんなに鈍《にぶ》くとも――」ハリーはスネイプのほうを見《み》た。憎《にく》かった。「――二か月以上《げついじょう》も特訓《とっくん》をしたからには、少《すこ》しは進歩《しんぽ》するものと思《おも》っていたのだが。闇《やみ》の帝王《ていおう》の夢《ゆめ》を、あと何回見《なんかいみ》たのだ？」

「この一回《かい》だけです」ハリーはうそをついた。

「おそらく」スネイプは暗《くら》い、冷《つめ》たい目《め》をわずかに細《ほそ》めた。「おそらく君《きみ》は、こういう幻覚《げんかく》や夢《ゆめ》を見《み》ることを、事実《じじつ》、楽《たの》しんでいるのだろうが、ポッター。たぶん、自分《じぶん》が特別《とくべつ》だと感《かん》じられるのだろう――重要人物《じゅうようじんぶつ》だと？」

「ちがいます」ハリーは歯《は》を食《く》いしばり、指《ゆび》は杖《つえ》を固《かた》く握《にぎ》りしめていた。

「そのほうがよかろう、ポッター」スネイプが冷《つめ》たく言《い》った。「おまえは特別《とくべつ》でも重要《じゅうよう》でもないのだから。それに、闇《やみ》の帝王《ていおう》が死喰《しく》い人《びと》たちに何《なに》を話《はな》しているかを調《しら》べるのは、おまえの役目《やくめ》ではない」

「ええ――それは先生《せんせい》の仕事《しごと》でしょう?」ハリーはすばやく切《き》り返《かえ》した。

そんなことを言《い》うつもりはなかったのに、言葉《ことば》がかんしゃく玉《だま》のように破裂《はれつ》した。しばらくの間《あいだ》、二人《ふたり》はにらみ合《あ》っていた。ハリーはまちがいなく言《い》い過《す》ぎだったと思《おも》った。しかしスネイプは、奇妙《きみょう》な、満足《まんぞく》げとさえ言《い》える表情《ひょうじょう》を浮《う》かべて答《こた》えた。

「そうだ、ポッター」スネイプの目《め》がギラリと光《ひか》った。「それは我輩《わがはい》の仕事《しごと》だ。さあ、準備《じゅんび》はいいか。もう一度《いちど》やる」

スネイプが杖《つえ》を上《あ》げた。「一――二――三――レジリメンス!」

百有余《ゆうよ》の吸魂鬼《きゅうこんき》が、校庭《こうてい》の湖《みずうみ》を渡《わた》り、ハリーを襲《おそ》ってくる……ハリーは顔《かお》がゆがむほど気持《きも》ちを集中《しゅうちゅう》させた……。だんだん近《ちか》づいてくる……フードの下《した》に暗《くら》い穴《あな》が見《み》える……しかも、ハリーは目《め》の前《まえ》に立《た》っているスネイプの姿《すがた》も見《み》えた。ハリーの顔《かお》に目《め》をすえ、小声《こごえ》でブツブツ唱《とな》えている……そして、なぜか、スネイプの姿《すがた》がはっきりしてくるにつれ、吸魂鬼《きゅうこんき》の姿《すがた》は薄《うす》れていった……。

ハリーは自分《じぶん》の杖《つえ》を上《あ》げた。「プロテゴ! 防《ふせ》げ!」

スネイプがよろめいた――スネイプの杖《つえ》が上《うえ》に吹《ふ》っ飛《と》び、ハリーからそれた――すると突然《とつぜん》、ハリーの頭《あたま》は、自分《じぶん》のものではない記憶《きおく》で満《み》たされた。鉤鼻《かぎばな》の男《おとこ》が、縮《ちぢ》こまっている女性《じょせい》をどなりつけ、隅《すみ》のほうで小《ちい》さな黒《くろ》い髪《かみ》の男《おとこ》の子《こ》が泣《な》いている……脂《あぶら》っこい髪《かみ》の十代《だい》の少年《しょうねん》が、暗《くら》い寝室《しんしつ》にぽつんと座《すわ》り、杖《つえ》を天井《てんじょう》に向《む》けてハエを撃《う》ち落《お》としている……やせた男《おとこ》の子《こ》が、乗《の》り手《て》を振《ふ》り落《お》とそうとする暴《あば》れ箒《ぼうき》に乗《の》ろうとしているのを、女《おんな》の子《こ》が笑《わら》っている――。

「**もうたくさんだ！**」

ハリーは胸《むね》を強《つよ》く押《お》されたように感《かん》じた。よろよろと数歩後退《すうほこうたい》し、スネイプの部屋《へや》の壁《かべ》を覆《おお》う棚《たな》のどれかにぶつかり、何《なに》かが割《わ》れる音《おと》を聞《き》いた。スネイプはかすかに震《ふる》え、蒼白《そうはく》な顔《かお》をしていた。

ハリーのローブの背《せ》がぬれていた。倒《たお》れて寄《よ》りかかった拍子《ひょうし》に容器《ようき》の一つが割《わ》れ、水薬《みずぐすり》がもれ出《だ》し、ホルマリン漬《づ》けのぬるぬるした物《もの》が容器《ようき》の中《なか》で渦巻《うずま》いていた。

「レパロ、直《なお》れ」スネイプは口《くち》の端《はし》で呪文《じゅもん》を唱《とな》えた。容器《ようき》の割《わ》れ目《め》がひとりでに閉《と》じた。

「さて、ポッター……今《いま》のは確実《かくじつ》に進歩《しんぽ》だ……」

少《すこ》し息《いき》を荒《あら》らげながら、スネイプは「憂《うれ》いの篩《ふるい》」をきちんと置《お》きなおした。授業《じゅぎょう》の前《まえ》に、スネイプはまたしてもその中《なか》に自分《じぶん》の「想《おも》い」をいくつか蓄《たくわ》えていたのだが、それがまだ中《なか》にあるかどうかをたしかめているかのようだった。

「君《きみ》に『盾《たて》の呪文《じゅもん》』を使《つか》えと教《おし》えた覚《おぼ》えはないが……たしかに有効《ゆうこう》だった……」

ハリーはだまっていた。何《なに》を言《い》っても危険《きけん》だと感《かん》じていた。たった今《いま》、スネイプの記憶《きおく》に踏《ふ》み込《こ》んだにちがいない。スネイプの子供時代《こどもじだい》の場面《ばめん》を見《み》てしまったのだ。わめき合《あ》う両親《りょうしん》を見《み》て泣《な》いていた、いたいけな少年《しょうねん》が、実《じつ》は今《いま》ハリーの前《まえ》に、激《はげ》しい嫌悪《けんお》の目《め》つきで立《た》っていると思《おも》うと、落《お》ち着《つ》かない不安《ふあん》な気持《きも》ちになった。

「もう一度《いちど》やる。いいな？」スネイプが言《い》った。

ハリーはぞっとした。今《いま》しがた起《お》こったことに対《たい》して、ハリーはつけを払《はら》わされる。そうにちがいない。二人《ふたり》は机《つくえ》を挟《はさ》んで対峙《たいじ》した。ハリーは、今度《こんど》こそ心《こころ》を無《む》にするのがもっと難《むずか》しくなるだろうと思《おも》った。

「三つ数《かぞ》える合図《あいず》だ。では」スネイプがもう一度《いちど》杖《つえ》を上《あ》げた。「一――二――」

ハリーが集中《しゅうちゅう》する間《ま》もなく、心《こころ》を空《から》にする間《ま》もないうちに、スネイプが叫《さけ》んだ。

「レジリメンス！」

ハリーは、「神秘部《しんぴぶ》」に向《む》かう廊下《ろうか》を飛《と》ぶように進《すす》んでいた。殺風景《さっぷうけい》な石壁《いしかべ》を過《す》ぎ、松明《たいまつ》を過《す》ぎ――飾《かざ》りも何《なに》もない黒《くろ》い扉《とびら》がぐんぐん近《ちか》づいてきた。あまりの速《はや》さで進《すす》んでいたので、ハリーは扉《とびら》に衝突《しょうとつ》しそうだった。あと数《すう》十センチというところで、またしてもハリーは、かすかな青《あお》い光《ひかり》の筋《すじ》を見《み》た――。

扉《とびら》がパッと開《ひら》いた！　ついに扉《とびら》を通過《つうか》した。そこは、青《あお》いろうそくに照《て》らされた、壁《かべ》も床《ゆか》も黒《くろ》い円筒形《えんとうけい》の部屋《へや》で、周囲《しゅうい》がぐるりと扉《とびら》、扉《とびら》、扉《とびら》だった。――進《すす》まなければならない――しかし、どの扉《とびら》から入《はい》るべきなのか――？

「**ポッター！**」

ハリーは目《め》を開《あ》けた。また仰向《あおむ》けに倒《たお》れていた。どうやってそうなったのかまったく覚《おぼ》えがない。その上《うえ》、ハァハァ息《いき》を切《き》らしていた。ほんとうに神秘部《しんぴぶ》の廊下《ろうか》をかけ抜《ぬ》けたかのように、ほんとうに疾走《しっそう》して黒《くろ》い扉《とびら》を通《とお》り抜《ぬ》け、円筒形《えんとうけい》の部屋《へや》を発見《はっけん》したかのように。

「説明《せつめい》しろ！」スネイプが怒《いか》り狂《くる》った表情《ひょうじょう》で、ハリーに覆《おお》いかぶさるように立《た》っていた。

「僕《ぼく》……何《なに》が起《お》こったかわかりません」ハリーは立《た》ち上《あ》がりながらほんとうのことを言《い》った。後《こう》頭部《とうぶ》が床《ゆか》にぶつかってこぶができていた。しかも熱《ねつ》っぽかった。「あんなものは前《まえ》に見《み》たことがありません。あの、扉《とびら》の夢《ゆめ》を見《み》たことはお話《はな》ししました……でも、これまで一度《いちど》も開《あ》けたことがなかった……」

「おまえは充分《じゅうぶん》な努力《どりょく》をしておらん！」

なぜかスネイプは、今《いま》しがたハリーに自分《じぶん》の記憶《きおく》をのぞかれたときよりずっと怒《おこ》っているように見《み》えた。

「おまえは怠け者《なまけもの》でだらしがない。ポッター、そんなことだから当然《とうぜん》、闇《やみ》の帝王《ていおう》が――」

「お聞《き》きしてもいいですか？　先生《せんせい》？」ハリーはまた怒《いか》りが込《こ》み上《あ》げてきた。「先生《せんせい》はどうしてヴォルデモートのことを闇《やみ》の帝王《ていおう》と呼《よ》ぶんですか？　僕《ぼく》は、死喰《しく》い人《びと》がそう呼《よ》ぶのしか聞《き》いたことがありません」

スネイプがうなるように口《くち》を開《ひら》いた。――その時《とき》、どこか部屋《へや》の外《そと》で、女性《じょせい》の悲鳴《ひめい》がした。

スネイプはぐいと上《うえ》を仰《あお》いだ。天井《てんじょう》を見《み》つめている。

「いったい――？」スネイプがつぶやいた。

ハリーの耳《みみ》には、どうやら玄関《げんかん》ホールとおぼしき所《ところ》から、こもった音《おと》で騒《さわ》ぎが聞《き》こえてくる。

スネイプは顔《かお》をしかめてハリーを見《み》た。

「ここに来《く》る途中《とちゅう》、何《なに》か異常《いじょう》なものは見《み》なかったか？　ポッター？」

ハリーは首《くび》を振《ふ》った。どこか二人《ふたり》の頭上《ずじょう》で、また女性《じょせい》の悲鳴《ひめい》が聞《き》こえた。スネイプは杖《つえ》をかまえたまま、つかつかと研究室《けんきゅうしつ》のドアに向《む》かい、すばやく出《で》ていった。ハリーは一瞬《いっしゅん》とまどったが、あとに続《つづ》いた。

悲鳴《ひめい》はやはり玄関《げんかん》ホールからだった。地下牢《ちかろう》からホールに上《あ》がる石段《いしだん》へと走《はし》るうちに、だんだん声《こえ》が大《おお》きくなってきた。石段《いしだん》を上《のぼ》りきると、玄関《げんかん》ホールは超満員《ちょうまんいん》だった。まだ夕食《ゆうしょく》が終《お》わっていなかったので、何事《なにごと》かと、大広間《おおひろま》から見物《けんぶつ》の生徒《せいと》があふれ出《だ》してきたのだ。ほかの生徒《せいと》は大理《だいり》石《せき》の階段《かいだん》に鈴《すず》なりになっていた。ハリーは背《せ》の高《たか》いスリザリン生《せい》が固《かた》まっている中《なか》をかき分《わ》けて前《まえ》に出《で》た。見物人《けんぶつにん》は大《おお》きな円《えん》を描《えが》き、何人《なんにん》かはショックを受《う》けたような顔《かお》をし、また何人《なんにん》かは恐《きょう》怖《ふ》の表情《ひょうじょう》さえ浮《う》かべていた。マクゴナガル先生《せんせい》がホールの反対側《はんたいがわ》の、ハリーの真正面《ましょうめん》にいる。目《め》の前《まえ》の光景《こうけい》に気分《きぶん》が悪《わる》くなったような様子《ようす》だ。

トレローニー先生《せんせい》が玄関《げんかん》ホールの真《ま》ん中《なか》に立《た》っていた。片手《かたて》に杖《つえ》を持《も》ち、もう一方《いっぽう》の手《て》にからっぽのシェリー酒《しゅ》の瓶《びん》を引《ひ》っさげ、完全《かんぜん》に様子《ようす》がおかしい。髪《かみ》は逆立《さかだ》ち、めがねがずれ落《お》ちて片目《かため》だけがふぞろいに拡大《かくだい》され、何枚《なんまい》ものショールやスカーフが肩《かた》から勝手《かって》な方向《ほうこう》に垂《た》れ下《さ》がり、先生《せんせい》は今《いま》にも崩壊《ほうかい》しそうだ。その脇《わき》に大《おお》きなトランクが二つ、一つは上下逆《じょうげさか》さまに置《お》かれていた。どうやら、トランクは、トレローニー先生《せんせい》のあとから、階段《かいだん》を突《つ》き落《お》とされたように見《み》える。トレローニー先生《せんせい》は、見《み》るからにおびえた表情《ひょうじょう》で、ハリーの所《ところ》からは見《み》えなかったが、階段下《かいだんした》に立《た》っている何《なに》かを見《み》つめていた。

「いやよ！」トレローニー先生《せんせい》がかん高《だか》く叫《さけ》んだ。「**いやです！** こんなことが起《お》こるはずがない……こんなことが……あたくし、受《う》け入《い》れませんわ！」

「あなた、こういう事態《じたい》になるという認識《にんしき》がなかったの？」

少女《しょうじょ》っぽい高《たか》い声《こえ》が、平気《へいき》でおもしろがっているような言《い》い方《かた》をした。ハリーは少《すこ》し右側《みぎがわ》に移《い》動《どう》して、トレローニー先生《せんせい》が恐《おそ》ろしげに見《み》つめていたものが、ほかでもないアンブリッジ先生《せんせい》だとわかった。

「明日《あす》の天気《てんき》さえ予測《よそく》できない無能力《むのうりょく》なあなたでも、わたくしが査察《ささつ》していた間《あいだ》の嘆《なげ》かわしい授《じゅ》業《ぎょう》ぶりや進歩《しんぽ》のなさからして、解雇《かいこ》がさけられないことぐらいは、確実《かくじつ》におわかりになったのではないこと？」

「あなたに、そんなこと、で――できないわ！」トレローニー先生《せんせい》が泣《な》きわめいた。涙《なみだ》が巨大《きょだい》なめがねの奥《おく》から流《なが》れ、顔《かお》を洗《あら》った。「で――できないわ。あたくしをクビになんて！　ここに、あたくし、もう――もう十六年《ねん》も！　ホ――ホグワーツはあた――あたくしの、い――家《いえ》です！」

「家《いえ》だったのよ」アンブリッジ先生《せんせい》が言《い》った。

身《み》も世《よ》もなく泣《な》きじゃくり、トランクの一つに座《すわ》り込《こ》むトレローニー先生《せんせい》を見《み》つめるガマガエル顔《がお》に、楽《たの》しそうな表情《ひょうじょう》が広《ひろ》がるのを見《み》て、ハリーは胸《むな》くそが悪《わる》くなった。

「一時間前《じかんまえ》に魔法大臣《まほうだいじん》が『解雇辞令《かいこじれい》』に署名《しょめい》なさるまではね。さあ、どうぞこのホールから出《で》ていってちょうだい。恥《はじ》さらしですよ」

そう言《い》いながらも、ガマガエルはそこに立《た》ったままだった。トレローニー先生《せんせい》が嘆《なげ》きの発作《ほっさ》を起《お》こしたようにトランクに座《すわ》って体《からだ》を前後《ぜんご》に揺《ゆ》すり、けいれんしたりうめいたりする姿《すがた》を、卑《いや》しい悦《よろこ》びに舌《した》なめずりして眺《なが》めている。左《ひだり》のほうから押《お》し殺《ころ》したようなすすり泣《な》きの声《こえ》が聞《き》こえ、ハリーが振《ふ》り返《かえ》ると、ラベンダーとパーバティが抱《だ》き合《あ》って、さめざめと泣《な》いていた。

その時《とき》、足音《あしおと》が聞《き》こえた。マクゴナガル先生《せんせい》が見物人《けんぶつにん》の輪《わ》を抜《ぬ》け出《だ》し、つかつかとトレローニー先生《せんせい》に歩《あゆ》み寄《よ》り、背中《せなか》を力強《ちからづよ》くポンポンとたたきながら、ローブから大《おお》きなハンカチを取《と》り出《だ》した。

「さあ、さあ、シビル……落《お》ち着《つ》いて……これで鼻《はな》をかみなさい……あなたが考《かんが》えているほどひどいことではありません。さあ……ホグワーツを出《で》ることにはなりませんよ……」

「あら、マクゴナガル先生《せんせい》、そうですの？」アンブリッジが数歩進《すうほすす》み出《で》て、毒々《どくどく》しい声《こえ》で言《い》った。「そう宣言《せんげん》なさる権限《けんげん》がおありですの……？」

「それはわしの権限《けんげん》じゃ」深《ふか》い声《こえ》がした。

正面玄関《しょうめんげんかん》の樫《かし》の扉《とびら》が大《おお》きく開《ひら》いていた。扉脇《とびらわき》の生徒《せいと》が急《いそ》いで道《みち》をあけると、ダンブルドアが戸口《とぐち》に現《あらわ》れた。校庭《こうてい》でダンブルドアが何《なに》をしていたのか、ハリーには想像《そうぞう》もつかなかったが、不思議《ふしぎ》に霧深《きりぶか》い夜《よる》を背《せ》に、戸口《とぐち》の四角《しかく》い枠《わく》に縁取《ふちど》られてすっくと立《た》ったダンブルドアの姿《すがた》には、威圧《いあつ》されるものがあった。

扉《とびら》を広々《ひろびろ》と開《あ》け放《はな》したまま、ダンブルドアは見物人《けんぶつにん》の輪《わ》を突《つ》っ切《き》り、堂々《どうどう》とトレローニー先生《せんせい》に近《ちか》づいた。トレローニー先生《せんせい》は、マクゴナガル先生《せんせい》に付《つ》き添《そ》われ、トランクに腰《こし》かけて、涙《なみだ》で顔《かお》をぐしょぐしょにして震《ふる》えていた。

「あなたの？　ダンブルドア先生《せんせい》？」

アンブリッジはとびきり不快《ふかい》な声《こえ》で小《ちい》さく笑《わら》った。

「どうやらあなたは、立場《たちば》がおわかりになっていらっしゃらないようですわね。これ、このとおり――」アンブリッジはローブから丸《まる》めた羊皮紙《ようひし》を取《と》り出《だ》した。「――『解雇辞令《かいこじれい》』。わたくしと魔法大臣《まほうだいじん》の署名《しょめい》がありますわ。『教育令第《きょういくれいだい》二十三号《ごう》により、ホグワーツ高等尋問官《こうとうじんもんかん》は、彼女《かのじょ》が――つまりわたくしのことですが――魔法省《まほうしょう》の要求《ようきゅう》する基準《きじゅん》を満《み》たさないと思《おも》われるすべての教《きょう》師《し》を査察《ささつ》し、停職《ていしょく》に処《しょ》し、解雇《かいこ》する権利《けんり》を有《ゆう》する』。トレローニー先生《せんせい》は基準《きじゅん》を満《み》たさないと、わたくしが判断《はんだん》しました。わたくしが解雇《かいこ》しました」

驚《おどろ》いたことに、ダンブルドアは相変《あいか》わらずほほ笑《え》んでいた。トランクに腰《こし》かけて泣《な》いたりしゃくり上《あ》げたりし続《つづ》けているトレローニー先生《せんせい》を見下《みお》ろしながら、ダンブルドアが言《い》った。

「アンブリッジ先生《せんせい》、もちろん、あなたのおっしゃるとおりじゃ。高等尋問官《こうとうじんもんかん》として、あなたはたしかにわしの教師《きょうし》たちを解雇《かいこ》する権利《けんり》をお持《も》ちじゃ。しかし、この城《しろ》から追《お》い出《だ》す権限《けんげん》は持《も》っておられない。遺憾《いかん》ながら」ダンブルドアは軽《かる》く頭《あたま》を下《さ》げた。「その権限《けんげん》は、まだ校長《こうちょう》が持《も》っておる。そしてそのわしが、トレローニー先生《せんせい》には引《ひ》き続《つづ》きホグワーツに住《す》んでいただきたいのじゃ」

この言葉《ことば》で、トレローニー先生《せんせい》が狂《くる》ったように小《ちい》さな笑《わら》い声《ごえ》を上《あ》げたが、ヒックヒックのしゃくり上《あ》げが混《ま》じっていた。

「いいえ――いえ、あたくし、で――出《で》てまいります。ダンブルドア！　ホグワーツをは――離《はな》れ、ど――どこかほかで――あたくしの成功《せいこう》を――」

「いいや」ダンブルドアが鋭《するど》く言《い》った。「わしの願《ねが》いじゃ、シビル。あなたはここにとどまるのじゃ」

ダンブルドアはマクゴナガル先生《せんせい》のほうを向《む》いた。

「マクゴナガル先生《せんせい》、シビルに付《つ》き添《そ》って、上《うえ》まで連《つ》れていってくれるかの？」

「承知《しょうち》しました」マクゴナガルが言《い》った。「お立《た》ちなさい、シビル」

見物客《けんぶつきゃく》の中《なか》から、スプラウト先生《せんせい》が急《いそ》いで進《すす》み出《で》て、トレローニー先生《せんせい》のもう一方《いっぽう》の腕《うで》をつかんだ。二人《ふたり》でトレローニー先生《せんせい》を引率《いんそつ》し、アンブリッジの前《まえ》を通《とお》り過《す》ぎ、大理石《だいりせき》の階段《かいだん》を上《あ》がった。そのあとから、フリットウィック先生《せんせい》がちょこまか進《すす》み出《で》て、杖《つえ》を上《あ》げ、キーキー声《ごえ》で唱《とな》えた。

「ロコモーター　トランク！　運《はこ》べ！」

するとトレローニー先生《せんせい》のトランクが宙《ちゅう》に浮《う》き、持《も》ち主《ぬし》に続《つづ》いて階段《かいだん》を上《あ》がった。フリットウィック先生《せんせい》がしんがりを務《つと》めた。

アンブリッジ先生《せんせい》はダンブルドアを見《み》つめ、石《いし》のように突《つ》っ立《た》っていた。ダンブルドアは相変《あいか》わらず物《もの》やわらかにほほ笑《え》んでいる。

「それで」アンブリッジのささやくような声《こえ》は玄関《げんかん》ホールの隅々《すみずみ》まで聞《き》こえた。「わたくしが新《あたら》しい『占《うらな》い学《がく》』の教師《きょうし》を任命《にんめい》し、あの方《かた》の住処《すみか》を使《つか》う必要《ひつよう》ができたら、どうなさるおつもりですの？」

「おお、それはご心配《しんぱい》にはおよばん」ダンブルドアがほがらかに言《い》った。「それがのう、わしはもう、新《あたら》しい『占《うらな》い学《がく》』教師《きょうし》を見《み》つけておる。その方《かた》は、一階《かい》に棲《す》むほうが好《この》ましいそうじゃ」

「見《み》つけた――？」アンブリッジがかん高《だか》い声《こえ》を上《あ》げた。「あなたが、見《み》つけた？　お忘《わす》れかしら、ダンブルドア、教育令第二十二号《きょういくれいだいごう》によれば――」

「魔法省《まほうしょう》は、適切《てきせつ》な候補者《こうほしゃ》を任命《にんめい》する権利《けんり》がある、ただし――校長《こうちょう》が候補者《こうほしゃ》を見《み》つけられなかった場合《ばあい》のみ」ダンブルドアが言《い》った。「そして、今回《こんかい》は、喜《よろこ》ばしいことに、わしが見《み》つけたのじゃ。ご紹介《しょうかい》させていただこうかの？」

ダンブルドアは開《あ》け放《はな》った玄関扉《げんかんとびら》のほうを向《む》いた。今《いま》や、そこから夜霧《よぎり》が忍《しの》び込《こ》んできていた。ハリーの耳《みみ》にひづめの音《おと》が聞《き》こえた。玄関《げんかん》ホールに、ざわざわと驚《おどろ》きの声《こえ》が流《なが》れ、扉《とびら》に一番近《いちばんちか》い生徒《せいと》たちは、急《いそ》いでもっと後《うし》ろに下《さ》がった。客人《きゃくじん》に道《みち》をあけようと、あわてて転《ころ》びそうになる者《もの》もいた。

霧《きり》の中《なか》から、顔《かお》が現《あらわ》れた。ハリーはその顔《かお》を、前《まえ》に一度《ど》、禁《きん》じられた森《もり》での暗《くら》い、危険《きけん》な一夜《いちや》に見《み》たことがある。プラチナ・ブロンドの髪《かみ》に、驚《おどろ》くほど青《あお》い目《め》、頭《あたま》と胴《どう》は人間《にんげん》で、その下《した》は黄《おう》金《ごん》の馬《うま》、パロミノの体《からだ》だ。

「フィレンツェじゃ」

雷《かみなり》に打《う》たれたようなアンブリッジに、ダンブルドアがにこやかに紹介《しょうかい》した。

「あなたも適任《てきにん》だと思《おも》われることじゃろう」

第《だい》27章《しょう》 ケンタウルスと密告者《みっこくしゃ》

「『占い学《うらながく》』をやめなきゃよかったって、今《いま》、きっとそう思《おも》ってるでしょう？　ハーマイオニー？」パーバティがニンマリ笑《わら》いながら聞《き》いた。

トレローニー先生解雇《せんせいかいこ》の二日後《ふつかご》の朝食《ちょうしょく》のときだった。パーバティはまつげを杖《つえ》に巻《ま》きつけてカールし、仕上《しあ》がり具合《ぐあい》をスプーンの裏《うら》に映《うつ》してたしかめていた。午前中《ごぜんちゅう》にフィレンツェの最初《さいしょ》の授業《じゅぎょう》があることになっていた。

「そうでもないわ」ハーマイオニーは「日刊予言者新聞《にっかんよげんしゃしんぶん》」を読《よ》みながら、興味《きょうみ》なさそうに答《こた》えた。

「もともと馬《うま》はあんまり好《す》きじゃないの」

ハーマイオニーは新聞《しんぶん》をめくり、コラム欄《らん》にざっと目《め》を通《とお》した。

「あの人《ひと》は馬《うま》じゃないわ。ケンタウルスよ！」

ラベンダーがショックを受《う》けたような声《こえ》を上《あ》げた。

「目《め》の覚《さ》めるようなケンタウルスだわ……」パーバティがため息《いき》をついた。

「どっちにしろ、脚《あし》は四本《ほん》あるわ」ハーマイオニーが冷《つめ》たく言《い》った。「ところで、あなたたち二人《ふたり》は、トレローニーがいなくなってがっかりしてると思《おも》ったけど？」

「してるわよ！」ラベンダーが強調《きょうちょう》した。「私《わたし》たち、先生《せんせい》の部屋《へや》を訪《たず》ねたの。ラッパスイセンを持《も》ってね――スプラウト先生《せんせい》が育《そだ》てているラッパを吹《ふ》き鳴《な》らすやつじゃなくて、きれいなスイセンをよ」

「先生《せんせい》、どうしてる？」ハリーが聞《き》いた。

「おかわいそうに、あまりよくないわ」ラベンダーが気《き》の毒《どく》そうに言《い》った。「泣《な》きながら、アンブリッジがいるこの城《しろ》にいるより、むしろ永久《えいきゅう》に去《さ》ってしまいたいっておっしゃるの。無理《むり》もないわ。アンブリッジが、先生《せんせい》にひどいことをしたんですもの」

「あの程度《ていど》のひどさはまだ序《じょ》の口《くち》だという感《かん》じがするわ」ハーマイオニーが暗《くら》い声《こえ》を出《だ》した。

「ありえないよ」ロンは大皿《おおざら》盛《も》りの卵《たまご》とベーコンに食《く》らいつきながら言《い》った。「あの女《おんな》、これ以《い》上《じょう》悪《わる》くなりようがないだろ」

「まあ、見《み》てらっしゃい。ダンブルドアが相談《そうだん》もなしに新《あたら》しい先生《せんせい》を任命《にんめい》したことで、あの人《ひと》、仕返《しかえ》しに出《で》るわ」ハーマイオニーは新聞《しんぶん》を閉《と》じた。「しかも任命《にんめい》したのがまたしても半人間《はんにんげん》。フィレンツェを見《み》たときのあの人《ひと》の顔《かお》、見《み》たでしょう？」

朝食《ちょうしょく》のあと、ハーマイオニーは「数占《かずうらな》い」の教室《きょうしつ》へ、ハリーとロンはパーバティとラベンダーに続《つづ》いて玄関《げんかん》ホールに行《い》き、「占《うらな》い学《がく》」に向《む》かった。

「北塔《きたとう》に行《い》くんじゃないのか？」

パーバティが大理石《だいりせき》の階段《かいだん》を通《とお》り過《す》ぎてしまったので、ロンがけげんそうな顔《かお》をした。パーバティは振《ふ》り向《む》いて、叱《しか》りつけるような目《め》でロンを見《み》た。

「フィレンツェがあのはしご階段《かいだん》を上《のぼ》れると思《おも》うの？　十一番教室《ばんきょうしつ》になったのよ。きのう、掲《けい》示板《じばん》に貼《は》ってあったわ」

十一番教室《ばんきょうしつ》は一階《かい》で、玄関《げんかん》ホールから大広間《おおひろま》とは逆《ぎゃく》の方向《ほうこう》に行《い》く廊下沿《ろうかぞ》いにあった。ハリーは、この教室《きょうしつ》が、定期的《ていきてき》に使《つか》われていない部屋《へや》の一つだということを知《し》っていた。そのため、納《なん》戸《ど》や倉庫《そうこ》のような、何《なん》となくほったらかしの感《かん》じがする部屋《へや》だ。ロンのすぐあとから教室《きょうしつ》に入《はい》ったハリーは、一瞬《いっしゅん》ポカンとした。そこは森《もり》の空《あ》き地《ち》の真《ま》っただ中《なか》だった。

「これはいったい――？」

教室《きょうしつ》の床《ゆか》は、ふかふかと苔《こけ》むして、そこから樹木《じゅもく》が生《は》えていた。こんもりとしげった葉《は》が、天《てん》井《じょう》や窓《まど》に広《ひろ》がり、部屋中《へやじゅう》にやわらかな緑《みどり》の光《ひかり》の筋《すじ》が何本《なんぼん》も斜《なな》めに射《さ》し込《こ》み、光《ひかり》のまだら模様《もよう》を描《えが》いていた。先《さき》に来《き》ていた生徒《せいと》たちは、土《つち》の感触《かんしょく》がする床《ゆか》に座《すわ》り込《こ》み、木《き》の幹《みき》や、大《おお》きな石《いし》にもたれかかって、両腕《りょううで》でひざを抱《かか》えたり、胸《むね》の上《うえ》で固《かた》く腕組《うでぐ》みしたりして、ちょっと不安《ふあん》そうな顔《かお》をしていた。空《あ》き地《ち》の真《ま》ん中《なか》には立《た》ち木《き》がなく、フィレンツェが立《た》っていた。

「ハリー・ポッター」ハリーが入《はい》っていくと、フィレンツェが手《て》を差《さ》し出《だ》した。

「あ――やあ」ハリーは握手《あくしゅ》した。ケンタウルスは驚《おどろ》くほど青《あお》い目《め》で、瞬《まばた》きもせずハリーを観察《かんさつ》していたが、笑顔《えがお》は見《み》せなかった。「あ――また会《あ》えてうれしいです」

「こちらこそ」ケンタウルスは銀白色《ぎんはくしょく》の頭《あたま》を軽《かる》く傾《かたむ》けた。「また会《あ》うことは、予言《よげん》されていました」

ハリーは、フィレンツェの胸《むね》にうっすらと馬蹄形《ばていけい》の打撲傷《だぼくしょう》があるのに気《き》づいた。地面《じめん》に座《すわ》っているほかの生徒《せいと》たちの所《ところ》に行《い》こうとすると、みんながいっせいにハリーに尊敬《そんけい》のまなざしを向《む》けていた。どうやら、みんなが怖《こわ》いと思《おも》っているフィレンツェと、ハリーが言葉《ことば》を交《か》わす間柄《あいだがら》だということに、ひどく感心《かんしん》したらしい。

ドアが閉《し》まり、最後《さいご》の生徒《せいと》がくずかごの脇《わき》の切《き》り株《かぶ》に腰《こし》を下《お》ろすと、フィレンツェがぐるりと部屋《へや》を見渡《みわた》した。

「ダンブルドア先生《せんせい》のご厚意《こうい》で、この教室《きょうしつ》が準備《じゅんび》されました」生徒全員《せいとぜんいん》が落《お》ち着《つ》いたところで、フィレンツェが言《い》った。

「私《わたし》の棲息地《せいそくち》に似《に》せてあります。できれば禁《きん》じられた森《もり》で授業《じゅぎょう》をしたかったのです。そこが――この月曜日《げつようび》までは――私《わたし》の棲《す》まいでした……しかし、もはやそれはかないません」

「あの――えーと――先生《せんせい》――」パーバティが手《て》を挙《あ》げ、息《いき》を殺《ころ》して尋《たず》ねた。「――どうしてですか？　私《わたし》たち、ハグリッドと一緒《いっしょ》にあの森《もり》に入《はい》ったことがあります。怖《こわ》くありません！」

「君《きみ》たちの勇気《ゆうき》が問題《もんだい》なのではありません」フィレンツェが言《い》った。「私《わたし》の立場《たちば》の問題《もんだい》です。私《わたし》はもはやあの森《もり》に戻《もど》ることができません。群《む》れから追放《ついほう》されたのです」

「群《む》れ？」ラベンダーが困惑《こんわく》した声《こえ》を出《だ》した。ハリーは、牛《うし》の群《む》れを考《かんが》えているのだろうと思《おも》った。

「何《なん》です――あっ！」わかったという表情《ひょうじょう》がパッと広《ひろ》がった。「先生《せんせい》の仲間《なかま》がもっといるのですね？」ラベンダーがびっくりしたように言《い》った。

「ハグリッドが繁殖《はんしょく》させたのですか？　セストラルみたいに？」ディーンが興味津々《きょうみしんしん》で聞《き》いた。

フィレンツェの頭《あたま》がゆっくりと回《まわ》り、ディーンの顔《かお》を直視《ちょくし》した。ディーンはすぐさま、何《なに》かとても気《き》にさわることを言《い》ってしまったと気《き》づいたらしい。

「そんなつもりでは――つまり――すみません」最後《さいご》は消《き》え入《い》るような声《こえ》だった。

「ケンタウルスはヒト族《ぞく》の召《め》し使《つか》いでも、なぐさみ者《もの》でもない」フィレンツェが静《しず》かに言《い》った。

しばらく間《ま》が空《あ》いた。それから、パーバティがもう一度《いちど》しっかり手《て》を挙《あ》げた。

「あの、先生《せんせい》……どうしてほかのケンタウルスが先生《せんせい》を追放《ついほう》したのですか？」

「それは、私《わたし》がダンブルドアのために働《はたら》くことを承知《しょうち》したからです」フィレンツェが答《こた》えた。

「仲間《なかま》は、これが我々《われわれ》の種族《しゅぞく》を裏切《うらぎ》るものだと見《み》ています」

ハリーは、もうかれこれ四年前《ねんまえ》のことを思《おも》い出《だ》していた。フィレンツェがハリーを背中《せなか》に乗《の》せて安全《あんぜん》なところまで運《はこ》んだことで、ケンタウルスのベインがフィレンツェをどなりつけ、「ただのロバ」呼《よ》ばわりした。ハリーは、もしかしたら、フィレンツェの胸《むね》をけったのはベインではないかと思《おも》った。

「では始《はじ》めよう」

そう言《い》うと、フィレンツェは、長《なが》い黄金色《こがねいろ》のしっぽを一振《ひとふ》りし、頭上《ずじょう》のこんもりした天蓋《てんがい》に向《む》けて手《て》を伸《の》ばし、その手《て》をゆっくりと下《お》ろした。すると、部屋《へや》の明《あ》かりが徐々《じょじょ》に弱《よわ》まり、まるで夕暮《ゆうぐ》れ時《どき》に森《もり》の空《あ》き地《ち》に座《すわ》っているような様子《ようす》になった。天井《てんじょう》に星《ほし》が現《あらわ》れ、あちこちで「オーッ」という声《こえ》や、息《いき》をのむ音《おと》がした。ロンは声《こえ》に出《だ》して「おっどろきー！」と言《い》った。

「床《ゆか》に仰向《あおむ》けに寝転《ねころ》んで」フィレンツェがいつもの静《しず》かな声《こえ》で言《い》った。「天空《てんくう》を観察《かんさつ》してください。見《み》る目《め》を持《も》った者《もの》にとっては、我々《われわれ》の種族《しゅぞく》の運命《うんめい》がここに書《か》かれているのです」

ハリーは仰向《あおむ》けになって伸《の》びをし、天井《てんじょう》を見《み》つめた。キラキラ輝《かがや》く赤《あか》い星《ほし》が、上《うえ》からハリーに瞬《またた》いた。

「みなさんは、『天文学《てんもんがく》』で惑星《わくせい》やその衛星《えいせい》の名前《なまえ》を勉強《べんきょう》しましたね」フィレンツェの静《しず》かな声《こえ》が続《つづ》いた。「そして、天空《てんくう》をめぐる星《ほし》の運行図《うんこうず》を作《つく》りましたね。ケンタウルスは、何世紀《なんせいき》もかけて、こうした天体《てんたい》の動《うご》きの神秘《しんぴ》を解《と》き明《あ》かしてきました。その結果《けっか》、天空《てんくう》に未来《みらい》が顔《かお》をのぞかせる可能性《かのうせい》があることを知《し》ったのです――」

「トレローニー先生《せんせい》は占星術《せんせいじゅつ》を教《おし》えてくださったわ！」パーバティが興奮《こうふん》して言《い》った。寝転《ねころ》んだまま手《て》を前《まえ》に出《だ》したので、その手《て》が空中《くうちゅう》に突《つ》き出《で》た。「火星《かせい》は事故《じこ》とか、火傷《やけど》とか、そういうものを引《ひ》き起《お》こし、その星《ほし》が、土星《どせい》とちょうど今《いま》みたいな角度《かくど》を作《つく》っているとき――」パーバティは空中《くうちゅう》に直角《ちょっかく》を描《えが》いた。「――それは、熱《あつ》いものを扱《あつか》う場合《ばあい》、特《とく》に注意《ちゅうい》が必要《ひつよう》だということを意味《いみ》するの――」

「それは」フィレンツェが静《しず》かに言《い》った。「ヒトのばかげた考《かんが》えです」

パーバティの手《て》が力《ちから》なく落《お》ちて体《からだ》の脇《わき》に収《おさ》まった。

「些細《ささい》なけがや人間界《にんげんかい》の事故《じこ》など」フィレンツェはひづめで苔《こけ》むした床《ゆか》を強《つよ》く踏《ふ》み鳴《な》らしながら、話《はな》し続《つづ》けた。「そうしたものは、広大《こうだい》な宇宙《うちゅう》にとって、忙《いそが》しくはい回《まわ》るアリほどの意味《いみ》しかなく、惑星《わくせい》の動《うご》きに影響《えいきょう》されるようなものではありません」

「トレローニー先生《せんせい》は——」パーバティが傷《きず》ついて憤慨《ふんがい》した声《こえ》で何《なに》か言《い》おうとした。

「ヒトです」フィレンツェがさらりと言《い》った。「だからこそ、みなさんの種族《しゅぞく》の限界《げんかい》のせいで、視野《しや》が狭《せま》く、束縛《そくばく》されているのです」

ハリーは首《くび》をほんの少《すこ》しひねって、パーバティを見《み》た。腹《はら》を立《た》てているようだった。パーバティの周《まわ》りにいる何人《なんにん》かの生徒《せいと》も同《おな》じだった。

「シビル・トレローニーは『予見《よけん》』したことがあるかもしれません。私《わたし》にはわかりませんが」フィレンツェは話《はな》し続《つづ》け、生徒《せいと》の前《まえ》を往《い》ったり来《き》たりしながら、しっぽをシュッと振《ふ》る音《おと》が、ハリーの耳《みみ》に入《はい》った。

「しかしあの方《かた》は、ヒトが予言《よげん》と呼《よ》んでいる、自己満足《じこまんぞく》のたわ言《ごと》に、大方《おおかた》の時間《じかん》を浪費《ろうひ》している。私《わたし》は、個人的《こじんてき》なものや偏見《へんけん》を離《はな》れた、ケンタウルスの叡智《えいち》を説明《せつめい》するためにここにいるのです。我々《われわれ》が空《そら》を眺《なが》めるのは、そこに時折記《ときおりしる》されている、邪悪《じゃあく》なものや変化《へんか》の大《おお》きな潮流《ちょうりゅう》を見《み》るためです。我々《われわれ》が今《いま》、見《み》ているものが何《なに》であるかがはっきりするまでに、十年《ねん》もの歳月《さいげつ》を要《よう》することがあります」

フィレンツェはハリーの真上《まうえ》の赤《あか》い星《ほし》を指差《ゆびさ》した。

「この十年間《ねんかん》、魔法界《まほうかい》が、二つの戦争《せんそう》の合間《あいま》の、ほんのわずかな静《しず》けさを生《い》きているにすぎないと記《しる》されていました。戦《たたか》いをもたらす火星《かせい》が、我々《われわれ》の頭上《ずじょう》に明《あか》るく輝《かがや》いているのは、まもなく再《ふた》び戦《たたか》いが起《お》こるであろうことを示唆《しさ》しています。どのくらい差《さ》し迫《せま》っているかを、ケンタウルスはある種《しゅ》の薬草《やくそう》や木《こ》の葉《は》を燃《も》やし、その炎《ほのお》や煙《けむり》を読《よ》むことで占《うらな》おうとします……」

これまでハリーが受《う》けた中《なか》で、一番風変《いちばんふうが》わりな授業《じゅぎょう》だった。みんなが実際《じっさい》に教室《きょうしつ》の床《ゆか》の上《うえ》でセージやゼニアオイを燃《も》やした。フィレンツェはツンと刺激臭《しげきしゅう》のある煙《けむり》の中《なか》に、ある種《しゅ》の形《かたち》や印《しるし》を探《さが》すように教《おし》えたが、誰《だれ》もフィレンツェの説明《せつめい》する印《しるし》を見《み》つけることができなくとも、まったく意《い》に介《かい》さないようだった。ヒトはこういうことが得意《とくい》だったためしがないし、ケンタウルスも能力《のうりょく》を身《み》につけるまでに長《なが》い年月《ねんげつ》がかかっていると言《い》い、最後《さいご》には、いずれにせよ、こんなことを信用《しんよう》し過《す》ぎるのは愚《おろ》かなことだ、ケンタウルスでさえ時《とき》には読《よ》みちがえるのだから、としめくくった。

ハリーが今《いま》まで習《なら》ったヒトの先生《せんせい》とはまるでちがっていた。フィレンツェにとって大切《たいせつ》なのは、自分《じぶん》の知《し》っていることを教《おし》えることではなく、むしろ、何事《なにごと》も、ケンタウルスの叡智《えいち》でさえ、絶《ぜっ》対《たい》に確実《かくじつ》なものなどないのだと生徒《せいと》に印象《いんしょう》づけることのようだった。

「フィレンツェは何《なん》にも具体的《ぐたいてき》じゃないね？」ゼニアオイの火《ひ》を消《け》しながら、ロンが低《ひく》い声《こえ》で言《い》った。「だってさ、これから起《お》ころうとしている戦《たたか》いについて、もう少《すこ》しくわしいことが知《し》りたいよな？」

終業《しゅうぎょう》ベルが教室《きょうしつ》のすぐ外《そと》で鳴《な》り、みんな飛《と》び上《あ》がった。ハリーは、自分《じぶん》たちがまだ城《しろ》の中《なか》にいることをすっかり忘《わす》れて、ほんとうに森《もり》の中《なか》にいると思《おも》い込《こ》んでいた。みんな少《すこ》しぼうっとしながら、ぞろぞろと教室《きょうしつ》を出《で》ていった。

ハリーとロンも列《れつ》に並《なら》ぼうとしたとき、フィレンツェが呼《よ》び止《と》めた。

「ハリー・ポッター、ちょっとお話《はなし》があります」

ハリーが振《ふ》り向《む》き、ケンタウルスが少《すこ》し近《ちか》づいてきた。ロンはもじもじした。

「あなたもいていいですよ」フィレンツェが言《い》った。「でも、ドアを閉《し》めてください」

ロンが急《いそ》いで言《い》われたとおりにした。

「ハリー・ポッター、あなたはハグリッドの友人《ゆうじん》ですね？」ケンタウルスが聞《き》いた。

「はい」ハリーが答《こた》えた。

「それなら、私《わたし》からの忠告《ちゅうこく》を伝《つた》えてください。ハグリッドがやろうとしていることは、うまくいきません。放棄《ほうき》するほうがいいのです」

「やろうとしていることが、うまくいかない？」ハリーはポカンとしてくり返《かえ》した。

「それに、放棄《ほうき》するほうがいい、と」フィレンツェがうなずいた。

「私《わたし》が自分《じぶん》でハグリッドに忠告《ちゅうこく》すればいいのですが、追放《ついほう》の身《み》ですから――今《いま》、あまり森《もり》に近《ちか》づくのは賢明《けんめい》ではありません――ハグリッドは、この上《うえ》ケンタウルス同士《どうし》の戦《たたか》いまで抱《かか》え込《こ》む余裕《よゆう》はありません」

「でも――ハグリッドは何《なに》をしようとしているの？」ハリーが不安《ふあん》そうに聞《き》いた。

フィレンツェは無表情《むひょうじょう》にハリーを見《み》た。

「ハグリッドは最近《さいきん》、私《わたし》にとてもよくしてくださった。それに、すべての生《い》き物《もの》に対《たい》するあの人《ひと》の愛情《あいじょう》を、私《わたし》はずっと尊敬《そんけい》していました。あの人《ひと》の秘密《ひみつ》を明《あ》かすような不実《ふじつ》はしません。しかし、誰《だれ》かがハグリッドの目《め》を覚《さ》まさなければなりません。あの試《こころ》みはうまくいきません。そう伝《つた》えてください、ハリー・ポッター。ではごきげんよう」


『ザ・クィブラー』のインタビューがもたらした幸福感《こうふくかん》は、とっくに雲散霧消《うんさんむしょう》していた。どんよりした三月《がつ》がいつの間《ま》にか風《かぜ》の激《はげ》しい四月《がつ》に変《か》わり、ハリーの生活《せいかつ》は、再《ふたた》びとぎれることのない心配《しんぱい》と問題《もんだい》の連続《れんぞく》になっていた。

アンブリッジは引《ひ》き続《つづ》き毎回《まいかい》「魔法生物飼育学《まほうせいぶつしいくがく》」の授業《じゅぎょう》に来《き》ていたので、フィレンツェの警告《けいこく》をハグリッドに伝《つた》えるのはなかなか難《むずか》しかった。やっとある日《ひ》、『幻《まぼろし》の動物《どうぶつ》とその生息地《せいそくち》』の本《ほん》を忘《わす》れてきたふりをして、ハリーは、授業《じゅぎょう》が終《お》わってからハグリッドの所《ところ》へ引《ひ》き返《かえ》した。フィレンツェの言葉《ことば》を伝《つた》えると、ハグリッドは一瞬《いっしゅん》、腫《は》れ上《あ》がって黒《くろ》いあざになった目《め》で、ぎょっとしたようにハリーを見《み》つめた。やがて、何《なん》とか気《き》を取《と》り戻《もど》したらしい。

「いいやつだ、フィレンツェは」ハグリッドがぶっきらぼうに言《い》った。「だが、このことに関《かん》しちゃあ、あいつは何《なん》にもわかってねえ。あのことは、ちゃんとうまくいっちょる」

「ハグリッド、いったい何《なに》をやってるんだい？」ハリーは真剣《しんけん》に聞《き》いた。「だって、気《き》をつけないといけないよ。アンブリッジはもうトレローニーをクビにしたんだ。僕《ぼく》が見《み》るところ、あいつは勢《いきお》いづいてる。ハグリッドが何《なに》かやっちゃいけないようなことしてるんだったら、きっと――」

「世《よ》の中《なか》にゃ、職《しょく》を守《まも》るよりも大切《たいせつ》なことがある」

そう言《い》いながらも、ハグリッドの両手《りょうて》がかすかに震《ふる》え、ナールのフンでいっぱいの桶《おけ》を床《ゆか》に取《と》り落《お》とした。

「俺《おれ》のことは心配《しんぱい》するな、ハリー。さあ、もう行《い》け、いい子《こ》だから」

床《ゆか》いっぱいに散《ち》らばったフンを掃《は》き集《あつ》めているハグリッドを残《のこ》して、ハリーはそこを去《さ》るしかなかった。しかし、がっくり気落《きお》ちして、城《しろ》に戻《もど》る足取《あしど》りは重《おも》かった。

一方《いっぽう》、先生方《せんせいがた》もハーマイオニーも口《くち》をすっぱくしてハリーたちに言《い》い聞《き》かせていたが、O《ふ》・W《くろ》・L《う》試験《しけん》がだんだん迫《せま》っていた。五年生全員《ねんせいぜんいん》が、多《おお》かれ少《すく》なかれストレスを感《かん》じていたが、まず、ハンナ・アボットが音《ね》を上《あ》げた。「薬草学《やくそうがく》」の授業中《じゅぎょうちゅう》に突然泣《とつぜんな》きだし、自分《じぶん》の頭《あたま》では試験《しけん》は無理《むり》だから、今《いま》すぐ学校《がっこう》を辞《や》めたいと泣《な》きじゃくって、マダム・ポンフリーの「鎮静水薬《ちんせいみずぐすり》」を飲《の》まされる第《だい》一号《ごう》になったのだ。

DA《ディーエー》がなかったら、自分《じぶん》はどんなにみじめだったろうと、ハリーは思《おも》った。「必要《ひつよう》の部屋《へや》」で過《す》ごす数時間《すうじかん》のために生《い》きているように感《かん》じることさえあった。きつい練習《れんしゅう》だったが、同時《どうじ》に楽《たの》しくてしかたがなかった。DA《ディーエー》のメンバーを見回《みまわ》し、みんながどんなに進歩《しんぽ》したかを見《み》るたびに、ハリーは誇《ほこ》りで胸《むね》がいっぱいになった。O《ふ》・W《くろ》・L《う》試験《しけん》の「闇《やみ》の魔術《まじゅつ》に対《たい》する防衛術《ぼうえいじゅつ》」で、DA《ディーエー》のメンバーが全員《ぜんいん》「O《オー》・優《ゆう》」を取《と》ったら、アンブリッジがどんな顔《かお》をするだろうと、ときどき本《ほん》気《き》でそう考《かんが》えることがあった。

DA《ディーエー》では、ついに「守護霊《しゅごれい》」の練習《れんしゅう》を始《はじ》めた。みんなが練習《れんしゅう》したくてたまらなかった術《じゅつ》だ。しかし、守護霊《しゅごれい》を創《つく》り出《だ》すといっても、明《あか》るい照明《しょうめい》の教室《きょうしつ》で何《なん》の脅威《きょうい》も感《かん》じないときと、吸魂鬼《きゅうこんき》のようなものと対決《たいけつ》しているときとでは、まったくちがうのだと、ハリーはくり返《かえ》し説明《せつめい》した。

「まあ、そんな興《きょう》ざめなこと言《い》わないで」

イースター休暇《きゅうかまえ》前の最後《さいご》の練習《れんしゅう》で、自分《じぶん》が創《つく》り出《だ》した銀色《ぎんいろ》の白鳥《はくちょう》の形《かたち》をした守護霊《しゅごれい》が「必要《ひつよう》の部屋《へや》」をふわふわ飛《と》び回《まわ》るのを眺《なが》めながら、チョウがほがらかに言《い》った。

「とってもかわいいわ！」

「かわいいんじゃ困《こま》るよ。君《きみ》を守護《しゅご》するはずなんだから」ハリーが辛抱強《しんぼうづよ》く言《い》った。「ほんとうは、まね妖怪《ボガート》か何《なに》かが必要《ひつよう》だ。僕《ぼく》はそうやって学《まな》んだんだから。まね妖怪《ボガート》が吸魂鬼《きゅうこんき》のふりをしている間《あいだ》に、何《なん》とかして守護霊《しゅごれい》を創《つく》り出《だ》さなきゃならなかったんだ――」

「だけど、そんなの、とっても怖《こわ》いじゃない！」

ラベンダーの杖先《つえさき》から銀色《ぎんいろ》の煙《けむり》がポッポッと噴《ふ》き出《だ》していた。

「それに、私《わたし》まだ――うまく――出《だ》せないのよ！」ラベンダーは怒《おこ》ったように言《い》った。

ネビルも苦労《くろう》していた。顔《かお》をゆがめて集中《しゅうちゅう》しても、杖先《つえさき》からは細《ほそ》い銀色《ぎんいろ》の煙《けむり》がヒョロヒョロと出《で》てくるだけだった。

「何《なに》か幸福《こうふく》なことを思《おも》い浮《う》かべないといけないんだよ」ハリーが指導《しどう》した。

「そうしてるんだけど」ネビルが、みじめな声《こえ》で言《い》った。本当《ほんとう》に一生懸命《いっしょうけんめい》で、丸顔《まるがお》が汗《あせ》で光《ひか》っていた。

「ハリー、僕《ぼく》、できたと思《おも》う！」ディーンに連《つ》れられて、DA《ディーエー》に初《はじ》めて参加《さんか》したシェーマスが叫《さけ》んだ。「見《み》て――あ――消《き》えた……だけど、ハリー、たしかに何《なに》か毛《け》むくじゃらなやつだったぜ！」

ハーマイオニーの守護霊《しゅごれい》は、銀色《ぎんいろ》に光《ひか》るカワウソで、ハーマイオニーの周《まわ》りを跳《は》ね回《まわ》っていた。

「ほんとに、ちょっとすてきじゃない？」ハーマイオニーは、自分《じぶん》の守護霊《しゅごれい》を愛《いと》おしそうに眺《なが》めていた。

「必要《ひつよう》の部屋《へや》」のドアが開《ひら》いて、閉《し》まった。ハリーは誰《だれ》が来《き》たのだろうと振《ふ》り返《かえ》ったが、誰《だれ》もいないようだった。しばらくして、ハリーは、ドア近《ちか》くの生徒《せいと》たちがひっそりとなったのに気《き》づいた。すると、何《なに》かがひざのあたりで、ハリーのローブを引《ひ》っ張《ぱ》った。見下《みお》ろすと、驚《おどろ》いたことに、屋敷《やしき》しもべ妖精《ようせい》のドビーが、いつもの八段重《だんがさ》ねの毛糸帽《けいとぼう》の下《した》から、ハリーをじっと見上《みあ》げていた。

「やあ、ドビー」ハリーが声《こえ》をかけた。「何《なに》しに――どうかしたのかい？」

妖精《ようせい》は恐怖《きょうふ》で目《め》を見開《みひら》き、震《ふる》えていた。ハリーの近《ちか》くにいたDA《ディーエー》のメンバーがだまり込《こ》んだ。部屋中《へやじゅう》がドビーを見《み》つめている。何人《なんにん》かがやっと創《つく》り出《だ》した数少《かずすく》ない守護霊《しゅごれい》も、銀色《ぎんいろ》の霞《かすみ》となって消《き》え、部屋《へや》は前《まえ》よりもずっと暗《くら》くなった。

「ハリー・ポッター様《さま》……」妖精《ようせい》は頭《あたま》からつま先《さき》までブルブル震《ふる》えながら、キーキー声《ごえ》を出《だ》した。

「ハリー・ポッター様《さま》……ドビーめはご注進《ちゅうしん》に参《まい》りました……でも、屋敷《やしき》しもべ妖精《ようせい》というものは、しゃべってはいけないと戒《いまし》められてきました……」

ドビーは壁《かべ》に向《む》かって頭《あたま》を突《つ》き出《だ》して走《はし》りだした。ドビーの自分自身《じぶんじしん》を処罰《しょばつ》する習性《しゅうせい》について経験済《けいけんず》みだったハリーは、ドビーを取《と》り押《お》さえようとした。しかし、ドビーは、八段重《だんがさ》ねの帽子《ぼうし》がクッションになって、石壁《いしかべ》から跳《は》ね返《かえ》っただけだった。ハーマイオニーやほかの数人《すうにん》の女《おんな》の子《こ》が、恐怖《きょうふ》と同情心《どうじょうしん》で悲鳴《ひめい》を上《あ》げた。

「ドビー、いったい何《なに》があったの？」妖精《ようせい》の小《ちい》さい腕《うで》をつかみ、自傷行為《じしょうこうい》に走《はし》りそうな物《もの》からいっさい遠《とお》ざけて、ハリーが聞《き》いた。

「ハリー・ポッター……あの人《ひと》が……あの女《おんな》の人《ひと》が……」

ドビーはつかまえられていないほうの手《て》を拳《こぶし》にして、自分《じぶん》の鼻《はな》を思《おも》いきりなぐった。ハリーはそっちの手《て》も押《お》さえた。

「あの人《ひと》って、ドビー、誰《だれ》？」

しかし、ハリーはわかったと思《おも》った。ドビーをこんなに恐《おそ》れさせる女性《じょせい》は、一人《ひとり》しかいないではないか。妖精《ようせい》は、少《すこ》しくらくらした目《め》でハリーを見上《みあ》げ、口《くち》の動《うご》きだけで伝《つた》えた。

「アンブリッジ？」ハリーはぞっとした。

ドビーがうなずいた。そして、ハリーのひざに頭《あたま》を打《う》ちつけようとした。ハリーは、両腕《りょううで》をいっぱいに伸《の》ばして、ドビーを腕《うで》の長《なが》さ分《ぶん》だけ遠《とお》ざけた。

「アンブリッジがどうかしたの？　ドビー――このことはあの人《ひと》にバレてないだろ？――僕《ぼく》たちのことも――DA《ディーエー》のことも？」

ハリーはその答《こた》えを、打《う》ちのめされたようなドビーの顔《かお》に読《よ》み取《と》った。両手《りょうて》をしっかりハリーに押《お》さえられているので、ドビーは自分《じぶん》をけとばそうとして、がくりとひざをついてしまった。

「あの女《おんな》が来《く》るのか？」ハリーが静《しず》かに聞《き》いた。

ドビーはわめき声《ごえ》をあげた。

「そうです。ハリー・ポッター、そうです！」

ハリーは体《からだ》を起《お》こし、じたばたする妖精《ようせい》を見《み》つめて身動《みうご》きもせず戦《おのの》いている生徒《せいと》たちを見回《みまわ》した。

「**何《なに》をぐずぐずしてるんだ！**」ハリーが声《こえ》を張《は》り上《あ》げた。「**逃《に》げろ！**」

全員《ぜんいん》がいっせいに出口《でぐち》に突進《とっしん》した。ドアの所《ところ》でごった返《がえ》し、それから破裂《はれつ》したように出《で》ていった。廊下《ろうか》を疾走《しっそう》する音《おと》を聞《き》きながら、ハリーは、みんなが分別《ふんべつ》をつけて、寮《りょう》まで一直線《いっちょくせん》に戻《もど》ろうなんてバカなことを考《かんが》えなければいいがと願《ねが》った。今《いま》、九時《じ》十分前《ぶんまえ》だ。図書室《としょしつ》とか、ふくろう小屋《ごや》とか、ここから近《ちか》いところに避難《ひなん》してくれれば――。

「ハリー、早《はや》く！」外《そと》に出《で》ようともみ合《あ》っている群《む》れの真《ま》ん中《なか》から、ハーマイオニーが叫《さけ》んだ。

ハリーは、自分《じぶん》をこっぴどく傷《きず》つけようとしてまだもがいているドビーを抱《かか》え上《あ》げ、列《れつ》の後《うし》ろについこうと走《はし》りだした。

「ドビー――これは命令《めいれい》だ――厨房《ちゅうぼう》に戻《もど》って、妖精《ようせい》の仲間《なかま》と一緒《いっしょ》にいるんだ。もしあの人《ひと》が、僕《ぼく》に警告《けいこく》したのかと聞《き》いたら、うそをついて、『ノー』と答《こた》えるんだぞ！」ハリーが言《い》った。「それに、自分《じぶん》を傷《きず》つけることは、僕《ぼく》が禁《きん》ずる！」

やっと出口《でぐち》にたどり着《つ》き、ハリーはドビーを下《お》ろしてドアを閉《し》めた。

「ありがとう、ハリー・ポッター！」ドビーはキーキー言《い》うと、超《ちょう》スピードで走《はし》り去《さ》った。

ハリーは左右《さゆう》に目《め》を走《はし》らせた。全員《ぜんいん》が一目散《いちもくさん》に走《はし》っていたので、廊下《ろうか》の両端《りょうたん》に、宙《ちゅう》を飛《と》ぶかかとがちらりと見《み》えたと思《おも》ったら、すぐに消《き》え去《さ》った。ハリーは右《みぎ》に走《はし》りだした。その先《さき》に男子《だんし》トイレがある。ずっとそこに入《はい》っていたふりをしよう。そこまでたどり着《つ》ければの話《はなし》だが――。

「**ああああっっっ！**」

何《なに》かにくるぶしをつかまれ、ハリーは物《もの》の見事《みごと》に転倒《てんとう》し、うつ伏《ぶ》せのまま数《すう》メートルすべってやっと止《と》まった。誰《だれ》かが後《うし》ろで笑《わら》っている。仰向《あおむ》けになって目《め》を向《む》けると、醜《みにく》いドラゴンの形《かたち》の花瓶《かびん》の下《した》に、壁《かべ》のくぼみに隠《かく》れているマルフォイが見《み》えた。

「『足《あし》すくい呪《のろ》い』だ、ポッター！」マルフォイが言《い》った。「おーい、先生《せんせい》――せんせーい！

一人捕《ひとりつか》まえました！」

アンブリッジが遠《とお》くの角《かど》から、息《いき》を切《き》らし、しかしうれしそうにニッコリしながら、せかせかとやってきた。

「彼《かれ》じゃない！」アンブリッジは床《ゆか》に転《ころ》がるハリーを見《み》て歓声《かんせい》を上《あ》げた。「お手柄《てがら》よ、ドラコ、お手柄《てがら》、ああ、よくやったわ――スリザリン、五十点《てん》！あとはわたくしに任《まか》せなさい……立《た》つんです、ポッター！」

ハリーは立《た》ち上《あ》がって、二人《ふたり》をにらみつけた。アンブリッジがこんなにうれしそうなのは見《み》たことがなかった。アンブリッジは、ハリーの腕《うで》を万力《まんりき》でしめるような力《ちから》で押《お》さえつけ、ニッコリ笑《わら》ってマルフォイを見《み》た。

「ドラコ、あなたは飛《と》び回《まわ》って、ほかの連中《れんちゅう》を逮捕《たいほ》できるかどうか、やってみて」アンブリッジが言《い》った。「みんなには、図書室《としょしつ》を探《さが》すように言《い》いなさい――誰《だれ》か息《いき》を切《き》らしていないかどうか――トイレも調《しら》べなさい。ミス・パーキンソンが女子《じょし》トイレを調《しら》べられるでしょう――さあ、行《い》って。――あなたのほうは」マルフォイが行《い》ってしまうと、アンブリッジが、とってきのやわらかい、危険《きけん》な声《こえ》で、ハリーに言《い》った。「わたくしと一緒《いっしょ》に校長室《こうちょうしつ》に行《い》くのですよ、ポッター」

数分《すうふん》もたたないうちに、二人《ふたり》は石《いし》の怪獣像《ガーゴイル》の所《ところ》にいた。ハリーは、ほかのみんなが捕《つか》まってしまったかどうか心配《しんぱい》だった。ロンのことを考《かんが》えた――ウィーズリーおばさんはロンを殺《ころ》しかねないな。――それに、ハーマイオニーは、O・W・L試験《ふくろうしけん》を受《う》ける前《まえ》に退学《たいがく》になったらどう思《おも》うだろう。それと、今日《きょう》はシェーマスの最初《さいしょ》のDA《ディーエー》だったのに……ネビルはあんなに上手《うま》くなっていたのに……。

「フィフィ・フィズビー」アンブリッジが唱《とな》えると、石《いし》の怪獣像《ガーゴイル》が飛《と》びのき、壁《かべ》が左右《さゆう》にパックリ開《ひら》いた。動《うご》く石《いし》のらせん階段《かいだん》に乗《の》り、二人《ふたり》は磨《みが》き上《あ》げられた扉《とびら》の前《まえ》に出《で》た。グリフィンの形《かたち》のドア・ノッカーがついている。アンブリッジはノックもせず、ハリーをむんずとつかんだまま、ずかずかと部屋《へや》に踏《ふ》み込《こ》んだ。

校長室《こうちょうしつ》は人《ひと》でいっぱいだった。ダンブルドアはおだやかな表情《ひょうじょう》で机《つくえ》の前《まえ》に座《すわ》り、長《なが》い指《ゆび》の先《さき》を組《く》み合《あ》わせていた。マクゴナガル先生《せんせい》が緊張《きんちょう》した面持《おもも》ちで、その脇《わき》にぴしりと直立《ちょくりつ》している。魔法大臣《まほうだいじん》、コーネリウス・ファッジが、暖炉《だんろ》のそばで、いかにもうれしそうにつま先立《さきだ》ちで前後《ぜんご》に体《からだ》を揺《ゆ》すっている。扉《とびら》の両脇《りょうわき》に、護衛《ごえい》のように立《た》っているのは、キングズリー・シャックルボルトと、ハリーの知《し》らない厳《きび》しい顔《かお》つきの、短髪剛毛《たんぱつごうもう》の魔法使《まほうつか》いだ。そばかす顔《がお》にめがねをかけ、羽根《はね》ペンと分厚《ぶあつ》い羊皮紙《ようひし》の巻《ま》き紙《がみ》を持《も》って、どうやら記録《きろく》を取《と》るかまえのパーシー・ウィーズリーが、興奮《こうふん》した様子《ようす》で壁際《かべぎわ》をうろうろしている。

歴代校長《れきだいこうちょう》の肖像画《しょうぞうが》は、今夜《こんや》は狸寝入《たぬきねい》りしていない。全員目《ぜんいんめ》を開《あ》け、まじめな顔《かお》で眼下《がんか》の出来事《できごと》を見守《みまも》っている。ハリーが入《はい》っていくと、何人《なんにん》かが隣《となり》の額《がく》に入《はい》り込《こ》み、切迫《せっぱく》した様子《ようす》で、隣人《りんじん》に何事《なにごと》か耳打《みみう》ちした。

扉《とびら》がバタンと閉《し》まったとき、ハリーはアンブリッジの手《て》を振《ふ》りほどいた。コーネリウス・ファッジは、何《なに》やら毒々《どくどく》しい満足感《まんぞくかん》を浮《う》かべてハリーをにらみつけていた。

「さーて」ファッジが言《い》った。「さて、さて、さて……」

ハリーはありったけの憎々《にくにく》しさを目《め》に込《こ》めてファッジに応《こた》えた。心臓《しんぞう》は激《はげ》しく鼓動《こどう》していたが、頭《あたま》は不思議《ふしぎ》に冷静《れいせい》で、さえていた。

「この子《こ》はグリフィンドール塔《とう》に戻《もど》る途中《とちゅう》でした」アンブリッジが言《い》った。声《こえ》にいやらしい興奮《こうふん》が感《かん》じ取《と》れた。トレローニー先生《せんせい》が玄関《げんかん》ホールでみじめに取《と》り乱《みだ》すのを見《み》つめていたときのアンブリッジの声《こえ》にも、ハリーは同《おな》じ残忍《ざんにん》な喜《よろこ》びを聞《き》き取《と》っていた。

「あのマルフォイ君《くん》が、この子《こ》を追《お》い詰《つ》めましたわ」

「あの子《こ》がかね？」ファッジが感心《かんしん》したように言《い》った。「忘《わす》れずにルシウスに言《い》わねばなるまい。さて、ポッター……。どうしてここに連《つ》れてこられたか、わかっているだろうな？」

ハリーは、挑戦的《ちょうせんてき》に「はい」と答《こた》えるつもりだった。口《くち》を開《ひら》いた。言葉《ことば》が半分出《はんぶんで》かかったとき、ふとダンブルドアの顔《かお》が目《め》に入《はい》った。ダンブルドアはハリーを直接《ちょくせつ》に見《み》てはいなかった――その視線《しせん》は、ハリーの肩越《かたご》しに、ある一点《いってん》を見《み》つめていた。――しかし、ハリーがその顔《かお》をじっと見《み》ると、ダンブルドアがほんのわずかに首《くび》を横《よこ》に振《ふ》った。

ハリーは半分口《はんぶんくち》に出《だ》した言葉《ことば》を方向転換《ほうこうてんかん》した。

「は――いいえ」

「何《なん》だね？」ファッジが聞《き》いた。

「いいえ」ハリーはきっぱりと答《こた》えた。

「どうしてここにいるのか、わからんと？」

「わかりません」ハリーが言《い》った。

ファッジは面食《めんく》らって、ハリーを、そしてアンブリッジを見《み》た。その一瞬《いっしゅん》のすきに、ハリーは急《いそ》いでもう一度《いちど》ダンブルドアを盗《ぬす》み見《み》た。すると、ダンブルドアはじゅうたんに向《む》かって、かすかにうなずき、ウィンクしたような気配《けはい》を見《み》せた。

「では、まったくわからんと」ファッジはたっぷりと皮肉《ひにく》を込《こ》めて言《い》った。「アンブリッジ先生《せんせい》が、校長室《こうちょうしつ》に君《きみ》を連《つ》れてきた理由《りゆう》がわからんと？　校則《こうそく》を破《やぶ》った覚《おぼ》えはないと？」

「校則《こうそく》？」ハリーがくり返《かえ》した。「いいえ」

「魔法省令《まほうしょうれい》はどうだ？」ファッジが腹立《はらだ》たしげに言《い》いなおした。

「いいえ、僕《ぼく》の知《し》るかぎりでは」ハリーは平然《へいぜん》と言《い》った。

ハリーの心臓《しんぞう》はまだ激《はげ》しくドキドキしていた。ファッジの血圧《けつあつ》が上《あ》がるのを見《み》られるだけでも、うそをつく価値《かち》があると言《い》えるくらいだったが、いったいどうやってうそをつきとおせるのか、ハリーには見当《けんとう》もつかなかった。誰《だれ》かがＤＡ《ディーエー》のことをアンブリッジに告《つ》げ口《ぐち》したのだったら、リーダーの僕《ぼく》は、今《いま》すぐ荷物《にもつ》をまとめるしかないだろう。

「では、これは君《きみ》には初耳《はつみみ》かね？」ファッジの声《こえ》は、今《いま》や怒《いか》りでどすがきいていた。「校内《こうない》で違《い》法《ほう》な学生組織《がくせいそしき》が発覚《はっかく》したのだが」

「はい、初耳《はつみみ》です」ハリーは寝耳《ねみみ》に水《みず》だと純真無垢《じゅんしんむく》な顔《かお》をしてみせたが説得力《せっとくりょく》はなかった。

「大臣閣下《だいじんかっか》」すぐ脇《わき》で、アンブリッジがなめらかに言《い》った。「通報者《つうほうしゃ》を連《つ》れてきたほうが、話《はなし》が早《はや》いでしょう」

「うむ、うむ。そうしてくれ」

ファッジがうなずき、アンブリッジが出《で》ていくとき、ダンブルドアをちらりと意地悪《いじわる》な目《め》つきで見《み》た。「何《なん》と言《い》っても、ちゃんとした目撃者《もくげきしゃ》が一番《いちばん》だからな、ダンブルドア？」

「まったくじゃよ、コーネリウス」ダンブルドアが小首《こくび》をかしげながら、重々《おもおも》しく言《い》った。

待《ま》つこと数分《すうふん》。その間《かん》、誰《だれ》も互《たが》いに目《め》を合《あ》わせなかった。そして、ハリーの背後《はいご》で扉《とびら》の開《ひら》く音《おと》がした。アンブリッジが、チョウの友達《ともだち》の巻《ま》き毛《げ》のマリエッタの肩《かた》をつかんで、ハリーの脇《わき》を通《とお》り過《す》ぎた。マリエッタは両手《りょうて》で顔《かお》を覆《おお》っている。

「怖《こわ》がらなくてもいいのよ」

アンブリッジ先生《せんせい》が、マリエッタの背中《せなか》を軽《かる》くたたきながら、やさしく声《こえ》をかけた。

「大丈夫《だいじょうぶ》ですよ。あなたは正《ただ》しいことをしたの。大臣《だいじん》がとてもお喜《よろこ》びですよ。あなたのお母様《かあさま》に、あなたがとってもいい子《こ》だったたって、言《い》ってくださるでしょう。大臣《だいじん》、マリエッタの母親《ははおや》は」アンブリッジはファッジを見上《みあ》げて言葉《ことば》を続《つづ》けた。「魔法運輸部《まほううんゆぶ》、煙突飛行《えんとつひこう》ネットワーク室《しつ》のエッジコム夫人《ふじん》です。――ホグワーツの暖炉《だんろ》を見張《みは》るのを手伝《てつだ》ってくれていたことはご存《ぞん》じでしょう」

「けっこう、けっこう！」ファッジは心底《しんそこ》うれしそうに言《い》った。「この母《はは》にしてこの娘《むすめ》ありだな、え？　さあ、さあ、いい子《こ》だね。顔《かお》を上《あ》げて、恥《は》ずかしがらずに。君《きみ》の話《はなし》を聞《き》こうじゃ――これは、なんと！」

マリエッタが顔《かお》を上《あ》げると、ファッジはぎょっとして飛《と》びすさり、危《あや》うく暖炉《だんろ》に突《つ》っ込《こ》みそうになった。マントのすそがくすぶりはじめ、ファッジは悪態《あくたい》をつきながら、バタバタとすそを踏《ふ》みつけた。マリエッタは泣《な》き声《ごえ》を上《あ》げ、ローブを目《め》の所《ところ》まで引《ひ》っ張《ぱ》り上《あ》げた。しかし、もうみんなが、その変《か》わりはてた顔《かお》を見《み》てしまった。マリエッタのほおから鼻《はな》を横切《よこぎ》って、膿《う》んだ紫色《むらさきいろ》のできものがびっしりと広《ひろ》がり、文字《もじ》を描《えが》いていたのだ。――**密告者**《みっこくしゃ》――。

「さあ、そんなブツブツは気《き》にしないで」アンブリッジがもどかしげに言《い》った。「口《くち》からローブを離《はな》して、大臣《だいじん》に申《もう》し上《あ》げなさい――」

しかし、マリエッタは口《くち》を覆《おお》ったままでもう一度《いちど》泣《な》き声《ごえ》を上《あ》げ、激《はげ》しく首《くび》を振《ふ》った。

「バカな子《こ》ね。もうけっこう。わたくしがお話《はな》しします」

アンブリッジがピシャリとそう言《い》うと、例《れい》の気味《きみ》の悪《わる》いニッコリ笑顔《えがお》を貼《は》りつけ、話《はな》しだした。

「さて、大臣《だいじん》、このミス・エッジコムが、今夜《こんや》、夕食後《ゆうしょくご》まもなくわたくしの部屋《へや》にやってきて、何《なに》か話《はな》したいことがあると言《い》うのです。そして、八階《かい》の、特《とく》に『必要《ひつよう》の部屋《へや》』と呼《よ》ばれる秘密《ひみつ》の部屋《へや》に行《い》けば、わたくしにとって何《なに》か都合《つごう》のよいものが見《み》つかるだろうと言《い》うのです。もう少《すこ》し問《と》い詰《つ》めたところ、この子《こ》は、そこで何《なん》らかの会合《かいごう》が行《おこな》われるはずだと白状《はくじょう》しました。残念《ざんねん》ながら、その時点《じてん》で、この呪《のろ》いが」アンブリッジはマリエッタが隠《かく》している顔《かお》を指《さ》して、いらいらと手《て》を振《ふ》った。「効《き》いてきました。わたくしの鏡《かがみ》に映《うつ》った自分《じぶん》の顔《かお》を見《み》たとたん、この子《こ》は愕然《がくぜん》として、それ以上何《いじょうなに》も話《はな》せなくなりました」

「よーし、よし」

ファッジは、やさしい父親《ちちおや》のまなざしとはこんなものだろうと自分《じぶん》なりに考《かんが》えたような目《め》で、マリエッタを見《み》つめながら言《い》った。

「アンブリッジ先生《せんせい》の所《ところ》に話《はな》しにいったのは、とっても勇敢《ゆうかん》だったね。君《きみ》のやったことは、まさに正《ただ》しいことだったんだよ。さあ、その会合《かいごう》で何《なに》があったのか、話《はな》しておくれ。目的《もくてき》は何《なに》かね？誰《だれ》が来《き》ていたのかね？」

しかし、マリエッタは口《くち》をきかなかった。おびえたように目《め》を見開《みひら》き、またしても首《くび》を横《よこ》に振《ふ》るだけだった。

「逆呪《ぎゃくのろ》いはないのかね？」マリエッタの顔《かお》を指《さ》しながら、ファッジがもどかしげにアンブリッジに聞《き》いた。「この子《こ》が自由《じゆう》にしゃべれるように」

「まだ、どうにも見《み》つかっておりません」

アンブリッジがしぶしぶ認《みと》めた。ハリーはハーマイオニーの呪《のろ》いをかける能力《のうりょく》に、誇《ほこ》らしさが込《こ》み上《あ》げてくるのを感《かん》じた。

「でも、この子《こ》がしゃべらなくとも、問題《もんだい》ありませんわ。その先《さき》はわたくしがお話《はな》しできます」

「ご記憶《きおく》とは存《ぞん》じますが、大臣《だいじん》、去《さ》る十月《がつ》にお送《おく》りした報告書《ほうこくしょ》で、ポッターがホグズミードのホッグズ・ヘッドで、たくさんの生徒《せいと》たちと会合《かいごう》したと――」

「何《なに》か証拠《しょうこ》がありますか？」マクゴナガル先生《せんせい》が口《くち》を挟《はさ》んだ。

「ウィリー・ウィダーシンの証言《しょうげん》がありますよ、ミネルバ。たまたまその時《とき》、そのバーに居合《いあ》わせましてね。たしかに、包帯《ほうたい》でぐるぐる巻《ま》きでしたが、聞《き》く能力《のうりょく》は無傷《むきず》でしたよ」アンブリッジが得意《とくい》げに言《い》った。「この男《おとこ》が、ポッターの一言一句《いちごんいっく》をもらさず聞《き》きましてね、早速《さっそく》わたくしに報告《ほうこく》しに、学校《がっこう》に直行《ちょっこう》し――」

「まあ、だから、あの男《おとこ》は、一連《いちれん》の逆流《ぎゃくりゅう》トイレ事件《じけん》を仕組《しく》んだ件《けん》で、起訴《きそ》されなかったのですね！」マクゴナガル先生《せんせい》の眉《まゆ》が吊《つ》り上《あ》がった。「わが司法制度《しほうせいど》の、おもしろい内幕《うちまく》ですわ！」

「露骨《ろこつ》な汚職《おしょく》だ！」ダンブルドアの机《つくえ》の後《うし》ろの壁《かべ》にかかった、でっぷりとした赤鼻《あかはな》の魔法使《まほうつか》いの肖像画《しょうぞうが》がほえた。「わしの時代《じだい》には、魔法省《まほうしょう》が小悪党《こあくとう》と取引《とりひき》することなどなかった。いいや、絶対《ぜったい》に！」

「お言葉《ことば》を感謝《かんしゃ》しますぞ、フォーテスキュー。もう充分《じゅうぶん》じゃ」

ダンブルドアがおだやかに言《い》った。

「ポッターが生徒《せいと》たちと会合《かいごう》した目的《もくてき》は」アンブリッジが話《はなし》を続《つづ》けた。「違法《いほう》な組織《そしき》に加盟《かめい》するよう、みんなを説得《せっとく》するためでした。組織《そしき》の目的《もくてき》は、魔法省《まほうしょう》が学童《がくどう》には不適切《ふてきせつ》だと判断《はんだん》した呪文《じゅもん》や呪《のろ》いを学《まな》ぶことであり――」

「ドローレス、どうやらそのへんは思《おも》いちがいじゃとお気《き》づきになると思《おも》うがの」

ダンブルドアが、折《お》れ曲《ま》がった鼻《はな》の中《なか》ほどにちょんとのった半月《はんげつ》めがねの上《うえ》から、アンブリッジをじっと見《み》て静《しず》かに言《い》った。

ハリーはダンブルドアを見《み》つめた。今回《こんかい》のことで、ハリーのためにどう言《い》い逃《のが》れするつもりなのか、見当《けんとう》もつかなかった。ウィリー・ウィダーシンがホッグズ・ヘッドで、ほんとうにハリーの言《い》ったことを全部《ぜんぶ》聞《き》いていたなら、もう逃《のが》れる術《すべ》はない。

「ほっほー！」ファッジがまたつま先立《さきだ》ちで体《からだ》をピョコピョコ上下《じょうげ》に揺《ゆ》すった。「よろしい。ポッターの窮地《きゅうち》を救《すく》うための、新《あたら》しいほら話《ばなし》をお聞《き》かせ願《ねが》いましょうか。さあ、どうぞ、ダンブルドア、さあ――ウィリー・ウィダーシンがうそをついたとでも？　それとも、あの日《ひ》ホッグズ・ヘッドにいたのは、ポッターとは瓜二《うりふた》つの双子《ふたご》だったとでも？　または、時間《じかん》を逆転《ぎゃくてん》させたとか、死《し》んだ男《おとこ》が生《い》き返《かえ》ったとか、見《み》えもしない吸魂鬼《きゅうこんき》が二人《ふたり》いたとかいう、例《れい》のらちもない言《い》い逃《のが》れか？」

「ああ、お見事《みごと》。大臣《だいじん》、お見事《みごと》！」パーシー・ウィーズリーが思《おも》いっきり笑《わら》った。

ハリーはけっとばしてやりたかった。ところが、ダンブルドアを見《み》ると、驚《おどろ》いたことに、ダンブルドアもやわらかくほほ笑《え》んでいた。

「コーネリウス、わしは否定《ひてい》しておらんよ。——それに、ハリーも否定《ひてい》せんじゃろう——その日《ひ》にハリーがホッグズ・ヘッドにいたことも、『闇《やみ》の魔術《まじゅつ》に対《たい》する防衛術《ぼうえいじゅつ》』のグループに生徒《せいと》を集《あつ》めようとしていたことものう。わしは単《たん》に、その時点《じてん》で、そのようなグループが違法《いほう》じゃったとドローレスが言《い》うのは、まったくまちがっておると指摘《してき》するだけじゃ。ご記憶《きおく》じゃろうが、学生《がくせい》の組織《そしき》を禁《きん》じた魔法省令《まほうしょうれい》は、ハリーがホグズミードで会合《かいごう》した二日後《ふつかご》から発効《はっこう》しておる。じゃから、ハリーはホッグズ・ヘッドで、何《なん》らの規則《きそく》も破《やぶ》っておらんのじゃ」

パーシーは、何《なに》かとても重《おも》い物《もの》で顔《かお》をぶんなぐられたような表情《ひょうじょう》をした。ファッジはポカンと口《くち》を開《あ》け、ピョコピョコの途中《とちゅう》で止《と》まったまま動《うご》かなくなった。

アンブリッジが最初《さいしょ》に回復《かいふく》した。

「それは大変《たいへん》けっこうなことですわ、校長《こうちょう》」アンブリッジが甘《あま》ったるくほほ笑《え》んだ。「でも、教育令第二十四号《いくれいだいにじゅうよんごう》が発効《はっこう》してから、もう六か月近《げっちか》くたちますわね。最初《さいしょ》の会合《かいごう》が違法《いほう》でなかったとしても、それ以後《いご》の会合《かいごう》は全部《ぜんぶ》、まちがいなく違法《いほう》ですわ」

「さよう」ダンブルドアは組《く》み合《あ》わせた指《ゆび》の上《うえ》から、礼儀上《れいぎじょう》アンブリッジに注意《ちゅうい》を払《はら》いながら言《い》った。「もし、教育令《きょういくれい》の発効後《はっこうご》に会合《かいごう》が続《つづ》いておれば、たしかに違法《いほう》になりうるじゃろう。そのような集会《しゅうかい》が続《つづ》いていたという証拠《しょうこ》を、何《なに》かお持《も》ちかな？」

ダンブルドアが話《はな》している間《あいだ》に、ハリーは背後《はいご》で、サワサワという音《おと》を聞《き》いた。そして、キングズリーが何《なに》かをささやいたような気《き》がした。それに、まちがいなく脇腹《わきばら》を、何《なに》かがサッとなでたような感《かん》じがした。一陣《いちじん》の風《かぜ》か、鳥《とり》の翼《つばさ》のようなやわらかいものだ。しかし、下《した》を見《み》ても、何《なに》も見《み》えなかった。

「証拠《しょうこ》？」アンブリッジは、ガマガエルのように口《くち》を広《ひろ》げ、ニタリと恐《おそ》ろしい微笑《びしょう》を見《み》せた。「お聞《き》きになってらっしゃいませんでしたの？　ダンブルドア？　ミス・エッジコムがなぜここにいるとお思《おも》いですの？」

「おお、六か月分《げつぶん》の会合《かいごう》のすべてについて話《はな》せるのかね？」ダンブルドアは眉《まゆ》をくいと上《あ》げた。「わしはまた、ミス・エッジコムが、今夜《こんや》の会合《かいごう》のことを報告《ほうこく》していただけじゃという印象《いんしょう》じゃったが」

「ミス・エッジコム」アンブリッジが即座《そくざ》に聞《き》いた。「いい子《こ》だから、会合《かいごう》がどのくらいの期間《きかん》続《つづ》いていたのか、話《はな》してごらん。うなずくか、首《くび》を横《よこ》に振《ふ》るかだけでいいのよ。そのせいで、できものがひどくなることはありませんからね。この六か月《げつ》、定期的《ていきてき》に会合《かいごう》が開《ひら》かれたの？」

ハリーは胃袋《いぶくろ》がズドーンと落《お》ち込《こ》むのを感《かん》じた。おしまいだ。僕《ぼく》たちは動《うご》かしようのない証拠《しょうこ》をつかまれた。ダンブルドアだってごまかせやしない。

「首《くび》を縦《たて》に振《ふ》るか、横《よこ》に振《ふ》るかするのよ」アンブリッジがなだめすかすようにマリエッタに言《い》った。「ほら、ほら、それでまた呪《のろ》いが効《き》いてくることはないのですから」

部屋《へや》の全員《ぜんいん》が、マリエッタの顔《かお》の上部《じょうぶ》を見《み》つめていた。引《ひ》っ張《ぱ》り上《あ》げたローブと、巻《ま》き毛《げ》の前髪《まえがみ》とのすきまに、目《め》だけが見《み》えていた。暖炉《だんろ》の灯《あか》りのいたずらか、マリエッタの目《め》は、妙《みょう》にうつろだった。そして――ハリーにとっては青天《せいてん》の霹靂《へきれき》だったが――マリエッタは首《くび》を横《よこ》に振《ふ》った。

アンブリッジはちらりとファッジを見《み》たが、すぐにマリエッタに視線《しせん》を戻《もど》した。

「質問《しつもん》がよくわからなかったのね？　そうでしょう？　わたくしが聞《き》いたのはね、あなたが、この六か月《げつ》にわたり、会合《かいごう》に参加《さんか》していたかどうかということなのよ。参加《さんか》していたんでしょう？」

マリエッタはまたもや首《くび》を横《よこ》に振《ふ》った。

「首《くび》を振《ふ》ったのはどういう意味《いみ》なの？」アンブリッジの声《こえ》がいら立《だ》っていた。

「私《わたし》は、どういう意味《いみ》か明白《めいはく》だと思《おも》いましたが」マクゴナガル先生《せんせい》が厳《きび》しい声《こえ》で言《い》った。「この六か月間《げっかん》、秘密《ひみつ》の会合《かいごう》はなかったということです。そうですね？　ミス・エッジコム？」

マリエッタがうなずいた。

「でも、今夜会合《こんやかいごう》がありました！」アンブリッジが激怒《げきど》した。「会合《かいごう》はあったのです。ミス・エッジコム、あなたがわたくしにそう言《い》いました。『必要《ひつよう》の部屋《へや》』でと！　そして、ポッターが首謀者《しゅぼうしゃ》だった。そうでしょう？　ポッターが組織《そしき》した。ポッターが――**どうしてあなた、首《くび》を横《よこ》に振《ふ》ってるの？**」

「まあ、通常《つうじょう》ですと、首《くび》を横《よこ》に振《ふ》るときは」マクゴナガルが冷《つめ》たく言《い》った。「『いいえ』という意《い》味《み》です。ですから、ミス・エッジコムが、まだヒトの知《し》らない使《つか》い方《かた》で合図《あいず》を送《おく》っているのでなければ――」

アンブリッジ先生《せんせい》はマリエッタをつかみ、ぐるりと回《まわ》して自分《じぶん》のほうに向《む》かせ、激《はげ》しく揺《ゆ》すぶりはじめた。間髪《かんはつ》を容《い》れず立《た》ち上《あ》がったダンブルドアが、杖《つえ》を上《あ》げた。キングズリーがずいと進《すす》み出《で》た。アンブリッジは、まるで火傷《やけど》をしたかのように両手《りょうて》をプルプル振《ふ》りながら、マリエッタから飛《と》びのいた。

「ドローレス、わしの生徒《せいと》たちに手荒《てあら》なことは許《ゆる》さぬ」ダンブルドアはこのとき初《はじ》めて怒《おこ》っているように見《み》えた。

「マダム・アンブリッジ、落《お》ち着《つ》いてください」キングズリーがゆったりした深《ふか》い声《こえ》で言《い》った。「面倒《めんどう》を起《お》こさないほうがいいでしょう」

「いいえ」アンブリッジはそびえるようなキングズリーの姿《すがた》をちらりと見上《みあ》げながら、息《いき》をはずませて言《い》った。「つまり、ええそう――あなたの言《い》うとおりだわ、シャックルボルト――わたし――わたくし、つい我《われ》を忘《わす》れて」

マリエッタは、アンブリッジが手《て》を離《はな》したその位置《いち》で、そのまま突《つ》っ立《た》っていた。突然《とつぜん》アンブリッジにつかみかかられても動揺《どうよう》した様子《ようす》がなく、放《はな》されてホッとした様子《ようす》もない。奇妙《きみょう》にうつろな目《め》の所《ところ》までローブを引《ひ》き上《あ》げたまま、まっすぐ前《まえ》を見《み》つめていた。

突然《とつぜん》、ハリーはもしやと思《おも》った。キングズリーのささやきと、脇腹《わきばら》をかすめた感覚《かんかく》とに結《むす》びつく疑《うたが》いだった。

「ドローレス」何《なに》かに徹底的《てっていてき》に決着《けっちゃく》をつけようという雰囲気《ふんいき》で、ファッジが言《い》った。「今夜《こんや》の会合《かい》だが――まちがいなく行《おこな》われたとわかっている集会《しゅうかい》のことだが――」

「はい」アンブリッジは気《き》を取《と》りなおして答《こた》えた。「はい……ええ、ミス・エッジコムがわたくしにもらし、わたくしは信用《しんよう》できる生徒《せいと》たちを何人《なんにん》か連《つ》れて、すぐさま八階《かい》におもむきました。会合《かいごう》に集《あつ》まった生徒《せいと》たちを現行犯《げんこうはん》で捕《つか》まえようと思《おも》いましたのでね。ところが、わたくしが来《く》るという警告《けいこく》が前《まえ》もって伝《つた》わったらしく、八階《かい》に着《つ》いたときには、みんながクモの子《こ》を散《ち》らすように逃《に》げていくところでした。しかし、それはどうでもよろしい。全員《ぜんいん》の名前《なまえ》がここにあります。ミス・パーキンソンが、わたくしの命《めい》で、何《なに》か残《のこ》っていないかと『必要《ひつよう》の部屋《へや》』にかけ込《こ》みましてね。証拠《しょうこ》が必要《ひつよう》でしたが、それが部屋《へや》にありました」

ハリーにとっては最悪《さいあく》なことに、アンブリッジはポケットから、「必要《ひつよう》の部屋《へや》」の壁《かべ》に貼《は》ってあった名簿《めいぼ》を取《と》り出《だ》し、ファッジに手渡《てわた》した。

「このリストにポッターの名前《なまえ》を見《み》た瞬間《しゅんかん》、わたくしは問題《もんだい》が何《なに》かわかりました」アンブリッジが静《しず》かに言《い》った。

「でかした」ファッジは満面《まんめん》の笑《え》みだった。「でかしたぞ、ドローレス。さて……何《なん》と……」

ファッジは、杖《つえ》を軽《かる》く握《にぎ》ってマリエッタのそばに立《た》ったままのダンブルドアを見《み》た。

「生徒《せいと》たちが、グループを何《なん》と命名《めいめい》したかわかるか？」ファッジが低《ひく》い声《こえ》で言《い》った。「ダンブルドア軍団《ぐんだん》だ」

ダンブルドアが手《て》を伸《の》ばしてファッジから羊皮紙《ようひし》を取《と》った。ハーマイオニーが何《なん》か月《げつ》も前《まえ》に手《て》書《が》きした会《かい》の名前《なまえ》をじっと見《み》つめ、ダンブルドアは、しばらく言葉《ことば》が出《で》ないように見《み》えた。それから目《め》を上《あ》げたダンブルドアは、ほほ笑《え》んでいた。

「さて、万事休《ばんじきゅう》すじゃな」ダンブルドアはさばさばと言《い》った。「わしの告白書《こくはくしょ》をお望《のぞ》みかな、コーネリウス？——それとも、ここにおいでの目撃者《もくげきしゃ》を前《まえ》に一言述《ひとことの》べるだけで充分《じゅうぶん》かの？」

マクゴナガルとキングズリーが顔《かお》を見合《みあ》わせるのを、ハリーは見《み》た。二人《ふたり》とも恐怖《きょうふ》の表情《ひょうじょう》を浮《う》かべていた。何《なに》が起《お》こっているのか、ハリーにはわからなかった。どうやらファッジもわからなかったらしい。

「一言述《ひとことの》べる？」ファッジがのろのろと言《い》った。「いったい——何《なん》のことやら——？」

「ダンブルドア軍団《ぐんだん》じゃよ、コーネリウス」ダンブルドアは、ほほ笑《え》んだまま、名簿《めいぼ》をファッジの目《め》の前《まえ》でひらひらさせた。「ポッター軍団《ぐんだん》ではない。**ダンブルドア軍団《ぐんだん》じゃ**」

「し——しかし——」

突然《とつぜん》ファッジの顔《かお》に、わかったというひらめきが走《はし》り、ぎょっとなってあとずさりしたとたん、短《みじか》い悲鳴《ひめい》を上《あ》げて暖炉《だんろ》から飛《と》び出《だ》した。

「あなたが？」ファッジはまたしてもくすぶるマントを踏《ふ》みつけながら、ささやくように言《い》った。

「そうじゃ」ダンブルドアは愛想《あいそ》よく言《い》った。

「あなたがこれを組織《そしき》した？」

「いかにも」ダンブルドアが答《こた》えた。

「あなたがこの生徒《せいと》たちを集《あつ》めて――あなたの軍団《ぐんだん》を？」

「今夜《こんや》がその最初《さいしょ》の会合《かいごう》のはずじゃった」ダンブルドアがうなずきながら言《い》った。「みんなが、それに加《くわ》わることに関心《かんしん》を持《も》つかどうかを見《み》るだけのものじゃったが。どうやら、ミス・エッジコムを招《まね》いたのは、明《あき》らかにまちがいだったようじゃの」

マリエッタがうなずいた。ファッジは胸《むね》をそらしながら、マリエッタからダンブルドアへと視《し》線《せん》を移《うつ》した。

「では、**やっぱり**、あなたは私《わたし》をおとしいれようとしていたのだな！」ファッジがわめいた。

「そのとおりじゃ」ダンブルドアはほがらかに言《い》った。

「**だめです！**」ハリーが叫《さけ》んだ。

キングズリーがハリーにすばやく警告《けいこく》のまなざしを送《おく》った。マクゴナガルは脅《おど》すようにカッと目《め》を見開《みひら》いた。しかし、ダンブルドアが何《なに》をしようとしているのか、ハリーは突然《とつぜん》気《き》づいたのだ。そんなことをさせてはならない。

「だめです――ダンブルドア先生《せんせい》――！」

「静《しず》かにするのじゃ、ハリー。さもなくば、わしの部屋《へや》から出《で》ていってもらうことになろうぞ」

ダンブルドアが落《お》ち着《つ》いて言《い》った。

「そうだ、だまれ、ポッター」恐怖《きょうふ》と喜《よろこ》びが入《い》りまじったような目《め》でダンブルドアをじろじろ見《み》ながら、ファッジがほえ立《た》てた。「ほう、ほう、ほう――今夜《こんや》はポッターを退学《たいがく》にするつもりでやってきたが、かわりに――」

「かわりにわしを逮捕《たいほ》することになるのう」ダンブルドアがほほ笑《え》みながら言《い》った。「海老《えび》で鯛《たい》を釣《つ》ったようなものじゃな？」

「ウィーズリー！」今《いま》やまちがいなく喜《よろこ》びに打《う》ち震《ふる》えながら、ファッジが叫《さけ》んだ。「ウィーズリー、全部書《ぜんぶか》き取《と》ったか？　言《い》ったことをすべてだ。ダンブルドアの告白《こくはく》を。書《か》き取《と》ったか？」

「はい、閣下《かっか》。大丈夫《だいじょうぶ》です、閣下《かっか》！」パーシーが待《ま》ってましたとばかりに答《こた》えた。猛《もう》スピードでメモを取《と》ったので、鼻《はな》の頭《あたま》にインクが飛《と》び散《ち》っている。

「ダンブルドアが魔法省《まほうしょう》に対抗《たいこう》する軍団《ぐんだん》を作《つく》り上《あ》げようとしていた件《くだり》は？　私《わたし》を失脚《しっきゃく》させようと画策《かくさく》していた件《くだり》は？」

「はい、閣下《かっか》。書《か》き取《と》りましたとも！」嬉々《きき》としてメモに目《め》を通《とお》しながら、パーシーが答《こた》えた。

「よろしい、では」ファッジは今《いま》や、歓喜《かんき》に顔《かお》を輝《かがや》かせている。「ウィーズリー、メモを複写《ふくしゃ》して、一部《ぶ》を即刻《そっこく》、『日刊予言者新聞《にっかんよげんしゃしんぶん》』に送《おく》れ。ふくろう速達便《そくたつびん》を使《つか》えば、朝刊《ちょうかん》に間《ま》に合《あ》うはずだ！」

パーシーは脱兎《だっと》のごとく部屋《へや》を飛《と》び出《だ》し、扉《とびら》をバタンと閉《し》めた。ファッジがダンブルドアのほうに向《む》きなおった。

「おまえをこれから魔法省《まほうしょう》に連行《れんこう》する。そこで正式《せいしき》に起訴《きそ》され、アズカバンに送《おく》られ、そこで裁《さい》判《ばん》を待《ま》つことになる」

「ああ」ダンブルドアがおだやかに言《い》った。「やはりのう。その障害《しょうがい》に突《つ》き当《あ》たると思《おも》うておったが」

「障害《しょうがい》？」ファッジの声《こえ》はまだ喜《よろこ》びに震《ふる》えていた。「ダンブルドア、私《わたし》には何《なん》の障害《しょうがい》も見《み》えんぞ！」

「ところが」ダンブルドアが申《もう》し訳《わけ》なさそうに言《い》った。「わしには見《み》えるのう」

「ほう、そうかね？」

「さて——あなたはどうやら、わしが——どういう表現《ひょうげん》じゃったかの？——神妙《しんみょう》にする、という幻想《げんそう》のもとに骨《ほね》を折《お》っているようじゃ。残念《ざんねん》ながら、コーネリウス、わしは神妙《しんみょう》に引《ひ》かれてはいかんよ。アズカバンに送《おく》られるつもりはまったくないのでな。もちろん、脱獄《だつごく》はできるじゃろうが——それはまったくの時間《じかん》のむだというものじゃ。正直《しょうじき》言《い》って、わしにはほかにいろいろやりたいことがあるのでな」

アンブリッジの顔《かお》が、着実《ちゃくじつ》にだんだん赤《あか》くなってきた。まるで、体《からだ》の中《なか》に、熱湯《ねっとう》が注《そそ》がれていくようだった。ファッジはまぬけ面《づら》でダンブルドアを見《み》つめていた。まるで、突然《とつぜん》パンチを食《く》らったのに、それが信《しん》じられないという顔《かお》だ。息《いき》が詰《つ》まったような音《おと》を出《だ》し、ファッジはキングズリーを振《ふ》り返《かえ》った。それから、これまでただ一人《ひとり》、ずっとだまりこくっていた、短《みじか》い白髪頭《しらがあたま》の男《おとこ》を振《ふ》り返《かえ》った。その男《おとこ》は、ファッジに大丈夫《だいじょうぶ》というようにうなずき、壁《かべ》から離《はな》れてわずかに前《まえ》に出《で》た。ハリーは、その男《おとこ》の手《て》が、ほとんどなにげない様子《ようす》でポケットのほうに動《うご》くのを見《み》た。

「ドーリッシュ、愚《おろ》かなことはやめるがよい」ダンブルドアがやさしく言《い》った。「君《きみ》はたしかに優秀《ゆうしゅう》な闇祓《やみばら》いじゃ——N《イ》・E《モ》・W《リ》・T試験《しけん》で全科目《ぜんかもく》『O《オー》』を取《と》ったことを覚《おぼ》えておるよ——しかし、もしわしを力《ちから》ずくで、その——あー——連行《れんこう》するつもりなら、君《きみ》を傷《きず》つけねばならなくなる」

ドーリッシュと呼《よ》ばれた男《おとこ》は、毒気《どくけ》を抜《ぬ》かれたような顔《かお》で、目《め》を瞬《しばたた》いた。それから、再《ふたた》びファッジを見《み》たが、今度《こんど》は、どうするべきか指示《しじ》を仰《あお》いでいるようだった。

「すると」我《われ》に返《かえ》ったファッジが嘲《あざけ》るように言《い》った。「おまえは、たった一人《ひとり》で、ドーリッシュ、シャックルボルト、ドローレス、それに私《わたし》を相手《あいて》にする心算《しんさん》かね？　え、ダンブルドア？」

「いや、まさか」ダンブルドアはほほ笑《え》んでいる。「あなたが、愚《おろ》かにも無理《むり》やりそうさせるなら別《べつ》じゃが」

「ダンブルドアはひとりじゃありません！」マクゴナガル先生《せんせい》が、すばやくローブに手《て》を突《つ》っ込《こ》みながら、大声《おおごえ》で言《い》った。

「いや、ミネルバ、わしひとりじゃ」ダンブルドアが厳《きび》しく言《い》った。「ホグワーツはあなたを必《ひつ》要《よう》としておる！」

「何《なに》をごたごたと！」ファッジが杖《つえ》を抜《ぬ》いた。「ドーリッシュ、シャックルボルト！　かかれ！」

部屋《へや》の中《なか》に、銀色《ぎんいろ》の閃光《せんこう》が走《はし》った。ドーンと銃声《じゅうせい》のような音《おと》がして、床《ゆか》が震《ふる》えた。二度目《どめ》の閃《せん》光《こう》が走《はし》ったとき、手《て》が伸《の》びてきて、ハリーのえり首《くび》をつかみ、体《からだ》を床《ゆか》に押《お》し倒《たお》した。肖像画《しょうぞうが》が何《なん》枚《まい》か、悲鳴《ひめい》を上《あ》げた。フォークスがギャーッと鳴《な》き、ほこりがもうもうと舞《ま》った。ほこりにむせながら、ハリーは、黒《くろ》い影《かげ》が一つ、目《め》の前《まえ》にばったり倒《たお》れるのを見《み》た。悲鳴《ひめい》、ドサッという音《おと》、そして誰《だれ》かが叫《さけ》んだ。「だめだ！」そして、ガラスの割《わ》れる音《おと》、バタバタとあわてふためく足音《あしおと》、うめき声《ごえ》……そして静寂《せいじゃく》。

ハリーはもがいて、誰《だれ》が自分《じぶん》をしめ殺《ころ》しかかっているのか見《み》ようとした。マクゴナガル先生《せんせい》が、ハリーのそばにうずくまっているのが見《み》えた。ハリーとマリエッタの二人《ふたり》を押《お》さえつけて、危害《きがい》がおよばないようにしていた。ほこりはまだ飛《と》び交《か》い、ゆっくりと三人《にん》の上《うえ》に舞《ま》い降《お》りてきた。

少《すこ》し息《いき》を切《き》らしながら、ハリーは背《せ》の高《たか》い誰《だれ》かが近《ちか》づいてくるのを見《み》た。

「大丈夫《だいじょうぶ》かね？」ダンブルドアだった。

「ええ！」マクゴナガル先生《せんせい》が、ハリーとマリエッタを引《ひ》っ張《ぱ》り上《あ》げながら立《た》ち上《あ》がった。

ほこりが収《おさ》まってきた。破壊《はかい》された部屋《へや》がだんだん見《み》えてきた。ダンブルドアの机《つくえ》はひっくり返《かえ》り、華奢《きゃしゃ》なテーブルは全部《ぜんぶ》床《ゆか》に倒《たお》れて、上《うえ》にのっていた銀《ぎん》の計器類《けいきるい》は粉々《こなごな》になっていた。ファッジ、アンブリッジ、キングズリー、ドーリッシュは、床《ゆか》に転《ころ》がって動《うご》かない。不死鳥《ふしちょう》のフォークスは、静《しず》かに歌《うた》いながら、大《おお》きな円《えん》を描《えが》いて頭上《ずじょう》に舞《ま》い上《あ》がった。

「気《き》の毒《どく》じゃが、キングズリーにも呪《のろ》いをかけざるをえなかった。そうせんと、きっとあやしまれるじゃろうからのう」ダンブルドアが低《ひく》い声《こえ》で言《い》った。「キングズリーは非常《ひじょう》によい勘《かん》をしておった。みながよそ見《み》をしているすきに、すばやくミス・エッジコムの記憶《きおく》を修正《しゅうせい》してくれた。

──わしが感謝《かんしゃ》しておったと伝《つた》えてくれるかの？　ミネルバ？」

「さて、みな、まもなく気《き》がつくであろう。わしらが話《はなし》をする時間《じかん》があったことを悟《さと》られぬほうがよかろう──あなたは、時間《じかん》がまったく経過《けいか》していなかったかのように、あたかもみんな床《ゆか》にたたきつけられたばかりだったように振《ふ》る舞《ま》うのですぞ。記憶《きおく》はないはずじゃから──」

「どちらに行《い》かれるのですか？　ダンブルドア？」マクゴナガル先生《せんせい》がささやいた。「グリモールド・プレイスに?」

「いや、ちがう」ダンブルドアは厳《きび》しい表情《ひょうじょう》でほほ笑《え》んだ。「わしは身《み》を隠《かく》すわけではない。ファッジは、わしをホグワーツから追《お》い出《だ》したことを、すぐに後悔《こうかい》することになるじゃろう。まちがいなくそうなる」

「ダンブルドア先生《せんせい》……」ハリーが口《くち》を開《ひら》いた。

何《なに》から言《い》っていいのかわからなかった。そもそもDA《ディーエー》を始《はじ》めたことでこんな問題《もんだい》を引《ひ》き起《お》こしてしまい、どんなに申《もう》し訳《わけ》なく思《おも》っているかと言《い》うべきだろうか? それとも、ハリーを退学処《たいがくしょ》分《ぶん》から救《すく》うためにダンブルドアが去《さ》っていくことが、どんなにつらいかと言《い》うべきだろうか? しかし、ダンブルドアは、ハリーが何《なに》も言《い》えないでいるうちに、ハリーの口《くち》を封《ふう》じた。

「よくお聞《き》き、ハリー」ダンブルドアは差《さ》し迫《せま》ったように言《い》った。「『閉心術《へいしんじゅつ》』を一心不乱《いっしんふらん》に学《まな》ぶのじゃ。よいか? スネイプ先生《せんせい》の教《おし》えることを、すべて実行《じっこう》するのじゃ。特《とく》に、毎晩《まいばん》寝《ね》る前《まえ》に、悪夢《あくむ》を見《み》ぬよう心《こころ》を閉《と》じる練習《れんしゅう》をするのじゃ――なぜそうなのかは、まもなくわかるじゃろう。しかし、約束《やくそく》しておくれ――」

ドーリッシュと呼《よ》ばれた男《おとこ》がかすかに身動《みうご》きした。ダンブルドアはハリーの手首《てくび》をつかんだ。

「よいな――心《こころ》を閉《と》じるのじゃ――」

しかし、ダンブルドアの指《ゆび》がハリーの肌《はだ》に触《ふ》れたとき、額《ひたい》の傷痕《きずあと》に痛《いた》みが走《はし》った。そして、ハリーはまたしても、恐《おそ》ろしい、蛇《へび》のような衝動《しょうどう》が湧《わ》いてくるのを感《かん》じた。──ダンブルドアを襲《おそ》いたい、かみついて傷《きず》つけたい──。

「──わかる時《とき》がくるじゃろう」ダンブルドアがささやいた。

フォークスが輪《わ》を描《えが》いて飛《と》び、ダンブルドアの上《うえ》に低《ひく》く舞《ま》い降《お》りてきた。ダンブルドアはハリーを放《はな》し、手《て》を上《あ》げて不死鳥《ふしちょう》の長《なが》い金色《こんじき》の尾《お》をつかんだ。パッと炎《ほのお》が上《あ》がり、ダンブルドアの姿《すがた》は不死鳥《ふしちょう》とともに消《き》えた。

「あいつはどこだ？」ファッジが床《ゆか》から身《み》を起《お》こしながら叫《さけ》んだ。「どこなんだ？」

「わかりません」床《ゆか》から飛《と》び起《お》きながら、キングズリーが叫《さけ》んだ。

「『姿《すがた》くらまし』したはずはありません」アンブリッジがわめいた。「学校《がっこう》の中《なか》からはできるはずがないし──」

「階段《かいだん》だ！」ドーリッシュはそう叫《さけ》ぶなり、扉《とびら》に向《む》かって身《み》をひるがえし、ぐいと開《あ》けて姿《すがた》が見《み》えなくなった。そのすぐあとに、キングズリーとアンブリッジが続《つづ》いた。ファッジは躊躇《ちゅうちょ》していたが、ゆっくり立《た》ち上《あ》がり、ローブの前《まえ》からほこりを払《はら》った。痛《いた》いほどの長《なが》い沈黙《ちんもく》が流《なが》れた。

「さて、ミネルバ」ファッジがずたずたになったシャツのそでをまっすぐに整《ととの》えながら、意地悪《いじわる》く言《い》った。「お気《き》の毒《どく》だが、君《きみ》の友人《ゆうじん》、ダンブルドアもこれまでだな」

「そうでしょうかしら？」マクゴナガル先生《せんせい》が軽蔑《けいべつ》したように言《い》った。

ファッジには聞《き》こえなかったようだ。壊《こわ》れた部屋《へや》を見回《みまわ》していた。肖像画《しょうぞうが》の何枚《なんまい》かが、ファッジに向《む》かって、シューシューと非難《ひなん》を浴《あ》びせ、手《て》で無礼《ぶれい》なしぐさをしたのも一、二枚《まい》あった。

「その二人《ふたり》をベッドに連《つ》れていきなさい」ファッジはハリーとマリエッタに、もう用《よう》はないとばかりにうなずき、マクゴナガル先生《せんせい》を振《ふ》り返《かえ》って言《い》った。

マクゴナガル先生《せんせい》は何《なに》も言《い》わず、ハリーとマリエッタを連《つ》れてつかつかと扉《とびら》のほうに歩《ある》いた。扉《とびら》がバタンと閉《し》まる間際《まぎわ》に、ハリーはフィニアス・ナイジェラスの声《こえ》を聞《き》いた。

「いやあ、大臣《だいじん》。私《わたし》は、ダンブルドアといろいろな点《てん》で意見《いけん》が合《あ》わないのだが……しかし、あの人《ひと》は、とにかく粋《いき》ですよ……」

第《だい》28章《しょう》　スネイプの最悪《さいあく》の記憶《きおく》

魔法省令《まほうしょうれい》

ドローレス・ジェーン・アンブリッジ（高等尋問官《こうとうじんもんかん》）は、アルバス・ダンブルドアにかわりホグワーツ魔法魔術学校《まほうまじゅつがっこう》の校長《こうちょう》に就任《しゅうにん》した。

以上《いじょう》は教育令第《きょういくれいだい》二十八号《ごう》に則《のっと》ったものである。

魔法大臣《まほうだいじん》　コーネリウス・オズワルド・ファッジ

一夜《いちや》にして、この知《し》らせが学校中《がっこうじゅう》に掲示《けいじ》された。しかし、城中《しろじゅう》の誰《だれ》もが知《し》っている話《はなし》が、どのように広《ひろ》まったのかは、この掲示《けいじ》では説明《せつめい》できなかった。ダンブルドアが逃亡《とうぼう》するとき、闇祓《やみばら》いを二人《ふたり》、高等尋問官《こうとうじんもんかん》、魔法大臣《まほうだいじん》、さらにその下級補佐官《かきゅうほさかん》をやっつけたという話《はなし》だ。ハリーの行《い》く先々《さきざき》で、城中《しろじゅう》がダンブルドアの逃亡《とうぼう》の話《はなし》でもちきりだった。話《はなし》が広《ひろ》まるにつれて、たしかに細《こま》かいところでは尾鰭《おひれ》がついていたが（二年生《ねんせい》の女子《じょし》が同級生《どうきゅうせい》に、ファッジは頭《あたま》がかぼちゃになって、現在聖《げんざいせい》マンゴに入院《にゅういん》していると、まことしやかに話《はな》しているのが、ハリーの耳《みみ》に入《はい》ってきた）、それ以外《いがい》は驚《おどろ》くほど正確《せいかく》な情報《じょうほう》が伝《つた》わっていた。たとえば、ダンブルドアの校長室《こうちょうしつ》で現場《げんば》を目撃《もくげき》した生徒《せいと》が、ハリーとマリエッタだけだったということはみんなが知《し》っていた。マリエッタは今《いま》、医務室《いむしつ》にいるので、ハリーはみんなに取《と》り囲《かこ》まれ、直体験《じかたいけん》の話《はなし》をせがまれるはめになった。

「ダンブルドアはすぐに戻《もど》ってくるさ」

「薬草学《やくそうがく》」からの帰《かえ》り道《みち》、ハリーの話《はなし》を熱心《ねっしん》に聞《き》いたあとで、アーニー・マクミランが自信《じしん》たっぷりに言《い》った。

「僕《ぼく》たちが二年生《ねんせい》のときも、あいつら、ダンブルドアを長《なが》くは遠《とお》ざけておけなかったし、今度《こんど》だってきっとそうさ。『太《ふと》った修道士《しゅうどうし》』が話《はな》してくれたんだけど——」

アーニーが密談《みつだん》をするように声《こえ》を落《お》としたので、ハリー、ロン、ハーマイオニーは、アーニーのほうに顔《かお》を近《ちか》づけて聞《き》いた。

「――アンブリッジがきのうの夜《よる》、城内《じょうない》や校庭《こうてい》でダンブルドアを探《さが》したあと、校長室《こうちょうしつ》に戻《もど》ろうとしたらしいんだ。怪獣像《ガーゴイル》の所《ところ》を通《とお》れなかったんだってさ。校長室《こうちょうしつ》は、ひとりでに封鎖《ふうさ》して、アンブリッジを締《し》め出《だ》したんだ」アーニーがニヤリと笑《わら》った。「どうやら、あいつ、相当《そうとう》かんしゃくを起《お》こしたらしい」

「ああ、あの人《ひと》、きっと校長室《こうちょうしつ》に座《すわ》る自分《じぶん》の姿《すがた》を見《み》てみたくてしょうがなかったんだわ」玄関《げんかん》ホールに続《つづ》く石段《いしだん》を上《あ》がりながら、ハーマイオニーがきつい言《い》い方《かた》をした。「ほかの先生《せんせい》より自《じ》分《ぶん》が偉《えら》いんだぞって。バカな思《おも》い上《あ》がりの、権力《けんりょく》に取《と》っ憑《つ》かれたばばぁの――」

「おーや、君《きみ》、本気《ほんき》で最後《さいご》まで言《い》うつもりかい？　グレンジャー？」

ドラコ・マルフォイが、クラッブとゴイルを従《したが》え、扉《とびら》の陰《かげ》からするりと現《あらわ》れた。青白《あおじろ》いあごのとがった顔《かお》が、悪意《あくい》で輝《かがや》いている。

「気《き》の毒《どく》だが、グリフィンドールとハッフルパフから少《すこ》し減点《げんてん》しないといけないねえ」

マルフォイが気取《きど》って言《い》った。

「監督生同士《かんとくせいどうし》は減点《げんてん》できないぞ、マルフォイ」アーニーが即座《そくざ》に言《い》った。

「監督生《かんとくせい》ならお互《たが》いに減点《げんてん》できないのは知《し》ってるよ」マルフォイがせせら笑《わら》った。クラッブとゴイルも嘲《あざけ》り笑《わら》った。「しかし、『尋問官親衛隊《じんもんかんしんえいたい》』なら――」

「今何《いまなん》て言《い》った？」ハーマイオニーが鋭《するど》く聞《き》いた。

「尋問官親衛隊《じんもんかんしんえいたい》だよ、グレンジャー」マルフォイは、胸《むね》の監督生《かんとくせい》バッジのすぐ下《した》にとめた、I《アイ》の字形《じがた》の小《ちい》さな銀《ぎん》バッジを指差《ゆびさ》した。「魔法省《まほうしょう》を支持《しじ》する、少数《しょうすう》の選《えら》ばれた学生《がくせい》のグループでね。アンブリッジ先生直々《せんせいじきじき》の選《え》り抜《ぬ》きだよ。とにかく、尋問官親衛隊《じんもんかんしんえいたい》は、減点《げんてん》する力《ちから》を持《も》っているんだ……そこでグレンジャー、新《あたら》しい校長《こうちょう》に対《たい》する無礼《ぶれい》な態度《たいど》で五点減点《てんげんてん》。マクミラン、僕《ぼく》に逆《さか》らったから五点《てん》。ポッター、おまえが気《き》に食《く》わないから五点《てん》。ウィーズリー、シャツがはみ出《だ》しているから、もう五点減点《てんげんてん》。ああ、そうだ。忘《わす》れていた。おまえは穢《けが》れた血《ち》だ、グレンジャー。だから十点減点《てんげんてん》」

ロンが杖《つえ》を抜《ぬ》いた。ハーマイオニーが押《お》し戻《もど》し、「だめよ」とささやいた。

「賢明《けんめい》だな、グレンジャー」マルフォイがささやくように言《い》った。「新《あたら》しい校長《こうちょう》、新《あたら》しい時代《じだい》だ……いい子《こ》にするんだぞ、ポッティ……ウィーズル王者《おうじゃ》……」

思《おも》いっきり笑《わら》いながら、マルフォイはクラッブとゴイルを率《ひき》いて意気揚々《いきようよう》と去《さ》っていった。

「ただの脅《おど》しさ」アーニーが愕然《がくぜん》とした顔《かお》で言《い》った。「あいつが点《てん》を引《ひ》くなんて、許《ゆる》されるはずがない……そんなこと、ばかげてるよ……監督生制度《かんとくせいせいど》が完全《かんぜん》にくつがえされちゃうじゃないか」

しかし、ハリー、ロン、ハーマイオニーは、背後《はいご》の壁《かべ》のくぼみに設置《せっち》されている、寮《りょう》の点数《てんすう》を記録《きろく》した巨大《きょだい》な砂時計《すなどけい》のほうに、自然《しぜん》に目《め》が行《い》った。今朝《けさ》までは、グリフィンドールとレイブンクローが接戦《せっせん》で一位《い》を争《あらそ》っていた。今《いま》は見《み》る間《ま》に石《いし》が飛《と》び上《あ》がって上《うえ》に戻《もど》り、下《した》にたまった量《りょう》が減《へ》っていった。事実《じじつ》、まったく変《か》わらないのは、エメラルドが詰《つ》まったスリザリンの時計《とけい》だけだった。

「気《き》がついたか？」フレッドの声《こえ》がした。

ジョージと二人《ふたり》で大理石《だいりせき》の階段《かいだん》を下《お》りてきたところで、ハリー、ロン、ハーマイオニー、アーニーと砂時計《すなどけい》の前《まえ》で一緒《いっしょ》になった。

「マルフォイが、今僕《いまぼく》たちからほとんど五十点《てん》も減点《げんてん》したんだ」グリフィンドールの砂時計《すなどけい》から、また石《いし》が数個上《すうこうえ》に戻《もど》るのを見《み》ながら、ハリーが憤慨《ふんがい》した。

「うん。モンタギューのやつ、休《やす》み時間《じかん》に、俺《おれ》たちからも減点《げんてん》しようとしやがった」

ジョージが言《い》った。

「『しようとした』って、どういうこと？」ロンがすばやく聞《き》いた。

「最後《さいご》まで言《い》い終《お》わらなかったのさ」フレッドが言《い》った。「俺《おれ》たちが、二階《かい》の『姿《すがた》をくらますキャビネット棚《だな》』に頭《あたま》から突《つ》っ込《こ》んでやったんでね」

ハーマイオニーがショックを受《う》けた顔《かお》をした。

「そんな、あなたたち、とんでもないことになるわ！」

「モンタギューが現《あらわ》れるまでは大丈夫《だいじょうぶ》さ。それまで数週間《すうしゅうかん》かかるかもな。やつをどこに送《おく》っちまったのかわかんねえし」フレッドがさばさばと言《い》った。「とにかくだ……俺《おれ》たちは、問題《もんだい》に巻《ま》き込《こ》まれることなどもう気《き》にしない、と決《き》めた」

「気《き》にしたことあるの？」ハーマイオニーが聞《き》いた。

「そりゃ、あるさ」ジョージが答《こた》えた。「一度《いちど》も退学《たいがく》になってないだろ？」

「俺《おれ》たちは、常《つね》に一線《いっせん》を守《まも》った」フレッドが言《い》った。

「時《とき》には、つま先《さき》ぐらいは線《せん》を超《こ》えたかもしれないが」ジョージが言《い》った。

「だけど、常《つね》に、ほんとうの大混乱《だいこんらん》を起《お》こす手前《てまえ》で踏《ふ》みとどまったのだ」フレッドが言《い》った。

「だけど、今《いま》は？」ロンが恐《おそ》る恐《おそ》る聞《き》いた。

「そう、今《いま》は――」ジョージが言《い》った。

「――ダンブルドアもいなくなったし――」フレッドが言《い》った。

「――ちょっとした大混乱《だいこんらん》こそ――」ジョージが言《い》った。

「――まさに、親愛《しんあい》なる新校長《しんこうちょう》にふさわしい」フレッドが言《い》った。

「ダメよ！」ハーマイオニーがささやくように言《い》った。「ほんとに、ダメ！　あの人《ひと》、あなたたちを追《お》い出《だ》す口実《こうじつ》なら大喜《おおよろこ》びだわよ」

「わかってないなあ、ハーマイオニー」フレッドがハーマイオニーに笑《わら》いかけた。

「俺《おれ》たちはもう、ここにいられるかどうかなんて気《き》にしないんだ。今《いま》すぐにでも出《で》ていきたいところだけど、ダンブルドアのためにまず俺《おれ》たちの役目《やくめ》をはたす決意《けつい》なんでね。そこで、とにかく」フレッドが腕時計《うでどけい》をたしかめた。「第《だい》一幕《まく》がまもなく始《はじ》まる。悪《わる》いことは言《い》わないから、昼《ちゅう》食《しょく》を食《た》べに大広間《おおひろま》に入《はい》ったほうがいいぜ。そうすりゃ、先生方《せんせいがた》も、おまえたちは無関係《むかんけい》だとわかるからな」

「何《なに》に無関係《むかんけい》なの？」ハーマイオニーが心配《しんぱい》そうに聞《き》いた。

「今《いま》にわかる」ジョージが言《い》った。「さ、早《はや》く行《い》けよ」

フレッドとジョージはみんなに背《せ》を向《む》け、昼食《ちゅうしょく》を食《た》べに階段《かいだん》を下《お》りてくる人混《ひとご》みがふくれ上《あ》がってくる中《なか》へと姿《すがた》を消《け》した。

困惑《こんわく》しきった顔《かお》のアーニーは、「変身術《へんしんじゅつ》」の宿題《しゅくだい》がすんでいないとか何《なん》とかつぶやきながらあわてていなくなった。

「ねえ、やっぱりここにはいないほうがいいわ」ハーマイオニーが神経質《しんけいしつ》に言《い》った。「万《まん》が一《いち》……」

「うん、そうだ」ロンが言《い》った。そして、三人《にん》は、大広間《おおひろま》の扉《とびら》に向《む》かった。しかし、その日《ひ》の大《おお》広間《ひろま》の天井《てんじょう》を、白《しろ》い雲《くも》が飛《と》ぶように流《なが》れていくのをちらりと見《み》たとたん、誰《だれ》かがハリーの肩《かた》をたたいた。振《ふ》り向《む》くと、管理人《かんりにん》のフィルチが、目《め》と鼻《はな》の先《さき》にいた。ハリーは急《いそ》いで二、三歩下《ぼさ》がった。フィルチの顔《かお》は遠《とお》くから見《み》るにかぎる。

「ポッター、校長《こうちょう》がおまえに会《あ》いたいとおっしゃる」フィルチが意地《いじ》の悪《わる》い目《め》つきをした。

「僕《ぼく》がやったんじゃない」

ハリーは、ばかなことを口走《くちばし》った。フレッドとジョージが何《なに》やらたくらんでいることを考《かんが》えていたのだ。フィルチは声《こえ》を出《だ》さずに笑《わら》い、あごがわなわな震《ふる》えた。

「後《うし》ろめたいんだな、え？」フィルチがゼイゼイ声《ごえ》で言《い》った。「ついて来《こ》い」

ハリーはロンとハーマイオニーをちらりと振《ふ》り返《かえ》った。二人《ふたり》とも心配《しんぱい》そうな顔《かお》だ。ハリーは肩《かた》をすくめ、フィルチについて玄関《げんかん》ホールに戻《もど》り、腹《はら》ぺこの生徒《せいと》たちの波《なみ》に逆《さか》らって歩《ある》いた。

フィルチはどうやら上機嫌《じょうきげん》で、大理石《だいりせき》の階段《かいだん》を上《のぼ》りながら、きしむような声《こえ》で、そっと鼻歌《はなうた》を歌《うた》っていた。最初《さいしょ》の踊《おど》り場《ば》で、フィルチが言《い》った。

「ポッター、状況《じょうきょう》が変《か》わってきた」

「気《き》がついてるよ」ハリーが冷《つめ》たく言《い》った。

「そうだ……ダンブルドア校長《こうちょう》は、おまえたちに甘過《あます》ぎると、私《わたし》はもう何年《なんねん》もそう言《い》い続《つづ》けてきた」フィルチがクックッといやな笑《わら》い方《かた》をした。「私《わたし》が鞭《むち》で皮《かわ》がむけるほど打《う》ちのめすことができるとわかっていたら、小汚《こぎたな》い小童《こわっぱ》のおまえたちだって、『臭《くさ》い玉《たま》』を落《お》としたりはしなかっただろうが？　くるぶしを縛《しば》り上《あ》げられて私《わたし》の部屋《へや》の天井《てんじょう》から逆《さか》さ吊《づ》りにされるなら、廊下《ろうか》で『かみつきフリスビー』を投《な》げようなどと思《おも》う童《わっぱ》は一人《ひとり》もいなかっただろうが？　しかし、教育令第《きょういくれいだい》二十九号《ごう》が出《で》るとな、ポッター、私《わたし》にはそういうことが許《ゆる》されるんだ……その上《うえ》、あの方《かた》は大臣《だいじん》に、ピーブズ追放令《ついほうれい》に署名《しょめい》するよう頼《たの》んでくださった……ああ、あの方《かた》が取《と》り仕切《しき》れば、ここも様変《さまが》わりするだろう……」

フィルチを味方《みかた》につけるため、アンブリッジが相当《そうとう》な手《て》を打《う》ったのはたしかだ、とハリーは思《おも》った。最悪《さいあく》なのは、フィルチが重要《じゅうよう》な武器《ぶき》になりうるということだ。学校《がっこう》の秘密《ひみつ》の通路《つうろ》や隠《かく》れ場所《ばしょ》に関《かん》してのフィルチの知識《ちしき》たるや、それをしのぐのは、おそらくウィーズリーの双子《ふたご》だけだ。

「さあ着《つ》いたぞ」

フィルチは意地《いじ》の悪《わる》い目《め》でハリーを見《み》ながら、アンブリッジ先生《せんせい》の部屋《へや》のドアを三度《ど》ノックし、ドアを開《あ》けた。

「ポッターめを連《つ》れて参《まい》りました。先生《せんせい》」

罰則《ばっそく》で何度《なんど》も来《き》た、おなじみのアンブリッジの部屋《へや》は、以前《いぜん》と変《か》わっていなかった。一つだけちがったのは、木製《もくせい》の大《おお》きな角材《かくざい》が机《つくえ》の前方《ぜんぽう》に横長《よこなが》に置《お》かれていることで、金文字《きんもじ》で「校長《こうちょう》」と書《か》いてある。さらに、ハリーのファイアボルトと、フレッドとジョージの二本《ほん》のクリーンスイープが——ハリーは胸《むね》が痛《いた》んだ——机《つくえ》の後《うし》ろの壁《かべ》に打《う》ち込《こ》まれたがっしりとした鉄《てつ》の杭《くい》に、鎖《くさり》でつながれて南京錠《なんきんじょう》をかけられていた。

アンブリッジは机《つくえ》に向《む》かい、ピンクの羊皮紙《ようひし》に、何《なに》やらせわしげに走《はし》り書《が》きしていたが、二人《ふたり》が入《はい》っていくと、目《め》を上《あ》げ、ニターッとほほ笑《え》んだ。

「ごくろうさま、アーガス」アンブリッジがやさしく言《い》った。

「とんでもない、先生《せんせい》、おやすい御用《ごよう》で」フィルチはリューマチの体《からだ》がたえられる限界《げんかい》まで深々《ふかぶか》とおじぎし、あとずさりで部屋《へや》を出《で》ていった。

「座《すわ》りなさい」アンブリッジは椅子《いす》を指差《ゆびさ》してぶっきらぼうに言《い》った。ハリーが腰《こし》かけた。アンブリッジはそれからまたしばらく書《か》き物《もの》を続《つづ》けた。アンブリッジの頭越《あたまご》しに、憎《にく》たらしい子猫《こねこ》が皿《さら》の周《まわ》りを跳《は》ね回《まわ》っている絵《え》を眺《なが》めながら、ハリーは、いったいどんな恐《おそ》ろしいことが新《あら》たに自《じ》分《ぶん》を待《ま》ち受《う》けているのだろうと考《かんが》えていた。

「さてと」

やっと羽根《はね》ペンを置《お》き、アンブリッジは、ことさらにうまそうなハエを飲《の》み込《こ》もうとするガマガエルのような顔《かお》をした。

「何《なに》か飲《の》みますか？」

「えっ？」ハリーは聞《き》きちがいだと思《おも》った。

「飲《の》み物《もの》よ、ミスター・ポッター」アンブリッジは、ますますニターッと笑《わら》った。

「紅茶《こうちゃ》？　コーヒー？　かぼちゃジュース？」

飲《の》み物《もの》の名前《なまえ》を言《い》うたびに、アンブリッジは短《みじか》い杖《つえ》を振《ふ》り、机《つくえ》の上《うえ》に茶碗《ちゃわん》やグラスに入《はい》った飲《の》み物《もの》が現《あらわ》れた。

「何《なに》もいりません。ありがとうございます」ハリーが言《い》った。

「一緒《いっしょ》に飲《の》んでほしいの」アンブリッジの声《こえ》が危険《きけん》な甘《あま》ったるさに変《か》わった。「どれか選《えら》びなさい」

「それじゃ……紅茶《こうちゃ》を」ハリーは肩《かた》をすくめながら言《い》った。

アンブリッジは立《た》ち上《あ》がってハリーに背中《せなか》を向《む》け、大《おお》げさな身振《みぶ》りで紅茶《こうちゃ》にミルクを入《い》れた。

それから、不吉《ふきつ》に甘《あま》い微笑《びしょう》をたたえ、カップを持《も》ってせかせかと机《つくえ》を回《まわ》り込《こ》んでやって来《き》た。

「どうぞ」と紅茶《こうちゃ》をハリーに渡《わた》した。「冷《さ》めないうちに飲《の》んでね。さーてと、ミスター・ポッター……昨夜《さくや》の残念《ざんねん》な事件《じけん》のあとですから、ちょっとおしゃべりをしたらどうかと思《おも》ったのよ」

ハリーはだまっていた。アンブリッジは自分《じぶん》の椅子《いす》に戻《もど》り、答《こた》えを待《ま》った。沈黙《ちんもく》の数分《すうふん》が長《なが》く感《かん》じられた。やがてアンブリッジが陽気《ようき》に言《い》った。

「飲《の》んでないじゃないの！」

ハリーは急《いそ》いでカップを口元《くちもと》に持《も》っていったが、また急《きゅう》に下《お》ろした。アンブリッジの背後《はいご》にある、趣味《しゅみ》の悪《わる》い絵《え》に描《えが》かれた子猫《こねこ》の一匹《ぴき》が、マッド-アイ・ムーディの魔法《まほう》の目《め》と同《おな》じ丸《まる》い大《おお》きな青《あお》い目《め》をしていたので、敵《てき》とわかっている相手《あいて》に勧《すす》められた飲《の》み物《もの》をハリーが飲《の》んだと聞《き》いたら、マッド-アイが何《なん》と言《い》うだろうと思《おも》ったのだ。

「どうかした？」アンブリッジはまだハリーを見《み》ていた。「お砂糖《さとう》が欲《ほ》しいの？」

「いいえ」ハリーが答《こた》えた。

ハリーはもう一度《いちど》口元《くちもと》までカップを持《も》っていき、一口《ひとくち》飲《の》むふりをしたが、唇《くちびる》を固《かた》く結《むす》んだままだった。アンブリッジの口《くち》がますます横《よこ》に広《ひろ》がった。

「そうそう」アンブリッジがささやくように言《い》った。「それでいいわ。さて、それじゃ……」アンブリッジが少《すこ》し身《み》を乗《の》り出《だ》した。「アルバス・ダンブルドアはどこなの？」

「知《し》りません」ハリーが即座《そくざ》に答《こた》えた。

「さあ、飲《の》んで、飲《の》んで」アンブリッジはニターッとほほ笑《え》んだままだ。「さあ、ミスター・ポッター、子供《こども》だましのゲームはやめましょうね。ダンブルドアがどこに行《い》ったのか、あなたが知《し》っていることはわかっているのよ。あなたとダンブルドアは、初《はじ》めから一緒《いっしょ》にこれをたくらんでいたんだから。自分《じぶん》の立場《たちば》を考《かんが》えなさい。ミスター・ポッター……」

「どこにいるか、僕《ぼく》、知《し》りません」

ハリーはもう一度《いちど》飲《の》むふりをした。

「けっこう」アンブリッジは不機嫌《ふきげん》な顔《かお》をした。「それなら、教《おし》えていただきましょうか。シリウス・ブラックの居場所《いばしょ》を」

ハリーの胃袋《いぶくろ》がひっくり返《かえ》り、カップを持《も》つ手《て》が震《ふる》えて、受《う》け皿《ざら》がカタカタ鳴《な》った。唇《くちびる》を閉《と》じたまま、口元《くちもと》でカップを傾《かたむ》けたので、熱《あつ》い液体《えきたい》が少《すこ》しローブにこぼれた。

「知《し》りません」答《こた》え方《かた》が少《すこ》し早口《はやくち》過《す》ぎた。

「ミスター・ポッター」アンブリッジが迫《せま》った。「いいですか、十月《がつ》に、グリフィンドールの暖《だん》炉《ろ》で、犯罪者《はんざいしゃ》のブラックをいま一歩《いっぽ》で逮捕《たいほ》するところだったのは、ほかならぬわたくしですよ。

ブラックが会《あ》っていたのはあなただと、わたくしにははっきりわかっています。わたくしが証拠《しょうこ》をつかんでさえいたら、はっきり言《い》って、あなたもブラックも、今《いま》、こうして自由《じゆう》の身《み》ではいられなかったでしょう。もう一度《いちど》聞《き》きます。ミスター・ポッター……シリウス・ブラックはどこですか？」

「知《し》りません」ハリーは大声《おおごえ》で言《い》った。「見当《けんとう》もつきません」

二人《ふたり》はそれから長《なが》いことにらみ合《あ》っていた。ハリーは目《め》がうるんできたのを感《かん》じた。アンブリッジがふいに立《た》ち上《あ》がった。

「いいでしょう、ポッター。今回《こんかい》は信《しん》じておきます。しかし、警告《けいこく》しておきますよ。わたくしには魔法省《まほうしょう》の後《うし》ろ盾《だて》があるのです。学校《がっこう》を出入《でい》りする通信網《つうしんもう》は全部監視《ぜんぶかんし》されています。煙突飛行《えんとつひこう》ネットワークの監視人《かんしにん》が、ホグワーツのすべての暖炉《だんろ》を見張《みは》っています――わたくしの暖炉《だんろ》だけはもちろん例外《れいがい》ですが。『尋問官親衛隊《じんもんかんしんえいたい》』が城《しろ》を出入《でい》りするふくろう便《びん》を全部開封《ぜんぶかいふう》して読《よ》んでいます。それに、フィルチさんが城《しろ》に続《つづ》くすべての秘密《ひみつ》の通路《つうろ》を見張《みは》っています。わたくしが証拠《しょうこ》のかけらでも見《み》つけたら……」

ドーン！

部屋《へや》の床《ゆか》が揺《ゆ》れた。アンブリッジが横《よこ》すべりし、ショックを受《う》けた顔《かお》で、机《つくえ》にしがみついて踏《ふ》みとどまった。

「いったいこれは——？」

アンブリッジがドアのほうを見《み》つめていた。そのすきに、ハリーはほとんど減《へ》っていない紅茶《こうちゃ》を、一番近《いちばんちか》くのドライフラワーの花瓶《かびん》に捨《す》てた。数階下《すうかいした》のほうから、走《はし》り回《まわ》る音《おと》や悲鳴《ひめい》が聞《き》こえた。

「昼食《ちゅうしょく》に戻《もど》りなさい、ポッター！」

アンブリッジは杖《つえ》を上《あ》げ、部屋《へや》から飛《と》び出《だ》していった。ハリーは一呼吸《ひとこきゅう》置《お》いてから、大騒《おおさわ》ぎの元《もと》は何《なに》かを見《み》ようと、急《いそ》いで部屋《へや》を出《で》た。

騒《さわ》ぎの原因《げんいん》は難《なん》なく見《み》つかった。一階下《かいした》は大混乱《だいこんらん》の伏魔殿《ふくまでん》だった。誰《だれ》かが（ハリーは誰《だれ》なのかを敏感《びんかん》に見抜《みぬ》いていたが）、巨大《きょだい》な魔法《まほう》の仕掛《しか》け花火《はなび》のようなものを爆発《ばくはつ》させたらしい。

全身《ぜんしん》が緑《みどり》と金色《きんいろ》の火花《ひばな》でできたドラゴンが何頭《なんとう》も、階段《かいだん》を往《い》ったり来《き》たりしながら、火《ひ》の粉《こ》をまき散《ち》らし、バンバン大《おお》きな音《おと》を立《た》てている。直径《ちょっけい》一・五メートルもある、ショッキングピンクのネズミ花火《はなび》が、空飛《そらと》ぶ円盤群《えんばんぐん》のようにビュンビュンと破壊的《はかいてき》に飛《と》び回《まわ》っている。ロケット花火《はなび》がキラキラ輝《かがや》く銀色《ぎんいろ》の星《ほし》を長々《ながなが》と噴射《ふんしゃ》しながら、壁《かべ》に当《あ》たって跳《は》ね返《かえ》っている。線香花火《せんこうはなび》は勝手《かって》に空中《くうちゅう》に文字《もじ》を書《か》いて悪態《あくたい》をついている。ハリーの目《め》の届《とど》くかぎり至《いた》る所《ところ》に、爆竹《ばくちく》が地雷《じらい》のように爆発《ばくはつ》している。普通《ふつう》なら燃《も》え尽《つ》きたり、消《き》えたり、動《うご》きを止《と》めたりするはずなのに、この奇跡《きせき》の仕掛《しか》け花火《はなび》は、ハリーが見《み》つめれば見《み》つめるほどエネルギーを増《ま》すかのようだった。

フィルチとアンブリッジは、恐怖《きょうふ》で身動《みうご》きできないらしく、階段《かいだん》の途中《とちゅう》に立《た》ちすくんでいた。ハリーが見《み》ている前《まえ》で、大《おお》きめのネズミ花火《はなび》が、もっと広《ひろ》い場所《ばしょ》で動《うご》こうと決《き》めたらしく、アンブリッジとフィルチに向《む》かって、シュルシュルシュルシュルと不気味《ぶきみ》な音《おと》を立《た》てながら回転《かいてん》してきた。二人《ふたり》とも恐怖《きょうふ》の悲鳴《ひめい》を上《あ》げて身《み》をかわした。するとネズミ花火《はなび》はそのまままっすぐ二人《ふたり》の背後《はいご》の窓《まど》から飛《と》び出《だ》し、校庭《こうてい》に出《で》ていった。その間《かん》、ドラゴンが数匹《すうひき》と、不気味《ぶきみ》な煙《けむり》を吐《は》いていた大《おお》きな紫《むらさき》のコウモリが、廊下《ろうか》の突《つ》き当《あ》たりのドアが開《あ》いているのをいいことに、三階《かい》に抜《ぬ》け出《だ》した。

「早《はや》く、フィルチ、早《はや》く！」アンブリッジが金切《かなき》り声《ごえ》を上《あ》げた。「何《なん》とかしないと、学校中《がっこうじゅう》に広《ひろ》がるわ――ステューピファイ！　まひせよ！」

アンブリッジの杖先《つえさき》から、赤《あか》い光《ひかり》が飛《と》び出《だ》し、ロケット花火《はなび》の一つに命中《めいちゅう》した。空中《くうちゅう》で固《かた》まるどころか、花火《はなび》は大爆発《だいばくはつ》し、野原《のはら》の真《ま》ん中《なか》にいるセンチメンタルな顔《かお》の魔女《まじょ》の絵《え》に穴《あな》を開《あ》けた。魔女《まじょ》は間一髪《かんいっぱつ》で逃《に》げ出《だ》し、数秒後《すうびょうご》に隣《となり》の絵《え》にぎゅうぎゅう入《はい》り込《こ》んだ。隣《となり》の絵《え》でトランプをしていた魔法使《まほうつか》いが二人《ふたり》、急《いそ》いで立《た》ち上《あ》がって魔女《まじょ》のために場所《ばしょ》をあけた。

「『失神《しっしん》』させてはダメ、フィルチ！」アンブリッジが怒《おこ》ったように叫《さけ》んだ。まるで、呪文《じゅもん》を唱《とな》えたのは、何《なに》がなんでもフィルチだったかのような言《い》いぐさだ。

「承知《しょうち》しました。校長先生《こうちょうせんせい》！」フィルチがゼイゼイ声《ごえ》で言《い》った。フィルチはできそこないのスクイブで、花火《はなび》を「失神《しっしん》」させることなど、花火《はなび》を飲《の》み込《こ》むと同《おな》じぐらい不可能《ふかのう》な技《わざ》だ。フィルチは近《ちか》くの倉庫《そうこ》に飛《と》び込《こ》み、箒《ほうき》を引《ひ》っ張《ぱ》り出《だ》し、空中《くうちゅう》の花火《はなび》をたたき落《お》としはじめたが、数秒《すうびょう》後《ご》、箒《ほうき》の先《さき》が燃《も》えだした。

ハリーはその場面《ばめん》を満喫《まんきつ》して、笑《わら》いながら、頭《あたま》を低《ひく》くしてかけだした。ちょっと先《さき》の廊下《ろうか》にかかったタペストリーの裏《うら》に、隠《かく》れたドアがあることを知《し》っていたのだ。すべり込《こ》むと、そこにフレッドとジョージが隠《かく》れていた。アンブリッジとフィルチが叫《さけ》ぶのを聞《き》きながら、声《こえ》を押《お》し殺《ころ》し、体《からだ》を震《ふる》わせて笑《わら》いこけていた。

「すごいよ」ハリーはニヤッと笑《わら》いながら低《ひく》い声《こえ》で言《い》った。「ほんとにすごい……君《きみ》たちのせいで、ドクター・フィリバスターも商売上《しょうばいあ》がったりだよ。まちがいない……」

「ありがと」ジョージが笑《わら》い過《す》ぎて流《なが》れた涙《なみだ》をふきながら小声《こごえ》で言《い》った。「ああ、あいつが今度《こんど》は『消失呪文《しょうしつじゅもん》』を使《つか》ってくれるといいんだけどな……そのたびに花火《はなび》が十倍《ばい》に増《ふ》えるんだ」

花火《はなび》は燃《も》え続《つづ》け、その午後《ごご》、学校中《がっこうじゅう》に広《ひろ》がった。相当《そうとう》な被害《ひがい》を引《ひ》き起《お》こし、特《とく》に爆竹《ばくちく》がひどかったが、先生方《せんせいがた》はあまり気《き》にしていないようだった。

「おや、まあ」

マクゴナガル先生《せんせい》は、自分《じぶん》の教室《きょうしつ》の周《まわ》りにドラゴンが一頭《とう》舞《ま》い上《あ》がり、バンバン大《おお》きな音《おと》を出《だ》したり火《ひ》を吐《は》いたりするのを見《み》て、ちゃかすように言《い》った。

「ミス・ブラウン。校長先生《こうちょうせんせい》の所《ところ》に走《はし》っていって、この教室《きょうしつ》に逃亡《とうぼう》した花火《はなび》がいると報告《ほうこく》してくれませんか？」

結局《けっきょく》のところ、アンブリッジは校長《こうちょう》として最初《さいしょ》の日《ひ》の午後《ごご》を、学校中《がっこうじゅう》を飛《と》び回《まわ》って過《す》ごした。先生方《せんせいがた》が、校長《こうちょう》なしではなぜか自分《じぶん》の教室《きょうしつ》から花火《はなび》を追《お》い払《はら》えないと、校長《こうちょう》を呼《よ》び出《だ》したからだ。最後《さいご》の終業《しゅうぎょう》ベルが鳴《な》り、みんながかばんを持《も》ってグリフィンドール塔《とう》に帰《かえ》る途中《とちゅう》、ハリーは、フリットウィック先生《せんせい》の教室《きょうしつ》からよれよれになって出《で》てくるアンブリッジを見《み》た。髪《かみ》を振《ふ》り乱《みだ》し、すすだらけで汗《あせ》ばんだ顔《かお》のアンブリッジを見《み》て、ハリーは大《おお》いに満足《まんぞく》した。

「先生《せんせい》、どうもありがとう！」フリットウィック先生《せんせい》の小《ちい》さなキーキー声《ごえ》が聞《き》こえた。「線香花《せんこうはな》火《び》はもちろん私《わたし》でも退治《たいじ》できたのですが、何《なに》しろ、そんな権限《けんげん》があるかどうか、はっきりわからなかったので」

フリットウィック先生《せんせい》は、ニッコリ笑《わら》って、かみつきそうな顔《かお》のアンブリッジの鼻先《はなさき》で教室《きょうしつ》のドアを閉《し》めた。

その夜《よる》のグリフィンドール談話室《だんわしつ》で、フレッドとジョージは英雄《えいゆう》だった。ハーマイオニーでさえ、興奮《こうふん》した生徒《せいと》たちをかき分《わ》けて、二人《ふたり》におめでとうを言《い》った。

「すばらしい花火《はなび》だったわ」ハーマイオニーが称賛《しょうさん》した。

「ありがとよ」ジョージは、驚《おどろ》いたようなうれしいような顔《かお》をした。「『ウィーズリーの暴《あば》れバンバン花火《はなび》』さ。問題《もんだい》は、ありったけの在庫《ざいこ》を使《つか》っちまったから、またゼロから作《つく》りなおしなのさ」

「それだけの価値《かち》ありだったよ」フレッドは大騒《おおさわ》ぎのグリフィンドール生《せい》から注文《ちゅうもん》を取《と》りながら言《い》った。「順番待《じゅんばんま》ちリストに名前《なまえ》を書《か》くなら、ハーマイオニー、『基本火遊《きほんひあそ》びセット』が五ガリオン、『デラックス大爆発《だいばくはつ》』が二十ガリオン……」

ハーマイオニーはハリーとロンがいるテーブルに戻《もど》った。二人《ふたり》ともかばんをにらみ、中《なか》の宿題《しゅくだい》が飛《と》び出《だ》して、ひとりでに片《かた》づいてくれないかとでも思《おも》っているような顔《かお》だった。

「まあ、今晩《こんばん》は休《やす》みにしたら？」ハーマイオニーがほがらかに言《い》った。ちょうどその時《とき》、ウィーズリー・ロケット花火《はなび》が銀色《ぎんいろ》の尾《お》を引《ひ》いて窓《まど》の外《そと》を通《とお》り過《す》ぎていった。「だって、金曜《きんよう》からはイースター休暇《きゅうか》だし、そしたら時間《じかん》はたっぷりあるわ」

「気分《きぶん》は悪《わる》くないか？」ロンが信《しん》じられないという顔《かお》でハーマイオニーを見《み》つめた。

「聞《き》かれたから言《い》うけど」ハーマイオニーはうれしそうに言《い》った。「何《なん》ていうか……気分《きぶん》はちょっと……反抗的《はんこうてき》なの」

一時間後《じかんご》、ハリーがロンと二人《ふたり》で寝室《しんしつ》に戻《もど》ってきたとき、逃《に》げた爆竹《ばくちく》のバンバンという音《おと》が、まだ遠《とお》くで聞《き》こえていた。服《ふく》を脱《ぬ》いでいると、線香花火《せんこうはなび》が塔《とう》の前《まえ》をふわふわ飛《と》んでいった。しっかりと文字《もじ》を描《えが》き続《つづ》けている——**クソ**——。

ハリーはあくびをしてベッドに入《はい》った。めがねをはずすと、窓《まど》の外《そと》をときどき通《とお》り過《す》ぎる花火《はなび》がぼやけて、暗《くら》い空《そら》に浮《う》かぶ、美《うつく》しくも神秘的《しんぴてき》なきらめく雲《くも》のように見《み》えた。アンブリッジがダンブルドアの仕事《しごと》に就《つ》いての一日目《にちめ》を、どんなふうに感《かん》じているだろうと思《おも》いながら、ハリーは横向《よこむ》きになった。そして、ほとんど一日中《いちにちじゅう》、学校《がっこう》が大混乱《だいこんらん》だったと聞《き》いたら、ファッジがどういう反応《はんのう》を示《しめ》すだろうと思《おも》った。一人《ひとり》でニヤニヤしながら、ハリーは目《め》を閉《と》じた……。

校庭《こうてい》に逃《に》げ出《だ》した花火《はなび》の、シュルシュル、バンバンという音《おと》が、遠《とお》のいたような気《き》がする……いや、もしかしたら、ハリーが花火《はなび》から急速《きゅうそく》に遠《とお》ざかっていたのかもしれない……。

ハリーは、まっすぐ、神秘部《しんぴぶ》に続《つづ》く廊下《ろうか》に降《お》り立《た》った。飾《かざ》りも何《なに》もない黒《くろ》い扉《とびら》に向《む》かって、ハリーは急《いそ》いでいた……**開《ひら》け**……**開《ひら》け**……。

扉《とびら》が開《ひら》いた。ハリーは同《おな》じような扉《とびら》がずらりと並《なら》ぶ円《まる》い部屋《へや》の中《なか》にいた……部屋《へや》を横切《よこぎ》り、ほかとまったく見分《みわ》けのつかない扉《とびら》の一つに手《て》をかけた。扉《とびら》はパッと内側《うちがわ》に開《ひら》いた……。

今《いま》ハリーは、細長《ほそなが》い、長方形《ちょうほうけい》の部屋《へや》の中《なか》にいた。部屋《へや》は機械的《きかいてき》なコチコチという奇妙《きみょう》な音《おと》でいっぱいだ。壁《かべ》には点々《てんてん》と灯《あか》りが踊《おど》っていた。しかし、ハリーは立《た》ち止《ど》まって調《しら》べはしなかった……先《さき》に進《すす》まなければ……。

一番奥《いちばんおく》に扉《とびら》がある……その扉《とびら》も、ハリーが触《ふ》れると開《ひら》いた……。

今度《こんど》は、薄明《うすあ》かりの、教会《きょうかい》のように高《たか》く広《ひろ》い部屋《へや》で、何段《なんだん》も何段《なんだん》も高《たか》くそびえる棚《たな》があり、その一つ一つに、小《ちい》さな、ほこりっぽいガラス繊維《せんい》の球《たま》が置《お》いてある……今《いま》やハリーの心臓《しんぞう》は、興《こう》奮《ふん》で激《はげ》しく動悸《どうき》していた……どこに行《い》くべきか、ハリーにはわかっていた……ハリーはかけだした。しかし、人気《ひとけ》のない巨大《きょだい》な部屋《へや》は、ハリーの足音《あしおと》をまったく響《ひび》かせなかった……。

この部屋《へや》に、自分《じぶん》の欲《ほ》しいものが、とても欲《ほ》しいものがあるのだ……。

自分《じぶん》の欲《ほ》しいもの……それとも別《べつ》の誰《だれ》かが欲《ほ》しいもの……。

ハリーの傷痕《きずあと》が痛《いた》んだ……。

バーン！

ハリーはたちまち目《め》を覚《さ》ました。混乱《こんらん》していたし、腹《はら》が立《た》った。暗《くら》い寝室《しんしつ》は笑《わら》い声《ごえ》に満《み》ちていた。

「かっこいい！」窓《まど》の前《まえ》に立《た》ったシェーマスの黒《くろ》い影《かげ》が言《い》った。「ネズミ花火《はなび》とロケット花火《はなび》がぶつかって、ドッキングしちゃったみたいだぜ。来《き》て見《み》てごらんよ！」

ロンとディーンが、よく見《み》ようと、あわててベッドから飛《と》び出《だ》す音《おと》が聞《き》こえた。ハリーはだまって、身動《みうご》きもせずに横《よこ》たわっていた。傷痕《きずあと》の痛《いた》みは薄《うす》らいでいたが、失望感《しつぼうかん》がひたひたと押《お》し寄《よ》せていた。すばらしいごちそうが、最後《さいご》の最後《さいご》に引《ひ》ったくられたような気分《きぶん》だった……今度《こんど》こそあんなに近《ちか》づいていたのに。

ピンクと銀色《ぎんいろ》に輝《かがや》く羽《はね》の生《は》えた子豚《こぶた》が、ちょうどグリフィンドール塔《とう》を飛《と》び過《す》ぎていった。その下《した》で、グリフィンドール生《せい》が、ウワーッと歓声《かんせい》を上《あ》げるのを、ハリーは横《よこ》たわったまま聞《き》いていた。明日《あす》の夜《よる》、「閉心術《へいしんじゅつ》」の訓練《くんれん》があることを思《おも》い出《だ》すと、ハリーの胃袋《いぶくろ》が揺《ゆ》れ、吐《は》き気《き》がした。

一番新《いちばんあたら》しい夢《ゆめ》で「神秘部《しんぴぶ》」にさらに深《ふか》く入《はい》り込《こ》んだことをスネイプが知《し》ったら、何《なん》と言《い》うだろうと、次《つぎ》の日《ひ》、ハリーは一日中《いちにちじゅう》それを恐《おそ》れていた。前回《ぜんかい》の特訓以来《とっくんいらい》、一度《いちど》も「閉心術《へいしんじゅつ》」を練習《れんしゅう》していなかったことに気《き》づき、罪悪感《ざいあくかん》が込《こ》み上《あ》げてきた。ダンブルドアがいなくなってから、あまりにいろいろなことが起《お》こり、たとえ努力《どりょく》したところで、心《こころ》を空《から》にすることはできなかったろうと、ハリーにはわかっていた。しかし、そんな言《い》い訳《わけ》はスネイプに通《つう》じないだろうと思《おも》った。

その日《ひ》の授業中《じゅぎょうちゅう》に、ハリーは少《すこ》しだけ泥縄式《どろなわしき》の練習《れんしゅう》をしてみたが、うまくいかなかった。すべての想念《そうねん》や感情《かんじょう》をしめ出《だ》そうとしてだまりこくるたびに、ハーマイオニーがどうかしたのかと聞《き》くのだ。それに、先生方《せんせいがた》が復習《ふくしゅう》の質問《しつもん》を次々《つぎつぎ》とぶつけてくる授業中《じゅぎょうちゅう》は、頭《あたま》を空《から》にするのに最《さい》適《てき》の時間《じかん》とは言《い》えなかった。

最悪《さいあく》を覚悟《かくご》し、ハリーは夕食後《ゆうしょくご》、スネイプの研究室《けんきゅうしつ》に向《む》かった。しかし、玄関《げんかん》ホールを半分《はんぶん》ほど横切《よこぎ》ったところで、チョウが急《いそ》いで追《お》ってきた。

「こっちへ」

スネイプと会《あ》う時間《じかん》を先延《さきの》ばしにする理由《りゆう》が見《み》つかったのがうれしくて、ハリーはチョウに合《あい》図《ず》し、玄関《げんかん》ホールの巨大《きょだい》な砂時計《すなどけい》の置《お》いてある片隅《かたすみ》に呼《よ》んだ。グリフィンドールの砂時計《すなどけい》は、今《いま》やほとんどからっぽだった。

「大丈夫《だいじょうぶ》かい？　アンブリッジが君《きみ》にDA《ディーエー》のことを聞《き》いたりしなかった？」

「ううん」チョウが急《いそ》いで答《こた》えた。「そうじゃないの。ただ……あの、私《わたし》、あなたに言《い》いたくて……ハリー、マリエッタが告《つ》げ口《ぐち》するなんて、私《わたし》、夢《ゆめ》にも……」

「ああ、まあ」ハリーはふさぎ込《こ》んで言《い》った。

チョウがもう少《すこ》し慎重《しんちょう》に友達《ともだち》を選《えら》んだほうがいいと思《おも》ったのはたしかだ。最新情報《さいしんじょうほう》では、マリエッタはまだ医務室《いむしつ》に入院中《にゅういんちゅう》で、マダム・ポンフリーは吹《ふ》き出物《でもの》をまったくどうすることもできないと聞《き》いていたが、ハリーの腹《はら》の虫《むし》は治《おさ》まらなかった。

「マリエッタはとってもいい人《ひと》よ」チョウが言《い》った。「過《あやま》ちを犯《おか》しただけなの――」

ハリーは信《しん》じられないという顔《かお》でチョウを見《み》た。

「過《あやま》ちを犯《おか》したけどいい人《ひと》？　あの子《こ》は、君《きみ》もふくめて、僕《ぼく》たち全員《ぜんいん》を売《う》ったんだ！」

「でも……全員《ぜんいん》逃《に》げたでしょう？」チョウがすがるように言《い》った。「あのね、マリエッタのママは魔法省《まほうしょう》に勤《つと》めているの。あの人《ひと》にとっては、ほんとうに難《むずか》しいこと――」

「ロンのパパだって魔法省《まほうしょう》に勤《つと》めてるよ！」ハリーは憤慨《ふんがい》した。「それに、気《き》づいてないなら言《い》うけど、**ロン**の顔《かお》には『**密告者**《みっこくしゃ》』なんて書《か》いてない――」

「ハーマイオニー・グレンジャーって、ほんとにひどいやり方《かた》をするのね」チョウが激《はげ》しい口調《くちょう》で言《い》った。「あの名簿《めいぼ》に呪《のろ》いをかけたって、私《わたし》たちに教《おし》えるべきだったわ――」

「僕《ぼく》はすばらしい考《かんが》えだったと思《おも》う」ハリーは冷《つめ》たく言《い》った。チョウの顔《かお》にパッと血《ち》が上《のぼ》り、目《め》が光《ひか》りだした。

「ああ、そうだった。忘《わす》れていたわ――もちろん、あれは愛《いと》しいハーマイオニーのお考《かんが》えだったわね――」

「また泣《な》きだすのはごめんだよ」ハリーは警戒《けいかい》するように言《い》った。

「そんなつもりはなかったわ！」チョウが叫《さけ》んだ。

「そう……まあ……よかった」ハリーが言《い》った。「僕《ぼく》、今《いま》、いろいろやることがいっぱいで大変《たいへん》なんだ」

「じゃ、さっさとやればいいでしょう！」

チョウは怒《おこ》ってくるりと背《せ》を向《む》け、つんけんと去《さ》っていった。

ハリーは憤慨《ふんがい》しながらスネイプの地下牢《ちかろう》への階段《かいだん》を下《お》りていった。怒《おこ》ったり恨《うら》んだりしながらスネイプの所《ところ》に行《い》けば、スネイプはよりやすやすとハリーの心《こころ》に侵入《しんにゅう》するだろうと、経験《けいけん》でわかってはいたが、研究室《けんきゅうしつ》のドアにたどり着《つ》くまでずっと、マリエッタのことでチョウにもう少《すこ》し言《い》ってやるべきだったと思《おも》うばかりで、結局《けっきょく》どうにもならなかった。

「遅刻《ちこく》だぞ、ポッター」

ハリーがドアを閉《し》めると、スネイプが冷《つめ》たく言《い》った。

スネイプは、ハリーに背《せ》を向《む》けて立《た》ち、いつものように、「想《おも》い」をいくつか取《と》り出《だ》しては、ダンブルドアの「憂《うれ》いの篩《ふるい》」に注意深《ちゅういぶか》くしまっているところだった。最後《さいご》の銀色《ぎんいろ》の一筋《ひとすじ》を石《いし》の水盆《すいぼん》にしまい終《お》わると、スネイプはハリーのほうを振《ふ》り向《む》いた。

「で？」スネイプが言《い》った。「練習《れんしゅう》はしていたのか？」

「はい」ハリーはスネイプの机《つくえ》の脚《あし》の一本《ぽん》をしっかり見《み》つめながら、うそをついた。

「まあ、すぐにわかることだがな」スネイプはよどみなく言《い》った。「杖《つえ》をかまえろ、ポッター」

ハリーはいつもの場所《ばしょ》に移動《いどう》し、机《つくえ》を挟《はさ》んでスネイプと向《む》き合《あ》った。チョウへの怒《いか》りと、スネイプが自分《じぶん》の心《こころ》をどのぐらい引《ひ》っ張《ぱ》り出《だ》すのだろうかという不安《ふあん》で、ハリーは動悸《どうき》がした。

「では、三つ数《かぞ》えて」スネイプが面倒《めんどう》くさそうに言《い》った。「一――二――」

部屋《へや》のドアがバタンと開《ひら》き、ドラコ・マルフォイが走《はし》り込《こ》んできた。

「スネイプ先生《せんせい》――あっ――すみません――」

マルフォイはスネイプとハリーを、少《すこ》し驚《おどろ》いたように見《み》た。

「かまわん、ドラコ」スネイプが杖《つえ》を下《お》ろしながら言《い》った。「ポッターは『魔法薬《まほうやく》』の補習授業《ほしゅうじゅぎょう》に来《き》ている」

マルフォイのこんなにうれしそうな顔《かお》をハリーが見《み》たのは、アンブリッジがハグリッドの査察《ささつ》に来《き》て以来《いらい》だった。

「知《し》りませんでした」マルフォイはハリーを意地悪《いじわる》い目《め》つきで見《み》た。ハリーは自分《じぶん》でも顔《かお》が真《ま》っ赤《か》になっているのがわかった。マルフォイに向《む》かって、ほんとうのことを叫《さけ》ぶことができたらどんなにいいだろう。――いや、いっそ、強力《きょうりょく》な呪《のろ》いをかけてやれたらもっといい。

「さて、ドラコ、何《なん》の用《よう》だね？」スネイプが聞《き》いた。

「アンブリッジ先生《せんせい》のご用《よう》で――スネイプ先生《せんせい》に助《たす》けていただきたいそうです」マルフォイが答《こた》えた。「モンタギューが見《み》つかったんです、先生《せんせい》。五階《かい》のトイレに詰《つ》まっていました」

「どうやってそんな所《ところ》に？」スネイプが詰問《きつもん》した。

「わかりません、先生《せんせい》。モンタギューは少《すこ》し混乱《こんらん》しています」

「よし、わかった。ポッター」スネイプが言《い》った。「この授業《じゅぎょう》は明日《あす》の夕方《ゆうがた》にやりなおしだ」

スネイプは向《む》きを変《か》えて研究室《けんきゅうしつ》からサッと出《で》ていった。あとについて部屋《へや》を出《で》る前《まえ》に、マルフォイはスネイプの背後《はいご》で、口《くち》の形《かたち》だけでハリーに言《い》った。

「ま・ほ・う・や・く・の・ほ・しゅ・う？」

怒《いか》りで煮《に》えくり返《かえ》りながら、ハリーは杖《つえ》をローブにしまい、部屋《へや》を出《で》ようとした。どっちみち二十四時間《じかん》は練習《れんしゅう》できる。危《あや》ういところを逃《のが》れられたのはありがたかったが、「魔法薬《まほうやく》」の補習《ほしゅう》が必要《ひつよう》だと、マルフォイが学校中《がっこうじゅう》に触《ふ》れ回《まわ》るという代償《だいしょう》つきでは、素直《すなお》に喜《よろこ》べなかった。

研究室《けんきゅうしつ》のドアの所《ところ》まで来《き》たとき、何《なに》かが見《み》えた。扉《とびら》の枠《わく》にちらちらと灯《あか》りが踊《おど》っていた。ハリーの足《あし》が止《と》まった。立《た》ち止《ど》まって灯《あか》りを見《み》た。何《なに》か思《おも》い出《だ》しそうだ……そして、思《おも》い出《だ》した。昨夜《さくや》の夢《ゆめ》で見《み》た灯《あか》りにどこか似《に》ている。「神秘部《しんぴぶ》」を通《とお》り抜《ぬ》けるあの旅《たび》で、二番目《ばんめ》に通《とお》り過《す》ぎた部屋《へや》の灯《あか》りだ。

ハリーは振《ふ》り返《かえ》った。その灯《あか》りは、スネイプの机《つくえ》に置《お》かれた「憂《うれ》いの篩《ふるい》」から射《さ》していた。銀白色《ぎんはくしょく》のものが、中《なか》に吸《す》い込《こ》まれ、渦巻《うずま》いている。スネイプの「想《おも》い」……ハリーがまぐれでスネイプの護《まも》りを破《やぶ》ったときに、ハリーに見《み》られたくないもの……。

ハリーは「憂《うれ》いの篩《ふるい》」をじっと見《み》た。好奇心《こうきしん》が湧《わ》き上《あ》がってくる……。スネイプがそんなにもハリーから隠《かく》したかったのは、何《なん》だろう？

銀色《ぎんいろ》の灯《あか》りが壁《かべ》に揺《ゆ》らめいた……ハリーは考《かんが》え込《こ》みながら、机《つくえ》に二歩《ほ》近《ちか》づいた。もしかして、スネイプが絶対《ぜったい》に見《み》せたくないのは、「神秘部《しんぴぶ》」についての情報《じょうほう》ではないのか？

ハリーは背後《はいご》を見《み》た。心臓《しんぞう》がこれまで以上《いじょう》に強《つよ》く、速《はや》く鼓動《こどう》している。スネイプがモンタギューをトイレから助《たす》け出《だ》すのに、どのくらいかかるだろう？　そのあとまっすぐ研究室《けんきゅうしつ》に戻《もど》るだろうか、それともモンタギューを連《つ》れて医務室《いむしつ》に行《い》くだろうか？　絶対医務室《ぜったいいむしつ》だ。……モンタギューはスリザリンのクィディッチ・チームのキャプテンだもの。スネイプは、モンタギューが大丈夫《だいじょうぶ》だということを、たしかめたいにちがいない。

ハリーは「憂《うれ》いの篩《ふるい》」まで、あと数歩《すうほ》を歩《ある》き、その上《うえ》にかがみ込《こ》み、その深《ふか》みをじっと見《み》た。ハリーは躊躇《ちゅうちょ》し、耳《みみ》を澄《す》まし、それから再《ふたた》び杖《つえ》を取《と》り出《だ》した。研究室《けんきゅうしつ》も、外《そと》の廊下《ろうか》もシーンとしている。ハリーは杖《つえ》の先《さき》で、「憂《うれ》いの篩《ふるい》」の中身《なかみ》を軽《かる》く突《つ》いた。中《なか》の銀色《ぎんいろ》の物質《ぶっしつ》が、急速《きゅうそく》に渦《うず》を巻《ま》きだした。のぞき込《こ》むと、中身《なかみ》が透明《とうめい》になっているのが見《み》えた。またしてもハリーは、天井《てんじょう》の丸窓《まるまど》からのぞき込《こ》むような形《かたち》で、一つの部屋《へや》をのぞいていた
……いや、もしあまり見当《けんとう》ちがいでなければ、そこは大広間《おおひろま》だ。

ハリーの息《いき》が、スネイプの「想《おも》い」の表面《ひょうめん》を文字通《もじどお》り曇《くも》らせていた……脳《のう》みそが停止《ていし》したみたいだ……強《つよ》い誘惑《ゆうわく》にかられてこんなことをするのは、正気《しょうき》の沙汰《さた》じゃない……ハリーは震《ふる》えていた……スネイプは今《いま》にも戻《もど》ってくるかもしれない……しかし、チョウのあの怒《いか》り、マルフォイの嘲《あざけ》るような顔《かお》を思《おも》い出《だ》すと、ハリーはどうにでもなれと向《む》こう見《み》ずな気持《きも》ちになっていた。

ハリーはガブッと大《おお》きく息《いき》を吸《す》い込《こ》み、顔《かお》をスネイプの「想《おも》い」に突《つ》っ込《こ》んだ。たちまち、研究室《けんきゅうしつ》の床《ゆか》が傾《かたむ》き、ハリーは「憂《うれ》いの篩《ふるい》」に頭《あたま》からのめり込《こ》んだ……。

冷《つめ》たい暗闇《くらやみ》の中《なか》を、ハリーはこまのように回《まわ》りながら落《お》ちていった。そして――。

ハリーは大広間《おおひろま》の真《ま》ん中《なか》に立《た》っていた。しかし、四つの寮《りょう》のテーブルはない。かわりに、百以《い》

上《じょう》の小机《こづくえ》がみな同《おな》じ方向《ほうこう》を向《む》いて並《なら》んでいる。それぞれに生徒《せいと》が座《すわ》り、うつむいて羊皮紙《ようひし》の巻《ま》き紙《がみ》に何《なに》かを書《か》いている。聞《き》こえる音《おと》といえば、カリカリという羽根《はね》ペンの音《おと》と、ときどき誰《だれ》かが羊皮紙《ようひし》をずらす音《おと》だけだった。試験《しけん》の時間《じかん》にちがいない。

高窓《たかまど》から陽《ひ》の光《ひかり》が流《なが》れ込《こ》んで、うつむいた頭《あたま》に射《さ》しかかり、明《あか》るい光《ひかり》の中《なか》で髪《かみ》が栗色《くりいろ》や銅色《あかがねいろ》、金色《きんいろ》に輝《かがや》いている。ハリーは注意深《ちゅういぶか》く周《まわ》りを見回《みまわ》した。スネイプがどこかにいるはずだ……これはスネイプの記憶《きおく》なのだから……。

見《み》つけた。ハリーのすぐ後《うし》ろの小机《こづくえ》だ。ハリーは目《め》を見張《みは》った。十代《だい》のスネイプは、筋張《すじば》って生気《せいき》のない感《かん》じだった。ちょうど、暗《くら》がりで育《そだ》った植物《しょくぶつ》のようだ。髪《かみ》は脂《あぶら》っこく、だらりと垂《た》れて机《つくえ》の上《うえ》で揺《ゆ》れている。鉤鼻《かぎばな》を羊皮紙《ようひし》にくっつけんばかりにして、何《なに》か書《か》いている。ハリーはその背後《はいご》に回《まわ》り、試験《しけん》の題《だい》を見《み》た。

「闇《やみ》の魔術《まじゅつ》に対《たい》する防衛術《ぼうえいじゅつ》――普通魔法《O・W・L》レベル試験《しけん》」

するとスネイプは十五か十六で、ハリーと同《おな》じぐらいの年《とし》だ。スネイプの手《て》が羊皮紙《ようひし》の上《うえ》を飛《と》ぶように動《うご》いている。少《すく》なくとも一番近《いちばんちか》くにいる生徒《せいと》たちより三十センチは長《なが》いし、しかも字《じ》が細《こま》かくてびっしりと書《か》いている。

「あと五分《ふん》！」

その声《こえ》でハリーは飛《と》び上《あ》がった。振《ふ》り向《む》くと、少《すこ》し離《はな》れた所《ところ》に、机《つくえ》の間《あいだ》を動《うご》いているフリットウィック先生《せんせい》の頭《あたま》のてっぺんが見《み》えた。フリットウィック先生《せんせい》はくしゃくしゃな黒髪《くろかみ》の男《おとこ》の子《こ》の脇《わき》を通《とお》り過《す》ぎた……ほんとうにくしゃくしゃな黒髪《くろかみ》だ……。

ハリーはすばやく動《うご》いた。あまりに速《はや》くて、もし体《からだ》があったら、机《つくえ》をいくつかなぎ倒《たお》していたかもしれない。そうはならず、ハリーは夢《ゆめ》の中《なか》のようにするすると、机《つくえ》の間《あいだ》の通路《つうろ》を二つ過《す》ぎ、三つ目《め》に移動《いどう》した。黒髪《くろかみ》の男《おとこ》の子《こ》の後頭部《こうとうぶ》がだんだん近《ちか》づいてきた……今《いま》、背筋《せすじ》を伸《の》ばし、羽根《はね》ペンを置《お》き、自分《じぶん》の書《か》いたものを読《よ》み返《かえ》すのに、羊皮紙《ようひし》の巻《ま》き物《もの》をたぐり寄《よ》せている……。

ハリーは机《つくえ》の前《まえ》で止《と》まり、十五歳《さい》の父親《ちちおや》をじっと見下《みお》ろした。胃袋《いぶくろ》の奥《おく》で、興奮《こうふん》がはじけた。自分自身《じぶんじしん》を見《み》つめているようだったが、わざとまちがえたようなちがいがいくつかあった。ジェームズの目《め》はハシバミ色《いろ》で、鼻《はな》はハリーより少《すこ》し高《たか》い。それに額《ひたい》には傷痕《きずあと》がない。しかし、ハリーと同《おな》じ細面《ほそおもて》で、口《くち》も眉《まゆ》も同《おな》じだ。ジェームズの髪《かみ》は、ハリーとまったく同《おな》じに、頭《あたま》の後《うし》ろでぴんぴん突《つ》っ立《た》っている。両手《りょうて》はハリーの手《て》と言《い》ってもいいぐらいだ。それに、ジェームズが立《た》ち上《あ》がれば、背丈《せたけ》は数《すう》センチとちがわないだろうと見当《けんとう》がつく。

ジェームズは大《おお》あくびをし、髪《かみ》をかきむしり、ますますくしゃくしゃにした。それからフリットウィック先生《せんせい》をちらりと見《み》て、椅子《いす》に座《すわ》ったまま振《ふ》り返《かえ》り、四列後《れつうし》ろの男《おとこ》の子《こ》を見《み》てニヤリとした。

ハリーはまた興奮《こうふん》でドキッとした。シリウスが、ジェームズに親指《おやゆび》を上《あ》げて、オーケーの合図《あいず》をするのが見《み》えたのだ。シリウスは椅子《いす》をそっくり返《かえ》らせて二本脚《ほんあし》で支《ささ》え、のんびりもたれかかっていた。とてもハンサムだ。黒髪《くろかみ》が、ジェームズもハリーも絶対《ぜったい》まねできないやり方《かた》で、はらりと優雅《ゆうが》に目《め》のあたりにかかっている。そのすぐ後《うし》ろに座《すわ》っている女《おんな》の子《こ》が、気《き》を引《ひ》きたそうな目《め》でシリウスを見《み》ていたが、シリウスは気《き》づかない様子《ようす》だ。その女《おんな》の子《こ》の横《よこ》二つ目《め》の席《せき》に――ハリーの胃袋《いぶくろ》が、またまたうれしさにくねった――リーマス・ルーピンがいる。かなり青白《あおじろ》く、病気《びょうき》のようだ（満月《まんげつ》が近《ちか》いのだろうか？）。試験《しけん》に没頭《ぼっとう》している。答《こた》えを読《よ》み返《かえ》しながら、羽根《はね》ペンの羽根《はね》の先《さき》であごをかき、少《すこ》し顔《かお》をしかめている。

ということは、ワームテールもどこかそのあたりにいるはずだ……やっぱりいた。すぐ見《み》つかった。鼻《はな》のとがった、くすんだ茶色《ちゃいろ》の髪《かみ》の小《ちい》さな子《こ》だ。不安《ふあん》そうだ。爪《つめ》をかみ、答案《とうあん》をじっと見《み》ながら、足《あし》の指《ゆび》で床《ゆか》を引《ひ》っかいている。ときどき、あわよくばと、周《まわ》りの生徒《せいと》の答案《とうあん》を盗《ぬす》み見《み》ている。ハリーはしばらくワームテールを見《み》つめていたが、やがてジェームズに視線《しせん》を戻《もど》した。今度《こんど》は、羊皮紙《ようひし》の切《き》れ端《はし》に落書《らくが》きをしている。スニッチを描《えが》き、「L《エル》・E《イー》」という文字《もじ》をなぞっている。何《なん》の略字《りゃくじ》だろう？

「はい、羽根《はね》ペンを置《お》いて！」フリットウィック先生《せんせい》がキーキー声《ごえ》で言《い》った。「こら、君《きみ》もだよ、ステビンス！　答案羊皮紙《とうあんようひし》を集《あつ》める間《あいだ》、席《せき》を立《た》たないように！　アクシオ、来《こ》い！」

百巻以上《かんいじょう》の羊皮紙《ようひし》が宙《ちゅう》を飛《と》び、フリットウィック先生《せんせい》の伸《の》ばした両腕《りょううで》にブーンと飛《と》び込《こ》み、先生《せんせい》を反動《はんどう》で吹《ふ》っ飛《と》ばした。何人《なんにん》かの生徒《せいと》が笑《わら》った。前列《ぜんれつ》の数人《すうにん》が立《た》ち上《あ》がって、フリットウィック先生《せんせい》のひじを抱《かか》え込《こ》んで助《たす》け起《お》こした。

「ありがとう……ありがとう」フリットウィック先生《せんせい》はあえぎながら言《い》った。「さあ、みなさん、出《で》てよろしい！」

ハリーは父親《ちちおや》を見下《みお》ろした。すると、落書《らくが》きでいろいろ飾《かざ》り模様《もよう》をつけていた「Ｌ《エル》・Ｅ《イー》」をぐしゃぐしゃっと消《け》して勢《いきお》いよく立《た》ち上《あ》がり、かばんに羽根《はね》ペンと試験用紙《しけんようし》を入《い》れてポンと肩《かた》にかけ、シリウスが来《く》るのを待《ま》った。

ハリーが振《ふ》り返《かえ》って、少《すこ》し離《はな》れたスネイプをちらりと見《み》ると、玄関《げんかん》ホールへの扉《とびら》に向《む》かって机《つくえ》の間《あいだ》を歩《ある》いているところだった。まだ試験問題用紙《しけんもんだいようし》をじっと見《み》ている。猫背《ねこぜ》なのに角《かく》ばった体《からだ》つきで、ぎくしゃくした歩《ある》き方《かた》はクモを思《おも》わせた。脂《あぶら》っぽい髪《かみ》が、顔《かお》の周《まわ》りでばさばさ揺《ゆ》れている。

ペチャクチャしゃべる女子学生《じょしがくせい》の群《む》れが、スネイプと、ジェームズ、シリウス、ルーピンたちとを分《わ》けていた。その群《む》れの真《ま》ん中《なか》に身《み》を置《お》くことで、ハリーはスネイプの姿《すがた》をとらえたままで、ジェームズとその仲間《なかま》の声《こえ》が何《なん》とか聞《き》こえる所《ところ》にいた。

「ムーニー、第《だい》十問《もん》は気《き》に入《い》ったかい？」玄関《げんかん》ホールに出《で》たとき、シリウスが聞《き》いた。

「ばっちりさ」ルーピンがきびきびと答《こた》えた。「狼人間《おおかみにんげん》を見分《みわ》ける五つの兆候《ちょうこう》を挙《あ》げよ。いい質《しつ》問《もん》だ」

「全部《ぜんぶ》の兆候《ちょうこう》を挙《あ》げられたと思《おも》うか？」ジェームズが心配《しんぱい》そうな声《こえ》を出《だ》してみせた。

「そう思《おも》うよ」太陽《たいよう》の降《ふ》り注《そそ》ぐ校庭《こうてい》に出《で》ようと正面扉《しょうめんとびら》の前《まえ》に集《あつ》まってきた生徒《せいと》の群《む》れに加《くわ》わりながら、ルーピンがまじめに答《こた》えた。「一、狼人間《おおかみにんげん》は僕《ぼく》の椅子《いす》に座《すわ》っている。二、狼人間《おおかみにんげん》は僕《ぼく》の服《ふく》を着《き》ている。三、狼人間《おおかみにんげん》の名《な》はリーマス・ルーピン」

笑《わら》わなかったのはワームテールだけだった。

「僕《ぼく》の答《こた》えは、口元《くちもと》の形《かたち》、瞳孔《どうこう》、ふさふさのしっぽ」ワームテールが心配《しんぱい》そうに言《い》った。「でも、そのほかは考《かんが》えつかなかった――」

「ワームテール、おまえ、バカじゃないか？」ジェームズがじれったそうに言《い》った。「一か月《げつ》に一度《いちど》は狼人間《おおかみにんげん》に出会《であ》ってるじゃないか――」

「小《ちい》さい声《こえ》で頼《たの》むよ」ルーピンが哀願《あいがん》した。

ハリーは心配《しんぱい》になってまた振《ふ》り返《かえ》った。スネイプは試験問題用紙《しけんもんだいようし》に没頭《ぼっとう》したまま、まだ近《ちか》くにいた――しかし、これはスネイプの記憶《きおく》だ。いったん校庭《こうてい》に出《で》て、スネイプが別《べつ》な方向《ほうこう》に歩《ある》き出《だ》せば、ハリーはもうジェームズを追《お》うことができないのは明《あき》らかだ。しかし、ジェームズと三人《にん》の友達《ともだち》が湖《みずうみ》に向《む》かって芝生《しばふ》を闊歩《かっぽ》しだすと――ああよかった――スネイプがついてくる。まだ試《し》験問題《けんもんだい》を熟読《じゅくどく》していて、どうやらどこに行《い》くというはっきりした考《かんが》えもないらしい。スネイプより少《すこ》し前《まえ》を歩《ある》くことで、ハリーは何《なん》とかジェームズたちを観察《かんさつ》し続《つづ》けることができた。

「まあ、僕《ぼく》はあんな試験《しけん》、楽勝《らくしょう》だと思《おも》ったね」シリウスの声《こえ》が聞《き》こえた。「少《すく》なくとも僕《ぼく》は、『O《オー》』が取《と》れなきゃおかしい」

「僕《ぼく》もさ」そう言《い》うと、ジェームズはポケットに手《て》を突《つ》っ込《こ》み、バタバタもがく金色《きんいろ》のスニッチを取《と》り出《だ》した。

「どこで手《て》に入《い》れた？」

「ちょいと失敬《しっけい》したのさ」ジェームズが事《こと》もなげに言《い》った。ジェームズはスニッチをもてあそびはじめた。三十センチほど逃《に》がしてはパッと捕《つか》まえる。すばらしい反射神経《はんしゃしんけい》だ。ワームテールが感服《かんぷく》しきったように眺《なが》めていた。

四人《にん》は湖《みずうみ》のはたにあるブナの木陰《こかげ》で立《た》ち止《ど》まった。ハリー、ロン、ハーマイオニーが、宿題《しゅくだい》をすませるのに、そのブナの木《き》の下《した》で日曜日《にちようび》を過《す》ごしたことがある。四人《にん》は芝生《しばふ》に体《からだ》を投《な》げ出《だ》した。

ハリーはまた後《うし》ろを振《ふ》り返《かえ》ったが、なんとうれしいことに、スネイプは灌木《かんぼく》のしげみの暗《くら》がりで、芝生《しばふ》に腰《こし》を下《お》ろしていた。相変《あいか》わらずＯ・Ｗ・Ｌ試験問題用紙《ふくろうしけんもんだいようし》に没頭《ぼっとう》している。おかげでハリーは、ブナの木《き》と灌木《かんぼく》の間《あいだ》に腰《こし》を下《お》ろし、木陰《こかげ》の四人組《にんぐみ》を眺《なが》め続《つづ》けることができた。陽《ひ》の光《ひかり》が、なめらかな湖面《こめん》にまぶしく、岸辺《きしべ》には大広間《おおひろま》からさっき出《で》てきた女子学生《じょしがくせい》のグループが座《すわ》り、笑《わら》いさざめきながら、靴《くつ》もソックスも脱《ぬ》ぎ、足《あし》を水《みず》につけてすずんでいた。

ルーピンは本《ほん》を取《と》り出《だ》して読《よ》みはじめた。シリウスは芝生《しばふ》ではしゃいでいる生徒《せいと》たちをじっと見回《みまわ》していた。少《すこ》し高慢《こうまん》ちきにかまえ、たいくつそうだったが、それが実《じつ》にハンサムだった。ジェームズは相変《あいか》わらずスニッチとたわむれていた。だんだん遠《とお》くに逃《に》がし、ほとんど逃《に》げられそうになりながら、最後《さいご》の瞬間《しゅんかん》に必《かなら》ず捕《つか》まえた。ワームテールは口《くち》をポカンと開《あ》けてジェームズを見《み》ていた。特《とく》に難《むずか》しい技《わざ》で捕《つか》まえるたびに、ワームテールは息《いき》をのみ、手《て》をたたいた。五分《ふん》ほど見《み》ているうちに、ハリーは、どうしてジェームズがワームテールに、騒《さわ》ぐなと言《い》わないのか気《き》になった。しかし、ジェームズは注目《ちゅうもく》されるのを楽《たの》しんでいるようだった。父親《ちちおや》を見《み》ていると、髪《かみ》をくしゃくしゃにするくせがある。あまりきちんとならないようにしているかのようだった。それに、しょっちゅう水辺《みずべ》の女《おんな》の子《こ》たちのほうを見《み》ていた。

「それ、しまえよ」ジェームズがすばらしいキャッチを見《み》せ、ワームテールが歓声《かんせい》を上《あ》げるかたわらで、シリウスがとうとうそう言《い》った。「ワームテールが興奮《こうふん》してもらしっちまう前《まえ》に」

ワームテールが少《すこ》し赤《あか》くなったが、ジェームズはニヤッとした。

「君《きみ》が気《き》になるならね」ジェームズはスニッチをポケットにしまった。シリウスだけがジェームズの見《み》せびらかしをやめさせることができるのだと、ハリーははっきりそう感《かん》じた。

「たいくつだ」シリウスが言《い》った。「満月《まんげつ》だったらいいのに」

「君《きみ》はそう思《おも》うかもな」ルーピンが本《ほん》の向《む》こうで暗《くら》い声《こえ》を出《だ》した。「まだ『変身術《へんしんじゅつ》』の試験《しけん》がある。たいくつなら、僕《ぼく》をテストしてくれよ。さあ……」ルーピンが本《ほん》を差《さ》し出《だ》した。

しかし、シリウスはフンと鼻《はな》を鳴《な》らした。

「そんなくだらない本《ほん》はいらないよ。全部《ぜんぶ》知《し》ってる」

「これで楽《たの》しくなるかもしれないぜ、パッドフット」ジェームズがこっそり言《い》った。「あそこにいるやつを見《み》ろよ……」

シリウスが振《ふ》り向《む》いた。そして、ウサギの匂《にお》いをかぎつけた猟犬《りょうけん》のように、じっと動《うご》かなくなった。

「いいぞ」シリウスが低《ひく》い声《こえ》で言《い》った。「スニベルスだ《なきみそ》」

ハリーは振《ふ》り返《かえ》ってシリウスの視線《しせん》を追《お》った。

スネイプが立《た》ち上《あ》がり、かばんにO《ふ》・W《くろう》・L試験用紙《しけんようし》をしまっていた。スネイプが灌木《かんぼく》の陰《かげ》を出《で》て、芝生《しばふ》を歩《ある》きはじめたとき、シリウスとジェームズが立《た》ち上《あ》がった。ルーピンとワームテールは座《すわ》ったままだった。ルーピンは本《ほん》を見《み》つめたままだったが、目《め》が動《うご》いていなかったし、かすかに眉根《まゆね》にしわを寄《よ》せていた。ワームテールはわくわくした表情《ひょうじょう》を浮《う》かべ、シリウスとジェームズからスネイプへと視線《しせん》を移《うつ》していた。

「スニベルス、元気《げんき》か？」ジェームズが大声《おおごえ》で言《い》った。

スネイプはまるで攻撃《こうげき》されるのを予測《よそく》していたかのように、すばやく反応《はんのう》した。かばんを捨《す》て、ローブに手《て》を突《つ》っ込《こ》み、杖《つえ》を半分《はんぶん》ほど振《ふ》り上《あ》げた。その時《とき》、ジェームズが叫《さけ》んだ。

「エクスペリアームス！　武器《ぶき》よ去《さ》れ！」

スネイプの杖《つえ》が、三、四メートル宙《ちゅう》を飛《と》び、トンと小《ちい》さな音《おと》を立《た》てて背後《はいご》の芝生《しばふ》に落《お》ちた。シリウスがほえるような笑《わら》い声《ごえ》を上《あ》げた。

「インペディメンタ！　妨害《ぼうがい》せよ！」

シリウスがスネイプに杖《つえ》を向《む》けて唱《とな》えた。スネイプは落《お》ちた杖《つえ》に飛《と》びつく途中《とちゅう》で、はね飛《と》ばされた。

周《まわ》り中《じゅう》の生徒《せいと》が振《ふ》り向《む》いて見《み》た。何人《なんにん》かは立《た》ち上《あ》がってそろそろと近《ちか》づいてきた。心配《しんぱい》そうな顔《かお》をしている者《もの》もあれば、おもしろがっている者《もの》もいた。

スネイプは荒《あら》い息《いき》をしながら地面《じめん》に横《よこ》たわっていた。ジェームズとシリウスが杖《つえ》を上《あ》げてスネイプに近《ちか》づいてきた。途中《とちゅう》でジェームズは、水辺《みずべ》にいる女《おんな》の子《こ》たちを、肩越《かたご》しにちらりと振《ふ》り返《かえ》った。ワームテールも今《いま》や立《た》ち上《あ》がり、よく見《み》ようとルーピンの周《まわ》りをじわじわ回《まわ》り込《こ》み、意《い》地汚《じきたな》い顔《かお》で眺《なが》めていた。

「試験《しけん》はどうだった？　スニベリー？」ジェームズが聞《き》いた。

「僕《ぼく》が見《み》ていたら、こいつ、鼻《はな》を羊皮紙《ようひし》にくっつけてたぜ」シリウスが意地悪《いじわる》く言《い》った。「大《おお》きな油《あぶら》じみだらけの答案《とうあん》じゃ、先生方《せんせいがた》は一語《いちご》も読《よ》めないだろうな」

見物人《けんぶつにん》の何人《なんにん》かが笑《わら》った。スネイプは明《あき》らかに嫌《きら》われ者《もの》だ。ワームテールがかん高《だか》い冷《ひ》やかし笑《わら》いをした。スネイプは起《お》き上《あ》がろうとしたが、呪《のろ》いがまだ効《き》いている。見《み》えない縄《なわ》で縛《しば》られているかのように、スネイプはもがいた。

「今《いま》に——見《み》てろ」スネイプはあえぎながら、憎《にく》しみそのものという表情《ひょうじょう》でジェームズをにらみつけた。「覚《おぼ》えてろ！」

「何《なに》を？」シリウスが冷《つめ》たく言《い》った。「何《なに》をするつもりなんだ？　スニベリー？　僕《ぼく》たちに洟《はな》でもひっかけるつもりか？」

スネイプは悪態《あくたい》と呪《のろ》いを一緒《いっしょ》くたに、次々《つぎつぎ》と吐《は》きかけたが、杖《つえ》が三メートルも離《はな》れていては何《なん》の効《き》き目《め》もなかった。

「口《くち》が汚《きたな》いぞ」ジェームズが冷《つめ》たく言《い》った。

「スコージファイ！　清《きよ》めよ！」

たちまち、スネイプの口《くち》から、ピンクのシャボン玉《だま》が噴《ふ》き出《だ》した。泡《あわ》で口《くち》が覆《おお》われ、スネイプは吐《は》き、むせた。

「**やめなさい！**」

ジェームズとシリウスがあたりを見回《みまわ》した。ジェームズの空《あ》いているほうの手《て》が、すぐさま髪《かみ》の毛《け》に飛《と》んだ。

湖《みずうみ》のほとりにいた女《おんな》の子《こ》の一人《ひとり》だった。たっぷりとした濃《こ》い赤毛《あかげ》が肩《かた》まで流《なが》れ、驚《おどろ》くほど緑色《みどりいろ》の、アーモンド形《がた》の目《め》――ハリーの目《め》だ。

ハリーの母親《ははおや》だ。

「元気《げんき》かい、エバンズ？」ジェームズの声《こえ》が突然《とつぜん》、快活《かいかつ》で、深《ふか》く、大人《おとな》びた調子《ちょうし》になった。

「彼《かれ》にかまわないで」リリーが言《い》った。ジェームズを見《み》る目《め》が、徹底的《てっていてき》に大嫌《だいきら》いだと言《い》っていた。

「彼《かれ》があなたに何《なに》をしたというの？」

「そうだな」ジェームズはそのことを考《かんが》えるような様子《ようす》をした。「むしろ、こいつが存在《そんざい》するって事実《じじつ》そのものがね。わかるかな……」

取《と》り巻《ま》いている学生《がくせい》の多《おお》くが笑《わら》った。シリウスもワームテールも笑《わら》った。しかし、本《ほん》に没頭《ぼっとう》しているふりを続《つづ》けているルーピンも、リリーも笑《わら》わなかった。

「冗談《じょうだん》のつもりでしょうけど」リリーが冷《つめ》たく言《い》った。「でも、ポッター、あなたはただの傲慢《ごうまん》で弱《よわ》い者《もの》いじめの、いやなやつだわ。彼《かれ》に**かまわないで**」

「エバンズ、僕《ぼく》とデートしてくれたらやめるよ」ジェームズがすかさず言《い》った。「どうだい……僕《ぼく》とデートしてくれれば、親愛《しんあい》なるスニベリーには二度《にど》と杖《つえ》を上《あ》げないけどな」

ジェームズの背後《はいご》で、「妨害《ぼうがい》の呪《のろ》い」の効《き》き目《め》が切《き》れてきたスネイプが、せっけんの泡《あわ》を吐《は》き出《だ》しながら、落《お》とした杖《つえ》のほうにじりじりとはっていった。

「あなたか巨大《きょだい》イカのどちらかを選《えら》ぶことになっても、あなたとはデートしないわ」リリーが言《い》った。

「残念《ざんねん》だったな、プロングズ」シリウスはほがらかにそう言《い》うと、スネイプのほうを振《ふ》り返《かえ》った。「**おっと！**」

しかし、遅過《おそす》ぎた。スネイプは杖《つえ》をまっすぐにジェームズに向《む》けていた。閃光《せんこう》が走《はし》り、ジェームズのほおがパックリ割《わ》れ、ローブに血《ち》が滴《したた》った。ジェームズがくるりと振《ふ》り向《む》いた。二度目《どめ》の閃光《せんこう》が走《はし》り、スネイプは空中《くうちゅう》に逆《さか》さまに浮《う》かんでいた。ローブが顔《かお》に覆《おお》いかぶさり、やせこけた青白《あおじろ》い両足《りょうあし》と、灰色《はいいろ》に汚《よご》れたパンツがむき出《だ》しになった。

小《ちい》さな群《む》れをなしていた生徒《せいと》たちの多《おお》くがはやしたてた。シリウス、ジェームズ、ワームテールは大声《おおごえ》で笑《わら》った。

リリーの怒《おこ》った顔《かお》が、一瞬《いっしゅん》笑《わら》いだしそうにピクピクしたが、「下《お》ろしなさい！」と言《い》った。

「承知《しょうち》しました」

そう言《い》うなり、ジェームズは杖《つえ》をくいっと上《うえ》に振《ふ》った。スネイプは地面《じめん》に落《お》ちてくしゃくしゃっと丸《まる》まった。からまったローブから抜《ぬ》け出《だ》すと、スネイプはすばやく立《た》ち上《あ》がって杖《つえ》をかまえた。しかし、シリウスが「ペトリフィカス　トタルス！　石《いし》になれ！」と唱《とな》えると、スネイプはまた転倒《てんとう》して、一枚板《いちまいいた》のように固《かた》くなった。

「**彼《かれ》にかまわないでって言《い》ってるでしょう！**」リリーが叫《さけ》んだ。

今《いま》やリリーも杖《つえ》を取《と》り出《だ》していた。ジェームズとシリウスが、油断《ゆだん》なく杖《つえ》を見《み》た。

「ああ、エバンズ、君《きみ》に呪《のろ》いをかけたくないんだ」ジェームズがまじめに言《い》った。

「それなら、呪《のろ》いを解《と》きなさい！」

ジェームズは深《ふか》いため息《いき》をつき、スネイプに向《む》かって反対呪文《はんたいじゅもん》を唱《とな》えた。

「ほーら」スネイプがやっと立《た》ち上《あ》がると、ジェームズが言《い》った。「スニベルス、エバンズが居《い》合《あ》わせて、ラッキーだったな――」

「あんな汚《きたな》らしい『穢《けが》れた血《ち》』の助《たす》けなんか、必要《ひつよう》ない！」

リリーは目《め》を瞬《しばた》いた。

「けっこうよ」リリーは冷静《れいせい》に言《い》った。「これからはじゃましないわ。それに、スニベルス、パンツは洗濯《せんたく》したほうがいいわね」

「エバンズに謝《あやま》れ！」ジェームズがスネイプに向《む》かって脅《おど》すように杖《つえ》を突《つ》きつけ、ほえた。

「あなたからスネイプに謝《あやま》れなんて言《い》ってほしくないわ」リリーがジェームズのほうに向《む》きなおって叫《さけ》んだ。「あなたもスネイプと同罪《どうざい》よ」

「えっ？」ジェームズが素《す》っ頓狂《とんきょう》な声《こえ》を上《あ》げた。「僕《ぼく》は**一度《いちど》も**君《きみ》のことを――何《なん》とかかんとかなんて！」

「かっこよく見《み》せようと思《おも》って、箒《ほうき》から降《お》りたばかりみたいに髪《かみ》をくしゃくしゃにしたり、つまらないスニッチなんかで見《み》せびらかしたり、呪《のろ》いをうまくかけられるからといって、気《き》に入《い》らないと廊下《ろうか》で誰《だれ》かれなく呪《のろ》いをかけたり――そんな思《おも》い上《あ》がりのでっかち頭《あたま》を乗《の》せて、よく箒《ほうき》が離《り》陸《りく》できるわね。あなたを見《み》てると**吐《は》き気《き》がするわ**」

リリーはくるりと背《せ》を向《む》けて、足早《あしばや》に行《い》ってしまった。

「エバンズ！」ジェームズが追《お》いかけるように呼《よ》んだ。「おーい、**エバンズ！**」

しかし、リリーは振《ふ》り向《む》かなかった。

「あいつ、どういうつもりだ？」

ジェームズは、どうでもいい質問《しつもん》だがというさりげない顔《かお》を装《よそお》うとして、装《よそお》いきれていなかった。

「つらつら行間《ぎょうかん》を読《よ》むに、友《とも》よ、彼女《かのじょ》は君《きみ》がちょっとうぬぼれていると思《おも》っておるな」

シリウスが言《い》った。

「よーし」ジェームズが、今度《こんど》は頭《あたま》に来《き》たという顔《かお》をした。「よし——」

また閃光《せんこう》が走《はし》り、スネイプはまたしても逆《さか》さ宙吊《ちゅうづ》りになった。

「誰《だれ》か、僕《ぼく》がスニベリーのパンツを脱《ぬ》がせるのを見《み》たいやつはいるか？」

ジェームズがほんとうにスネイプのパンツを脱《ぬ》がせたかどうか、ハリーにはわからずじまいだった。誰《だれ》かの手《て》が、ハリーの二《に》の腕《うで》をぎゅっとつかみ、ペンチで締《し》めつけるように握《にぎ》った。痛《いた》さにひるみながら、ハリーは誰《だれ》の手《て》だろうと見回《みまわ》した。恐怖《きょうふ》の戦慄《せんりつ》が走《はし》った。成長《せいちょう》しきった大人《おとな》サイズのスネイプが、ハリーのすぐ脇《わき》に、怒《いか》りで蒼白《そうはく》になって立《た》っているのが目《め》に入《はい》ったのだ。

「楽《たの》しいか？」

ハリーは体《からだ》が宙《ちゅう》に浮《う》くのを感《かん》じた。周囲《しゅうい》の夏《なつ》の日《ひ》がパッと消《き》え、ハリーは氷《こおり》のような暗闇《くらやみ》を浮《う》き上《あ》がっていった。スネイプの手《て》がハリーの二《に》の腕《うで》をしっかり握《にぎ》ったままだ。そして、空中《くうちゅう》で宙《ちゅう》返《がえ》りしたようなふわっとした感《かん》じとともに、ハリーの両足《りょうあし》がスネイプの地下牢《ちかろう》教室《きょうしつ》の石《いし》の床《ゆか》を打《う》った。ハリーは再《ふたた》び、薄暗《うすぐら》い、現在《げんざい》の魔法薬学《まほうやくがく》教授《きょうじゅ》研究室《けんきゅうしつ》の、スネイプの机《つくえ》に置《お》かれた「憂《うれ》いの篩《ふるい》」のそばに立《た》っていた。

「すると」スネイプに二《に》の腕《うで》をきつく握《にぎ》られているせいで、ハリーの手《て》がしびれてきた。「すると……お楽《たの》しみだったわけだな？　ポッター？」

「い、いいえ」ハリーは腕《うで》を振《ふ》り離《はな》そうとした。

恐《おそ》ろしかった。スネイプは唇《くちびる》をわなわな震《ふる》わせ、蒼白《そうはく》な顔《かお》で、歯《は》をむき出《だ》していた。

「おまえの父親《ちちおや》は、ゆかいな男《おとこ》だったな？」

スネイプが激《はげ》しくハリーを揺《ゆ》すぶったので、めがねが鼻《はな》からずり落《お》ちた。

「僕《ぼく》は――そうは――」

スネイプはありったけの力《ちから》でハリーを投《な》げ出《だ》した。ハリーは地下牢《ちかろう》の床《ゆか》にたたきつけられた。

「見《み》たことは、誰《だれ》にもしゃべるな！」スネイプがわめいた。

「はい」ハリーはできるだけスネイプから離《はな》れて立《た》ち上《あ》がった。「はい、もちろん、僕《ぼく》――」

「出《で》ていけ、出《で》るんだ。この研究室《けんきゅうしつ》で、二度《にど》とその面見《つらみ》たくない！」

ドアに向《む》かって疾走《しっそう》するハリーの頭上《ずじょう》で、死《し》んだゴキブリの入《はい》った瓶《びん》が爆発《ばくはつ》した。ハリーはドアをぐいと開《あ》け、飛《と》ぶように廊下《ろうか》を走《はし》った。スネイプとの距離《きょり》が三階隔《かいへだ》たるまで止《と》まらなかった。そこでやっとハリーは壁《かべ》にもたれ、ハァハァ言《い》いながら痛《いた》む腕《うで》をもんだ。早々《はやばや》とグリフィンドール塔《とう》に戻《もど》る気《き》にも、ロンやハーマイオニーに今見《いまみ》たことを話《はな》す気《き》にもなれなかった。

ハリーは恐《おそ》ろしく、悲《かな》しかった。どなられたからでも、瓶《びん》を投《な》げつけられたからでもない。見物人《けんぶつにん》のど真《ま》ん中《なか》ではずかしめられる気持《きも》ちが、ハリーにはわかったからだ。ハリーの父親《ちちおや》に嘲《あざけ》られたときのスネイプの気持《きも》ちが痛《いた》いほどわかったからだ。そして、今見《いまみ》たことから判断《はんだん》すると、ハリーの父親《ちちおや》が、スネイプからいつも聞《き》かされていたとおり、どこまでも傲慢《ごうまん》だったからだ。

つづく

J.K. ローリング 作

不朽の人気を誇る「ハリー・ポッター」シリーズの著者。1990年、旅の途中の遅延した列車の中で「ハリー・ポッター」のアイデアを思いつくと、全7冊のシリーズを構想して執筆を開始。1997 年に第1巻『ハリー・ポッターと賢者の石』が出版、その後、完結までにはさらに10年を費やし、2007年に第7巻となる『ハリー・ポッターと死の秘宝』が出版された。シリーズは現在85の言語に翻訳され、発行部数は6億部を突破、オーディオブックの累計再生時間は10億時間以上、制作された8本の映画も大ヒットとなった。また、シリーズに付随して、チャリティのための短編『クィディッチ今昔』と『幻の動物とその生息地』(ともに慈善団体〈コミック・リリーフ〉と〈ルーモス〉を支援)、『吟遊詩人ビードルの物語』(〈ルーモス〉を支援)も執筆。『幻の動物とその生息地』は魔法動物学者ニュート・スキャマンダーを主人公とした映画「ファンタスティック・ビースト」シリーズが生まれるきっかけとなった。大人になったハリーの物語は舞台劇『ハリー・ポッターと呪いの子』へと続き、ジョン・ティファニー、ジャック・ソーンとともに執筆した脚本も書籍化された。その他の児童書に『イッカボッグ』(2020年)『クリスマス・ピッグ』(2021年)があるほか、ロバート・ガルブレイスのペンネームで発表し、ベストセラーとなった大人向け犯罪小説「コーモラン・ストライク」シリーズも含め、その執筆活動に対し多くの賞や勲章を授与されている。J.K. ローリングは、慈善信託〈ボラント〉を通じて多くの人道的活動を支援するほか、性的暴行を受けた女性の支援センター〈ベイラズ・プレイス〉、子供向け慈善団体〈ルーモス〉の創設者でもある。

J.K. ローリングに関するさらに詳しい情報はjkrowlingstories.comで。

松岡佑子《まつおかゆうこ》 訳

翻訳家。国際基督教大学卒、モントレー国際大学院大学国際政治学修士。日本ペンクラブ会員。スイス在住。訳書に「ハリー・ポッター」シリーズ全7巻のほか、「少年冒険家トム」シリーズ、映画オリジナル脚本版「ファンタスティック・ビースト」シリーズ、『ブーツをはいたキティのはなし』、『とても良い人生のために』『イッカボッグ』『クリスマス・ピッグ』(以上静山社)がある。

静山社ペガサス文庫

ハリー・ポッター 12

ハリー・ポッターと不死鳥《ふしちょう》の騎士団《きしだん》〈新装版《しんそうばん》〉5-3

2024年9月6日　第 1 刷発行

作者	J.K.ローリング
訳者	松岡佑子
発行者	松岡佑子
発行所	株式会社静山社 〒102-0073 東京都千代田区九段北1-15-15 電話・営業 03-5210-7221 https://www.sayzansha.com
装画	ダン・シュレシンジャー
装丁	城所 潤(ジュン・キドコロ・デザイン)
印刷・製本	中央精版印刷株式会社

 ISBN 978-4-86389-871-4　Printed in Japan
Published by Say-zan-sha Publications Ltd.

「静山社《せいざんしゃ》ペガサス文庫《ぶんこ》」創刊《そうかん》のことば

小《ちい》さくてもきらりと光《ひか》る、星《ほし》のような物語《ものがたり》を届《とど》けたい――一九七九年《ねん》の創業《そうぎょう》以来《いらい》、静山社《せいざんしゃ》が抱《いだ》き続《つづ》けてきた願《ねが》いをこめて、少年少女《しょうねんしょうじょ》のための文庫《ぶんこ》「静山社《せいざんしゃ》ペガサス文庫《ぶんこ》」を創刊《そうかん》します。

読書《どくしょ》は、みなさんの心《こころ》に眠《ねむ》っている想像《そうぞう》の羽《はね》を広《ひろ》げ、未知《みち》の世界《せかい》へいざないます。読書体験《どくしょたいけん》をとおしてつちかわれた想像力《そうぞうりょく》は、楽《たの》しいとき、苦《くる》しいとき、悲《かな》しいとき、どんなときにも、みなさんに勇気《ゆうき》を与《あた》えてくれるでしょう。

ギリシャ神話《しんわ》に登場《とうじょう》する天馬《てんま》・ペガサスのように、大《おお》きなつばさとたくましい足《あし》、しなやかな心《こころ》で、みなさんが物語《ものがたり》の世界《せかい》を、自由《じゆう》にかけまわってくださることを願《ねが》っています。

二〇一四年《ねん》

静《せい》山《ざん》社《しゃ》